傅璇琮　学术顾问

中国古典诗词曲选粹

魏晋南北朝诗卷

卢盛江 卢燕新 主编

丁夏 选注

黄山书社

图书在版编目（CIP）数据

中国古典诗词曲选粹．魏晋南北朝诗卷 / 卢盛江，卢燕新主编；丁夏选注．-- 合肥：黄山书社，2017.5
ISBN 978-7-5461-6367-3

Ⅰ．①中… Ⅱ．①卢… ②卢… ③丁… Ⅲ．①中国文学 - 古典文学 - 作品综合集②古典诗歌 - 诗集 - 中国 - 魏晋南北朝时代 Ⅳ．① I212.01 ② I222.735

中国版本图书馆 CIP 数据核字 (2017) 第 105834 号

中国古典诗词曲选粹·魏晋南北朝诗卷
ZHONGGUO GUDIAN SHICIQU XUANCUI · WEIJINNANBEICHAOSHI JUAN

出 品 人　王晓光
选题策划　汤吟菲
编辑统筹　朱莉莉
责任编辑　马德权
责任印制　戚　帅　李　磊
装帧设计　观止堂_未　氓
出版发行　时代出版传媒股份有限公司（http：//www.press-mart.com）
　　　　　黄山书社（http：//www.hspress.cn）
地址邮编　安徽省合肥市蜀山区翡翠路 1118 号出版传媒广场 7 层 230071
印　　刷　安徽联众印刷有限公司
版　　次　2018 年 7 月第 1 版
印　　次　2018 年 7 月第 1 次印刷
开　　本　700mm × 1000mm　1/16
字　　数　355 千
印　　张　32.25
书　　号　ISBN 978-7-5461-6367-3
定　　价　59.80 元

服务热线　0551-63533706
销售热线　0551-63533761
官方直营书店（http://hsss.tmall.com）

总 序

中国古代诗歌，是中华民族的瑰宝。它描述了历代人民的感情历程，从《诗经》中农奴的呼喊、弃妇的怨词，《离骚》中屈原对理想的追求探索，到盛唐人建功立业的壮心，宋人的日常生活情调。它是一幅展示艺术美的斑斓画卷。一个时代有一个时代的诗歌之美：汉魏的深婉浑成，南朝的平易清丽，唐朝的情韵丰赡、空灵蕴藉，宋朝的筋骨瘦劲、思理透辟，元明清朝诗歌也颇有特色。不同作家有各自的风格之美：曹植的词采华茂，陶渊明的自然平淡，李白的清雄奔放，杜甫的沉郁顿挫，苏轼的笔势纵横，黄庭坚的老朴峭拔。不同的诗体，也有不同诗体的美：乐府的质直朴实，古体的沉厚雅博，歌行的流丽酣畅，律体的严谨整饬。

中国古代诗歌，有数千年的发展历史。最早的是集西周早期到春秋中期三百零五篇作品的《诗经》，其中既有《雅》《颂》乐歌，又有十五《国风》即各地土风民谣。战国时期，楚辞以其精彩绝艳，郁起于楚地。汉代乐府民歌奠定了“感于哀乐，缘事而发”的传统，文人五言诗走向成熟。魏晋南北朝时诗歌大为发展，建安三曹七子风骨磊落；阮籍、嵇康，一以遥深之辞树文人咏怀传统，一以峻切诗风创清逸脱俗境界；晋世群才，以繁辞缛采自妍；陶渊明诗展田园境界；二谢之诗写山水新景。隋唐五代是诗歌的鼎盛时代，近体诗律成熟，七言诗同时大盛；李白、杜甫，如双子星座，诗情辞采并耀千古；王维、孟浩然之山水田园诗，岑参、高适、王昌龄之边塞诗，皆高标于盛唐。中唐以往，则韩愈、孟郊、李贺诗风尚怪奇，元稹、白居易诗由尚俗务尽转向写身边琐事。晚唐诗多怀古咏史，李商隐诗多爱情题材，写凄艳朦胧诗境，均各呈异采。宋人在唐诗极盛难继的情况下，仍努力开拓新的诗境。梅尧臣、欧阳修诗已初具自己的面目，苏轼、黄庭坚则蔚成大家，黄庭坚与陈师道、陈与义等更形成代表宋诗特色的江西诗派。到南宋，有陆游、杨万里、范成大、尤袤等所谓“中兴四大家”，还有永嘉四灵和江湖派诗人。元代以戏曲闻世，明清以小说擅场，但诗歌仍自有其成就。明代有茶陵诗派和前后七子、公安派及竟陵派，清代有钱谦益、吴伟业，还有宋诗派、格调派和性灵派。

这套诗歌选集，是从历代诗歌中选出部分精品，加以注释，推介给读者。我们主要选取情感真挚感人、富于艺术特色、可读性强的作品，适当兼顾不同时代、不同流派和不同作家的代表性作品。古代诗歌的数量是巨大的。唐代诗歌，据清编《全唐诗》所收，有近五万首，后来还有补编。宋代诗歌，据新编《全宋诗》收录，有二十多万首。元明清三代，数量应该更多，保守估计，应该也有数十万首。我们只能在浩瀚的诗海中拾取极少的精美贝壳，加上我们的水平有限，难免有取舍失当之处，留有遗珠之憾。

作品的编排，一般以作家生年为序，生年无考者则酌情处置。同一作家的作品，依通行本的排序。每个作家均有小传，简要介绍作家生平行事、诗歌成就特色及作品和版本存世情况。作品的注释，以语词注释为主，适当阐发诗意，必要时引述古人评语，总之以引导读者领略诗意诗境为要。注出各家，可能有未能完全统一之处。选注参阅了前人和今人的研究成果，限于体例和篇幅，不能一一标示。以上均请方家批评指正。

这套诗歌选集，本是由我们尊敬的傅璇琮先生一力倡导和费心主持下做成的。傅先生是这套诗歌选集实际上的主编。但傅先生不愿署名，而执意由我们忝列其名。傅先生提携后进之情令人感动。谨此表示对傅先生的敬意和谢意。

卢盛江　卢燕新

2015年3月

前　言

本书所选的诗歌，始于汉末，止于隋亡，这一时期的诗歌现在习惯被简称为魏晋南北朝诗。

在中国历史上，这一时期正好夹在两个强盛、统一的封建王朝即汉、唐之间，其间社会动荡，战乱频繁，政权多次易主，国家长期陷于分裂，文化学术一变既有的传统，因而后人或称之为“道溺”“文衰”的时代。然而在中国文学史上，这一时期恰是创作和批评步入“自觉”的开端，其中诗歌创作所出现的一系列变化使得魏晋南北朝成为诗歌发展史上的历史性转折期。多难未曾兴邦，但它刺激、促成了魏晋南北朝诗歌创作的繁荣，是无可置疑的。

概括言之，魏晋南北朝诗歌的转折变化体现在三个方面。其一，是从这一时期开始，文人成为诗歌创作的主体；文人诗成为诗歌的主流：诗歌主要出自文人创作而非来自民间。当然，这期间民间诗歌仍很活跃；对文人诗也很有影响；然而创作中的确形成了以文人为主体的崭新格局，这是此前所没有过的，同时也为后世所沿袭。随着文人成为创作主体，诗歌遂与士的文化密不可分，这期间诗人抒写慷慨激昂的建功立业之志，凄凉悲愤的沉沦不遇之情，乃至表现寄情山水，隐居田园，莫不植根于士的文化，其审美价值取向与民间诗歌判然有别，从此士的文化便成为中国古典诗歌的核心内涵。其二，在这一时期，诗歌的题材、内容、风格都有了极大的拓展。此前诗歌偶尔写到的场面被扩充为专门的题材，例如出现了山水诗、田园诗、边塞诗、咏物诗等等：不仅描写了广阔的社会生活，而且深入反映了人的多方面的内心情感，例如大到描绘“白骨露于野，千里无鸡鸣”的惨状，小至刻画“鱼戏新荷动，鸟散余花落”的物态，既抒发了以身许国的豪迈志向，也写出了男女相思的细腻情感，诗歌因作者生活经历与个性的不同而呈现不同的风格，也因表现不同题材内容、使用不同体裁而显出风格上的差异，如此繁富多样的诗歌也为先秦以来所未见，同时为后世所继承。其三，诗歌的形式与写作技巧，在这一时期有了明显的演进。体裁样式方面，五言取代四言成为最流行的诗体，而七言、歌行、绝句诸体亦迅速发展，讲究声律的“永明体”代表了古体诗向格律诗的过渡；在写作技巧方面，诗歌借鉴了辞赋、散文的表现手法，从经史等各种典籍中吸收了大量词汇，在遣词造句上形成诸如注重词采、对偶，讲究使事用典等新的风尚。这一时期诗歌在形式和写作技巧上的进步，对后世诗歌尤其是唐诗有着巨大的影响。上述三个方面综合在一起，使得魏晋南北朝诗歌在中国诗歌史上起到了承先启后、继往开来的历史作用。

本书选录了九十余位诗人的三百多首诗，以文人诗为主，也选了一些民间诗歌。取舍之际主要考虑两点：一是尽可能地体现这一时期诗歌创作的成就；二是争取能反映出这一时期诗歌的时代特色及演变的大致轨迹。要真正做到这两点都不容易，要同时兼顾而又显得协调更是困难。有关取舍选注的一些具体问题，借此略作几句说明。在不同时期的诗人中对南朝即东晋和宋、齐、梁、陈的诗人有意多选了一些，南朝诗歌入选数量相对较多。尽管南朝一些大家名家的成就早有定评，但自唐代以来，批评家对南朝诗歌总的评价不高，齐梁诗风尤其堪称众矢之的。受此影响，历来选本选录南朝诗的态度就都偏于审慎，虽然大家名家仍在必选之列。本书则格外选了一些有佳作或有影响而历来很少入选或入选诗作很少的诗人的诗篇，例如玄言诗的代表孙绰，以言情诗著称的汤惠休，“宫体诗”的领袖萧纲，所选诗歌或一首或数首，数量与“建安七子”大体相当，意在引起读者对这些诗人的注意。对某一时期，某一流派的诗歌，有意通过选诗比较全面地展示其创作成就和风格特点。例如曹氏父子和建安诗人的诗歌，历来多强调其“慷慨任气”的一面，而实际上他们也有缠绵悱恻乃至坦诚炽热的言情诗；再如“宫体诗”，历来都侧重批评其“淫放”，而实际上所谓的“宫体诗”远不是都写艳情，其中也有风格刚健的边塞诗、清新隽永的言情诗。选一些有特色而不大为人提及的诗，可使读者见其全貌。

在介绍诗人生平经历、创作特色、成就评价的“小序”中，有意结合历来的诗歌批评，对前人某些说法有所辨析评论。例如，初唐魏徵等对南朝诗的激烈抨击，确立了此后南朝诗歌评价的基调，有关的“小序”中就特别指出，魏徵等的批评根本目的实为总结兴亡治乱的经验教训，因而并非恰如其分的文学评论。这些辨析评论自然只是选注者个人的看法，而意在提醒读者有必要全面、客观地了解一种诗风、一个诗人的情况，而不必尽信前人、他人的结论。

对诗人的排列，以其卒年的先后为序；卒年不详者，则根据其生活、交游情况，并参考《先秦汉魏晋南北朝诗》的次序排列。诗歌注释以诠释语意、注明典故字面出处为主，间亦收录前人的评价以帮助读者理解与欣赏。

丁夏

2010 年 9 月于北京清华园

目　录

魏晋诗

曹操 /3
蒿里行 /4
短歌行 /5
步出夏门行(四首选二) /8
阮瑀 /11
驾出北郭门行 /12
陈琳 /14
饮马长城窟行 /15
应瑒 /18
别诗 /19
徐幹 /20
室思 /21
王粲 /23
七哀诗(三首选二) /24
刘桢 /28
赠从弟(三首选一) /30
繁钦 /31
定情诗 /32
蔡琰 /36
悲愤诗 /37
左延年 /44
从军行(二首选一) /45
曹丕 /46
燕歌行(二首选一) /47
清河作 /48
曹植 /50
箜篌引 /52
名都篇 /54
鰕䱇篇 /57
白马篇 /59
美女篇 /61
野田黄雀行 /63
泰山梁甫行 /64
七哀诗 /65

吁嗟篇 / 67
杂诗（六首选一） / 69
送应氏（二首选一） / 70
赠白马王彪 / 72
嵇康 / 79
赠秀才入军（十八首选二） / 81
阮籍 / 84
咏怀（八十二首选九） / 86
傅玄 / 98
豫章行·苦相篇 / 99
西长安行 / 101
杂言 / 102
张华 / 103
情诗（五首选一） / 104
潘岳 / 105
悼亡（三首选一） / 106
石崇 / 109
王明君辞 / 110
陆机 / 113
猛虎行 / 114
拟明月何皎皎 / 115
赴洛道中作 / 116
陆云 / 118
答张士然 / 119
张翰 / 121
杂诗（三首选一） / 122
嵇含 / 124
伉俪诗 / 125
左思 / 127
咏史（八首选五） / 128
招隐（二首选一） / 135
张协 / 137
杂诗（十首选一） / 138
王赞 / 140
杂诗 / 141
潘尼 / 143
赠汲郡太守李茂彦 / 144
刘琨 / 145
重赠卢谌 / 146
郭璞 / 149
游仙诗（十四首选三） / 151
孙绰 / 154
秋日 / 155
王献之 / 157
桃叶歌 / 158
陶渊明 / 159
停云 / 162
时运 / 163
和郭主簿（二首选一） / 164
癸卯岁始春怀古田舍（二首选一） / 166
归园田居（五首选三） / 168

饮酒(二十首选四) / 172
移居(二首选一) / 178
杂诗 / 180
咏贫士 / 183
拟古(九首选三) / 184
读《山海经》(十二首选二) / 186
咏荆轲 / 189
挽歌(三首选一) / 192

南北朝诗

谢灵运 / 197
晚出西射堂 / 199
登池上楼 / 200
登江中孤屿 / 203
石壁精舍还湖中作 / 204
于南山往北山经湖中瞻眺 / 206
入彭蠡湖口 / 208
岁暮 / 210
谢惠连 / 212
西陵遇风献康乐 / 213
何长瑜 / 214
嘲府僚 / 215
陆凯 / 216
赠范晔 / 217
刘铄 / 218
白纻曲 / 219
颜延之 / 220
五君咏(五首选一) / 221
王僧达 / 223
和琅琊王依古 / 224
汤惠休 / 226
怨诗行 / 227
白纻歌 / 228
谢庄 / 230
怀园引 / 231
鲍照 / 234
代放歌行 / 236
代白头吟 / 238
代出自蓟北门行 / 240
拟行路难(十八首选六) / 242
梅花落 / 249
代雉朝飞 / 250
采菱歌 / 251
代春日行 / 252
赠傅都曹别 / 253
拟古(八首选二) / 255
鲍令晖 / 258
代葛沙门妻郭小玉作 / 259
吴迈远 / 261
飞来双白鹄 / 262
长别离 / 263

萧道成 / 265
群鹤咏 / 266
王融 / 267
临高台 / 268
江皋曲 / 269
张融 / 270
别诗 / 271
徐孝嗣 / 272
白雪歌 / 273
刘昶 / 274
断句诗 / 275
谢朓 / 276
登高台 / 278
入朝曲 / 278
同王主簿有所思 / 280
玉阶怨 / 280
王孙游 / 281
游东田 / 282
暂使下都夜发新林至京邑赠西府同僚 / 283
之宣城出新林浦向板桥 / 285
晚登三山还望京邑 / 286
秋夜 / 288
和宋记室省中诗 / 289
和王中丞闻琴 / 290
别江水曹 / 291
陆厥 / 292
临江王节士歌 / 293
孔稚珪 / 295
游太平山 / 296
刘绘 / 297
送别 / 298
顾则心 / 299
望廨前水竹 / 300
范云 / 302
送沈记室夜别 / 303
之零陵郡次新亭 / 304
江淹 / 305
望荆山 / 307
古意报袁功曹 / 308
效古 / 309
曹景宗 / 311
光华殿侍宴赋竞病韵 / 312
任昉 / 313
严陵濑 / 314
沈约 / 315
青青河畔草 / 317
夜夜曲(二首选一) / 317
别范安成 / 318
石塘濑听猿 / 320
柳恽 / 321
江南曲 / 322

赠吴均 /323
从武帝登景阳楼 /324
何逊 /325
铜雀妓 /327
酬范记室云 /328
与苏九德别 /329
下方山 /330
夜梦故人 /331
临行与故游夜别 /332
边城思 /333
相送 /334
吴均 /335
胡无人行 /336
有所思 /337
行路难 /337
边城将 /339
赠鲍春陵别 /340
咏宝剑 /340
春咏 /341
山中杂诗 /342
刘峻 /343
出塞 /344
王僧孺 /345
春日寄乡友 /346
张率 /347
长相思 /348
萧衍 /349
襄阳踏铜蹄歌（三首选一） /351
河中之水歌 /352
东飞伯劳歌 /353
徐悱 /355
赠内 /356
萧统 /358
相思 /359
陶弘景 /360
寒夜怨 /361
诏问山中何所有赋诗以答 /362
刘孝绰 /363
夜不得眠 /364
王籍 /365
入若耶溪 /366
萧综 /368
悲落叶 /369
庾肩吾 /371
乱后行经吴邮亭 /372
萧纲 /375
雁门太守行 /377
棹歌行 /378
折杨柳 /379
春江曲 /380
夜望单飞雁 /381
王筠 /382
杂曲 /383
楚妃吟 /383

萧绎 /385
陇头水 /386
晚景游后园 /387
咏梅 /387
春别应令(四首选一) /388
朱超 /389
舟中望月 /390
温子昇 /391
捣衣曲 /392
邢劭 /394
思公子 /396
萧悫 /397
秋思 /398
祖珽 /399
望海 /400
魏收 /401
棹歌行 /402
王褒 /403
饮马长城窟行 /404
出塞 /405
别陆子云 /406
渡河北 /407
徐陵 /409
出自蓟北门行 /410
关山月(二首选一) /411
乌栖曲 /412
别毛永嘉 /413
庾信 /415
怨歌行 /417
乌夜啼 /418
杨柳歌 /419
拟咏怀(二十七首选五) /422
晚秋 /429
梅花 /430
寄徐陵 /431
寄王琳 /431
重别周尚书 /432
秋夜望单飞雁 /433
卢思道 /434
从军行 /435
颜之推 /438
古意 /439
阴铿 /442
和傅郎岁暮还湘州 /443
渡青草湖 /444
开善寺 /445
晚出新亭 /446
五洲夜发 /447
张正见 /448
战城南 /449
江总 /450
闺怨篇 /451
南还寻草市宅 /452
于长安归还扬州九月
九日行薇山亭赋韵 /453

韦鼎 /455
长安听百舌 /456
陈叔宝 /457
三洲歌 /458
孙万寿 /459
东归在路率尔成咏 /460
杨素 /461
山斋独坐赠薛内史 /462
薛道衡 /463
昔昔盐 /464
人日思归 /465
柳辩 /467
阳春风俗歌 /468
虞世基 /469
入关 /470
侯夫人 /471
妆成 /472
杨广 /473
春江花月夜 /474
夏日临江 /475
诗 /475

魏晋南北朝民歌

魏晋民歌 /479
陇上歌 /480
陇头歌 /481
南朝民歌 /482
子夜歌 /483
子夜四时歌 /484
大子夜歌 /485
阿子歌 /486
华山畿 /487
读曲歌 /488
青溪小姑曲 /489
莫愁乐 /489
拔蒲 /490
西洲曲 /491
北朝民歌 /493
企喻歌 /494
琅琊王歌 /494
紫骝马歌 /495
捉搦歌 /495
幽州马客吟歌 /496
地驱乐歌 /497
折杨柳歌 /497
木兰诗 /498
敕勒歌 /501

魏晋诗

曹操 （155—220）

曹操，字孟德，小字阿瞒，沛国谯（今安徽亳州）人。二十岁举孝廉，授洛阳北部尉，后参与镇压黄巾起义，迁济南相。初平元年（190）率军参加讨伐董卓，后又收编青州黄巾军旧部三十余万，势力逐渐壮大。建安元年（196）迎献帝于洛阳，迁都许昌，从此“挟天子以令诸侯”，先后击败袁绍等人，统一了北方。十三（208）年拜丞相，南征荆州，为吴、蜀联军所败。后进魏公，封魏王。曹操死后，曹丕称帝，他被追尊为魏武帝。

史称曹操“外定武功，内兴文学”（《魏志·荀彧传》引《魏氏春秋》），诗人更说他“昼携壮士破坚阵，夜接词人赋华屋”（唐张说《邺都引》）。其事功后人褒贬不一，但都肯定他推动建安文学兴盛的功绩和诗歌创作的成就。刘勰《文心雕龙·时序》把汉末“文学蓬转”到建安年间“俊才云蒸”的历史性转折归功于曹操和其子曹丕、曹植的“雅好诗章”“妙善辞赋”，后世开国君主写诗填词也都有意无意地模仿他的气魄和风格。曹操存诗二十四首，都是乐府诗，这大概是因为他一有诗作，都要“被之管弦”，谱成乐章。他的诗明显地不同于一般文人，不要说直言其志的“山不厌高，海不厌深；周公吐哺，天下归心”，就是写景之句“日月之行，若出其中；星汉灿烂，若出其里”，也都显出了大政治家特具的雄才大略。这种胸襟气度渗透在字里行间，形成中国古典诗歌理论批评中很受推崇，而实际创作中并不多见的壮大格局与阳刚之气，因此后人说他的诗“如幽燕老将，气韵沉雄”（宋敖器之语），“如摩云之雕，振翮捷起，排焱烟，指霄汉”（清陈祚明语）。在意境的雄浑有力方面，曹丕、曹植都明显不及乃父；不过同时也应承认曹操在诗风的多样性上不如其子，尤其不如曹植。曹操的某些诗作如《度关山》《对酒》不大像诗篇而更接近于公文，和他的散文一样朴质。诗与文文体不同，应有不同的表现方式与风格追求，犹如曹丕《典论·论文》所说，“书论宜理”，而“诗赋欲丽”，这一点曹操似乎并没有意识到。

曹操诗作多为四言诗，他是《诗经》以后四言诗创作的名家，同时他以乐府诗旧题描写时事，这在诗歌史上不仅是新创，而且对后世影响也很深远。

蒿里行

关东有义士，兴兵讨群凶[1]。
初期会盟津，乃心在咸阳[2]。
军合力不齐，踌躇而雁行[3]。
势利使人争，嗣还自相残[4]。
淮南弟称号，刻玺于北方[5]。
铠甲生虮虱，万姓以死亡[6]。
白骨露于野，千里无鸡鸣[7]。
生民百遗一，念之断人肠[8]。

【注释】

〔1〕“关东”二句：关东，函谷关以东。义士，指起兵讨卓的诸州郡首领。群凶，指董卓及其同党。

〔2〕“初期”二句：言讨卓诸军本准备会师孟津，进军长安，匡扶汉室。期，期望。会，会师。盟津，即孟津，在今河南省孟县南，是武王伐纣时会合八百诸侯之地，也是当时讨卓诸军会合的地点。乃心，语本《尚书·康王之诰》：“虽尔身在外，乃心罔不在王室。”咸阳，秦朝旧都，此用来代指当时汉王室所在的长安。

〔3〕“军合”二句：言讨卓诸军将领各怀观望，陈兵不前。雁行（háng），飞雁的队形，这里形容诸军陈兵观望的样子。

〔4〕“势利”二句：指由于争势夺利，讨卓诸军转而自相残杀。嗣还（xuán），随后不久，还同“旋”。

〔5〕“淮南”二句：上句指建安二年（197）袁术在淮南寿春（今安

徽寿县）自立为帝，下句指袁绍在东汉初平二年（191）于河内（今河南沁阳县）密谋废献帝，改立幽州牧刘虞为帝。袁术是袁绍的从弟，二袁家世显赫，都参与讨卓之事，袁绍当年更被推举为讨卓诸军的盟主。玺，皇帝印，代指袁术称帝事。

〔6〕“铠甲”二句：言连年战乱，军士备受其苦，百姓死亡惨重。虮，虱子的卵。万姓，犹言百姓。

〔7〕“白骨”二句：描写战乱造成的惨状，王粲《七哀诗》也写过同样的情况：“出门无所见，白骨蔽平原。”

〔8〕生民：人民。

【解说】

《蒿里行》，汉乐府曲名，属《相和歌·相和曲》。此歌相传为汉初田横门人所作。因横不愿投降汉朝，自杀身亡，“门人伤之”，遂作《蒿里行》和《薤露行》，后成为挽歌（见《古今注》）。蒿里，古人传说为死人的居里。东汉初平元年（190）春，一些州郡起兵讨伐董卓，卓焚掠东都洛阳，并挟持献帝迁都长安。由于讨卓诸军陈兵观望，进而相互火并，结果讨伐不成，战乱却愈演愈烈。曹操曾参与讨卓，后以本篇记述当时之事。明人钟惺说本篇是“汉末实录，真诗史也”（《古诗归》），清人沈德潜称此诗云“借古乐府写时事，始于曹公”（《古诗源》）。

短歌行

对酒当歌，人生几何〔1〕？
譬如朝露，去日苦多〔2〕。
慨当以慷，忧思难忘〔3〕。
何以解忧？惟有杜康〔4〕。
青青子衿，悠悠我心〔5〕。

但为君故，沉吟至今[6]。
呦呦鹿鸣，食野之苹。
我有嘉宾，鼓瑟吹笙[7]。
明明如月，何时可掇？
忧从中来，不可断绝[8]。
越陌度阡，枉用相存[9]。
契阔谈宴，心念旧恩[10]。
月明星稀，乌鹊南飞；
绕树三匝，何枝可依[11]？
山不厌高，海不厌深[12]；
周公吐哺，天下归心[13]。

【注释】

〔1〕当：面对。

〔2〕“譬如”二句：极言人生短促，语本《汉书·苏武传》：“人生如朝露。”

〔3〕慨当以慷：形容歌声起伏激昂不平，慨当以慷是慷慨一词的间隔用法。

〔4〕杜康：古代传说造酒的始祖，这里代指酒。

〔5〕“青青”二句：用《诗经·郑风·子衿》成句。青衿是周代学子的服装，此处代指贤才。悠悠我心指思慕贤才。

〔6〕“但为”二句：李善本《文选》、郭茂倩《乐府诗集》无此二句，此据五臣本《文选》。君，指所思慕的贤才。沉吟，低吟不已。

〔7〕“呦呦”四句：用《诗经·小雅·鹿鸣》成句。《鹿鸣》是宴宾客的诗，这里用来表示作者渴望礼遇贤才。呦呦，鹿的叫声。苹，艾蒿。

〔8〕“明明”四句：大意是说我心中的忧虑如同天上周行不止的月亮一样，萦回不绝。掇，停止，一作缀。

〔9〕“越陌”二句：言友人远道而来，与己相会。阡、陌都是田间小道，南北为阡，东西称陌。枉，屈驾。用，从。存，省视。汉代有“越陌度阡，更为客主”的谚语（应劭《风俗通》），这里借用。

〔10〕“契阔”二句：言与友人别后相会，欢宴交谈。契阔，偏义复词，偏用阔的意思，指分别。旧恩，昔日的情谊。

〔11〕“月明”四句：以乌鹊比喻贤才，说他们四处寻觅，希望找到合适的依托之地。绕树三匝，形容乌鹊围绕着树木飞来飞去。

〔12〕“山不”二句：语本《管子·形势解》：“海不辞水，故能成其大；山不辞土石，故能成其高；明主不厌人，故能成其众；士不厌学，故能成圣。”海，一本作水。

〔13〕“周公”二句：作者最后以周公自比，说自己像周公那样思贤若渴，礼贤下士，也必能为天下人所衷心拥戴。周公，周武王的弟弟姬旦。周武王死后，文主年幼，由周公摄政，巩固了周王朝的统治。《韩诗外传》卷三引周公语：“一沐三握发，一饭三吐哺，犹恐失天下之士。”哺，嘴里咀嚼的食物。

【解说】

《短歌行》，汉乐府曲名，属《相和歌·平调曲》。古辞已佚。魏晋人以此题为诗，均系四言，诗中多感叹时光易逝，人生短暂，故前人称此题诗“皆言当及时为乐也”（见郭茂倩《乐府诗集》）。作者《短歌行》诗共有两首，其中虽也感叹“人生几何”，主调却是抒发渴望建功立业的志向。此选第一首。本篇写作时间不详，苏轼《前赤壁赋》曾说曹操“酾酒临江，横槊赋诗”，小说《三国志演义》则进一步明确说此诗作于建安十三年（208）十一月十五日，即赤壁大战前夕。这虽是后人的想象，却为此诗的创作虚构出一个颇富气氛的背景。

步出夏门行（四首选二）

观沧海〔1〕

东临碣石，以观沧海〔2〕。
水何澹澹，山岛竦峙〔3〕。
树木丛生，百草丰茂。
秋风萧瑟，洪波涌起〔4〕。
日月之行，若出其中；
星汉灿烂，若出其里〔5〕。
幸甚至哉，歌以咏志〔6〕。

【注释】

〔1〕“观沧海”原在末句“歌以咏志”的后面，现作为诗题，移置篇前。

〔2〕碣石：山名，即《汉书·地理志》所载右北平郡骊成县西南（今河北乐亭县）的大碣石山，作者出征乌桓途中经过此山。山后来沉陷海中。

〔3〕“水何”二句：澹澹，水波摇荡的样子。竦峙，耸立。

〔4〕萧瑟：形容风声。

〔5〕“日月”四句：极言大海的辽阔浩渺，是曹操的名句，清人沈德潜誉为有“吞吐宇宙气象”（《古诗源》）。星汉，银河与群星。

〔6〕“幸甚”二句：这两句为诗歌合乐时所加，用以结束一章的演奏，与诗歌正文无关。幸，吉庆、庆幸。志，心志。一作“歌以言志”。

【解说】

《步出夏门行》，汉乐府曲名，属《相和歌·瑟调曲》。《宋书·乐志》题作《碣石步出夏门行》。晋朝时此诗配乐合舞，称《碣石舞》。该诗作于建安十二年（207），当时作者正率军北征乌桓。诗中描写的是深秋初冬时节河朔一带的风物景貌，并抒发了作者心中的感慨与抱负。诗前有“艳”（前奏曲），分“观沧海”“冬十月”“土不同”“龟虽寿”四解（章）。这里选的是一、四两章。

龟虽寿

神龟虽寿，犹有竟时〔1〕。
腾蛇乘雾，终为土灰〔2〕。
老骥伏枥，志在千里；
烈士暮年，壮心不已〔3〕。
盈缩之期，不但在天；
养怡之福，可得永年〔4〕。
幸甚至哉，歌以咏志。

【注释】

〔1〕“神龟”二句：神龟，传说一种长寿而通灵的龟，据说体长一尺二寸，背上甲纹为山川日月星辰的形状（郭璞《尔雅》注）。竟，终，此指死。《庄子·秋水》：“吾闻楚有神龟，死已三千岁矣。”以神龟终有一死而感叹长生不死之不可能，为魏晋人诗中所屡见，如傅玄《放歌行》“灵龟有枯甲，神龙有腐鳞”。

〔2〕“腾蛇”二句：腾蛇，传说一种能腾云驾雾的龙，《韩非子·难

势篇》"飞龙乘云，腾蛇游雾"。终为土灰，谓最后不免一死，化为土灰。

〔3〕"老骥"四句：言有志之士即便到了晚年，仍满怀建功立业的抱负。这四句承前四句而来，语意则作一大转折，清人方东树说："武帝诗沉郁直朴，气真而逐层顿断，不一顺平放，时时提笔换气换势。"（《昭昧詹言》），这几句正体现了这一特点。又这四句诗历来传诵，据《世说新语》记载，晋人王敦每逢酒后便吟诵这几句诗，"以如意打唾壶，壶口尽缺"。骥，千里马。枥，马槽。烈士，指重义轻生或积极于建功立业的人。暮年，晚年。

〔4〕"盈缩"四句：盈缩，长短，此指人寿命的长短。养怡，指调养身心。永年，长寿。这几句说人寿命的长短不是只由上天决定的，只要善于调养，也可以长寿。

【解说】

此章与前三章不同，全篇无一语写景，而是述说心中之志以及议论生死之事。以议论的诗后来广授批评，但议论未必就不可以入诗，甚至未必就不可以是好诗，此章即足以证明。

阮瑀 (？—212)

阮瑀，字元瑜，陈留尉氏（今河南尉氏）人，“建安七子”之一。年轻时从蔡邕学习，有文名。后入曹操军中为司空军谋祭酒，当时的军国书檄，多出他与陈琳之手。后官仓曹椽属。其代表作《驾出北郭门行》是一篇关注社会问题的诗篇。他的《咏史》《七哀诗》，内容、诗题都与王粲的诗作相同，但明显不及王作。他所长在于公文而非诗歌。

驾出北郭门行

驾出北郭门，马樊不肯驰[1]。
下车步踟蹰，仰折枯杨枝。
顾闻丘林中，噭噭有悲啼[2]。
借问啼者云，何为乃如斯[3]。
“亲母舍我殁，后母憎孤儿[4]。
饥寒无衣食，举动鞭捶施[5]。
骨消肌肉尽，体若枯树枝。
藏我空室中，父还不能知[6]。
上冢察故处，存亡永别离[7]。
亲母何可见，泪下声正嘶[8]！
弃我于此间，穷厄岂有赀[9]？”
传告后代人，以此为明规[10]。

【注释】

〔1〕“驾出”二句：驾，车驾。北郭门，外城的北门，郭是外城，古时坟地多在城外北郊。樊，指马背负过重，不肯再走。

〔2〕“顾闻”二句：顾闻，回头听见。丘林，山坡树林。噭（jiào）噭，悲哭声。

〔3〕“借问”二句：这是诗人问哭泣的孤儿，为什么哭得这样伤心呢？云，一作“出”，或作“谁”。

〔4〕由这句以下的十四句都是孤儿的哭诉之词。

〔5〕“举动”一句：举动，动辄之意。捶，小木棍。施，施加。这句说后母动不动便鞭打孤儿。

〔6〕“藏我”二句：言孤儿虽有父亲但得不到父爱，备受后母虐待而无可诉告。

〔7〕故处：指孤儿生母的坟墓。

〔8〕嘶：声破，此指孤儿因哭泣过度而声音嘶哑。

〔9〕“弃我”二句：意谓孤儿生母弃他而去，死后没有留下财产让孤儿度日。穷厄，穷苦不幸。赀，同“资”，财产。

〔10〕“传告”二句：这两句是诗人的议论。规，规戒。

【解说】

《驾出北郭门行》属乐府《杂曲歌辞》。本篇写孤儿被后母虐待的痛苦，内容风格都近于汉代乐府《孤儿行》。不同之处是《孤儿行》句子长短错综，而本篇为整齐的五言；《孤儿行》通篇是孤儿的自述，以叙事为主，而本篇有对话，有叙述，还有气氛烘托和议论，这些差别反映了文人拟作乐府诗的变化。

陈琳（？—217）

陈琳，字孔璋，广陵（今江苏江都）人，“建安七子”之一。初为何进主簿，董卓之乱后前往冀州投靠袁绍，为袁绍掌管书记。他很会写檄文，在《为袁绍檄豫州》中曾痛骂曹操乃“赘阉遗丑，本无懿德”，后袁绍军败，陈琳归附曹操，曹操还为此责备他不该骂其父祖。他在曹操手下任司空军谋祭酒，仍负责檄文的写作。曹丕称其“章表殊健，微为繁富”，陈琳的诗歌则比较沉痛悲切。

饮马长城窟行

饮马长城窟，水寒伤马骨[1]。
往谓长城吏，慎莫稽留太原卒[2]。
官作自有程，举筑谐汝声[3]！
男儿宁当格斗死，何能怫郁筑长城[4]！
长城何连连，连连三千里[5]。
边城多健少，内舍多寡妇[6]。
作书与内舍："便嫁莫留住。
善事新姑嫜，时时念我故夫子[7]。"
报书往边地，"君今出语一何鄙[8]？"
"身在祸难中，何为稽留他家子？
生男慎勿举，生女哺用脯。
君独不见长城下，死人骸骨相撑住[9]？"
"结发行侍君，慊慊心意关。
明知边城苦，贱妾何能久自全[10]？"

【注释】

〔1〕"饮马"二句：这两句先说长城脚下气候寒冷，引出下文中戍卒不堪劳役之苦的叙述。窟，此指泉眼。

〔2〕"往谓"二句：戍卒恳求长城吏准其早日还乡。长城吏，指监督修筑长城的官吏。稽留，滞留。太原卒，来自太原的戍卒，即此篇男主人公。

〔3〕“官作”二句：这是长城吏的回答，意思是说官府工程有规定的期限，你们戍卒还是赶快唱起夯歌筑城。官作，官府工程，指修筑长城。程，期限。筑，夯，筑城工具。谐，配合。

〔4〕“男儿”二句：这是男主人公的回答，语气已由最初的恳求变为激愤。格斗死，死在战场上。怫郁，烦闷。

〔5〕连连：绵延不绝的样子。三千里是言其长。

〔6〕“边城”二句：边城，指长城。健少，健壮的年轻人，指服役的戍卒。内舍，指戍卒家中。寡妇，指戍卒的妻子。古时与丈夫离别独居的妇女，亦可称寡妇。

〔7〕“作书”四句：这几句说戍卒写信给妻子，劝她早些改嫁。作书，写信。内舍，此代指戍卒之妻。善事，好好侍奉。新姑嫜，新的公婆。故夫子，指原来的丈夫，即写信的戍卒。

〔8〕“报书”二句：这是戍卒之妻的回信，责备丈夫不该劝她改嫁。鄙，这里是薄情、粗鲁的意思。

〔9〕“身在”六句：这是戍卒给妻子的回信，说明自己劝说妻子改嫁的原因，并抒发对修筑长城的怨恨悲愤。祸难，指修筑长城的徭役。他家子，别人的子女，指戍卒之妻。“生男”四句语本秦代民谣“生男慎勿举，生女哺用脯。不见长城下，尸骸相支柱”（《水经注·河水》引杨泉《物理论》），此处文字上稍有增益。举，养育。哺，喂。脯，干肉。古人普遍重男轻女，这几句反说生了男孩不要养大，生了女儿要精心喂养，表达对徭役繁重的怨愤。类似的愤慨之词也见于后人诗歌，如杜甫《兵车行》：“信知生男恶，反是生女好。生女犹得嫁比邻，生男埋没随百草！”

〔10〕“结发”四句：这是戍卒之妻的回信，表示既然丈夫难以生还，自己也不愿长久活下去了。结发，古代女子十五岁时以簪束发，以示成年可以婚嫁。慊慊，心中有所思的样子。关，牵连，一作“间”。贱妾，戍卒之妻的自称。

【解说】

《饮马长城窟行》是汉乐府旧题，属《相和歌·瑟调曲》。前人或说汉代无名氏的“青青河畔草，绵绵思远道”一诗即此题的古辞（见郭茂倩《乐府诗集》）。但那首诗并没有直接描写修筑长城的徭役，因此有的现代学者推测本篇才是古辞，而那首“青青河畔草”也许是陈琳的拟作。这个推测缺乏佐证，主要依据就是本篇不仅内容与诗题相吻合，而且以对话形式写成，句子又参差不齐，有着鲜明的乐府民歌特色。近代诗人陈去病评此诗即云：“一篇之中，官吏督责，夫妇书问，其声口之严厉哀戚，莫不惟妙惟肖，洵《羽林》《罗敷》之流亚也。”（《诗学纲要》）

应瑒 （？—217）

应瑒，字德琏，汝南（今属河南）人。汉末名士应劭之子，与弟应璩并有文名。他是“建安七子”之一。初被曹操辟为丞相椽，迁平原侯（曹植）庶子，转五官中郎将（曹丕）文学。曹丕称他的作品“和而不壮”，以与刘桢的“壮而不密”对举（《典论·论文》）。应瑒的代表作一是本书所选的《别诗》，另一首是《侍五官中郎将建章台集》，两诗皆体现他的诗歌柔和情长的特点。

别诗

朝云浮云海，日暮归故山[1]。
行役怀旧土，悲思不能言[2]。
悠悠涉千里，未知何时旋[3]。

【注释】

〔1〕“朝云”二句：这两句以浮云起兴，浮云早上飘荡空中，晚上得归故山，反衬出游子欲行不能的痛苦。

〔2〕行役：外出服役。

〔3〕旋：还，这里是还乡的意思。

【解说】

作者《别诗》共两首，此为第一首。诗中抒发了游子思乡欲归而不能的苦闷心情。

徐幹 （170—217）

徐幹，字伟长，北海（今山东昌乐）人。“建安七子”之一。曾在曹操府中任丞相椽属，又在曹丕身边任五官中郎将文学。与曹丕关系甚好，其人品、学问、创作都为曹丕所称道。他们的诗歌创作倾向也相近，最明显的是都喜作言情诗，且都以此类诗作写得最好。钟嵘很称赞徐幹《室思》中的警句，但仅将其列为“下品”。曹丕说七子中只有徐幹与王粲相匹敌，钟嵘则以为王粲勉强可与刘桢同入“上品”，而徐幹与刘桢相比，仿佛是“莛”（小木槌）与“钟”的较量（见《诗品》）。明人胡应麟、清人王士祯都说无论如何不能同意此种比拟，王士祯更断言：“建安诸子，伟长实胜公干。”（《渔洋诗话》）

室思

浮云何洋洋，愿因通我辞[1]。
飘飘不可寄，徙倚徒相思[2]。
人离皆复会，君独无返期[3]。
自君之出矣，明镜暗不治[4]。
思君如流水，何有穷已时[5]。

【注释】

〔1〕“浮云”二句：这两句借浮云引出思妇的怀人之情，说愿托浮云捎去给丈夫的信。浮云飘流不定，犹如游子，曹丕《杂诗》言游子客居他乡，也说：“西北有浮云。”洋洋，形容云层广厚的样子。

〔2〕“飘飘”二句：言浮云飘流四方，不可能替人传书，自己只好感慨自己徒怀相思之情。徙（xǐ）倚，徘徊的样子。飘飘，一作“飘飖”。

〔3〕离：分别。会：相聚。

〔4〕“自君”二句：这两句暗用《诗经·卫风·伯兮》“自伯之东，首如飞蓬；岂无膏沐，谁适为容”的语意。言自从丈夫辞家外出，自己再也无心梳妆打扮。明镜，铜镜。暗不治，指铜镜因长期不用，已黯淡无光。治，理。此是擦拭的意思。这两句大概作者很喜欢，在《情诗》中又扩充为四句：“君行殊不返，我饰为谁容？炉薰阖不用，镜匣上尘生。”同时这两句也很为后人所重，南朝宋孝武帝刘骏模仿《室思》抒写闺怨，诗题即作《自君之出矣》。据《乐府诗集》，刘宋至唐代，题作《自君之出矣》的诗多至二十余首。

〔5〕“思君”二句：这也是作者的名句，在文学史上首开以不尽流水比喻思情无穷的先例，钟嵘也说这是“多非补假，皆由直寻”的“古今胜语”。后世以流水喻思情几成俗套，故沈德潜《古诗源》在此诗后下一断语：“后人拟者多矣，总逊其自然。”

【解说】

“室思”，犹言闺情，诗中描写思妇思念远游不归的丈夫。《玉台新咏》将本题诗分为六章，此篇是第三章。 后世有些选本将这六章诗有的题作《杂诗》，有的仍作《室思》，其实这是表现同一主题的几首诗，不应分开。

王粲 (177—217)

王粲，字仲宣，山阳高平（今山东邹城）人。其曾祖父、祖父在东汉都曾位至三公，他也因自幼聪慧而早享才名。年十七授黄门侍郎，因董卓之乱而弃官南下荆州投靠刘表。因貌寝体弱，不善言谈和为人通脱，在荆州一住十六年而不受重用。建安十三年（208），他劝说刘表之子降曹，曹操即授他丞相椽，封关内侯，后又迁军师祭酒，拜侍中。

"建安七子"中，王粲归附曹氏时间较晚，但很受器重，政治地位最高，文学成就也最受推崇，后人誉为"七子之冠冕"（刘勰《文心雕龙·才略》）。其诗兼有四言、五言，内容、风格则以归附曹氏的建安十三年为界限，分为前、后两个时期。前期诗主要写战乱景象和滞留他乡、沉沦不遇的情怀，悲凉凄苦；后期诗主要写跟随曹操征战的从军生活及与邺下文人的交往，颇有激昂慷慨之致。

曹植《赠王粲》诗中说："谁令君多念，自使怀百忧。"钟嵘《诗品》评其诗："其源出于李陵，发愀怆之词。"可知王粲的性格与诗歌相一致，给人印象最深的都是心怀忧愁，出语悲苦。在中国传统文化中，士的忧患意识最为深广，发言为诗，最常见的就是幽怨悲吟。也正因为如此，古代好诗差不多都是言愁述苦、悲天悯人之作。孔子说诗"可以兴，可以观，可以群，可以怨"，后来实际上最普遍、最发达的乃是"怨"，所谓"哀怨起骚人"。当然，在不同时期和不同作者笔下，诗人所悲内容有别，所怨在境界上也有高下之分。以王粲而言，他的诗与钟嵘所说的"李陵诗"（实为东汉后期无名氏所作）风格确有相近、相似之处，但后者只限于对友朋离别感伤之情的一唱三叹，王粲诗中则真实地再现了战乱给世人带来的背井离乡、骨肉离散、陈尸道路的巨大灾难和痛苦，使人读后不禁掩卷长叹。后人评王粲诗时有几位都提到其诗"局面阔大"（见方东树《昭昧詹言》），所指应该就是王粲诗不仅饱含个人悲痛，而且也描绘了社会和时代的悲剧。这种区别正好可看出建安诗歌与汉末诗歌的差异。

七哀诗（三首选二）

其一

西京乱无象，豺虎方遘患〔1〕。
复弃中国去，委身适荆蛮〔2〕。
亲戚对我悲，朋友相追攀〔3〕。
出门无所见，白骨蔽平原〔4〕。
路有饥妇人，抱子弃草间。
顾闻号泣声，挥涕独不还〔5〕。
“未知身死处，何能两相完〔6〕？”
驱马弃之去，不忍听此言〔7〕。
南登霸陵岸，回首望长安〔8〕。
悟彼《下泉》人，喟然伤心肝〔9〕。

【注释】

〔1〕“西京”二句：西京，指长安。东汉都洛阳，初平元年（190）献帝被董卓挟持到长安，因称长安为西京。豺虎，指李傕、郭汜等人。遘患，作乱，遘同“构”。

〔2〕“复弃”二句：复弃，再次离开。中国，古称黄河中下游地区为中国或中原。委身，托身。适，往。荆蛮，指荆州。荆州是古楚国地，楚国本称荆，蛮是周人对南方民族的称呼。作者初平元年随汉王室从洛阳迁往长安，这次又离开中原南奔荆州，故言“复弃中国去”。

〔3〕攀：指友人离别时攀着车辕恋恋不舍。

〔4〕无所见：犹言别的没有看到。

〔5〕“顾闻”二句：这两句写路途中看到妇人弃子逃生，悲泣而去的惨状。顾闻，回头看见和听到。

〔6〕“未知”二句：这两句是妇人的话，说自己尚且不知身死何处，不得已才弃子逃难。前人评这两句云：“单举妇人弃子而言之者，盖人当乱离之际，一切皆轻，最难割者骨肉，而慈母于幼子尤甚。写其重者，他可知矣。”（吴淇《六朝选诗定论》）完，全，保全之意。

〔7〕“驱马”二句：这两句是作者自述目睹妇人弃子逃难惨状，实在不忍心继续看下去。这两句和前面六句描写战乱时的情况，真切感人，清人何焯说：“王仲宣《七哀诗》‘路有饥妇人’六句，杜诗宗祖。”（《义门读书记》）沈德潜也说：“此少陵《无家别》《垂老别》诸篇之祖也。”（《古诗源》）。

〔8〕“南登”二句：霸陵，汉文帝陵墓。岸，高地。文帝是西汉中兴之主，汉代的“文景之治”国力强盛，天下太平。这两句既写南奔途中所见，也暗寓抚今追昔的感伤，很为前人所推崇。沈约说本篇为“先士茂制，讽高历赏”（见《宋书·谢灵运传论》）。

〔9〕“悟彼”二句：这两句说自己身经离乱之后，才真正懂得昔日诗人思念明君贤相的心情。悟，领悟。《下泉》，《诗经·曹风》中的一首诗，汉人说此诗写曹国人民“思明王贤伯”（见《毛诗序》）。

【解说】

《七哀诗》是汉末出现的乐府新题，本篇是此题诗中最早的一首。“七哀”名称的来源众说不一，有人说：“七哀谓痛而哀，义而哀，感而哀，耳闻而哀，目见而哀，口叹而哀，鼻酸而哀，谓一事而七情具也。”（见《文选》六臣注）也有人认为“七是哀之多，非定数”（《汉魏六朝诗一百首》），还有人根据晋代此题诗入乐，歌辞分为七解（段），推断当与音乐有关（《汉魏六朝诗选》）。作者现存《七哀诗》三首，本篇是其中的第一首。东汉初平三年（192），董卓部将李傕、郭汜等在长安作乱，作者为躲避战乱离开长安，前往荆州投奔刘表（刘曾从作者祖父受学)，本篇所写即此次南奔途中的见闻。这是作者的代表作，历来为人们所推重。

其二

荆蛮非我乡，何为久滞淫[1]？
方舟泝大江，日暮愁吾心[2]。
山冈有余映，岩阿增重阴[3]。
狐狸驰赴穴，飞鸟翔故林[4]。
流波激清响，猴猿临岸吟。
迅风拂裳袂，白露沾衣襟[5]。
独夜不能寐，摄衣起抚琴[6]。
丝桐感人情，为我发悲音[7]。
羁旅无终极，忧思壮难任[8]。

【注释】

〔1〕“荆蛮”二句：言荆州并非自己的故乡，为什么还要久留在这里呢？此用虚拟的疑问语，《登楼赋》则直接言之：“虽信美而非吾土兮，曾何足以少留！”古人赋中每直陈其事，而诗则不同，讲究出之以咏叹。滞淫，久留的意思。

〔2〕“方舟”二句：方舟，两只合在一起的船。方，合并。泝，同“溯”，逆流而上。这两句言乘船沿江而上，愁思萦怀。

〔3〕“山冈”二句：山冈，山脊。余映，落日的余辉。岩阿，山峦的弯曲处。重阴，浓厚的阴影。两句言日落西山，暮色苍茫，有感慨时光流逝之意。《登楼赋》中“惟日月之逾迈兮”，与此可作对比。

〔4〕“狐狸”二句：这两句化用《楚辞·哀郢》：“鸟飞还故乡兮，狐死必首丘。”意思是说鸟兽尚且能返回故土，自己却不能回家乡。

〔5〕迅风：疾风。袂：衣袖。

〔6〕摄衣：犹言整衣。上句说晚风吹拂衣裳，此句言欲弹琴以抒怀，按古人的习惯，演奏乐器必须衣冠整齐，故言“摄衣”。

〔7〕“丝桐”二句：言手中的木琴似乎也善解人意，奏出的正是我心中悲戚的感受。丝桐，指琴。桓谭《新论》：“削桐为琴，丝绳为弦。”桐木做成的琴在古代被认为是琴中的上品。

〔8〕“羁旅”二句：羁旅，寄居他乡。无终极，犹言无穷尽。壮，刺痛的意思，属当时北方方言，说见余冠英《汉魏六朝诗选》。难任，难以承受。

【解说】

本诗原列第二，写久客荆州怀乡思归之情，内容与作者的名篇《登楼赋》相似，大概作于同时。

刘桢（？—217）

刘桢，字公干，东平（今山东东平）人。曾被曹操辟为丞相椽属，后因失礼得罪，免死服役。他在“建安七子”中，以擅长五言诗著称，曹丕谓“其五言诗之善者，妙绝时人”（《与吴质书》），同时也认为他“壮而不密”（《典论·论文》）。曹丕最钦佩的是王粲和徐幹，刘桢和阮瑀、应瑒、陈琳地位相对低一些。自钟嵘《诗品》问世，他的地位陡然上升。《诗品》将他和王粲都列在“上品”，但实际上钟嵘认为他高于王粲，排列次序为刘桢在前，王在后。钟嵘还用了一个有名的比喻来安排魏晋诗坛名家的座次：“孔氏之门如用诗，则公干升堂，思王入室。”曹植坐第一把交椅，刘桢紧随其后，然后才是张协、陆机、潘岳排在“廊庑”之间，而王粲连门都未进，只好肃立于门墙之外。钟嵘动辄就以曹植、刘桢并提，如“曹、刘殆文章之圣”“自陈思以下，桢称独步”。以后“曹刘”就成了流行的并称，元好问《论诗绝句》即云：“曹刘坐啸虎生风，四海无人角两雄。”似乎建安诗坛并非“俊才云蒸”，而只有曹、刘称雄。

钟嵘对刘桢也有遗憾：“气过其文，雕润恨少。”但主要是称颂：“其源出于古诗，仗气爱奇，动多振绝，真骨凌霜，高风跨俗。”钟嵘之所以要把他拔得这样高，有两方面的原因。一是钟嵘在诗歌批评家中最早体察五言取代四言之趋势，而且对晚出的五言极为偏好，其《诗品》只评论汉魏以来的五言诗创作，所谓“嵘今所录，止乎五言”；而刘桢恰以五言诗见长，褒奖刘桢，等于提高五言诗的地位。其次，钟嵘生活的齐梁时代，沈约的声病说已产生广泛影响，诗人创作时追求的是“吐石含金”“轻唇利吻”（萧子显《南齐书·文学传论》），注重声律甚于内容，加上“轻浮绮靡”“淫艳华丽”的宫体诗盛行于世（见刘师培《中古文学史》），整个诗坛的风气已完全不同于“雅好慷慨”“梗概而多气”的建安时期。钟嵘为了扭转这种局面，就极力推崇建安诗歌所体现的“风力”“骨气”。钟嵘主张诗歌应以“风力”为主，辅之以词采，即所谓“干之以风力，润之以丹采”。他在建安诗人中，首推曹植，称其“骨气奇高，词采华茂”，以为曹植兼备“骨气”（风力）、“词采”（丹采），再以刘桢为其羽翼，称其“风力”“骨气”已备，仅略逊“词采”。可见钟嵘推崇刘桢，本意在与齐梁诗风相抗衡。总之，钟嵘有关刘桢的评论是有感而发、有为而发的，并非冷静、客观的创作总结。诗人常常“借他人之酒杯，浇胸中之块垒”，批评家亦复如此。

下面所选的《赠从弟》诗，可看出刘桢诗确有雄健苍劲的风格，但这不意味他所有的诗都是壮辞。他也有轻快的诗，例如“细柳夹道生，方塘含清源。轻叶随风转，飞鸟何翻翻”（《赠徐幹》），有的诗在当时可谓词采颇重，如“清川过石渠，流波为鱼防。芙蓉散其华，菡萏溢金塘”（《公宴诗》）。

赠从弟（三首选一）

亭亭山上松，瑟瑟谷中风〔1〕。
风声一何盛，松枝一何劲〔2〕。
冰霜正惨凄，终岁常端正〔3〕。
岂不罹凝寒？松柏有本性〔4〕。

【注释】

〔1〕“亭亭”二句：亭亭，耸立的样子。瑟瑟，风声。

〔2〕一何：何其，多么。

〔3〕“冰霜”二句：言青松不惧严寒，傲然挺立。惨凄，形容冰霜的寒冷凛冽。端正，直立的样子。

〔4〕“岂不”二句：谓青松虽也遇到严寒，但其秉性与众不同，始终能保持青翠。暗用孔子的名言：“岁寒，然后知松柏之后凋也。”（《论语·子罕》）以青松喻君子，为后人诗中所常见，如陶渊明《饮酒》诗：“青松在东园，众草没其姿。凝霜殄异类，卓然见高枝。”罹，遭受，遭遇。凝寒，严寒。本性，天性，秉性。

【解说】

《赠从弟》共三首，是作者写给他堂弟（从弟）的，三首诗分别以苹藻、青松、凤凰比喻其堂弟的芳洁、坚贞和不同流俗，也体现了作者的人格追求。此选第二首。

繁钦（？—218）

繁钦，字休伯，颍川（今河南禹州市）人。少有才辩，后被曹操辟为丞相主簿，与曹丕交往颇多。他长于书记，能诗善赋，据说有文集十卷（见补续《后汉书·艺文志》），但今存诗歌仅七首。

《颜氏家训·文章》曾批评繁钦“性无检格”，意思是说他的言行有悖于儒家传统道德规范。从他的代表作《定情诗》可看出他的确不是那种自称好德甚于好色的儒生。诗中不厌其烦地渲染一对青年男女相爱时的热烈，反复咏叹女子失恋后的痛苦，证明作者对爱情、对女性的态度不同于流俗。此诗的题目、写法明显借鉴于汉赋，其精神却远绍《诗经》里的“郑卫之声”。曹丕在给繁钦的信中，称赞当时宫廷女乐“网罗韶濩，囊括郑卫”，也公然把汉儒所谓的“述祖颂德”之作与“淫奔”的郑卫之声混为一谈、相提并论。曹丕的诗亦喜写男女之情，同时徐幹、曹植等也有类似的作品。这就提醒我们，建安诗人不仅是“雅好慷慨”，其诗风亦不局限于“梗概而多气”，而且在言情诗方面也倾注了创作热情，并取得相当的成就。对此古代的诗论家不是没有觉察，而是看到了以后品评失当。例如高明如刘勰，其评论曹氏父子诗时云：“志不出于淫荡，辞不离于哀思，虽三调之正声，实韶夏之郑曲也。”（《文心雕龙·乐府》）应该说，历来创作总是植根于现实，与生活同步；而批评往往依据既有的观念，因而即便是杰出的批评家，有时也免不了削足适履、持论不公。

定情诗

我出东门游，邂逅承清尘[1]。
思君即幽房，侍寝执衣巾[2]。
时无桑中契，迫此路侧人[3]。
我既媚君姿，君亦悦我颜[4]。
何以致拳拳？绾臂双金环[5]。
何以道殷勤？约指一双银[6]。
何以致区区？耳中双明珠[7]。
何以致叩叩[8]？香囊系肘后[9]。
何以致契阔[10]？绕腕双跳脱[11]。
何以结恩情？佩玉缀罗缨[12]。
何以结中心？素缕连双针[13]。
何以结相与？金薄画搔头[14]。
何以慰别离？耳后玳瑁钗[15]。
何以答欢忻？纨素三条裙[16]。
何以结愁悲？白绢双中衣[17]。
与我期何所？乃期东山隅[18]。
日旰兮不来，谷风吹我襦[19]。
远望无所见，涕泣起踟蹰[20]。
与我期何所？乃期山南阳[21]。
日中兮不来，凯风吹我裳[22]。
逍遥莫谁睹，望君愁我肠[23]。
与我期何所？乃期西山侧。

日夕兮不来，踯躅长叹息。
远望凉风至，俯仰正衣服[24]。
与我期何所？乃期山北岑[25]。
日暮兮不来，凄风吹我襟。
望君不能坐，悲苦愁我心。
爱身以何为？惜我华色时[26]。
中情既款款，然后克密期[27]。
褰衣蹑茂草，谓君不我欺[28]。
厕此丑陋质，徙倚无所之[29]。
自伤失所欲，泪下如连丝[30]。

【注释】

〔1〕“我出”二句：东门，暗用《诗经·郑风·出其东门》“出其东门，有女如云”。邂逅，不期而遇。承清尘，意谓有幸结识了所遇的男子。尘，本指走路时扬起的尘土。

〔2〕“思君”二句：思，思慕，爱慕。即，就。幽房，僻静处的房屋，指男女幽会处所。下句言双方相爱而结合。

〔3〕“时无”二句：谓彼此事先不曾相约相识，然而一见钟情，很快亲近起来。时，当时。桑中契，指男女约会。桑中字面本《诗经·鄘风·桑中》，这是一首描写男女相约幽会的诗。迫，接近。路侧人，路边人，指所爱的男子。

（以上六句为一段，女子简述与男子相遇相爱的经过）

〔4〕“我既”二句：言双方结合是出于彼此互相爱慕。媚、悦，均是爱慕之意。这两句之后，作者连用十一句一问一答的句子，写男女之间频频相互馈赠，以铺陈的手法，渲染当时爱情的热烈。

〔5〕拳拳：忠爱之情。绾：束。

〔6〕殷勤：指爱慕之情，《史记·司马相如传》：“相如乃使人重赐文君侍者，通殷勤。”约，犹言戴。一双银，一对银戒指。

〔7〕区区：专一的感情。《孔雀东南飞》：“新妇谓府吏，‘感君区区怀。’”

〔8〕叩叩：诚挚之情。

〔9〕香囊：装有香料的小袋，古代男女常用作定情物。

〔10〕契阔：这里指久别之情。

〔11〕跳脱：亦称条脱，即手镯。

〔12〕罗缨：用丝织成的带。

〔13〕中心：犹言衷情。素缕，白线。针：贞的谐音。这两句以纯洁的白线连双针（贞），象征男女双方真心相爱。

〔14〕相与：相交，相厚，此指相爱。金薄：即金箔。画：这里是装饰的意思。搔头：亦名簪，一种头饰。

〔15〕玳瑁钗：用玳瑁做成的头饰。

〔16〕欢忻：同“欢欣”。纨素：白色的丝绸。条：同“絛”（tāo)，丝织的带子，常镶在衣服边缘作装饰。三条裙就是饰有三道丝带花边的裙子。

〔17〕中衣：近身的衣服。这两句说为何心中感伤呢？因为身上还穿着对方赠送的中衣，睹物思人，不免惹起愁思。

（以上为一段，写男女彼此爱慕时的情形）

〔18〕“与我”二句：期，约会。所，地方。以下连用四组问答的句子，写女子遭到男子遗弃后失恋的痛苦，仍是赋的铺陈手法，而其中所表现的凄苦之情，却与前面的热恋激情形成鲜明对比。

〔19〕“日旰”二句：旰(gān)，晚。谷风，东风。襦，上衣。

〔20〕踟蹰：徘徊。这里用来形容女子在男子失约后焦虑不安、伤心失望的样子。

〔21〕山南阳：山的南面。

〔22〕“日中”二句：日中，太阳中天之时。凯风，南风。一作“飘风”。裳，裙子。

〔23〕莫谁睹：犹言什么人也没有看到。

〔24〕俯仰：上下。 正：意谓整理。

〔25〕岑：高而小的山。

〔26〕“爱身”二句：身，指女子。 惜，怜爱。 华色时，谓正值青春年华之时。

〔27〕“中情”二句：中情，内心之情。 款款，形容爱情深厚。 克密期，犹言定下密约，指定下婚期。

〔28〕“褰衣”二句：褰衣，提起衣襟。 不我欺，不欺我的倒装句。

〔29〕“厕此”二句：厕，通“侧”。 丑陋质，女子自称的谦词。徙倚，徘徊。 无所之，犹言不知到何处去。

〔30〕所欲：指所爱的男子，

【解说】

本篇系乐府诗，属《杂曲歌辞》。“定情”是镇静、安定情思的意思。 以定情名篇的作品始于东汉张衡的《定情赋》，汉末到南北朝，颇多后人拟作，如蔡邕《静情赋》，陈琳《止欲赋》，陶渊明《闲情赋》。本篇作者则变赋为诗，且将作品中抒情主人公由男性易为女性。 诗中以女子的口吻自述与一男子热烈相爱、而后遭遗弃的痛苦。 诗的题材接近《诗经》中的“弃妇诗”，写法则明显借鉴了赋的表现方式，将赋“铺采摛文”、铺陈叙事的手法移置于诗中。《文选·洛神赋》李善注中曾引本篇的两句诗“何以消滞忧？ 足下双远游”，为《玉台新咏》本所无，现作为本篇的佚句，附录于此。

蔡琰（生卒年不详）

蔡琰，字文姬，又作昭姬，陈留圉（今河南杞县）人。著名学者蔡邕之女。自幼好学，多才能书，又精于音律。十六岁嫁河东卫仲道，不久夫死无子，归于母家。董卓兵乱后，她先被卓军挟持西迁，继而在战乱中为南匈奴军掳去，留居南匈奴十二年，生有二子。建安七年（202）被父亲故友曹操以金璧赎回，归来后再嫁董祀。

现列在她名下的诗有五言、骚体《悲愤诗》各一首，及骚体诗《胡笳十八拍》。后者情词均佳，如泣如诉，然始见于南宋朱熹《楚辞集注 · 后语》，不少人认为出自后人假托。骚体《悲愤诗》也被认为是伪托之作。五言《悲愤诗》一般相信确出其手。此诗长达五百四十字，不仅是建安文人诗中唯一的长篇叙事体抒情诗，而且艺术成就很高，诗中事因时迁，情随事出，饱含悲愤，催人泪下，类似的同样出色的作品要迟至唐代才再度问世。由此可看出这位历经苦难的女诗人在文学史上不寻常的地位。

悲愤诗

汉季失权柄，董卓乱天常，
志欲图篡弑，先害诸贤良。
逼迫迁旧邦，拥主以自强[1]。
海内兴义师，欲共讨不祥[2]。
卓众来东下，金甲耀日光[3]。
平土人脆弱，来兵皆胡羌[4]。
猎野围城邑，所向悉破亡。
斩截无孑遗，尸骸相撑拒[5]。
马边悬男头，马后载妇女。
长驱西入关，迥路险且阻[6]。
还顾邈冥冥，肝脾为烂腐[7]。
所略有万计，不得令屯聚[8]。
或有骨肉俱，欲言不敢语[9]。
失意几微间，辄言"毙降虏，
要当以亭刃，我曹不活汝[10]。"
岂敢惜性命，不堪其詈骂[11]。
或便加棰杖，毒痛参并下[12]。
旦则号泣行，夜则悲吟坐。
欲死不能得，欲生无一可。
彼苍者何辜，乃遭此厄祸[13]！
边荒与华异，人俗少义理[14]。
处所多霜雪，胡风春夏起[15]。

翩翩吹我衣，肃肃入我耳。
感时念父母，哀叹无终已[16]。
有客从外来，闻之常欢喜。
迎问其消息，辄复非乡里[17]。
邂逅徼时愿，骨肉来迎己[18]。
己得自解免，当复弃儿子[19]。
天属缀人心，念别无会期。
存亡永乖隔，不忍与之辞[20]。
儿前抱我颈，问“母欲何之[21]？
人言母当去，岂复有还时？
阿母常仁恻，今何更不慈？
我尚未成人，奈何不顾思！”
见此崩五内，恍惚生狂痴[22]。
号泣手抚摩，当发复回疑[23]。
兼有同时辈，相送告离别。
慕我独得归，哀叫声摧裂[24]。
马为立踟蹰，车为不转辙。
观者皆歔欷，行路亦呜咽[25]。
去去割情恋，遄征日遐迈[26]。
悠悠三千里，何时复交会[27]？
念我出腹子，胸臆为摧败[28]。
既至家人尽，又复无中外[29]。
城郭为山林，庭宇生荆艾。
白骨不知谁，从横莫覆盖[30]。
出门无人声，豺狼号且吠。
茕茕对孤景，怛咤糜肝肺[31]。

登高远眺望，魂神忽飞逝。
奄若寿命尽，旁人相宽大[32]。
为复强视息，虽生何聊赖[33]？
托命于新人，竭心自勖厉[34]。
流离成鄙贱，常恐复捐废[35]。
人生几何时，怀忧终年岁！

【注释】

〔1〕“汉季”六句：这几句谓汉末诸帝大权旁落，董卓趁机拥兵作乱，妄图篡夺皇位，遂杀害汉室忠臣，并挟持汉帝由洛阳迁都长安。汉季，汉末。权柄，指皇帝统治天下的权力。乱天常，违背天道，指董卓拥兵作乱。篡弑，指董卓专断朝政，废少帝，自立陈留王为献帝，谋夺汉朝天下。“先害诸贤良”以下三句：指董卓挟持献帝，遭到汉督军校尉周泌等人反对，遂将其杀害，纵兵焚掠洛阳，迁都长安。长安为西汉故都，因称旧邦。董卓挟持献帝以加强自己的权势，故言“拥主以自强”。

〔2〕“海内”二句：指初平元年（190）春关东州郡兴兵讨伐董卓。海内，犹言国内，古人谓中国四境俱有大海，因称国中为海内。义师，指讨伐董卓的联军。不祥，犹言恶人，指董卓。

〔3〕“卓众”二句：指董卓部将李傕、郭汜率军由关中出函谷关东进陈留、颍川诸县。金甲耀日光，兵器、铠甲反射着日光，形容卓军人马众多。

〔4〕“平土”二句：平土，平原，指中原地区。胡羌，指卓军中羌、氐等边疆民族士兵。

〔5〕“猎野”四句：言卓军攻城掠地，肆意杀戮。猎野，在野地打猎，此指作战。斩截，杀戮。无孑遗，无人生还的意思，语本《诗经·大雅·云汉》：“周余黎民，靡有孑遗。”相撑拒，形容死人尸骨杂

乱堆积在地上的样子，语本秦代民谣：“君不见长城下，死人骸骨相撑柱。”

〔6〕“马边”四句：言卓军杀死男子，掠走妇女，经函谷关回军关中。迥路，远路。清何焯《义门读书记》云：“文姬流离当在此时（初平三年，192）。”

〔7〕“还顾”二句：言西行途中回头眺望来路，渺远迷茫，伤心痛苦之至。邈冥冥，渺远迷茫的样子。

〔8〕“所略”二句：言被卓军虏掠的人成千上万，卓军不许他们聚集在一起。略，同“掠”。屯聚，聚集。

〔9〕“或有”二句：言有的是骨肉至亲一起被虏掠，他们虽想通话却不敢开口。

〔10〕“失意”四句：谓卓军对待被虏之人极为残暴，被虏者稍不留意，卓军就威胁要杀死他们。失意，犹言不留神，不注意。几微，极微小的，犹言稍许。辄言，动不动就说。“毙降虏”以后是卓军所说的话。要当，应当。亭刃，犹言挨刀，亭通“停”。我曹，我辈。

〔11〕“岂敢”二句：谓被虏之人简直不想再活下去，因为卓军的咒骂实在难以忍受。

〔12〕“或便”二句：谓卓军不时用棍子打人，被打的人心中的痛恨和身上的伤痛交织在一起。棰杖，木棍。参，夹杂。

〔13〕“彼苍”二句：犹言上天啊，我们有何罪过，为什么要遭受这般摧残？彼苍者，指苍天。辜，罪孽。厄，困苦。

（以上为第一段）

〔14〕“边荒”二句：言作者被虏后所居住的南匈奴（在今山西临汾附近）地处边远，当地人的习俗亦与中原汉人不同。按作者前面叙述为董卓之军所虏，其后如何转入南匈奴军中，诗中略而不叙，其本传中也未明载。据《后汉书》记载，兴平二年（195）十一月李傕、郭汜等军为南匈奴左贤王所破，作者可能在这次战争中被掠至南匈奴军。

〔15〕胡风：犹言边地之风。

〔16〕“感时”二句：言在这种处境下每每思念父母，悲哀不已。

〔17〕“有客”四句：言有时中原有人来此地，自己听说就非常高兴，然而迎上去一打听，发现来者并非自己同乡，自然也就无从得知家乡情况。

〔18〕“邂逅”二句：指曹操遣使者接作者回乡。曹丕《蔡伯喈女赋序》：“家公与蔡伯喈有管、鲍之好，乃命使者周近择玄璧于匈奴，赎其女还。”所说即此事。邂逅，意外地相遇。徼，徼幸。时愿，指作者归乡的心愿。骨肉，犹言亲人，指曹操派来的使臣。

〔19〕“己得”二句：言自己得以离开南匈奴，可是在当地生下的两个儿子却不能带走。

〔20〕“天属”四句：天属，天然的亲属，指儿子。缀，联系。会期，相会之日。存亡永乖隔，犹言生死永别，无缘再见。

〔21〕欲何之：犹言要去哪里，由此句至“奈何不顾思”是作者描写儿子与她分别时所说的话。

〔22〕“见此”二句：谓自己见儿子依恋不舍的情形，但觉五内俱焚，神情恍惚，痛苦难以言表。五内，五脏。狂痴，神智不清。

〔23〕“号泣”二句：言作者临行时一面痛哭，一面用手抚摸着儿子，车子开动时又迟疑地不忍离去。

〔24〕“兼有”四句：言当时一并送行的还有其他被虏之人，他们很羡慕自己能还乡，送别的哭声让人听了肝肠欲断。摧裂，形容哭声的凄厉。

〔25〕“马为”四句：形容送别场面催人泪下。歔欷，悲泣抽噎。行路，指过路的行人。

（以上为第二段）

〔26〕“去去”二句：言随着车马南行，离儿子越来越远。去去，犹言走啊走啊。情恋，指母子之情。遄征，疾行。日遐迈，犹言一天天走远了。

〔27〕“悠悠”二句：言中原与南匈奴相距遥远，母子不能相会。悠悠，长远貌。三千里是极言其远，陈琳《饮马长城窟行》：“长城何连连，连连三千里。”可知汉末诗人每以“三千里”言其远。

〔28〕出腹子：犹言亲生子。

〔29〕“既至”二句：言归至故乡，才知家人亲友都已不在世了。中外，犹言中表，中指舅父的子女，为内兄弟；外指姑母的子女，为外兄弟。

〔30〕“城郭”四句：郭，外城。城郭犹言城内城外。荆艾，荆棘和艾蒿，意为野树杂草。从横，即纵横。莫覆盖，没有人来掩埋。

〔31〕“茕茕”二句：言四顾无人，只有自己对着自己的影子，不禁为此惨状而失声惊呼。茕茕（qióng），孤独貌。景，即影。怛咤（dá zhà），惊叫。靡，烂，碎。

〔32〕“登高”四句：言登高远望，忽觉魂魄飞散，生命不存，旁人劝她宽心。奄，忽然。宽大，劝解的意思。

〔33〕“为复”二句：言自己虽勉强活了过来，但这样活下去又有什么乐趣和依靠呢？视息，睁开眼，喘过气来。聊赖，乐趣，依靠。

〔34〕“托命”二句：言现在又嫁了人，且尽力自勉，好好生活下去罢。托命，这里是嫁人的意思。新人，指董祀。竭心，尽力。勖（xù）厉，勉励。

〔35〕“流离”二句：言自己有过被虏的屈辱生活，在别人眼里地位很低贱，因此现在常担心遭丈夫遗弃。捐废，遗弃。沈德潜云：“托命新人四句，逆揣人心，直宣己意，它人所不能道。”（《古诗源》）

【解说】

本诗始载于《后汉书·列女传·董祀妻传》：“兴平（汉献帝年号，194—195）中，天下丧乱，文姬为胡骑所获，没于南匈奴左贤王。在胡中十二年，生二子。曹操素与邕（作者父蔡邕）善，痛其无嗣，乃遣使者以金璧赎之，而重嫁于祀（董祀）……后感伤乱离，追怀悲愤，作诗二章。”两首诗的首章即此诗，次章为骚体。后者因所述情节有与作者生平不符处，大多认为出自伪托。关于本诗的真伪，学者也有争论，如苏轼说：“蔡琰二诗明白感慨，颇类《木兰诗》，东京无此格也。”（《仇池笔记》）认为此诗风格与汉末诗风不类；清人吴闿生则说：“吾以谓决非伪者，因其为文姬肺腑中言，非他人之所能代也。”（《古今诗范》）今人多倾向于认为此诗确出蔡琰之手。 诗中叙述了汉末战乱和被虏入胡情形，继而写在胡地的生活和被赎回乡经过，最后写还家后的见闻遭遇。

左延年（生卒年不详）

左延年，其籍贯、生平均不见记载，仅知他在黄初（220—226）年间因“善制新声”而被宠，是曹魏宫廷有名的乐师。《宋书·乐志》中还特别提到他“妙善郑声”。他留下来的两篇乐府诗，一篇是叙述烈女手刃杀父仇人故事的《秦女休行》，生动反映了汉末流行的私家复仇的风气；另一篇即本文所选的《从军行》，全诗只有短短的六句，所述的内容却很沉痛，叙事的简练含蓄在乐府诗中亦不多见。

从军行（二首选一）

苦哉边地人，一岁三从军〔1〕。
三子到敦煌，二子诣陇西〔2〕。
五子远斗去，五妇皆怀身〔3〕。

【注释】

〔1〕“苦哉”二句：言边疆地区人民饱尝征战从戎之苦。一岁，一年。三从军，意思是多次被征招从军。

〔2〕“三子”二句：这两句和下面两句都以被征之人的父亲口吻叙事。此言三个儿子从军去敦煌，另外两个去陇西。敦煌、陇西都是汉代西北边郡，前者治所在今甘肃敦煌，后者治所在今甘肃临洮。

〔3〕“五子”二句：远斗，到远方去作战。怀身，怀有身孕。五个儿子同时被征，五个儿媳妇同时怀有身孕，则这一家的痛苦不难想象。清人张玉穀认为此诗结句尤佳，谓：“难堪处全在一结。”（《古诗赏析》）

【解说】

《从军行》是乐府诗，属《相和歌》。古辞写从军生活，建安诗人多以此题写离乱征战之苦。写士卒远征痛苦，始于本篇，以后陆机等人皆有拟作。原作共二首，本篇为其一。

曹丕（187—226）

曹丕，字子桓，曹操的次子。因其兄曹昂早死，他又在立储之争中战胜同母弟曹植，遂于建安二十二年（217）得立为太子。此前任过五官中郎将、副丞相。曹操死后，他以“禅让”的方式代汉自立为帝。在位时曾两次带兵伐吴，均未成功。死后世称魏文帝。

建安年间（196—220），曹丕长期留守后方，有较多时间与文人交往，因此他实际上是当时邺下文人集团的领袖。他和文士们“出则连舆，止则接席”“酒酣耳热，仰而赋诗”（《与吴质书》），关系很亲密，所谓“建安七子”即首先由他提起。他自言“史汉诸子百家之言靡不毕览”（《自叙》），所作兼有诗赋散文，其中诗达百余首（据钟嵘《诗品》，现存四十首），这在当时堪称创作甚丰。其《典论·论文》是现存最早的文学批评论文，文中不仅具体评论“建安七子”的创作，而且不少论点在理论上有建树，还首次把文学创作提到很高的位置：“文章经国之大业，不朽之盛事。年寿有时而尽，荣乐止乎其身，二者必至之常期，未若文章之无穷。”前人论及汉魏之际风气的变化，说“自魏氏膺命，主爱雕虫，家弃章句”（《宋书·臧焘传论》），从汉代士子汲汲于章句之学到魏晋南北朝君臣上下普遍爱好文学，促成此种变化的原因固然复杂多样，但曹丕重视文学的态度在其间确实起到了显著的积极作用。

刘勰颇为曹丕抱不平，说：“文帝以位尊减才，思王以势窘益价。”（《文心雕龙·才略》）钟嵘则批评他的诗“率皆鄙直如偶语”，只有十分之一的诗“美赡可玩”（《诗品》），似乎都不如清人沈德潜概括来得精当公允：“子桓诗有文士气。”（《古诗源》）他的诗既不像曹操的气韵沉雄，也不像曹植的慷慨悲凉，而是轻俊秀逸，像是出自一位衣食无忧、不屑进取的文人之手，明清之际的志士王夫之读后感叹：“人世陵嚣之气，淘汰俱尽。”（《古诗评选》）曹丕最喜欢写的题材是男女相恋相思之情，甚而替河边的纤夫之妻写诗怀念丈夫（见《于清河见挽船士新婚与妻别》），替下属、友人的妻子抒发独处的幽怨和哀悼丈夫之情（见《代刘勋妻王氏杂诗》《寡妇》）。他的名作、现存最早的完整的七言诗《燕歌行》也是模拟思妇口吻，抒写缠绵悱恻的闺怨。

燕歌行（二首选一）

秋风萧瑟天气凉，草木摇落露为霜[1]。
群燕辞归雁南翔，念君客游思断肠[2]。
慊慊思归恋故乡，君何淹留寄他方？
贱妾茕茕守空房，忧来思君不敢忘，
不觉泪下沾衣裳。[3]
援琴鸣弦发清商，短歌微吟不能长[4]。
明月皎皎照我床，星汉西流夜未央[5]。
牵牛织女遥相望，尔独何辜限河梁[6]？

【注释】

〔1〕“秋风”二句：这两句以秋风起、草木落起兴，引出思妇不胜寂寞，思念丈夫的情怀。暗用宋玉《九辩》：“悲哉，秋之为气也！萧瑟兮，草木摇落而变衰。”萧瑟，风声。草木，草与树。摇落，指草木凋谢的样子。

〔2〕“群燕”二句：这两句说看到飞鸟纷纷飞回归乡，想到丈夫远出不归，倍觉痛苦。辞归，告别他乡归家。君，指女子的丈夫。客游，离家在外。雁，一作“鹄”。思断肠，一作“多思肠”。

〔3〕“慊慊”五句：首句是设想丈夫必然思归，次句是因其不归而生疑问，后三句写思妇独守空闺，思念无已，十分忧伤。慊慊，心中思虑的样子。淹留，久留。寄，寄身。贱妾，思妇自称的谦词。茕茕（qióng），孤单的样子。君何，一作“何为”。

〔4〕“援琴”二句：由于心情凄凉，弹琴唱歌，唱出的是短促悲伤

的声音，很难弹唱舒缓平和的歌曲。援琴，取琴。清商，乐名，音乐短促。微吟，声音低沉的歌唱。

〔5〕“明月”二句：上句从《古诗》“明月何皎皎，照我罗床帏”变化而成。星汉西流，指天上众星向西流转，表示夜已深。夜未央，语出《诗经·小雅·庭燎》“夜如何其？夜未央”，指夜深将半之时。一说上句中的“床”不是眠床而是坐床，即思妇弹琴时的坐处。

〔6〕“牵牛”二句：这两句借天上的牵牛星、织女星的不能相会，感慨自己不能与丈夫相聚的悲哀。尔，指牵牛，织女。辜，通“故”。限河梁，河梁是河上的桥，限河梁是说河上无桥可通，只能遥遥相对。

【解说】

《燕歌行》，汉乐府曲名，属《相和歌·平调曲》。古辞已佚。前人或说此题乐府起于“言良人从役于燕”（《乐府广题》），或说题中的“燕”本表示音乐的地方特点，后音乐失传，遂主要写燕地的风土人情。又因汉末多战乱，征戍不绝，故当时此题多言离别之情（《乐府正义》）。作者本题诗共两首，这里选第一首。诗中以女性的口吻，诉说秋夜思念丈夫的情怀。本诗通篇为七言，逐句押韵，是现存最早、最完整的七言乐府诗。

清河作

方舟戏长水，澹澹自浮沉〔1〕。
弦歌发中流，悲响有余音〔2〕。
音声入君怀，凄怆伤人心〔3〕。
心伤安所念，但愿恩情深〔4〕。
愿为晨风鸟，双飞翔北林〔5〕。

【注释】

〔1〕“方舟”二句：方舟，两只船并在一起。 澹澹，水波摇动的样子。 言“方舟”戏于水中，是为了衬托彼此分离的痛苦，同时也交代了弹奏悲响的女子所处的位置。

〔2〕悲响句：一作北风漂余音。

〔3〕君：指男子。

〔4〕安：何。

〔5〕“愿为”二句：这两句化用《诗经·秦风·晨风》词义：“彼晨风，郁彼北林，未见君子，忧心钦钦。”晨风，鸟名，毛色青黄。

【解说】

清河，淇水的支流，源出内黄（今属河南）义阳乡。 作者还有一篇《于清河见挽船士新婚与妻别》（《玉台新咏》作曹丕诗，《艺文类聚》作徐幹诗），模拟纤夫之妻的口吻，抒写相思离别之情。 本诗当是同时之作，刻画的也是男女相思之情。 本诗艺术上的显著特点是运用了“顶针”的修辞手法，因而读来具有特殊的韵味。

曹植 （192—232）

曹植，字子建，是曹操的第四子，曹丕的同母弟。他身为贵公子，以后又封侯称王，但一生很不顺利。曹氏三祖中，曹操先是欣赏他的才华，认为他“最可定大事”（《三国志》注引《魏武故事》），继而因他的“任性而行，饮酒不节”而动摇了对他的信任；曹丕最初以他为争夺太子地位的主要对手，称帝后仍对他严加监视，多方迫害；曹叡秉承父志，对这位叔父亦多猜忌，防范甚密。曹植曾把自己比作“圈牢之养物”（《求自试表》），自谓“汲汲无欢”，又言“身轻于鸿毛，而谤重于泰山”（《黄初六年令》），都足以使人体会其身世的悲哀。尽管他在建安十六年（211）二十岁时就封平原侯，太和六年（232）即去世那年又封陈王，但他在这二十年中所遭遇的挫折、打击、折磨的痛苦，都远非寻常之人所曾经历。

曹植一生最重要的转折期为建安二十五年（220）曹丕称帝。在这以前，虽然他在争夺太子的争斗中屡遭失败，却还未曾完全受制于人，毕竟还有贵公子欢宴高堂、结交友朋的生活，建功立业的希望也还存在，因而此前所写的诗歌虽流露了不得志之感，但叙酣宴、说友情、抒发驰骋疆场赢取功名的理想，仍是其诗中的主调。在这以后，才真正沦为“圈牢之养物”，生活上有时竟是“决然空守，饥寒备尝”（《社颂序》），昔日友朋先后被诛杀，兄弟之间不许往来，因而此后所写诗歌饱含悲愤，叙述骨肉相残的痛苦，自比怨女思妇以剖白心曲，想象登天游仙以排遣现实生活的苦闷，同时仍不能忘却少年时的英雄抱负。正是这种不同寻常的经历与情怀，加上他极高的天赋才华，还有建安时期诗歌创作蓬勃向上、迅速发展的时代背景，使得他成为当时最杰出的诗人。他在诗歌上的成就超过父兄，也明显高于“建安七子”，可以在整个诗歌史上归人大家之列。其生平遭遇的不幸恰成为创作上的大幸。

曹植诗歌在当时诗人中数量最多，而且读来像是听到一部由整个建安诗人共同唱出的大合唱，其中似乎汇聚了各个诗人不同题材、不同内容、不同风格的各种诗歌，然而仔细读来，又可发现他始终保持自己独特的声音，其实是声音格外宏亮的独唱。例如，渴望建功立业的主题多次出现在他父亲的笔下，而他写同样主题，则变“幽燕老将”为“白马金羁”的“游侠少年”，不仅要建功立业，还甘愿“捐躯赴国难，视死忽如归”（《白马篇》），其胸怀也不是“山不厌高，海不厌深”，而是“抚剑而雷音，猛气纵横浮”（《鰕篇》），而且不局限于自己的建功立业，还要“拔剑捎罗网”（《野田黄雀行》），以扶危济困为己任。再比如，曹丕、徐幹等都有诗刻画相思离别之情，着重抒写思妇幽怨，而他诗中同样的题材，则能融进自己的身世之悲，怀才不遇之感，“盛年处房室，中夜起长叹”（《美女篇》），“慊慊仰天叹，愁心将何愬”（《浮藻篇》），“浮沉各异势，会合何时谐”（《七哀》），“愿为南流景，驰光见我君”（《杂诗》其三）。显然，同样的题材经过他的手都加以深化、拓展、变异，所以同样的题材他对后人的影响也远远超过同时人，例如“白马少年”的形象就屡屡出现在后世的边塞诗中，“盛年处房室”的思妇也每每成为失意士子的象征。真正的大诗人总是和同时代人既有联系又有区别，从曹植诗中读者对此自会有真切的感受。

在艺术上，曹植的诗歌标志着诗歌演进过程中的重大转折。明人王世懋说：“古诗两汉以来，曹子建出而始为宏肆，多生情态，此一变也。”（《艺圃撷余》）胡应麟说：“子建《名都》《白马》《美女》诸篇，辞极赡丽，然句颇尚工，语多致饰，视东西京乐府天然古质，殊自不同。”（《诗数·内篇》）王世贞也说：“汉乐府之变，自子建始。”（《艺苑卮言》）他们分别从古诗、乐府诗两方面指出了曹植的创新，语虽简略，但很值得玩味。

箜篌引

置酒高殿上，亲友从我游〔1〕。
中厨办丰膳，烹羊宰肥牛〔2〕。
秦筝何慷慨，齐瑟和且柔〔3〕。
阳阿奏奇舞，京洛出名讴〔4〕。
乐饮过三爵，缓带倾庶羞〔5〕。
主称千金寿，客奉万年酬〔6〕。
久要不可忘，薄终义所尤〔7〕。
谦谦君子德，磬折何所求〔8〕？
惊风飘白日，光景驰西流〔9〕。
盛时不再来，百年忽我遒〔10〕。
生存华屋处，零落归山丘。
先民谁不死？知命复何忧〔11〕。

【注释】

〔1〕亲友：亲密的朋友。一作“亲交”。

〔2〕“中厨”二句：言家中杀牛宰羊，厨房内正做着丰盛的宴席。

〔3〕“秦筝”二句：秦筝，古筝五弦，后来秦国蒙恬改为十二弦，状如瑟，遂名秦筝。齐瑟，瑟亦为弦乐，弦数多少不等，战国时齐国临淄人“无不鼓瑟也”（《战国策·齐策》）。这里以秦筝、齐瑟形容上等乐器。和且柔，言乐曲声调柔和，因为据说齐国人的脾气好，言行都从容不迫（见《文选·典论》李善注“徐幹时有齐气”句）。

〔4〕“阳阿”二句：阳阿，本指地名，此指从阳阿来的著名舞伎。《汉书·外戚传》记载，赵飞燕年轻时曾从阳阿人学歌舞。京洛，洛阳是东汉的京城。名讴，犹言名歌。

〔5〕“乐饮”二句：言酒过三巡，众人已有醉意，遂宽衣松带，大食其菜。乐饮，快乐地饮酒。三爵，三杯。《礼记·玉藻》云：“君子之饮酒也，受一爵而色洒如也，二爵而言言斯，礼已三爵而油油以退。”酒已喝过三杯，宾主也都并非酒徒，仍不忘君子之礼，于是开始吃菜。带，衣带、腰带。庶羞，众美味。

〔6〕“主称”二句：千金寿，用《史记·鲁仲连邹阳列传》中成语：“平原君乃置酒，酒酣，起前，以千金为鲁连寿。”寿，以金帛赠人。奉，献。万年酬，祝主人健康长寿以酬答其盛情。千金，对万年，下一句也许是直录其语，上一句当非实指，而是想让上下句对得工整。

〔7〕“久要”二句：久要，旧约，语本《论语·宪问》：“久要不忘平生之言，亦可以为成人矣。”尤，批评、指责。下句言朋友间结交始厚而终薄，是不合于道义的，必受谴责。

〔8〕“谦谦”二句：谦谦，谦逊的样子。磬折，弯腰鞠躬的样子。磬是石制的打击乐器，中间弯曲，挂起来敲打。折，弯曲。这两句诗是对前面所叙欢宴宾客目的的说明。言谦恭本是君子的品德，但如此礼遇宾客又是为了什么呢？言外之意是说宾客应帮助自己，获得更高的地位，只有这样，如此盛宴才能长有而不罢。一说这两句言要求宾客帮助自己建功立业，似不确，因下文所说“盛时”“华屋”都与享乐有关。

〔9〕“惊风”二句：这两句很有名，本来只是说时光流逝得太快，而言疾风吹送白日西沉，阳光奔驰驶向西方，感叹时光流逝遂变得形象生动感人。晚清陈衍评此诗云：“将结束终篇矣，乃忽振起云‘惊风飘白日’‘知命复何忧’。世只知‘生存’二语之沉痛，不知非有‘惊风’四语之兔起鹘落，如何接得上？此子建之奇处也。”（《石遗杂说》）

〔10〕“盛时”二句：盛时，壮盛之时。意同《古诗》所谓“为乐当及时，何能待来兹？愚者爱惜费，但为后世嗤”。不再来，一作“不可再”。百年，指人生。遒，尽。

〔11〕“生存”四句：言显贵便可生活在华美的房子里，而死后谁都

不免归于墓下。人生必有死，但如果达观知命，按照自己命中所有的去努力，生前或可享受华屋之乐，与他人不同。零落，凋零，此指死。山丘，指坟墓。先民，前人，过去的人。

【解说】

本篇是乐府歌辞，属《相和歌·瑟调曲》。箜篌，一种乐器，体曲而长，有二十三弦。本题乐府古辞只有短短四句，据说是一投河自尽的“狂夫”妻子所作，后被一位“朝鲜津卒”的妻子丽玉以箜篌配曲演奏，遂称“箜篌引”。但作者本篇长达二十四句，内容也与古辞全无关系。一般来说，文人拟作的乐府与乐府古辞都有联系，两者全然无关的情况很少见。因本篇与古辞相去甚远，后人著录时有时把它列在《野田黄雀行》的题下（如《宋书·乐志》《乐府诗集》），也有人称它为《门有车马客行·置酒篇》（见《技录》）。汉末乐府曲谱损失很严重，因而也就容易产生歌辞与旧题全然不合的情况。本篇约作于建安十六年到二十一年间（211—216），也有人推测它应作于曹丕称帝之后。似乎前说比较合理，因当时作者正在做平原侯或临淄侯，太子还未选定，作者处在一生得意的顶点。诗中先写置酒与宾客欢宴，然后以有名的两句“惊风飘白日，光景驰西流”做一转折，最后说人生谁不死，最好是达观知命。这诗仿佛是《古诗》“今日良宴会”一首的扩展，议论则比前人含蓄。结尾的达观并非超世脱俗，而是与开头相呼应，换言之，也就是《古诗》主旋律的变奏。由此可看出作者与汉末诗歌的内在联系。

名都篇

名都多妖女，京洛出少年[(1)]。
宝剑直千金，被服丽且鲜[(2)]。
斗鸡东郊道，走马长楸间[(3)]。

驰骋未及半，双兔过我前[4]。
揽弓捷鸣镝，长驱上南山[5]。
左挽因右发，一纵两禽连[6]。
余巧未及展，仰手接飞鸢[7]。
观者咸称善，众工归我妍[8]。
归来宴平乐，美酒斗十千[9]。
脍鲤臇胎鰕，寒鳖炙熊蹯[10]。
鸣俦啸匹侣，列坐竟长筵[11]。
连翩击鞠壤，巧捷惟万端[12]。
白日西南驰，光景不可攀[13]。
云散还城邑，清晨复来还[14]。

【注释】

〔1〕“名都”二句：名都，有名的城市。妖女，艳丽的女子，指乐伎。京洛，京城洛阳。少年，此指生活豪纵的青年人。这两句上句只起陪衬作用，“名都”包括洛阳，“妖女”联系少年，以下专写豪门世家少年。

〔2〕“宝剑”二句：直，通“值”，价值。千金是言其昂贵。被服，穿著。丽且鲜，华丽而鲜亮。

〔3〕“斗鸡”二句：斗鸡，用两只鸡相斗来娱乐，这种习俗早在春秋时代就有，汉魏到唐代一直盛行。长楸，长长的楸树，楸树是古人栽在道路边的树。

〔4〕“驰骋”二句，驰骋，一作“驰驰”。这两句说少年骑马驰骋，半道上忽见两只兔子从眼前跑过。下面几句，由见到兔子引出行猎的描写。

〔5〕“揽弓”二句：捷，抽取。鸣镝，响箭，又叫嚆矢。南山，洛

阳的一座山。两句言少年取箭射兔，且驱马追上了南山。

〔6〕“左挽”二句：言左手挽弓，向右发射，一箭射去，连中两兔。纵，射。禽，兽类的总称。两禽此处指双兔。

〔7〕“余巧”二句：言少年觉得自己的箭术还没有完全显露出来，于是一抬手射下了一只飞着的鹞子。展，显露、表现。仰手，举手向上。接，迎面而射。飞鸢，飞着的鹞鹰。

〔8〕“观者”二句：咸，都。众工，指其他善于射箭的人。归我妍，意谓称赞我射得最好。

〔9〕“归来”二句：宴平乐，在平乐观设宴。平乐观为汉明帝所建，在洛阳西门外。斗，酒的容器。斗十千是极言酒的名贵，并非实指。

〔10〕“脍鲤”二句：脍，细切的肉。臇，少汁的肉羹。胎鰕，有子的鲐鱼。寒，用酱渍。鳖，甲鱼。炙，火烤。熊蹯，熊掌。这两句写宴席上充斥各种名莱，有细切的鲤鱼，鲐鱼肉羹，酱渍的甲鱼，烧烤的熊掌。

〔11〕“鸣俦”二句：上句言呼朋唤友，下句说宾客众多，长筵位子都坐满了。竟，终、尽。

〔12〕“连翩”二句：言宴会后少年们就玩起击球等游戏，且玩得很好，身手矫健。连翩，翻飞不停的样子，此用来形容少年击球时的动作姿态。鞠壤，鞠是皮球，古代把踢鞠称为蹴鞠。壤，一种游戏的器具，一头宽，一头窄，长一尺四寸，阔三寸，共有两块。玩时将一块放在三四十步外，用另一块扔过去，击中者为胜。惟，语助辞。万端，此用来形容少年蹴鞠击壤花样很多，富有变化。

〔13〕光景：犹言时光、时间。攀：留。

〔14〕“云散”二句：云散，如浮云散去。城邑，城中。来还，又来到这些地方取乐。这些地方都是已来过的，故言“还”。

【解说】

本篇系乐府歌辞，属《杂曲歌辞·齐瑟行》。此题无古辞，以起句首二字名篇。诗中写一些富贵子弟终日游荡，打猎、饮宴，讽刺他们不知珍惜时间，不知报效国家。

鰕䱇篇

鰕䱇游潢潦，不知江海流[1]。
燕雀戏藩柴，安识鸿鹄游[2]？
世士此诚明，大德固无俦[3]。
驾言登五岳，然后小陵丘[4]。
俯观上路人，势利惟是谋[5]。
高念翼皇家，远怀柔九州[6]。
抚剑而雷音，猛气纵横浮[7]。
泛泊徒嗷嗷，谁知壮士忧[8]？

【注释】

〔1〕“鰕䱇”二句：鰕，即鲵，一种小鱼。䱇（shàn），即鳝，鳝鱼。潢，小水坑。潦，路上的积水。两句用宋玉《对楚王问》：“夫尺泽之鲵，岂能与之量江海之大哉！”言鰕只在潢潦中生活，根本不知道世上还有大江大海。

〔2〕“燕雀”二句：藩柴，篱笆。安，岂。鸿鹄，天鹅。两句用《史记·陈涉世家》记陈涉语：“燕雀安知鸿鹄之志哉！”以上四句都是比喻壮士之志不能为世俗之人所理解。

〔3〕“世士”二句：言世人若真明白上述的道理，其道德也就举世无匹。言外之意，仍是说世人不可能明白、理解壮士之志。世士，世人。此诚明，犹言诚明乎此，此就是前四句所说的情况。俦，比。

〔4〕“驾言”二句：言若登过五岳，就会发现陵丘之类的土山太小

了。意思是说胸怀壮志之人，就能看出世人的卑微渺小。驾言，驱车，言是语助词，无意。五岳，指东岳泰山，西岳华山，南岳衡山，北岳恒山，中岳嵩山；一说衡山当为霍山（见《尔雅》）。

〔5〕“俯观”二句：上路人，指奔走于仕途的人。上路，即路上。惟是谋，犹言惟谋于是。是，指势利。两句承上文，言在壮士眼中，那些奔走于仕途的人只知追逐权势名利。

〔6〕“高念”二句：高念，高尚的胸怀心愿。一作“仇高”。翼，辅助。皇家，指魏国。远怀，远大的理想。柔，安定。九州，古人将中国分为冀、兖、青、徐、扬、荆、豫、梁、雍九州，此以九州代指中国。作者《求自试表》中也说：“方今天下一统，九州晏如，顾西尚有违命之蜀，东有不臣之吴，使边境未得税甲，谋士未得高枕者，诚欲混同宇内，以致太和也。”

〔7〕“抚剑”二句：上句语本《庄子·说剑》：“诸侯之剑，以知勇士为锋，以清廉士为锷，以贤良士为脊……此剑一用，如雷霆之震也，四封之内无不宾服而听从君命者矣。”作者的身份也是诸侯，故用此典。抚，持。雷音，即所谓“雷霆之震”。猛气，勇猛威武的气概。纵横浮，形容勇气十足。

〔8〕“泛泊”二句：泛，浮在水上。泊，停船。嗷嗷，语本宋玉《高唐赋》“众雀嗷嗷”，形容嘈杂的叫声。这两句说世俗之士成天游荡，只会像燕雀那样嗷嗷乱叫，怎么能知道壮士心中的忧伤呢？壮士，作者自喻。

【解说】

本篇是乐府歌辞，属《相和歌·平调曲》。《乐府解题》说：“曹植拟《长歌行》为《鰕》。”可知此题是作者拟作的乐府新题。《长歌行》的调子慷慨激烈，本篇也有同样的特点。作者在诗中自称“壮士”，为壮士之志不被世人所理解而深感悲愤。本篇写作时间不清楚，从诗中“高念翼皇家”一句看，有可能是建安二十五年（220）曹丕废汉自立以后所作。

白马篇

白马饰金羁，连翩西北驰。
借问谁家子？幽并游侠儿[1]。
少小去乡邑，扬声沙漠陲[2]。
宿昔秉良弓，楛矢何参差[3]。
控弦破左的，右发摧月支[4]。
仰手接飞猱，俯身散马蹄。
狡捷过猴猿，勇剽若豹螭[5]。
边城多警急，胡虏数迁移[6]。
羽檄从北来，厉马登高堤[7]。
长驱蹈匈奴，左顾凌鲜卑[8]。
寄身锋刃端，性命安可怀？
父母且不顾，何言子与妻[9]！
名编壮士籍，不得中顾私[10]。
捐躯赴国难，视死忽如归[11]。

【注释】

〔1〕“白马”四句：羁，马笼头。 连翩，马跳跃疾驰的样子。 西北，指当时匈奴、鲜卑族居住的西北地区。 幽并，指幽州和并州，其地在今河北、山西、陕西的北部。 这些地区古来就多侠客义士。 儿，读作“ní”，犹言健儿。

〔2〕“少小”二句：言游侠少年从小就离开家乡，扬名边塞。 去，

离开。陲，边疆，一作“垂”。

〔3〕“宿昔”二句：宿昔，言非一朝一夕，经常之意。秉，手持。楛（kǔ）矢，楛木制成的箭。参差，形容箭插在袋中长短不齐的样子。

〔4〕“控弦”二句：控弦，拉弓。左的，左面的箭靶。发，射。月支，箭靶名，又叫素支。

〔5〕“仰手”四句：这四句写游侠少年身手敏捷灵活，骑射技艺精湛。接，迎面而射。猱，一种猿类动物，善攀援跳跃。散，射碎。马蹄，一种箭靶。狡捷，灵活敏捷。剽，轻而快。螭（chī），传说的一种形状如龙的动物。

〔6〕“边城”二句：警急，指紧急的战争消息。迁移，指军队的调动。胡虏，一作“虏骑”。

〔7〕“羽檄”二句：羽檄，檄是用于征召的文书，写在木简上，如情况紧急，则加插羽毛，称羽檄。此指紧急的军书。厉马，犹言催马。堤，指御敌工事。

〔8〕“长驱”二句：这两句言游侠少年将长驱直捣匈奴军营，而后再治服鲜卑军队。匈奴、鲜卑，当时北方的游牧民族，常南下侵扰中原地区。

〔9〕“寄身”四句：言游侠少年既已投身战斗，就不考虑保全性命，也不再顾念父母妻儿。寄身，一作“弃身”。怀，爱惜。

〔10〕“名编”二句：谓游侠少年已投身军旅，心中就不再考虑自己的私事。壮士籍，指军队的名册。

〔11〕捐躯：犹言献身。国难：国家的危难。

【解说】

本篇为乐府诗，属《杂曲歌辞·齐瑟行》，无古辞。诗中热情赞美了“捐躯赴国难”的边塞游侠，前人指出这是作者“寓意于幽并游侠，实自况也”（朱乾《乐府正义》）。本篇所表现的慷慨激昂的情怀，仿佛是《诗经·秦风·无衣》爱国激情的再现，也像是提前几百年奏出的盛唐边塞诗的主旋律。因诗中主要写游侠，故诗题又作《游侠篇》。

美女篇

美女妖且闲，采桑歧路间[1]。
柔条纷冉冉，叶落何翩翩[2]。
攘袖见素手，皓腕约金环[3]。
头上金爵钗，腰佩翠琅玕[4]。
明珠交玉体，珊瑚间木难[5]。
罗衣何飘飘，轻裾随风还[6]。
顾盼遗光彩，长啸气若兰[7]。
行徒用息驾，休者以忘餐[8]。
借问女安居？乃在城南端[9]。
青楼临大路，高门结重关[10]。
容华耀朝日，谁不希令颜[11]？
媒氏何所营？玉帛不时安[12]。
佳人慕高义，求贤良独难[13]。
众人徒嗷嗷，安知彼所观[14]。
盛年处房室，中夜起长叹[15]。

【注释】

〔1〕“美女”二句：妖且闲，谓美女容貌艳丽，性格娴静。歧路，岔路。

〔2〕“柔条”二句：柔条，指柔嫩的桑枝。冉冉，细长的样子。叶落，指美女采下桑叶。翩翩，形容桑叶落下的样子。

〔3〕“攘袖”二句：攘袖，挽起袖子。素手，洁白的手臂。皓，白。约，束，带着。环，指手镯。

〔4〕“头上”二句：金爵钗，一种头饰，一端为雀形。爵，通“雀”。金爵，一作“三爵”，一作“合欢”。琅玕（láng gān），一种似玉的石，可用于服饰。

〔5〕“明珠”二句：交，络。玉体，指美女的身体。间，间杂。木难，一种碧色宝珠，据说是金翅鸟沫所成。

〔6〕“罗衣”二句：罗衣，丝织成的衣，极轻柔。裾，衣襟。还（xuán），转动。

〔7〕“顾盼”二句：言美女顾盼间光彩照人，有时长啸，吐气芬芳。顾盼，四顾。遗，留下。啸，蹙口出声，今称吹口哨。啸是古人抒情的一种方式。作者《洛神赋》也有类似的描写：“转眄流精，光润玉颜；含辞来吐，气若幽兰。”

〔8〕“行徒”二句，这两句从旁人的反应写美女容貌之美，模仿《陌上桑》中“行者见罗敷，下担捋髭须，耕者忘其犁，锄者忘其锄”。行徒，行路人。用，因而。息驾，停车。休者，休息的人。

〔9〕安居：住在何处。

〔10〕“青楼”二句：青楼，涂饰青漆的楼房。重关，指门上两重闭门的横木。言美女家为“高门青楼”，是说她出身于显贵之家。

〔11〕“容华”二句：上句说美女容貌艳丽，光彩照人，语出宋玉《神女赋》“耀乎若白日初照屋梁”。作者《洛神赋》亦有“远而望之，皎若太阳升朝霞”的描写。下句说世人都羡慕美女的美貌。希，向慕。令颜，美丽的容貌。

〔12〕“媒氏”二句：这两句说不知媒人在忙些什么，没有及时替美女行聘定婚。媒氏，媒人。营，指做媒。玉帛，指古时定婚行聘用的珪璋和束帛。不时，犹言不及时。安，定。

〔13〕“佳人”二句：佳人，指美女。高义，指品德高尚之士。贤，贤能君子。良独难，实在很困难。这两句以美女难以求得贤良君子比喻作者追求理想而又难以实现。

〔14〕“众人”二句：嗷嗷，乱嚷的样子。安知，岂知。彼，指美

女。所观，指美女所看中的人。这两句比喻说他人都不理解作者的志向抱负。

〔15〕“盛年”二句：言美女正当青春盛年，而独处闺房，心中忧伤，深夜起而叹息。中夜，深夜。这两句比喻作者怀才不遇的苦闷。

【解说】

本篇为乐府诗，属《杂曲歌辞·齐瑟行》，无古辞。诗中以美女“盛年处房室”比喻作者虽有才能却不能施展。以美人喻君子是诗人常用的手法，而本篇刻画美女显然是对汉乐府《陌上桑》的模仿，因此本篇命意虽深婉，却具有乐府诗的风格特点。

野田黄雀行

高树多悲风，海水扬其波〔1〕。
利剑不在掌，结交何须多〔2〕？
不见篱间雀，见鹞自投罗〔3〕？
罗家见雀喜，少年见雀悲〔4〕。
拔剑捎罗网，黄雀得飞飞。
飞飞摩苍天，来下谢少年〔5〕。

【注释】

〔1〕“高树”二句：以树高多风、海大扬波比喻作者与友人所处环境的险恶。这两句为全诗笼罩了一层悲怆的色彩，前人说作者“极工起调”（沈德潜《说诗晬语》），从这两句可看出。

〔2〕“利剑”二句：利剑，比喻权势。言手中既无权势，又何必结交许多朋友呢？结交，一作“结友”。

〔3〕“不见”二句：这两句及下面六句叙述了少年救雀的故事，篱间雀，游戏在竹筒间的黄雀。鹞，又叫鹞子，似鹰而较小，性凶猛，常捕食小鸟。自投罗，言黄雀急着躲避鹞子，反而投入捕鸟的罗网中。

〔4〕罗家：设罗捕雀的人。

〔5〕“拔剑”四句：捎，芟除。飞飞，重言之以见雀飞轻快之状。摩，接触，这里用来形容雀飞之高。

【解说】

本篇是乐府诗，属《相和歌·瑟调曲》。诗中写少年拔剑捎网救雀的故事，实抒发作者“友朋在难，无力救援”的悲愤。据《三国志·陈思王传》，建安二十二年（217），作者好友杨修以“颇有才策，而又袁氏之甥也”，被曹操诛杀；黄初元年（220），曹丕称帝，又将作者好友丁仪、丁廙兄弟处死。本篇所反映的是作者丧友后悲愤而又不能直接言之的心情。

泰山梁甫行

八方各异气，千里殊风雨〔1〕。
剧哉边海民，寄身于草墅〔2〕。
妻子象禽兽，行止依林阻〔3〕。
柴门何萧条，狐兔翔我宇〔4〕。

【注释】

〔1〕“八方”二句：这两句以不同地区环境、气候不同，引出下面

海边居民生活艰难的感慨。八方，古人以东，西、南、北为四方，东南、东北、西南、西北为四隅，合称八方。气，古代对某一地区特点的称呼，也叫地气。殊，不同。

〔2〕“剧哉”二句：剧，艰难。草墅，郊野之地。墅同“野”，一作“野”。

〔3〕“妻子”二句：妻子，犹言妻儿。行止，活动与休息。林阻，山林险阻之处。

〔4〕“柴门”二句：柴门，此指简陋、破败的门。翔，这里用来形容狐兔自由自在乱窜的样子。我，边海民的自称。宇，屋宇。

【解说】

本篇为乐府歌辞，属《相和歌·瑟调曲》，又名《梁甫行》。梁甫，山名，在泰山下，古代相传泰山、梁甫是人死后魂魄归聚之处，故本题乐府原系葬歌。作者在这首诗中描写海边贫民困苦的生活。

七哀诗

明月照高楼，流光正徘徊。
上有愁思妇，悲叹有余哀〔1〕。
借问叹者谁？言是宕子妻〔2〕。
君行逾十年，孤妾常独栖〔3〕。
君若清路尘，妾若浊水泥。
浮沉各异势，会合何时谐〔4〕？
愿为西南风，长逝入君怀。
君怀良不开，贱妾当何依〔5〕？

【注释】

〔1〕“上有”二句：上，指楼上。余哀，不尽的哀伤。

〔2〕“借问”二句：上句是诗人的叙述，下句作妇人自述口气的答词。言是，一作“自云”。宕子，离乡外游之人，指思妇的丈夫。宕，同“荡”，离家在外的意思。

〔3〕“君行”二句：君，思妇对丈夫的尊称。栖，宿。

〔4〕“君若”四句：这四句说夫妻本如尘与泥，同是一体，而现在丈夫犹如随风浮扬的清尘，自己则像沉在水底的浊泥，浮沉各异，不知何时才能会和。谐，会和的意思。

〔5〕“愿为”四句：言自己愿化作一阵清风，投入丈夫的怀抱，然而这个愿望未必能实现，自己也不知道以后怎么办。逝，去，往。良，诚然，一作“时”。何依，犹言依靠谁。作者《杂诗》其三结句：“愿为南流景，驰光见我君。”与此四句相似但不及这四句的缠绵悱恻、曲折动人。那两句只说到愿变成光线，照见也就是看见自己的丈夫，这四句说愿化为风吹向丈夫的怀抱，但假如丈夫连这点心愿都不接受，则以后更不知如何才好。前人称作者“柔情丽质，不减文帝”（钟惺《古诗归》），称其诗“多生情态”（王世懋《艺圃撷余》），从这四句中可感受到。

【解说】

本题诗题解见前王粲《七哀诗》注。本篇写思妇怀念外出不归的丈夫，《文选》归入《哀伤》类，《宋书·乐志》则归于《楚调怨诗》类，并取诗首句的前两字称之为《明月》，说全诗共“七解”，可知本篇可入乐，也可看成是乐府歌辞。

吁嗟篇

吁嗟此转蓬，居世何独然！
长去本根逝，宿夜无休闲[1]。
东西经七陌，南北越九阡[2]。
卒遇回风起，吹我入云间[3]。
自谓终天路，忽然下沉泉[4]。
惊飚接我出，故归彼中田[5]。
当南而更北，谓东而反西[6]。
宕宕当何依，忽亡而复存[7]。
飘飖周八泽，连翩历五山[8]。
流转无恒处，谁知吾苦艰[9]？
愿为中林草，秋随野火燔[10]。
糜灭岂不痛，愿与株荄连[11]。

【注释】

〔1〕“吁嗟”四句：转蓬，蓬是菊科植物，其花如球，遇风而起，顺风飘荡，故称转蓬。长去，远离。本根，原根、故根。逝，去。宿夜，昼夜。无休闲，形容转蓬日夜飘荡不止。这四句化用曹操《却东西门行》“田中有转蓬，随风远飘扬；长与故根绝，万岁不相当”。

〔2〕“东西”二句：言转蓬四处飘荡。七陌、九阡，表示飘荡之远。陌、阡分别指东西、南北走向的小路。

〔3〕“卒遇”二句：卒，同“猝”，忽然，突然。回风，旋风。

我，转蓬自称。

〔4〕“自谓”二句：终，尽。沉泉，深渊；泉本为渊（见《魏志》本传裴注引），唐人避高祖讳改作泉。

〔5〕“惊飚”二句：惊飚，自下而上的暴风。故，同“顾”，犹言岂。中田，田中，指转蓬生长的地方。

〔6〕“当南”二句：言应往南而吹向北，以为向东却吹向西去。形容转蓬飘荡都是身不由己，且每与愿违。

〔7〕“宕宕”二句：宕宕，即荡荡，飘荡的样子。亡，无，消失不见的意思。两句言转蓬无所依托，飘荡不定，忽然消失，忽而又出现。

〔8〕“飘飘”二句：飘飘，飘飞不定。周，与下句的历同义，都是经过的意思。连翩，飞翔的样子。八泽，古人说中国境内有八大泽（见《淮南子》），泽，湖。五山，指华山、首山、太室、泰山、东莱（见《史记·孝武本纪》）。

〔9〕“流转”二句：恒处，常处，固定的处所。据《魏志·陈思王植传》，作者黄初二年（221）被贬为安乡侯，同年又改封鄄城侯，四年徙封雍丘王；太和元年（227），徙封浚仪，二年，还雍丘，三年，徙封东阿王。作者《转封东阿王谢表》：“然桑田无业，左右贫穷，食才糊口，形有裸露。”可知这两句所写转蓬居无定所、历经艰难，正是作者自己的经历。

〔10〕“愿为”二句：中林，林中。燔，烧。两句犹言生不如死，语极沉痛。

〔11〕“糜灭”二句：糜灭，糜烂毁灭。株荄（gāi），草根。两句言被野火烧成灰烬当然痛苦，但自己宁愿毁灭，也愿和本根相连。作者《求通亲亲表》也述说了因曹魏诸侯宗室不得往来而造成的痛苦：“近且婚媾不通，兄弟永绝；吉凶之问塞，庆吊之礼废，恩纪之违，甚于路人，隔阂之异，殊于胡、越！”

【解说】

本篇是作者自制的乐府诗，《乐府解题》说：“曹植拟《苦寒行》为

《吁嗟》。”《三国志·魏志》裴松之注将本篇列为《瑟调曲》,《乐府诗集》则列为《相和歌·清调曲》。诗题本屈原《远游》:“吁嗟默默兮,谁知吾之廉贞。”吁嗟,感叹之词。据《魏志》本传,作者“十一年中而三徙都,常汲汲无欢,遂发疾薨”。裴松之在注这几句时,引用了本篇,并说本篇作于太和三年(229)徙东阿王之后。今人认为当作于太和元年到二年(227—228)之间。诗中以“转蓬”自述的口吻,抒发了作者屡遭迁徙和不能与亲人团聚的痛苦。

杂诗(六首选一)

其一〔1〕

高台多悲风,朝日照北林〔2〕。
之子在万里,江湖迥且深〔3〕。
方舟安可极?离思故难任〔4〕。
孤雁飞南游,过庭长哀吟〔5〕。
翘思慕远人,愿欲托遗音〔6〕。
形景忽不见,翩翩伤我心〔7〕。

【注释】

〔1〕本篇原列第一首。这是一首怀人之作,所怀之人可能是作者的异母弟曹彪。大约写于黄初(220—226)年间,当时作者在其封地鄄城(今山东濮县东),曹彪则被封为吴王,在寿春(今属安徽)。

〔2〕“高台”二句:这两句以清晨登台远眺,引出怀人之情。北林,语出《诗经·秦风·晨风》:“鴥彼晨风,郁彼北林。未见君子,忧心钦钦。”鴥(yù),鸟疾飞的样子。作者提到北林,可使读者联想到后面的“未见”两句,领悟作者所要表现的乃是怀人之情。沈德潜说作者

写诗“极工起调”，所举例句就包括这两句。

〔3〕“之子”二句：之子，那人，即所怀之人。迥，远。

〔4〕“方舟”二句：言与所怀之人相距遥远，不能相会，内心因此充满忧郁。方舟，两只船并在一起。极，至，到达。任，承当，承受。

〔5〕“孤雁”二句：言一只大雁孤独地飞向南方，经过庭院时，作者听到它悲哀的鸣叫。

〔6〕“翘思”二句：上承前两句，说愿托孤雁带去给所思之人的音信。翘思，仰头而思。远人，指所怀之人。遗音，音信。

〔7〕“形景”二句：形景，指孤雁的形影。景，通“影”。翩翩，形容孤雁疾飞的样子。

【解说】

《文选》载有作者《杂诗》六首。这六首诗创作时间不同，彼此内容也不同。

送应氏（二首选一）

步登北芒阪，遥望洛阳山〔1〕。
洛阳何寂寞，宫室尽烧焚〔2〕。
垣墙皆顿擗，荆棘上参天〔3〕。
不见旧耆老，但睹新少年〔4〕。
侧足无行径，荒畴不复田〔5〕。
游子久不归，不识陌与阡〔6〕。
中野何萧条，千里无人烟〔7〕。
念我平生亲，气结不能言〔8〕。

【注释】

〔1〕“步登”二句：言登上洛阳城北的邙山，回顾眺望。北芒，亦称北邙，邙山，在洛阳城北。阪，斜坡。洛阳山，指洛阳周围的山峰。

〔2〕“洛阳”二句：指东汉初平元年（190）二月董卓挟持献帝迁都西安，纵兵焚烧洛阳宫室之事。

〔3〕“垣墙”二句：言宫殿毁坏崩塌，一派荒凉的景况。顿擗，倒塌崩裂。荆棘，指野树杂草。参天，形容野树杂草长得茂盛。作者《洛阳赋》残句也说：“狐貉穴于此阏兮，茅莠生于禁闱。”可知当时洛阳宫室残破之甚。

〔4〕“不见”二句：写战乱带来的人口大量死亡。作者父亲曹操的《军谯令》也说他建安七年（202）在谯郡看到百姓“死伤略尽”“国中终日行，不见所识”。旧耆（qí）老，昔日的老人。

〔5〕“侧足”二句：谓洛阳田地荒芜，无人耕种，已找不到原先的道路了。侧足，侧着身体走路，这是因为“无行径”，道路早已荡然无存。畴，已开垦的土地。田，此处用作动词，指耕种。

〔6〕“游子”二句：游子归来，面前的洛阳已面貌全非，连路也认不出来了。陌与阡，指田间小道。一说游子指应氏，应氏之父汉末曾任司空椽（司空的属官），故应氏昔日可能在洛阳住过。

〔7〕“中野”二句：这两句所描写的景象亦见于建安其他诗人笔下，如曹操《蒿里行》“白骨露于野，千里无鸡鸣”，王粲《七哀诗》“出门无所见，白骨蔽平原”，《从军诗》“四望无烟火，但见林与丘”。中野，原野中。

〔8〕“念我”二句：平生亲，指应氏。一作“平常居”。下句言因悲伤过度，气塞于胸，不能开口说话道别。

【解说】

本题诗共两首，这里选的是第一首。应氏，一说指作者的友人应瑒、应璩兄弟，一说单指应瑒；写作的时间，一说为建安十六年（211）作者随父亲西征马超途经洛阳时，一说当在建安十六年之前。可参看黄节《曹子建诗注》、赵幼文《曹植集校注》。这是一首送别诗，主要内容是写曾为东汉京城的洛阳自董卓焚掠后破败荒芜的景象。

赠白马王彪

序曰[1]：黄初四年五月，白马王、任城王与余俱朝京师，会节气。[2]到洛阳，任城王薨。[3]至七月，与白马王还国[4]。后有司以二王归藩，道路宜异宿止，意毒恨之。[5]盖以大别在数日，是用自剖，与王辞焉，愤而成篇。[6]

谒帝承明庐，逝将归旧疆[7]。
清晨发皇邑，日夕过首阳[8]。
伊洛广且深，欲济川无梁[9]。
泛舟越洪涛，怨彼东路长[10]。
顾瞻恋城阙，引领情内伤[11]。

太谷何寥廓，山树郁苍苍[12]。
霖雨泥我途，流潦浩纵横[13]。
中逵绝无轨，改辙登高冈[14]。
修坂造云日，我马玄以黄[15]。

玄黄犹能进，我思郁以纡[16]。
郁纡将何念，亲爱在离居[17]。
本图相与偕，中更不克俱[18]。
鸱枭鸣衡轭，豺狼当路衢。

苍蝇间白黑，谗巧令亲疏[19]。
欲还绝无蹊，揽辔止踟蹰[20]。

踟蹰亦何留？相思无终极[21]。
秋风发微凉，寒蝉鸣我侧[22]。
原野何萧条，白日忽西匿[23]。
归鸟赴乔林，翩翩厉羽翼[24]。
孤兽走索群，衔草不遑食[25]。
感物伤我怀，抚心长太息[26]。

太息将何为，天命与我违[27]。
奈何念同生，一往形不归[28]。
孤魂翔故域，灵柩寄京师[29]。
存者忽复过，亡殁身自衰[30]。
人生处一世，去若朝露晞[31]。
年在桑榆间，影响不能追[32]。
自顾非金石，咄唶令心悲[33]。

心悲动我神，弃置莫复陈[34]。
丈夫志四海，万里犹比邻[35]。
恩爱苟不亏，在远分日亲[36]。
何必同衾帱，然后展殷勤[37]？
忧思成疾疢，无乃儿女仁[38]。
仓卒骨肉情，能不怀苦辛[39]？

苦辛何虑思？天命信可疑。

虚无求列仙，松子久吾欺[40]。
变故在斯须，百年谁能持[41]？
离别永无会，执手将何时[42]？
王其爱玉体，俱享黄发期[43]。
收泪即长路，援笔从此辞[44]。

【注释】

〔1〕“序曰”二字当是萧统编《文选》时所加。

〔2〕“黄初”三句：黄初，魏文帝年号（220—226）。白马王，即曹彪。任城王，作者同母兄曹彰，任城在今山东济宁市。朝京师，魏有诸侯藩王入京师朝节的制度，每年立春、立夏、立秋、立冬四个节气前，诸王要赴洛阳行迎气之礼，并朝见皇帝，此即“会节气”。因黄初四年（223）是六月下旬立秋，制度规定在立秋前十八日行迎气之礼，故作者等人五月即前往洛阳。

〔3〕“到洛”二句：曹彰到洛阳后即暴卒，薨（hōng），古时对诸侯或有爵位的大官去世的专称。据《世说新语·尤悔》记载，曹彰是被曹丕毒死的。此说可能是传说，但曹彰与作者一向感情甚笃，建安（196—220）年间曾支持立作者为太子，故向为曹丕所忌恨。

〔4〕还国：返回封地。

〔5〕“后有”三句：有司，官吏，此指监国使者灌均。监国使者是曹丕设置用来监督诸王、传达诏令的官吏。藩，藩国，即诸王的封地。宜宿止，指灌均提出作者与曹彪返回封地，沿途不得同行同宿。意毒恨之，心中非常痛恨此事。毒，一作“每”。

〔6〕“盖以”四句：大别，永别。当时魏已规定诸王之间不得互相交通，故作者说此次分手，即是永别。是用，以此。自剖，表明自己的心思。

〔7〕“谒帝”二句：谒帝，指朝见文帝曹丕。曹丕与作者是同母兄

弟，一度曾是争夺太子的对手。曹丕称帝后，对作者严加迫害，此次朝见，曹丕就不许作者服“冠履”，后经他们的生母卞太后干预，作者才得“复王服”（见《魏略》）。承明庐，汉朝长安宫中有承明庐，此借指魏宫。逝，语助词，无义。旧疆，指作者的封地鄄城。

〔8〕“清晨”二句：发，出发。皇邑，皇城，即京城洛阳。首阳，山名，在洛阳东北。

〔9〕“伊洛”二句：伊洛，指伊水和洛水，是作者东行经过的两条河。济，渡河。川无梁，言河上无桥。

〔10〕“泛舟”二句：言乘船越过惊涛骇浪，心中怨恨东归路途漫长。据《魏志·文帝纪》，黄初四年（223）六月京洛大雨，河水暴涨，故此言洪涛。东路，由洛阳去鄄城是东向而行，因称东路。

〔11〕“顾瞻”二句：顾瞻，回头眺望。城阙，洛阳宫阙。引领，伸长脖子。

（以上为第一章）

〔12〕“太谷”二句：太谷，关名，在洛阳东南，亦名通谷。寥廓，空阔广远的样子。郁苍苍，形容草木茂盛的样子。

〔13〕“霖雨”二句：泥，动词，言使道路泥泞难行。流潦，路上的流水。

〔14〕“中逵”二句：言大路泥泞不便行车，遂改道走山路。中逵，道路交错的地方。绝无轨，指没有车辆行驶。改辙，犹言改道。

〔15〕“修坂”二句：修坂，长长的斜坡。造云日，形容斜坡很高，造是达到的意思。玄以黄，犹言玄黄，指马病了。语本《诗经·周南·卷耳》：“陟彼高冈，我马玄黄。”这两句说山坡很高，使得马也累病了。

（以上为第二章）

〔16〕“玄黄”二句：这两句说马勉强还能前进，我心中却充满了愁苦之情。郁纡，忧郁聚集。以，犹言而。

〔17〕“郁纡”二句：亲爱，指作者与曹彪。离居，指分别。

〔18〕“本图”二句：本图，本来打算。偕，这里是同行之意。克，能。俱，指同行。大约作者与曹彪离开洛阳时还未有不得同行之

令，途中才听到监国使者传来这条禁令。

〔19〕“鸱枭”四句：这四句以恶鸟、豺狼、苍蝇比喻小人，说因为这些人包围了君主，谗间骨肉，致使作者兄弟相疏。鸱枭（chī xiāo），俗称猫头鹰，古人认为是一种恶鸟，见《诗经·豳风·鸱枭》，此诗据说是周公为周成王所写。衡轭，车辕前的横木和架在马颈上的曲木。恶鸟在车上鸣叫，比喻君王身边多邪恶小人。豺狼当路衢，犹言豺狼当道。苍蝇间白黑，比喻小人颠倒白黑，《诗经·小雅·青蝇》：“营营青蝇止于樊。”郑玄解释说：“蝇之为虫，汙白使黑，汙黑使白。”谗巧，谗言巧语。令，一作“反”。

〔20〕“欲还”二句：言无路返回京师，只得就地徘徊。暗示当时作者已无法向魏文帝剖白心情。还，指返回洛阳。蹊，路。揽辔，控着缰绳。踟蹰，徘徊不前。

（以上为第三章）

〔21〕“踟蹰”二句：无终极，犹言无边际。

〔22〕“秋风”二句：这两句转入描写悲凉的秋景以衬托作者的孤独凄苦。寒蝉，蝉的一种。以蝉鸣来渲染凄惨的气氛，是古人诗中常用的手法。

〔23〕匿：隐藏，此指夕阳西下。

〔24〕“归鸟”二句：乔林，高大的树林。厉，这里指飞鸟快速拍打羽翼。

〔25〕“孤兽”二句：索群，寻找同伴。不遑，没有余暇。

〔26〕“感物”二句：上承前六句，言目睹周围景物，更觉自己的孤独，心情愈加凄苦，不由伤心长叹。太息，叹息。

（以上为第四章）

〔27〕“太息”二句：言叹息又有何用呢？命运总是与我的愿望相背。

〔28〕“奈何”二句：同生，指作者同母兄曹彰。下句言曹彰已死。

〔29〕“孤魂”二句：言曹彰魂魄已飞回自己的封地，而其棺木仍寄放在洛阳。两句暗示文帝无手足情分，故称“孤魂”，且“孤魂”不愿

留在洛阳。

〔30〕“存者”二句：存者，指作者自己与曹彪。忽复过，犹言很快也将死去。亡殁，指死。身自衰，身体衰老。一说存者、亡殁应互换，意谓死者已成过去，而存者身体渐衰，也难久存。亦通。

〔31〕“人生”二句：谓人生短促。晞（xī），干。

〔32〕“年在”二句：桑榆，星名，在西方。年在桑榆间，是说年纪已老。影响，声音和光线。下句说时光流逝极快。

〔33〕“自顾”二句：顾，念。非金石，语本《古诗》“人生非金石，岂能长寿考”。咄唶（duō jiè），惊叹声。

（以上为第五章）

〔34〕“心悲”二句：谓悲痛伤神，还是不要再说它了。

〔35〕“丈夫”二句：志四海，犹言志在四方。比邻，近邻。

〔36〕“恩爱”二句：恩爱，指作者与曹彪的兄弟情分。苟，如果。亏，减弱，削弱。分（fēn），犹言志。这两句与前两句诗意，后来被初唐诗人王勃合成两句有名的诗：“海内存知己，天涯若比邻。”（《送杜少府之任蜀州》）

〔37〕“何必”二句：同衾帱，共用被子和帐子，指兄弟关系亲密，同吃同住，用《后汉书·姜肱传》肱与兄弟同被而眠的典故。展殷勤，表达彼此的深情。

〔38〕“忧思”二句：疾疢（chèn），热病。儿女仁，儿女之情。

〔39〕“仓卒”二句：这两句语意作一转折，表明上面几句都是强为宽解，兄弟间生离死别的痛苦，毕竟创痛太深，无法排遣。仓卒，片刻之间。

（以上为第六章）

〔40〕“苦辛”四句：言命运多乖，求仙亦无用。信，实在。松子，即赤松子，相传是黄帝时雨师，后升仙而去。

〔41〕“变故”二句：变故，指灾祸。斯须，顷刻。百年，长寿的意思。

〔42〕“离别”二句：言此次与曹彪分别，以后再也不能相见了。执手，这里指相会。

〔43〕“王其”二句：王，指曹彪。玉体，犹言尊贵的身体。黄发期，意谓高寿。《尔雅》：“黄发，寿也。”下句说希望你我都能享高寿。

〔44〕“收泪”二句：言收泪而别，各自踏上漫长的归途，并写这首诗来诀别。即，就，指上路。援笔，犹言提笔。

（以上为第七章）

【解说】

据《文选》李善注，这首诗本集原题《于圈城作》，现在的诗题当是萧统编入《文选》时所改。诗最早见于《魏氏春秋》记载，无序。序文始见于《文选》。白马王彪，指作者异母弟曹彪。白马，地名，在今河南省滑县东。曹彪封白马王，据《魏志·曹彪传》，在黄初七年（226），而本篇写于黄初四年（223），诗序称彪为白马王，与《魏志》不合。但据后人考证，曹彪在黄初四年确曾受封白马王，此事系《魏志》漏载。序文叙述作者与曹彰、曹彪赴京师洛阳朝会，曹彰暴卒，尔后作者与曹彪被令返回封地，且不许同行的经过。诗分七章，表达了作者遭受魏文帝曹丕迫害的悲愤心情。这是作者后期诗歌的代表作，前人说其中“忧伤慷慨，有不可胜言之悲”（刘克庄《后村诗话》）。

嵇康 (223—262)

嵇康，字叔夜，谯郡铚县（今安徽宿县）人。幼丧父，励志勤学。后娶曹操曾孙女为妻，曾宫中散大夫。他是“竹林七贤”之一，好老、庄之学，喜言养生服食之事，善谈玄理，精通音乐。他的朋友曾说：“与嵇康居二十年，未尝见其喜愠之色。”（《世说新语·德行》记王戎语），也有人一针见血地总括为“君才则高矣，保身之道不足。”（《世说新语·栖逸》引孙登语）而嵇康自称“刚肠疾恶，轻肆直言，遇事便发”（《与山巨源绝交书》），应该说后一句话更能反映他真实的性格。在魏、晋易代之际，政治上倾向于魏王室的名士不算少，而像嵇康那样公然对司马氏采取不合作态度的却屈指可数。他在有名的《与山巨源绝交书》中历数自己拒绝出仕的理由，有“必不堪者七”“甚不可者二”，甚而说自己“每非汤、武而薄周、孔”，这就直接得罪了当时把持朝政且标榜礼教的司马昭。后来他以援救友人吕安而被司马昭以“言论放荡，非毁典谟”的罪名杀害，临刑前太学生三千人请求赦免他，终不许。他死前奏《广陵散》一曲，再从容赴难。

嵇康在文学史上首先是一位散文家，其次才是诗人。他现存的五十余首诗中，四言诗居大半，余为五言、杂言诗。他写得较好的主要是一些四言诗，如《赠秀才入军》《幽愤诗》即为其代表作。他一方面继承了《诗经》的传统，一方面在四言诗的意境风格、句法词藻上有所创新，如“淡淡流水，沦胥而逝；泛泛柏舟，载浮载滞”（《四言》），仿佛《诗经》遗音，而同诗中的“微风轻扇，云气四除”“光灯吐耀，华幔长舒”，则清隽明丽，令人耳目一新。当时人的四言诗多追求典重奥博，他却以清淡萧散独树一帜。后人说他“四言中饶隽语，以全不似三百篇，故佳”（陈祚明《采菽堂古诗选》）。虽夸大了他四言诗中创新的比例，但毕竟道出了他的成就所在。

与阮籍一样，嵇康诗中也每每述说环境的险恶，抒发愤世嫉俗之情，表示对隐居避世生活的向往，感慨人生短暂。但他表达的方式与阮籍大不一样，不复含蓄，而是径遂直陈，讦直峻切，以致论者感叹道：“婞直之人，必不能为婉转之调审矣！”（陈祚明《采菽堂古诗选》语）此外，他的诗还有一个明显的缺陷，那就是喜谈玄说理，如“绝智弃学，游心于玄默”（《代秋胡歌诗》），“至人存诸己，隐璞乐玄虚”（《答二郭》），纯为议论，略无情致。玄言诗蔚为风气是在东晋，而玄学清谈之风影响于诗歌创作其实早在嵇康身上就已露出端倪。

赠秀才入军（十八首选二）

其九

良马既闲，丽服有晖[1]。
左揽繁弱，右接忘归[2]。
风驰电逝，蹑景追飞[3]。
凌厉中原，顾盼生姿[4]。

【注释】

〔1〕“良马”二句：闲，熟习。上句语本《诗经·大雅·卷阿》：“君子之马，既闲且驰。”丽服，指军装。有晖，形容军装漂亮而有光彩。

〔2〕“左揽”二句：言嵇喜兵器精良，精通骑射。繁弱，古良弓名。忘归，箭名，均出《新序》：“楚王载繁弱之弓，忘归之矢，以射兕于云梦。”

〔3〕“风驰”二句：言嵇喜飞马疾驰，快捷无比。电逝，一作“雷逝”。蹑，追。景，同“影”。飞，飞鸟。

〔4〕“凌厉”二句：凌厉，奋行直前的样子。顾盼生姿是形容嵇喜踌躇满志的样子。清人陈祚明说此诗“激昂有气势，然似嘲之”（《采菽堂古诗选》）。其说别具一解，可备参考。

【解说】

本题诗共十八首，是作者送其兄嵇喜从军的诗，题又作《兄秀才公穆入军赠诗》。嵇喜字公穆，曾举秀才，官至太仆宗正。阮籍曾以嵇喜为“礼俗之士”而待之以“白眼”。这组诗中作者既表现了兄弟离别之情，也隐隐露出对嵇喜无意隐居的遗憾。

其十四

息徒兰圃，秣马华山〔1〕。
流磻平皋，垂纶长川〔2〕。
目送归鸿，手挥五弦。
俯仰自得，游心太玄〔3〕。
嘉彼钓叟，得鱼忘筌〔4〕。
郢人逝矣，谁与尽言〔5〕。

【注释】

〔1〕“息徒”二句：息，休息。徒，步兵，指嵇喜所在之军。兰圃，长有兰草的野地。秣马，饲马。这两句说嵇喜随军在野外宿营休息。兰圃、华山不一定是实写，而是用以增加词采，烘托气氛。

〔2〕“流磻”二句：言嵇喜休息时或射鸟，或钓鱼，悠闲自在。磻（bō），古代一种射鸟的工具，是在箭绳一端加系石块。流磻是用箭射鸟的意思。平皋，平坦的草泽地。纶，钓鱼用的丝线，垂纶就是钓鱼。

〔3〕“目送”四句：这几句言嵇喜或弹琴，或观望，一举一动都能领略天地间的至趣玄理。五弦，一种乐器，似琵琶而略小。俯仰，犹言一举一动，随时随地。太玄，犹言大道、至理。

〔4〕“嘉彼”二句：嘉，赞美。钓叟，指嵇喜。筌，捕鱼时用的竹笼。这两句借《庄子·外物》“筌者所以在鱼，得鱼而忘筌……言者所以在意，得意而忘言”来赞美嵇喜，说他追求的乃是领悟大道，而观赏景物不过是借以达到这一目的的方式而已。

〔5〕“郢人”二句：紧承上两句，惋叹嵇喜远行从军，而其“得鱼

忘筌”的情趣却无人可与交流。郢人，用《庄子·徐无鬼》中的典故：“郢人垩慢其鼻端，若蝇翼，使匠石斫之。匠石运斤成风，听而斫之，尽垩而鼻不伤，郢人立不失容。宋元君闻之，召匠石曰：‘尝试为寡人为之。’匠石曰：‘臣则尝能斫之。虽然，臣之质死久矣，自夫子之死也，吾无以为质矣。’”郢是楚国的都城。此处以郢人比喻嵇喜。尽言，犹言倾心交谈。

【解说】

此诗所写稽喜从军之乐，当与作者《与山巨源绝交书》中自述人生乐趣在“游山泽，观鱼鸟，心甚乐之”并读，乃知嵇康笔下所言嵇喜之种种，都属自己的写照。

阮籍 （210—263）

阮籍，字嗣宗，陈留尉氏（今属河南）人。父阮瑀列名“建安七子”，他本人则身入“竹林七贤”，其诗歌在魏晋之际成就最高，被公认为是正始诗人的代表。

阮籍少有大志。曾游楚、汉古战场，感慨“世无英雄，使竖子成名”！然而生当魏晋易代之际，他所能做且一生主要做的便是如何在杀机四伏的环境中保全性命。史称他行为放诞，不拘礼教，当时甚至有人建议将他“流之海外，以正风教”（见《世说新语·任诞》），其实他处世的根本正在于政治上极度小心谨慎。他曾托病辞去官职，以疏远曹爽，一年后曹爽即被司马氏所杀，至此世人才知其“远识”。司马氏把持朝政后，他出任过从事中郎、散骑常侍、步兵校尉等职，而皆“不与世事，酣饮为常”，又“发言玄远，口不臧否人物”，连司马昭也说他为人“至慎”。这就是他在“名士少有全者”环境中得终天年的原因。不过，当司马昭想与他联姻时，他竟然大醉六十日，使其事只得作罢。可见他保全性命并非没有原则，只是这种原则深藏不露而已。

他的人生哲学同样反映在诗歌创作中，形成其诗歌的显著特色，这就是刘勰《文心雕龙·隐秀》中所标举的“复意”“重旨”，或如钟嵘《诗品》所说，是“言在耳目之内，情寄八方之表”“厥旨渊放，归趣难求”。其诗或自伤身世，或咏叹史事，或悲歌归隐，或寄兴游仙，或抨击世风，读之都使人感到其中似有弦外之声、言外之意，但又难以一一确指。后来注家说他的诗“志在刺讥”，同时也承认其诗“文多隐避”“难以情测”。应该说偶尔也能清楚地把握他的情绪，例如他对当时政治的恐惧：“但恐须臾间，魂气随风飘。”“一身不自保，何况恋妻子。”但更多的是兴寄无端，用比兴、象征等手法抒写深沉的孤独、苦闷和悲怆。一些具体的比兴、象征显然继承了屈原的传统，而诗中气氛的烘托，情调的渲染，又出自独创，自成一家。这样的诗，一方面意蕴富有深度，另一方面欣赏、理解起来也有难度，正如《诗品》所说，这是“专用比兴”造成的结果。后世诗人在议论时政而有所忌讳，或表现私情又需要遮掩时，常会自觉不自觉地追随《咏怀》诗，借鉴其手法，模仿其诗风。

阮籍在诗歌史上还有两点值得一提。一是他最早大量写作五言诗，其五言诗多达八十二首。尽管稍后一些批评家还有人坚持“雅音之韵，四言为正”（挚虞《文章流别论》），但汉末以后“五言腾踊”，取代四言诗已成大势所趋，阮籍的创作自觉地顺应了诗体嬗变的时代潮流与风尚；二是《咏怀》首创五古抒情组诗的体例，后世诗人每将五言古诗集合成组，托喻寄兴，抒发感慨议论，例如唐代陈子昂的《感遇》、李白的《古风》都明显受《咏怀》诗的影响。

咏怀（八十二首选九）

其一

夜中不能寐，起坐弹鸣琴[1]。
薄帷鉴明月，清风吹我襟[2]。
孤鸿号外野，翔鸟鸣北林[3]。
徘徊将何见？忧思独伤心[4]。

【注释】

〔1〕“夜中”二句：本王粲《七哀诗》：“独夜不能寐，摄衣起抚琴。”入夜不寐在古人诗中常被提起，通常都是忧愁苦闷的象征，《诗经·邶风·柏舟》即云：“耿耿不寐，如有隐忧。”

〔2〕帷：帷帐。鉴：映照。

〔3〕“孤鸿”二句：翔鸟，飞鸟，一作“朔鸟”。这两句前人多以为其中有所寄托，如《文选》吕向注：“孤鸿，谓贤君孤独在外；翔鸟，鸷鸟，以比权臣在近，谓晋文王。”张玉穀《古诗赏析》认为是“以孤鸿在野比君子之被放，翔鸟鸣林比小人之在位。君在北，故曰北林。如徒以为赋景，便失神理。”近人黄节则以为寄托说不可信，乃是“臆测”（见《阮步兵咏怀诗注》）。

〔4〕“徘徊”二句：清人方东树说“徘徊将何见”是作者“自疑而问之”（《昭昧詹言》）。这两句意思是说在这夜晚还能看到什么呢？只能使人倍觉孤独感伤。

【解说】

《咏怀》是作者生平诗作总题，现存五言诗八十二首，四言诗十三首。这些诗非作于一时，思想内容颇复杂。历来有不少注家联系当时朝政时事，以解释作者的本意旨归。清人沈德潜则认为："阮公《咏怀》，反覆零乱，兴寄无端，和愉哀怨，杂集于中，令读者莫求归趣。此其为阮公之诗也。必求时事以实之，则凿矣。"（《古诗源》）这种看法似乎比较通达可取。

其二

二妃游江滨，逍遥顺风翔。
交甫怀环佩，婉娈有芬芳[1]。
猗靡情欢爱，千载不相忘[2]。
倾城迷下蔡，容好结中肠[3]。
感激生忧思，萱草树兰房[4]。
膏沐为谁施，其雨怨朝阳[5]。
如何金石交？一旦更离伤[6]？

【注释】

〔1〕"二妃"四句：这几句叙述传说的郑交甫遇江妃二女故事。事见《列仙传》，大略谓郑交甫于江汉之滨遇江妃二女，见而悦之，不知其为神人。交甫请其佩，二女解其佩与交甫。交甫纳于怀中，行数步，视佩，已不见，回顾二女，亦不见。逍遥，形容江妃二女随风飘舞的样子。婉娈，美好的样子。

〔2〕"猗靡"二句：猗靡，情意缠绵。这两句说郑交甫情致缠绵地向二妃表示爱慕。

〔3〕"倾城"二句：倾城、迷下蔡，均指女性美貌非凡，语出《汉书·外戚传》所载李延年歌"绝代有佳人……一顾倾人城，再顾倾人国"，和宋玉《登徒子好色赋》："臣东家之子，嫣然一笑，惑阳城，迷下

蔡。”容好，指二妃容貌美丽。中肠，犹言衷心。两句说郑交甫所以深爱二妃，是由于她们的绝世美貌。

〔4〕“感激”二句：萱草，亦称谖草，相传是忘忧草，《诗经·卫风·伯兮》有“焉得谖草，言树之背”的诗句，言思妇以种植萱草排遣思情。兰房，犹言闺房，此指二妃的住所。这两句说二妃感激交甫的衷心爱慕，分别之后因思念交甫而忧伤。

〔5〕“膏沐”二句：上句用《诗经·卫风·伯兮》“自伯之东，首如飞蓬，岂无膏沐，谁适为容”句意，谓二妃因不见交甫而无心梳妆，下句用同诗中的“其雨其雨，杲杲日出”句意，言二妃盼望交甫再来，而他竟不再来，如同盼望下雨却偏偏出了太阳一样，事与愿违，令人怨恨。

〔6〕“如何”二句：金石交，坚如金石般的情谊，语出《汉书·韩信传》：“楚主使武涉说韩信曰：‘足下自以为与汉王为金石交，然终为汉王所禽矣。’”更，竟然。离伤，犹言断绝。前人认为金石交本指君臣之间的情谊，作者以此来写二妃与交甫的关系，当是有所寓意。

【解说】

本篇原为第二首。诗中借江妃二女的传说，抒发对交而不忠、始好终弃的忧伤情怀。前人说此诗是“托朋友以喻君臣”（清何焯《义门读书记》），有人以为是针对司马氏父子的：“初司马昭以魏氏托任之重，亦自谓能尽忠于国，至是专权僭窃，欲行篡逆，故嗣宗婉其词以讽刺之。”（元刘履《选诗补注》）

其三

嘉树下成蹊，东园桃与李〔1〕。
秋风吹飞藿，零落从此始〔2〕。
繁华有憔悴，堂上生荆杞〔3〕。
驱马舍之去，去上西山趾〔4〕。
一身不自保，何况恋妻子〔5〕。

凝霜被野草，岁幕亦云已[6]。

【注释】

〔1〕“嘉树”二句：以桃李花果满枝比喻盛世景象，化用《汉书·李广传》赞语“桃李不言，下自成蹊”。嘉树，指桃李，蹊，小路。

〔2〕“秋风”二句：以秋风吹落叶比喻世道衰败。藿，豆叶。《文选》注引沈约说：“风吹飞藿之时，盖桃李零落之日，华实既尽，柯叶又凋，无复一毫可悦。”

〔3〕“繁华”二句：言繁华不可能长久，终有衰落之日，即便高堂华屋也会破败荒芜，变得杂树丛生。荆、杞，二种灌木名，此指杂树。张玉穀说：“首六（句）就植物春盛夏衰比起，说到荆杞，京师乱象隐然。”

〔4〕“驱马”二句：言自己要赶快离开这乱世，追随伯夷、叔齐去西山隐居。西山，相传是伯夷、叔齐隐居处。趾，山脚。张玉穀评这两句说：“驱马去，言其急；上西山，言其决。”

〔5〕“一身”二句：言自己的性命尚且难保，何必还眷恋妻与子。两句极言乱世可怕，避之惟恐不及。

〔6〕“凝霜”二句：言冰霜降临，百草衰败，一年的美好时光早已过去，象征乱象深重，无可挽回。被，覆盖。已，止。

【解说】

张玉穀说：“此首言世事有盛有衰，避乱宜早也。”（《古诗赏析》）余冠英《汉魏六朝诗选》说此诗“情词危切，似有亡国的恐惧”。

其六

昔闻东陵瓜，近在青门外[1]。

连畛距阡陌，子母相钩带[2]。
五色曜朝日，嘉宾四面会[3]。
膏火自煎熬，多财为患害[4]。
布衣可终身，宠禄岂足赖[5]。

【注释】

〔1〕“昔闻”二句：东陵瓜，事见《史记 · 萧相国世家》：“邵平者，故秦东陵侯。秦破，为布衣，贫，种瓜于长安城东。瓜美，故时俗谓之东陵瓜。”青门，指汉代长安城东面南头的第一门，本名霸城门，因门色青，故俗称青门。

〔2〕“连畛”二句：形容瓜种得多，瓜地一块连着一块，地里结满了瓜。畛（zhěn），语本《诗经 · 周颂 · 载芟》“徂隰徂畛”，此泛指种瓜的田地。阡陌，田间小路。子母，指大大小小的瓜。钩带，指瓜相互连结。

〔3〕“五色”二句：五色形容瓜之美，《述异记》：“吴桓王时，会稽生五色瓜。今吴中有五色瓜，岁充贡赋。”这两句说因为瓜很好，把客人从四面八方吸引过来。

〔4〕“膏火”二句：膏火，油火，用《庄子 · 人间世》“山木自寇也，膏火自煎也”的典故。两句意谓犹如油脂燃起来乃是煎熬自己，一个人若财物太多，也必然招致祸害。

〔5〕“布衣”二句：布衣，指平民。古代平民除老人可穿丝织品外，都只许穿布衣，故布衣遂成平民的代称。宠禄，皇帝赐与的恩宠和爵禄。赖，依靠。

【解说】

本篇借咏叹邵平失侯种瓜事，抒发羡慕布衣生活、厌弃仕宦荣禄的情怀。

其十一

湛湛长江水，上有枫树林[1]。
皋兰被径路，青骊逝骎骎[2]。
远望令人悲，春气感我心[3]。
三楚多秀士，朝云进荒淫[4]。
朱华振芬芳，高蔡相追寻[5]。
一为黄雀哀，泪下谁能禁[6]？

【注释】

〔1〕“湛湛”二句：化用《楚辞·招魂》“湛湛江水兮上有枫”。湛湛，水深貌。

〔2〕“皋兰”二句：皋兰，水边的兰草。青骊，黑马。逝，马急驶的样子。这两句从《楚辞·招魂》中的“皋兰被径兮斯路渐”和“青骊结驷兮齐千乘”变化而来。

〔3〕“远望”二句：暗用《楚辞·招魂》诗句“目极千里兮伤春心”。诗中前六句均用《招魂》中语，一方面是因为此诗表面上是歌咏楚国史事，故借以描绘楚地风景，另一方面是因旧说认为《招魂》为宋玉所作，故借以引出下文。

〔4〕“三楚”二句：三楚，古称江陵为南楚，吴为东楚，彭城为西楚，合称三楚。秀士，此指宋玉等有文才的人。朝云，语出宋玉《高唐赋》，其中巫山神女自言：“妾在巫山之阳，高丘之阻，旦为朝云，暮为行雨，朝朝暮暮，阳台之下。”后世以“云雨”喻男女性关系。这两句说楚国历来多有才俊之士，然而他们不过写些朝云暮雨的故事去进献君王，致使君王沉溺于荒淫之中。

〔5〕“朱华”二句：朱华，红花。振，散发。高蔡，地名，即今河南上蔡县。下句用《战国策·楚策》庄辛劝谏楚襄王语：“蔡灵侯……南游乎高陂，北陵乎巫山，饮茹溪之流，食湘波之鱼，左抱幼妾，右拥嬖

女，驰骋乎高蔡之中，而不以国家为事。”两句言楚王如同蔡灵侯一样，四处寻欢作乐。

〔6〕“一为”二句：接上两句，仍用《战国策·楚策》庄辛劝谏楚襄王语：“王独不见夫蜻蛉乎？ 六足四翼，飞翔乎天地之间。 俛啄蚊虻而食之，仰承甘露而饮之。 自以为无患，与人无争也。 不知夫五尺童子，方将调饴胶丝，加之乎四仞之上，而下为蝼蚁食也。 夫蜻蛉其小者也，黄雀因是以。 俯噣白粒，仰栖茂树，鼓气奋翼。 自以为无患，与人无争也。 不知夫公子王孙，左挟弹，右摄丸，将加已乎十仞以上，已其类为招。 昼游乎茂树，夕调乎酸醎。 倏忽之间，坠于公子之手。”这两句说，就像只顾嬉戏而丝毫不知大患将至的黄雀一样，楚王只知游乐，不计后患，想到这种情况，真令人悲痛不已。 刘履《选诗补注》谓：“正元元年，魏主芳幸平乐观，大将军司马师以其荒淫无度，亵近倡优，乃废为齐王，迁之河内，群臣送者皆为流涕。 嗣宗此诗其亦哀齐王之废乎？ 盖不敢直陈游幸平乐之事，乃借楚地而言。”其说可备参考。

【解说】

本篇借楚国史事讥刺时事，至于所刺何事，诸家说法不一，大体以两说较为可信：一说此诗乃是哀齐王芳因荒淫而被司马师所废之事，一说此诗暗刺曹爽追逐淫乐、荒废朝政，而遭司马懿一网打尽之事。

其十五

昔年十四五，志尚好书诗〔1〕。
被褐怀珠玉，颜闵相与期〔2〕。
开轩临四斯，登高望所思〔3〕。
丘墓蔽山冈，万代同一时。
千秋万岁后，荣名安所之〔4〕？
乃悟羡门子，噭噭今自嗤。〔5〕

【注释】

〔1〕“昔年”二句：言少年时喜读儒家经典，向慕儒术。暗用孔子“吾十有五而志于学。”（《论语·为政》）书、诗，《尚书》和《诗经》，此处用来指儒家经典。

〔2〕“被褐”二句：上句用《老子》“是以圣人被褐怀玉”句意，意谓甘于清贫的生活，而以德才的充实为满足。被褐，身穿粗布衣服。怀珠玉，比喻内心充实而美好。下句说以孔门高足颜回、闵子骞为榜样。颜、闵事迹均见于《论语》，颜以自甘贫贱、好学深思著称；闵以孝友和不苟出仕闻名。

〔3〕“开轩”二句：这两句承上启下，由“登高望所思”表示对先贤的仰慕，同时引出下文的感慨。所思，所思慕的先贤。

〔4〕“丘墓”四句：言但见山中遍布坟墓，于是领悟凡世间之人总不免一死，人死之后，留在世上的仅有坟墓，又有谁见过昔日先贤的令名美誉。

〔5〕“乃悟”二句：言自己由羡门子事醒悟到人生真谛，回过头去想昔日志趣，亦自觉可笑。羡门子，又称羡门子高，古代传说的仙人。噭噭，悲哭声，此代指往昔追慕先贤，渴望有所成就而不能的苦闷。嗤，笑声，自嗤犹言自我嘲笑。

【解说】

本篇自述今昔志趣的不同与思想的转变。

其十七

独坐空堂上，谁可与亲者〔1〕？
出门临永路，不见行车马〔2〕。
登高望九州，悠悠分旷野。

孤鸟西北飞，离兽东南下[3]。

日暮思亲友，晤言用自写[4]。

【注释】

〔1〕这两句诗意在《咏怀》诗中多次出现，如“徘徊将何见，忧思独伤心”（其一），“羁旅无俦匹，俯仰怀哀伤”（其十六），“独坐山岩中，侧怆怀所思”（其三十七）。亲，一作“欢”。

〔2〕永路：长路。

〔3〕“登高”四句：这几句以登高望远、四顾无人来写孤独寂寞之感。九州，古代将中国分为冀州、豫州、雍州、荆州、扬州、兖州、徐州、幽州、营州等九州，此泛指天下。悠悠，深远的样子。离兽，离群之兽。西北飞与东南下为互文见义，极言所见一派寂寞，飞禽走兽亦恓遑奔走，无暇他顾。四句实浓缩曹植《赠白马王彪》的“原野何萧条，白日忽西匿。归鸟赴乔林，翩翩厉羽翼。孤兽走索群，衔草不遑食”。后来唐代陈子昂的《登幽州台歌》又把类似的意象写得更为简洁：“前不见古人，后不见来者。念天地之悠悠，独怆然而泣下。”

〔4〕“日暮”二句：言日暮时分，愈加思亲念友，希望能和他们谈心交流，以排遣忧闷。晤言，语本《诗经・陈风・东门之池》：“彼美淑姬，可与晤言。”对坐交谈的意思。用，以。写，除，犹排遣。

【解说】

本篇抒发了作者不合于世、孤独寂寞的苦闷心情。

其三十一

驾言发魏都，南向望吹台[1]。

箫管有遗音，梁王安在哉[2]！

战士食糟糠，贤者处蒿莱。
歌舞曲未终，秦兵已复来[3]。
夹林非吾有，朱宫生尘埃[4]。
军败华阳下，身竟为土灰[5]。

【注释】

〔1〕“驾言”二句：谓驾车从大梁起程，南行去凭吊古吹台。驾言，驾车的意思，言为语助词，无义。魏都，战国时魏都大梁，即今河南开封市。吹台，又名繁台、范台，战国时魏王宴饮之所，遗迹在今开封市东南。

〔2〕“箫管”二句：言在吹台还能听到当年流传下来的音乐，而那位宴饮无度的梁王早已踪迹全无了。梁王，指魏梁王婴，据《战国策·魏策》，他曾“觞诸侯于范台”。

〔3〕“战士”四句：言由于魏王只顾享乐，不能养兵用贤，结果行乐未终，秦国已乘势发兵攻魏。据《史记·魏世家》记载，战国末年秦国曾连续进攻魏国；魏国逐渐为秦所蚕食，故作者言“秦兵已复来”。也有人认为，第四句不仅述秦兵屡次攻魏之史实，亦暗指魏明帝时蜀国多次出兵伐魏之事。

〔4〕“夹林”二句：夹林，梁王婴在吹台所建的游览之所。非吾有，这是作者拟梁王口吻说的话，言夹林失陷，不再属梁王所有。朱宫，指吹台的宫殿。生尘埃，言宫殿为秦兵攻占，沦为废墟。

〔5〕“军败”二句：华阳，地名，在今河南新郑市东。据《史记·白起列传》，公元前273年，秦兵在华阳大败魏军，斩首十三万，魏割南阳以求和，此后便一蹶不振，直至亡国。下句言魏灭亡，梁王亦兵败身死。语本作者父阮瑀《七哀诗》“身体为土灰”。

【解说】

本篇借咏叹战国魏国为秦国所灭之事，以古寓今。清人陈沆说："此借古以寓今也。（魏）明帝末年，歌舞荒淫，而不求贤讲武；不亡于敌国，则亡于权奸，岂非百世殷鉴哉！"（《诗比兴笺》）张玉穀也说："魏都许昌，即古梁地，故独举。"（《古诗赏析》）。都以为作者以战国时的魏国代指曹魏政权，其说当可信。《咏怀》诗中几次提到魏国旧都大梁，都流露出深切的忧虑，如"徘徊蓬池上，还顾望大梁……朔风厉严寒，阴气下微霜"（其十六），"昔余游大梁，登于黄华颠，……肆侈陵世俗，岂云永厥年"（其二十九），本篇则是其中感慨最为沉痛的一首。

其三十八

炎光延万里，洪川荡湍濑[1]。
弯弓挂扶桑，长剑倚天外[2]。
泰山成砥砺，黄河为裳带[3]。
视彼庄周子，荣枯何足赖？
捐身弃中野，乌鸢作患害[4]。
岂若雄杰士，功名从此大[5]。

【注释】

〔1〕"炎光"二句：炎光，日光。洪川，大水。湍濑，急流汹涌的河滩。两句以阳光普照万里，大河浩荡奔流起兴，表现视野的阔大。

〔2〕"弯弓"二句：用宋玉《大言赋》"长剑耿介倚乎天外"句意，用以形容诗中所写的"雄杰士"顶天立地的气势。扶桑，古代传说的神木，长数千丈，粗千余围，两干同根相倚，每日太阳由此升起。倚天外，极言剑之长，《咏怀》第五十八首"长剑出天外"，与此同意。

〔3〕“泰山”二句：言自“雄杰士”视之，泰山小如磨石，黄河窄同衣带。两句用《史记·高祖功臣侯者年表序》“使河如带，泰山若砺”语。砥砺，磨刀石。

〔4〕“视彼”四句：《庄子·列御寇》载：“庄子将死，弟子欲厚葬之。庄子曰：‘吾以天地为棺椁，日月为连璧，星辰为珠玑，万物为斋送，吾葬具岂不备焉？何以加此？’弟子曰：‘吾恐乌鸢之食夫子也。’庄子曰：‘在上为乌鸢食，在下为蝼蚁食，夺彼与此，何其偏也？’”这几句说庄子虽达观，能超脱生死，然而死后尸体置于旷野中，终不免为鸟类所食。荣枯何足赖，意谓庄子能超脱于生死之外。捐身，犹言死去。中野，田野中。作患害，指乌鸢啄食尸体。

〔5〕“岂若”二句：承前四句，言达观如庄子，亦毕竟不如“雄杰士”，其气魄功名远大，无与伦比。此处的“雄杰士”，也即作者《大人先生传》中所描写的“飘飘于天地之外，与造化为友”的“大人先生”，是作者理想的化身，反映了作者“超世而绝群”的人生追求。

【解说】

本篇表现了雄视于天地之间的宏大气魄，清人方东树说此诗“语势壮浪，气体高峻，有包举六合气象”（《昭昧詹言》）。

傅玄 （217—278）

傅玄，字休奕，北地泥阳（今陕西耀县）人。少时曾避难河内（今河南省北部），后举秀才，仕魏历官弘农太守，入晋累迁司隶校尉。诗作颇多，多为乐府诗，诗中颇喜劝讽说教，刘勰因而说："傅玄篇章，义多规镜。"（《文心雕龙·才略》）从西晋开始，文人乐府诗逐渐失去质朴气象，傅玄的不少乐府诗正是雅化了的乐府诗。应该一提的是他对女性命运的关心和善于描摹女性的心理，诗中较好的诗都是围绕女性写的。言情则情意绵绵，描摹心理则细腻入微，很难想象这些诗出自一位立朝刚直，"使台阁生风，贵戚敛手"，而且时刻不忘"存重儒教"的显宦之手。

豫章行·苦相篇

苦相身为女，卑陋难再陈[1]。
男儿当门户，堕地自生神。
雄心志四海，万里望风尘[2]。
女育无欣爱，不为家所珍[3]。
长大逃深室，藏头羞见人[4]。
垂泪适他乡，忽如雨绝云[5]。
低头和颜色，素齿结朱唇。
跪拜无复数，婢妾如严宾[6]。
情合同云汉，葵藿仰阳春。
心乖甚水火，百恶集其身[7]。
玉颜随年变，丈夫多好新[8]。
昔为形与影，今为胡与秦。
胡秦时相见，一绝逾参辰[9]。

【注释】

〔1〕“苦相”二句：言由于命苦而生为女子，地位卑贱，所遭受的种种痛苦实在诉说不完。 陈，陈述。 难再陈，犹言讲一遍已很痛苦，难于再讲一遍。

〔2〕“男儿”四句：言男子生下来就为家庭珍重，长大后在社会上也有远大前程。 当门户，指旧时家庭以男子为中心，由男子支撑家庭。 堕地，出生。 自生神，形容男子受家庭重视，生下来就被视为家庭的希

望。后两句说男子在社会上有广阔的活动天地，可以干大事业。

〔3〕女育：指家庭养育女儿。

〔4〕逃深室：旧时女子住在内室，不能随便出来见外人。

〔5〕“垂泪”二句：言女子出嫁后，就很难再见到家人。适，出嫁。下句指女子出嫁后一般不能随便回娘家，如单独回家，常常意味着是被丈夫遗弃，因用“雨绝云”来形容女子与家人的分别。

〔6〕“低头”四句：言女子到夫家后的生活情况。和颜色，犹言和颜悦色，指女子在夫家谦恭小心的态度。素齿结朱唇，牙齿和嘴唇紧靠在一起，意思是不能随便说话。跪拜，按古代礼仪，媳妇早晚都要给公婆行礼请安。婢妾如严宾，是说对夫家的婢妾也需敬如严宾。

〔7〕“情合”四句：分别写夫妻感情融洽与不和时的情况。前两句用银河在天、花叶向阳比喻女子与丈夫情同意合。云汉、银河，用《诗经·大雅·棫朴》“倬彼云汉，为章于天”句意。葵藿，向日葵和豆叶。阳春，春天的阳光。曹植《求通亲亲表》：“若葵藿之倾叶，太阳虽不为之回光，然向之者诚也。”此用其意，以女子比葵藿，以丈夫比阳光。后两句言夫妻不合时，丈夫便把各种怨气都发泄在妻子身上。乖，背离，指感情不合。甚水火，形容丈夫待妻子不好，甚于水火之不相容。百恶集其身，指丈夫把种种恶名都加在妻子身上。

〔8〕“玉颜”二句：言女子年老色衰，而丈夫往往喜新厌旧，用以引出下文女子色衰见弃的感叹。

〔9〕“昔为”四句：形与影，形容夫妻关系亲密，终日厮守在一起。胡与秦，形容女子与丈夫已无接触，形同路人。胡，西北的少数民族；秦，秦汉时西域人对中国的称呼，胡与秦犹言中国与外国。后两句说即使中国与外国也还有交往，而女子和丈夫却完全没有接触，女子已被丈夫遗弃。参，参星，在西方；辰，即商星，在东方，两星相对，此出彼没，故杜甫《赠卫八处士》诗说：“人生不相见，动如参与商。”结尾四句语本托名苏武的《别诗》：“昔为鸳与鸯，今为参与辰，昔者常相近，邈若胡与秦。”

【解说】

《豫章行》属汉乐府《相和歌·清调曲》，古辞写豫章山上白杨被伐为洛阳宫中栋梁，述其与根株分离之苦，曹植、陆机等均有拟作。本篇写女子从出生、长成到出嫁，先是不为家庭所重，继而远嫁他乡，既要侍奉丈夫，又终将难逃色衰见弃的命运。诗以苦相为题，苦相犹言苦命、薄命，作者以此概括当时一般女性的人生遭遇。

西长安行

所思兮何在？乃在西长安〔1〕。
何用存问妾？香橙双珠环。
何用重存问？羽爵翠琅玕〔2〕。
今我兮闻君，更有兮异心〔3〕。
香亦不可烧，环亦不可沉。
香烧日有歇，环沉日自深〔4〕。

【注释】

〔1〕“所思”二句：所思，所思之人，指女子的情人。西长安，女子住在长安以东地区，故言情人所在的长安为西长安。

〔2〕“何用”四句：言双方经常互赠礼品，表示当时彼此相爱。何用，犹言以什么。存问，慰问。妾，女子自称。香橙，带有香气的带子，橙，毛织的带子。一作“橙”。重，再次。羽爵，饮酒器，雀形，有羽翼作装饰。琅玕，美玉。羽爵、琅玕当是女子回赠情人的礼物。

〔3〕“今我”二句：言女子如今得知情人变心，另有所欢。

〔4〕“香亦”四句：刻画女子得知情人变心后的矛盾心理：想把情人赠送的香烧掉，珠环扔进水里，但一想香烧掉就没有了，珠环沉水后也不能再得，于是犹豫不决，不知如何是好。歇，消耗。这四句结语与《有所思》的“闻君有他心，拉杂摧烧之。摧烧之，当风扬其灰！从今以往，勿复相思，相思与君绝”全然不同，后一则刚烈决绝，前一则缠绵多情而优柔寡断。

【解说】

本篇模仿汉乐府《有所思》，表现女子对情人先是相思，继而得知对方变心后犹豫不决的心理发展过程。

杂言

雷隐隐，感妾心；
倾耳听，非车音。

【解说】

这首诗仅十二字。刻画一个女子瞬间的心理变化：一开始听到隐隐雷声，怦然心动，继而明白自己误以雷声为车声，原来自己盼望的情人并未到来。

张华 （232—300）

张华，字茂先，范阳方城（今河北固安）人。少时曾牧羊，好学博识，以作赋得阮籍褒奖，文名渐为世人所知。魏末官太常博士，迁中书郎。入晋拜黄门侍郎，以献计参与伐吴有功，封广武县侯，官至司空。后被赵王司马伦、孙秀杀害。他在西晋官位很高，又喜奖掖后进，兼擅诗赋及小说，故在文坛很有影响。存诗三十首，其乐府诗明显受汉赋影响，排列对偶，铺陈写来，词采繁缛，包括结构上“曲终奏雅”式的议论都模仿汉赋。虽然乐府诗在他的手中失去了原有的质朴清新，却因追随汉赋而格外增加了铺张扬厉的风格，后来乐府歌行一体正由此派生出来，到隋唐之际渐成熟为长篇歌行。钟嵘说他的诗“其体华艳”“务为妍冶”，就其诗讲究词采而言，是恰切的批评。又说：“恨其儿女情多，风云气少。”是指其《情诗》一类的诗作而言的。这个批评源出钟嵘对“风力”的偏爱。提倡“风力”对纠正齐梁诗歌的弊端有积极意义，但动辄以“风力”的多少判定诗人成就的高下，未免有失公允。钟嵘此评在诗歌批评史上极有名，“儿女情多”后来在流传过程中变成了“女郎诗”（参看元好问《中州集》卷九《评王中立》《论诗三十首》之“有情芍药含春泪”“邺下风流在晋多”两首；又清何焯《义门读书记》评张华《励志》诗云：“张公诗惟此一篇，余皆女郎诗也。”），干脆把“儿”字也去掉，把“多情”与地位低下的“女郎”直接联系起来。这倒正可看出这一派批评立论偏颇的社会文化的背景。有趣的是，唐代魏徵等人激烈抨击南朝诗歌，说是“江左宫商发越，贵于清绮；河朔词义贞刚，重乎气质。气质则理胜其词，清绮则文过其意……此其南北词人得失之大较也”（《隋书·文学传序》），河朔文人之诗确以“词义贞刚”为传统，后面还会谈到，至少张华可以做一个反面的例子，说明河朔词人也未必不“儿女情多”。魏徵如果不是忘记了张华，就是故意不提，以回避事实。

情诗（五首选一）

游目四野外，逍遥独延伫〔1〕。
兰蕙缘清渠，繁华荫绿渚〔2〕。
佳人不在兹，取此欲谁与〔3〕？
巢居知风寒，穴处识阴雨。
不曾远别离，安知慕俦侣〔4〕？

【注释】

〔1〕“游目”二句：游目，随意观览。逍遥，悠闲的样子。延伫，久立。两句言游子游赏于野外，而以一“独”字暗示其寂寞。

〔2〕“兰蕙”二句：兰蕙，即兰花和蕙兰花。缘，沿。繁华，同“繁花”。绿渚，长满绿草的小洲。

〔3〕“佳人”二句：言妻子不在，虽摘了兰蕙也无人可赠。古代男女相爱，常以花草互赠寄情。佳人，指妻子。此，指兰蕙。谁与，犹言与谁、赠谁。

〔4〕“巢居”四句：用比兴手法抒写游子怀人情思。巢居，指鸟。鸟高居枝头，故先知风寒。穴处，指藏在地下的蝼蚁，地下阴湿，故蝼蚁先知风雨。用前两句引出后两句的感叹，不曾远别之人，就不能真切体会怀人的痛苦。俦侣，伴侣，指夫妻。

【解说】

本题乐府诗系作者首创，见《乐府题解》。在写作手法上，巧用比兴手法，感叹远别者的怀人之苦。

潘岳 (247—300)

潘岳，字安仁，荥阳中牟（今河南中牟县东）人。少年时有“奇童”之称。举秀才，但“才名冠世，为众所疾”，遂栖迟十年才得出任河阳令，后为著作郎，官至给事黄门侍郎。后被诬而为赵王司马伦所杀。

潘岳与陆机齐名，钟嵘说：“陆才如海，潘才如江。”但他们的诗其实都无大江大海的气势和容量，相形之下，潘岳的成就又要略逊一筹。他“善为哀诔之文”（《晋书·潘岳传》），其诗赋也擅长写悼亡伤逝之作。诗中的《悼亡诗》《顾内》《杨氏七哀》都是为亡妻杨氏所作，尤以《悼亡诗》缠绵悱恻、哀感情深，后人凡写哀念亡妻的诗都以“悼亡”为题，足见其笼罩之广。在表现悲哀情思方面他常能写出较好的诗，如《河阳县作诗》《在怀县作诗》《关中诗》抒写自己沉沦下僚的苦闷，描绘百姓在战乱中的不幸，都还能见出真挚之情。在这类题材以外，他的诗就缺乏特色，词藻丽密似不在以“深芜”著称的陆机之下。

潘岳在元康（291—299）年间，是依附贾谧的“二十四友”的领袖，每候贾谧出行，他就与石崇等人“望尘而拜”，以致为其母所讥诮。金人元好问《论诗三十首》中对此有精当的议论：“心画心声总失真，文章宁复见为人。高情千古闲居赋，争信安仁拜路尘！”当然在其他作家的身上，也可看到类似的情况，“失真”者自然绝非潘岳一人而已。

悼亡（三首选一）

荏苒冬春谢，寒暑忽流易[1]。
之子归穷泉，重壤永幽隔[2]。
私怀谁克从，淹留亦何益[3]！
黾勉恭朝命，回心反初役[4]。
望庐思其人，入室想所历[5]。
帏屏无仿佛，翰墨有余迹。
流芳未及歇，遗挂犹在壁[6]。
怅怳如或存，回惶忡惊惕[7]。
如彼翰林鸟，双栖一朝只
如彼游川鱼，比目中路析[8]；。
春风缘隙来，晨霤承檐滴[9]。
寝息何时忘，沉忧日盈积[10]。
庶几有时衰，庄缶犹可击[11]。

【注释】

〔1〕“荏苒”二句：言时光流逝，季节变换，妻子故世已得一年。按古代礼法，妻死，丈夫需服丧一年。清人何焯说：“古人未有丧而赋诗者。”（《义门读书记》）这两句既交待妻子去世的时间，也说明自己服丧期满，因而作诗悼亡。荏苒，形容时间缓缓流逝。谢，去。忽，犹言突然。流易，变换。作者以“荏苒”“忽流易”写对时节变换的感受，看似不同，实则都暗示妻子死后自己悲伤不能自已，故对季节转变

的感受也不同寻常。

〔2〕“之子”二句：之子，犹言那人，指亡妻。穷泉，深泉，指地下。重壤，层层土壤。永幽隔：妻子长眠地下，与己永别。

〔3〕“私怀”二句：私怀，个人的情怀，指思念亡妻之情。克，能够。从，顺从、许可。前人谓上句言“哀伤私情，欲不从仕”（《文选》六臣注），然此情终不为世人所许。下句言既如此，长期滞留于家中亦无益处。淹留，指留在家中。

〔4〕“黾勉”二句：言将努力振作，依遵朝命，回去任职。黾勉，勉力。恭，顺从。朝命，朝廷的任命。回心，改变思想。反初役，回到原来的官位上去。

〔5〕“望庐”二句：睹物思人之意。庐，住宅。室，内屋。历，经历。

〔6〕“帏屏”四句：承上两句言在室中尚能看却亡妻的一些遗迹，但却是人去室空。帏屏，帐子和屏风，都是亡妻昔日活动之处。无仿佛，言再也不见亡妻依稀的身影。仿佛，指看不甚清的形象。翰墨，指亡妻生前所写之字。有人认为翰墨泛指文章，似不确。因杨氏出身于书法世家，其父杨肇、兄杨潭均以书法名世，既有如此家庭背影，杨氏擅长书法自是情理中事。余迹，犹遗迹。流芳，形容遗物上保留的妻子的气息。歇，消失。遗挂，一说为亡妻“平生玩用之物”（《文选》六臣注），一说即亡妻的翰墨遗迹（《文选》李善注），两说均可通。

〔7〕“怅怳”二句：怅怳（huǎng），神志恍惚。回惶，心情由恍惚而转为不安、惶恐。一作“周遑”。忡（chóng），忧虑。惊惕，惊恐。两句刻画面对亡妻遗物时的心理变化。清人吴淇评此二句“总以描写室中人新亡，单剩下孤孤一身在室内，其心中点点忑忑光景如画”（《六朝选诗定论》）。张玉穀说以上八句写“将出未出，连流虚室，触目伤心景象”（《古诗赏析》）。

〔8〕“如彼”四句：连用比喻，形容丧妻以后的孤独凄凉。翰林鸟，犹言栖林鸟。一朝只，一个早晨忽然只剩下一只。比目，即比目鱼，古代传说东方的一种鱼，据说其行必成双成对，“不比不行”（见《尔雅·释地》），古人常用比拟恩爱夫妻。中路析，中自分开。析，一作

“分折”，又作“拆”。

〔9〕“春风”二句：缘，沿。隙，指门窗或墙壁上的隙缝。霤，屋檐上流下来的雨水。这两句指此诗写作的时间。

〔10〕“寝息”二句：寝息，睡觉休息。一作“寝兴”，兼言睡时和醒时。沉忧，心中的深沉忧思。盈积，犹言增加。

〔11〕“庶几”二句：上承前文，言但愿以后思念亡妻之情会有所淡漠，能像庄子那样达观才好。庶几，但愿，强作希望之词。庄，指庄子。缶，瓦盆，古代一种打击乐器。下句用《庄子·至乐》记载的故事：“庄子妻死，惠子吊之，庄子则方箕踞鼓盆而歌。”此以击缶表示旷达，摆脱哀思。

【解说】

本题诗共三首，此为其一。三首均系作者哀悼亡妻杨氏的诗。悼亡，本指哀悼死者，由于这三首诗广为传诵，悼亡遂成专用于哀悼亡妻的诗题。此诗的写作时间，一般认为在晋元康六年（296），也有人认为是元康九年（299）。

石崇 （249—300）

石崇，字季伦，渤海南皮（今河北南皮）人。父石苞为西晋开国功臣，石崇以士族豪门子弟，年方二十即入朝为官，三十年间历任二十五职，官至侍中。任荆州刺史时，以劫掠客商而致巨富。生活侈靡夸于当世，曾以蜡代薪，作绵步障五十里。有文才而无人品，与潘岳等结为“二十四友”，谄事贾谧。后被赵王司马伦所杀，一门皆诛。《诗品》将他列为“中品”，称其诗有“英篇”。其代表作《王明君辞》对后世同一题材的诗歌有很深远的影响。

王明君辞

王明君者，本是王昭君，以触文帝讳改焉[1]。匈奴盛[2]，请婚于汉，元帝以后宫良家子昭君配焉[3]。昔公主嫁乌孙，令琵琶马上作乐，以慰道路之思[4]。其送明君，亦必尔也[5]。其造新曲[6]，多哀怨之声，故叙之于纸云尔。

我本汉家子，将适单于庭[7]。
辞诀未及终，前驱已抗旌[8]。
仆御涕流离，辕马为悲鸣[9]。
哀郁伤五内，泣泪湿朱缨[10]。
行行日已远，遂造匈奴城[11]。
延我于穹庐，加我阏氏名[12]。
殊类非所安，虽贵非所荣[13]。
父子见凌辱，对之惭且惊[14]。
杀身良不易，默默以苟生[15]。
苟生亦何聊，积思常愤盈[16]。
愿假飞鸿翼，乘之以遐征[17]。
飞鸿不我顾，伫立以屏营[18]。
昔为匣中玉，今为粪上英[19]。
朝华不足欢，甘与秋草并[20]。
传语后世人，远嫁难为情[21]。

【注释】

〔1〕文帝：此指晋文帝司马昭。

〔2〕这两句与史实不合。据《汉书·匈奴传》，汉元帝时匈奴内乱，五单于争立，其中的呼韩邪单于势弱，遂遣使入内地请婚于汉朝，想通过与汉朝联姻巩固自己的地位。

〔3〕良家子：犹言清白人家子女。

〔4〕“昔公主”三句：乌孙，古代西北游牧民族，汉武帝曾两次以宗室女嫁乌孙，称乌孙公主。史载乌孙公主之一的刘细君远嫁时曾令乐工弹琵琶以排遣忧思。

〔5〕“其送”二句：言想必昭君出嫁，也是同样的情形。尔，指上文所说的乌孙公主出嫁情况。

〔6〕其造新曲：相传汉人怜惜昭君远嫁，为作《王昭君歌》，此指其事。新曲，新的歌曲。

〔7〕“我本”二句：我，虚拟昭君的自称。汉家子，汉人的子女。适，去，指出嫁。单于庭，匈奴单于的宫廷。单于，匈奴语“撑犁孤独单于”的简称，意为天子。

〔8〕“辞诀”二句：言昭君辞别仪式尚未完，单于迎亲队伍已迫不及待地启程。辞诀，辞别，诀别。前驱，队伍前面的人马。抗旌，高举旌旗，意谓启程登路。

〔9〕“仆御”二句：从昭君眼中所见随从甚至马匹的悲哀，写昭君离别时的悲伤之情。仆御，驾车的仆人。辕马，拉车的马。

〔10〕“哀郁”二句：言昭君内心肝肠俱断，泪水沾湿了衣服。五内，犹言五脏。朱缨，红色的丝带，用来系帽子。湿，一作“沾”。

〔11〕造：抵达。

〔12〕“延我”二句：言匈织单于请昭君进毡帐，并赐与封号。延，请。穹庐，游牧民族所住的帐篷。加，封。阏氏名，据《汉书·匈奴传》，昭君被封为宁胡阏氏。阏氏（yān zhī），匈奴对单于之妻的称谓，亦作“焉提”，相当于皇后。

〔13〕“殊类”二句：言匈织毕竟是异族，在匈奴中即便有很高的地位也不足为荣。殊类，犹言异类，指异族。《左传·成公四年》：“季文子曰：‘不可。史佚之志有之曰：“非我族类，其心必异。”楚虽大，非吾族也。’”古代儒家注重“华夷之分”，鄙夷异族。

〔14〕“父子”二句：据《汉书·匈奴传》，呼韩邪单于死后，其子复株累若鞮单于又娶昭君为妻，此即“父子见凌辱”之事。按，子娶后母为匈奴固有之习俗，但汉人无法接受，故称“凌辱”。惊，惊骇，惊恐。

〔15〕“杀身”二句：杀身，指自杀。苟生，苟且偷生。

〔16〕愤盈：形容忧思深重。

〔17〕“愿假”二句：假，借。飞鸿，大雁。遐征，远征，指返回汉朝。乘，一作“弃”。

〔18〕“飞鸿”二句：不我顾，犹言不理我。顾，看。屏营，犹言徘徊。《国语·吴语》：“屏营彷徨于山林之中。”

〔19〕“昔为”二句：匣中玉，比喻在汉朝的生活。粪上英，比喻在匈奴的处境。英，花。

〔20〕“朝华”二句：承上句。朝华，即朝花。上句说在匈奴犹如粪上之花，此言花虽艳丽而不足惜，即前言“虽贵非所荣”之意。下句言宁愿没于秋草之中，即前言“苟生亦何聊”之意。

〔21〕“传语”二句：这两句以作者的口吻告诫后人，从昭君远嫁中吸取教训。乐府诗结尾处发议论，是魏晋文人拟作乐府诗中常见的写法。

【解说】

本篇为汉乐府旧题，属《相和歌·吟叹曲》，但古辞已佚，现存作品以此篇最早。所述王昭君事，最早见于《汉书·匈奴传》：“（呼韩邪）单于自言愿婿汉氏以自亲。元帝以后宫良家子王嫱字昭君赐单于。”并简述其入匈奴后改号宁胡阏氏，生有一子。后呼韩邪单于死，昭君再嫁其子，并生有二女。《后汉书·南匈奴传》则较详细地叙述了昭君出嫁的过程。本篇成于《后汉书》之前，叙事本于《汉书》而略有渲染。写昭君事虽然不及《后汉书》的曲折详细，但通过抒写昭君思乡哀怨之情，为昭君故事奠定了悲剧的基调，对后人影响极大。诗前有小序简述本事。

陆机 (261—303)

陆机，字士衡，吴郡（今江苏苏州）人。其祖父陆逊为吴丞相，是后世的章回体小说《三国志演义》精心刻画的人物；父陆抗亦官至大司马。陆机二十岁时吴国被晋所灭，因退居旧里，闭门读书。太康十年（289）与弟陆云入洛阳，为张华爱重，说："伐吴之役，利获二俊。"但他们与中原文士关系并非融洽。兄弟俱入"文章二十四友"之列。他先后任国子祭酒、太子洗马，赵王伦专权时，他受重用；伦败，被收付廷尉，得成都王颖相救，遂入成都王幕，成都王举兵伐长沙王，以他为前将军前锋都督，兵败后为仇家所谮，被杀，并夷三族。

西晋诗歌"采缛于正始，力柔于建安"（《文心雕龙·明诗》），而陆机号称"太康之英"，是西晋声名最著、也是最有代表性的诗人。他的诗词藻繁缛典雅，讲究对偶，有些诗几乎通篇对偶，"开出排偶一家"（沈德潜《古诗源》）。推崇他的人称赞其诗"才高词赡，举体华美"（钟嵘《诗品》），批评他的人则讽刺他"一味排比敷衍，不能流露性情"（黄子云《野鸿诗的》），褒贬似乎都有过分之嫌。明人陈绎曾说："士衡才思有余，但胸中书太多，所拟能痛割舍，乃佳耳。"（《诗谱》）所论较为平实。他写了不少拟古诗和乐府诗，很能体现原作的风貌，其中也确有佳篇警句，但毕竟是拟作，缺乏创新和自己的个性。然而当他不模拟古人时，他的真性情就会自然流露，例如《赴洛道中作》《赠弟士龙》《赠尚书郎顾彦先》等诗。

在两晋诗风演变中，陆机是一个重要的诗人。重对偶的习尚对南朝诗歌影响很深，拟古的写作则在当时就造成一种风气，重视细致刻画物象的写法为早期的山水诗所继承。他又是一位很重要的文论家，他的《文赋》对许多文艺理论问题发表了有价值的意见，而且本身又是一篇精美的骈文，后来刘勰的《文心雕龙》显然受《文赋》的启发和影响。

猛虎行

渴不饮盗泉水，热不息恶木阴。
恶木岂无枝？志士多苦心[1]。
整驾肃时命，杖策将远寻[2]。
饥食猛虎窟，寒栖野雀林[3]。
日归功未建，时往岁载阴[4]。
崇云临岸骇，鸣条随风吟[5]。
静言幽谷底，长啸高山岑[6]。
急弦无懦响，亮节难为音[7]。
人生诚未易，曷云开此衿[8]？
眷我耿介怀，俯仰愧古今[9]。

【注释】

〔1〕“渴不”四句：言志士立身处世重视名节，慎于出处。盗泉，水名，《水经注·洙水》：“洙水西南流，盗泉水注之。”古代传说孔子曾路过盗泉，“渴矣而不饮，恶其名也”（《尸子》）。恶木，犹言恶树。

〔2〕“整驾”二句：整驾，整顿车驾，犹言整装。肃，敬。时命，当朝君王的命令。杖策，策是车鞭，此犹言杖剑而行。远寻，远行。

〔3〕“饥食”二句：这两句反用《猛虎行》古辞中的“饥不从猛虎食，暮不从野雀栖”，意谓既奉君令，则不顾艰辛，不避险恶。

〔4〕“日归”二句：日归、时往，均指时日已过。岁载阴，岁时已暮的意思。载，则。

〔5〕“崇云”二句：承上句言岁暮时节，风急云涌，风声振耳。崇云，很厚的云。临岸骇，形容云从河边生起的样子。鸣条，因风吹动而发出响声的树枝。

〔6〕“静言”二句：言因功业未建，心中苦闷而徘徊长啸。静言，沉默地。岑，山顶。

〔7〕“急弦”二句：意谓有高节的人发言必定是慷慨陈词，但这样直言无隐又往往为人主所不喜，因此无论言与不言对志士都是很困难的事。急弦，绷紧的弦。懦响，疲软无力的声响。亮节，犹言高风亮节。难为音，很难说话。

〔8〕“人生”二句：紧承上两句，言处世不易，难能畅开襟怀，一述平生之志。未，不。曷，何。

〔9〕“眷我”二句：言回顾自己平生志向，真是愧对古今。眷，顾。耿介怀，正直的怀抱，即开篇所说的重视名节。

【解说】

本题为乐府诗，属《相和歌·平调曲》。古辞有“饥不从猛虎食，暮不从野雀栖”二句，作者本篇则反用其语，言志士所重在名节，建功立业则不避险恶，然而终无成就，故自觉有愧于平生志向。

拟明月何皎皎

安寝北堂上，明月入我牖〔1〕，
照之有余晖，揽之不盈手〔2〕。
凉风绕曲房，寒蝉鸣高柳〔3〕。
踟蹰感节物，我行永已久〔4〕。
游宦会无成，离思难常守〔5〕。

【注释】

〔1〕“安寝”二句：安寝，静卧。北堂，屋中之正室。牖，窗户。

〔2〕“照之”二句：余晖，余光。揽，取。不盈手，《文选》李善注引《淮南子》：“手微惚恍，不能揽其光也。”

〔3〕“凉风”二句：言北风送凉，寒蝉高鸣，知已到深秋季节。《尔雅》：“北风谓之凉风。”曲房，带曲廊的房子。寒蝉，深秋时节的蝉。

〔4〕“踟蹰”二句：言从景物感知节气的变化，进而想到自己离别家乡已有多时。踟蹰，心神不定的样子。节物，节气和景物。行，指离别家乡外出。永已久，犹言长而久。

〔5〕“游宦”二句：言己游宦无成，忧思难任。游宦，外出为官。会，当。守，持。

【解说】

作者有《拟古》诗十二首，均为摹拟《古诗十九首》而作。本篇原列第六，系模拟《古诗十九首》最后一首“明月何皎皎”，原诗写游子客久思归（一说写思妇怀人），此借游子思归抒发游宦不得志的怨情。

赴洛道中作

远游越山川，山川修且广〔1〕。
振策陟崇丘，案辔遵平莽〔2〕。
夕息抱影寐，朝徂衔思往〔3〕。
顿辔倚嵩岩，侧听悲风响〔4〕。
清露坠素辉，明月一何朗。

抚枕不能寐，振衣独长想[5]。

【注释】

〔1〕修：长。

〔2〕“振策”二句：言驱马翻过高山，走过平原。陟（zhì），登高。崇丘，高山。案辔，手按缰绳。案，通“按”。辔，马嚼子和缰绳。平莽，有草的平地。莽，丛生的野草。

〔3〕“夕息”二句：言旅途寂寞孤独。息，休息。抱影寐，形容孤独。徂，往。衔思，犹言含悲。

〔4〕“顿辔”二句：顿辔，停下马来休息。嵩岩，高岩。侧听，侧耳而听。

〔5〕“清露”四句：言夜间月色明亮，露珠上也闪耀着月光，因不能入睡，遂穿衣起来独自长思。素辉，月光。朗，明亮。抚枕，一作“抚几”。振衣，抖掉衣上尘土，这里是穿衣的意思。作者《与弟清河云诗》其五说此行是“掩涕即路，挥袂长辞”，可知“不能寐”“独长思”的原因。

【解说】

本题诗共二首，本篇原为其二。诗作于太康十年（289），时吴国已亡，作者与弟陆云北上赴洛阳。诗中写旅途的艰辛感慨。

陆云 (262—303)

陆云，字士龙，陆机之弟。入洛后历任吴王晏郎中令、清河内史等职。陆机为成都王颖所杀，他亦被害。

他曾自言“颇能作赋”，而“四言五言非所长”（《与兄平原书》）。他留下的书信可看出他颇长于文学批评，其诗歌又证明他确实缺乏诗才。他的诗基本上是四言长篇，极力模仿雅颂的典重，诗风呆滞僵硬。五言诗今存三首，数量虽少，却比较有生气，有真情实感。

答张士然

行迈越长川，飘飘冒风尘[1]。
通波激江渚，悲风薄丘榛[2]。
修路无穷迹，井邑自相循[3]。
百城各异俗，千室非良邻[4]。
欢旧难假合，风土岂虚亲[5]？
感念桑梓域，仿佛眼中人[6]。
靡靡日夜远，眷眷怀苦心[7]。

【注释】

〔1〕“行迈”二句：言北上一路跋涉，风尘仆仆。行迈，行路。语本《诗经·王风·黍离》：“行迈靡靡，中心摇摇。”

〔2〕“通波”二句：通波，犹言大波。激江渚，激荡江中小洲。薄，集。榛是一种树，此代指林木。

〔3〕“修路”二句：修路，长路。无穷迹，走不到尽头。井邑，犹言市镇。循，延续的意思。

〔4〕“百城”二句：上句言沿途所见各地风俗不同，下句言中原人口虽多，然足以结交、堪为比邻的人很少。良邻，好的邻居。古人讲究择邻，相传孟子之母因择邻曾三迁其居。陆氏兄弟入洛后，与当地士族交往曾遭到冷遇，《世说新语·简傲》载：“陆士衡初入洛，资张公所宜诣。刘道真是其一。陆既往，刘尚在哀制中，性嗜酒。礼毕，初无他言，唯问：‘东吴有长柄壶卢，卿得种来不？’陆兄弟殊失望，乃悔往。”下句所言当与此类遭遇有关。

〔5〕“欢旧”二句：言对友朋的感情难以作假，对风土人情的适应也难以作伪。意思是说入洛后没有真正的朋友，也不习惯当地的风俗。欢旧，好友故旧。假合，假装亲近。风土，风土人情。虚亲，假装亲近、亲切。

〔6〕“感念”二句：桑梓域，故乡土地。桑树和梓树都是古代住宅旁常栽的树，后用以指代家乡。仿佛，看不真切。眼中人，指故乡之人。《楚辞·远游》：“时仿佛以遥见兮，精皎皎以往来。”

〔7〕“靡靡”二句：靡靡，缓缓行路的样子。眷眷，回头反顾的样子。王粲《登楼赋》：“情眷眷而怀归兮，孰忧思之可任？”下句从此化出。

【解说】

这是作者写给友人的一首答诗，诗中真切地抒写了他北上入洛的途中感受和思乡之情。张士然，不详其人。

张翰 （生卒年不详）

张翰，字季鹰，吴郡（今江苏苏州）人。出身于江南世家，有文才，为人不拘形迹，沉湎于酒，尝自言：“使我有身后名，不如即时一杯酒！”（《世说新语·任诞》）时人将他比作阮籍，称为“江东步兵”。西晋“八王之乱”初起时，被齐王冏辟为大司马东曹椽，不久他以“见秋风起，思吴中菰菜羹、鲈鱼脍”为由，辞官南归。后齐王冏兵败被杀，世人始知他佯狂于外，内心则机警过人。存诗十余首，四言占大半，而以五言、楚歌较出色，其诗在明快中略带沉重。

杂诗（三首选一）

暮春和气应，白日照园林[1]。
青条若总翠，黄华如散金[2]。
嘉卉亮有观，顾此难久耽[3]。
延颈无良涂，顿足托幽深[4]。
荣与壮俱去，贱与老相寻[5]。
欢乐不照颜，惨怆发讴吟[6]。
讴吟何嗟及，古人可慰心[7]。

【注释】

〔1〕和气：春天温和的气息。

〔2〕“青条”二句：这是作者的名句，颇为传诵。《晋书·文苑传论》称：“黄华之什，浚发神府。”李白《金陵送张十一再游东吴》：“张翰黄华句，风流五百年。”唐代曾以“黄华如散金”命题试士（见《古诗源》）。青条，犹音绿枝。总翠，形容树叶碧绿，总，聚集。黄华，即黄花。散金，形客黄花点缀于绿叶之间。

〔3〕“嘉卉”二句：言此际固然繁盛可观，但荣华难久。亮，同“谅”，实在的意思。观，可观。顾，看。耽，停留。

〔4〕“延颈”二句：言看不见有什么好的道路，不如归隐不出。延颈，伸长脖子。顿足，与延颈相对，表现心情的苦闷。托幽深，犹言寄身山林，隐居的意思。

〔5〕“荣与”二句：这两句也是作者有名的句子，以荣与壮、贱与老对举，以去、寻二字形容年华富贵的去而难留、垂暮贫贱的避而难

免，生动形象。

〔6〕“欢乐”二句：照颜，形诸于色的意思。 讴吟，悲歌吟唱。

〔7〕“讴吟”二句：言悲歌吟唱亦不能排遣苦闷，只有古人聊可安慰心中的悲怆。 暗用《诗经 · 邶风 · 绿衣》“我思古人，俾无忧兮”句意。

【解说】

本题共三首，此为其一，由暮春的繁花绿叶说到人生荣华不常。

嵇含（263—306）

嵇含，字君道，嵇喜之孙，家住巩县亳丘，遂自号亳丘子，有文名。历任征西参军、襄城太守，官至广州刺史，未及赴任而被仇家杀死。存诗仅三首。其《伉俪诗》写夫妻情深，措辞繁缛，但能写出真挚的感情。相形之下，后世许多诗人写到自己妻子时都显得情尽枯涩，似乎只有在妻子去世之后，写诗悼亡时才想起夫妻间并非没有感情。

伉俪诗[1]

余执百两辔，之子咏采蘩[2]。
我怜圣善色，尔悦慈姑颜[3]。
裁彼双丝绢，著以同功绵[4]。
夏摇比翼扇，冬卧蛩蛩毡[5]。
饥食并根粒，渴饮一流泉[6]。
朝蒸同心羹，暮庖比目鲜[7]。
挹用合卺酳，受以连理盘[8]。
朝采同本芝，夕掇骈蕙兰[9]。
临轩树萱草，中庭植合欢[10]。

【注释】

〔1〕伉俪：夫妻。

〔2〕“余执”二句：百两辔，《诗经·召南·鹊巢》：“之子于归，百两御之。”《诗集传》：“百两，百乘也。诸侯之子，嫁于诸侯，送御皆百乘。”上句说我驾着百辆车来迎你，指妻子嫁过来。之子，指妻子。采蘩，《诗经·召南》中的一篇，汉儒说此诗写诸侯夫人在夫家勤于家事。咏采蘩是说妻子能像《采蘩》诗所说的那样尽一个妻子的职责。

〔3〕“我怜”二句：怜，此指敬爱。圣善色，代指母亲，语本《诗经·邶风·凯风》：“母氏圣善，我无令人。”慈姑，指丈夫的母亲。两句言自己很敬重母亲，妻子对母亲也很顺从。

〔4〕“裁彼”二句：言夫妻衣服都用同样的材料制作。双丝绢、同

功绵，意谓同一块丝绢，同一副丝绵。

〔5〕“夏摇”二句：比翼扇，用比翼鸟羽毛做成的扇子。蛩蛩毡，用蛩蛩皮毛做成的毡子。比翼、蛩蛩，均见《尔雅·释地》：“南方有比翼鸟焉，不比不飞。”“西方有比肩兽焉，与邛邛岠虚比，为邛邛岠虚啮甘草。即有难，邛邛岠虚负而走，其名谓之。”此用以表现夫妻关系的亲密。

〔6〕“饥食”二句：并根粒，同根生的谷粒。一流泉，同一条泉水。

〔7〕“朝蒸”二句：同心羹，象征夫妻同心的肉汤。庖，烹制。比目鲜，比目鱼。《尔雅·释地》：“东方有比目鱼焉，不比不行。”

〔8〕“挹用”二句：挹，取酒。合卺酳（yìn），《曲礼·昏义》：“合卺而酳。”疏：“以一瓠分为两瓢谓之卺，婿之与妇各执一片以酳，故云合卺而酳。”连理盘，连在一起的盘子。

〔9〕“朝采”二句：同本芝，同根生的芝草。掇，摘取。骈蕙兰，生有两朵花的兰花。

〔10〕“临轩”二句：轩，窗户。树，种。萱草，古人说萱草可使人忘忧，又称忘忧草。合欢，合欢树。

【解说】

历来写男女相悦的诗不少，而此诗特意表现夫妻之间的恩爱情深，可谓别具一格。

左思 （250? —305?）

左思，字太冲，临淄（今山东淄博）人。其父以小吏而官至殿中侍御史，而其家在当时仍属素族寒门。当他的妹妹左棻以文才入选进宫后，他也迁居洛阳，为了写《三都赋》，自求任秘书郎，以便博览群书。十年后赋成，因地位低而未受时人所重。后请当时名流皇甫谧作序，张华扬誉，才得流行，一时豪门竟相传写，洛阳为之纸贵。贾谧专权时，他为谧讲《汉书》，列名于“二十四友”。谧伏诛，他退居读书，曾托病力辞齐王的征辟。晚年避乱居冀州，以病卒。

左思倾注全力结撰的《三都赋》，是汉以后大赋的尾声，虽体制宏大，文采富丽，但大赋当时毕竟已如强弩之末，不是很有生命力的文体。确定他在文学史上醒目地位的主要是他的十四首诗，尤其是其中的《咏史》八首。咏史是文人诗中最早出现的题材，起于汉代班固，建安魏晋都有作者，而左思的《咏史》因“陶冶汉魏，自制伟词”（沈德潜《古诗源》），把这一题材的诗歌真正推向成熟。更值得重视的是《咏史》的思想内容。其中借咏史抒发对门阀政治的强烈不满，感慨志士贤才的遭遇坎坷，表达建功立业的理想追求，高歌功成身退的胸襟抱负，这些在当时诗坛堪称是绝无仅有的高唱。它上承建安诗歌，下启李唐骚人，在诗歌发展史上有独特的意义。《咏史》的艺术风格也迥异于同时人之作，气势雄健，笔力遒劲，慷慨悲歌。钟嵘因此称道他的诗为“左思风力”，并将他列为“上品”。不过，钟嵘也还没有看出他的真正分量，称他“虽野于陆机，而深于潘岳”，后人对此多加非议，黄子云就说：“太冲祖述汉、魏，而修辞造句，全不沿袭一句。落落写来，自成大家，视潘、陆诸人，何足数哉！”（《野鸿诗的》）

咏史（八首选五）

其一

弱冠弄柔翰，卓荦观群书[1]。
著论准过秦，作赋拟子虚[2]。
边城苦鸣镝，羽檄飞京都[3]。
虽非甲胄士，畴昔览穰苴[4]。
长啸激清风，志若无东吴[5]。
铅刀贵一割，梦想骋良图[6]。
左眄澄江湘，右盼定羌胡[7]。
功成不受爵，长揖归田庐[8]。

【注释】

〔1〕“弱冠”二句：弱冠，二十岁，《礼记·曲礼》：“人生二十曰弱冠。”柔翰，毛笔。卓荦，特出，卓异。两句言年轻时就能写文章，且博览群书，才学出众。

〔2〕“著论”二句：论，议论文章。准，犹言比照。过秦，指西汉贾谊的《过秦》，此篇后人分为三篇，称《过秦论》。子虚，西汉司马相如的《子虚赋》。作者二十多岁时开始写《三都赋》，皇甫谧《三都赋序》称：“拟议数家，傅辞会义，抑多精致。”后竟相传写，洛阳为之纸贵。这两句说的就是自己埋头著述的情形。

〔3〕“边城”二句：鸣镝，响箭，古代用以作战斗的信号。羽檄，紧急文书。檄，文书，当时写在一尺二寸长的木简上，上插羽毛，表示要迅速传递。这两句写边境发生战争，告急文书飞报京城，当是指晋咸

宁五年（279）伐吴和对凉州羌胡树机能部的战争，事见《晋书·武帝纪》。

〔4〕“虽非”二句：言自己虽非将士，但也曾攻读兵法，不乏武略。甲胄士，指战士，甲胄，是古代将士的头盔铠甲。畴昔，以往。穰苴，齐国人，姓田氏，齐景公时因拒燕，晋有功，封大司马，善治军。后齐威王使人整理古代兵书，将穰苴兵书附在其中，称《司马穰苴兵法》。此以穰苴为兵书的代称。

〔5〕“长啸”二句：激，形容啸声高亢。志若无东吴，言充满壮志，根本不把东吴放在眼里。

〔6〕“铅刀”二句：上句语本班超上疏请兵语：“臣乘圣汉威神，出万死之志，冀立铅刀一割之用。”（见《文选》李善注引《东观汉记》）作者言自己虽无多大才能，但也希望得到任用，在战争中为国立功。骋良图，施展良好的抱负。

〔7〕“左眄”二句：咸宁五年（279）晋武帝伐吴诏书中有“孙皓犯境，夷虏扰边……上下戮力，以南夷句吴，北威戎狄”之语，此即相应而言之。眄、盼，都是看的意思。顾盼之间即能消灭敌国表示充满信心。澄，澄清。定，平定。江湘，长江和湘水，当时都在东吴疆域内。羌胡，指羌人，分布在今甘肃、青海一带。东吴在中原的东南，故言“左眄”，羌人在中原西北，故曰“右盼”。

〔8〕“功成”二句：言功成之后，将谢绝封赏，归隐田园。爵，爵位。揖，拜谢。这两句将建功立业之志与功成身退之心融为一体，对后来诗人影响颇大，在盛唐诗人笔下尤成为一种人生的理想，例如李白《代寿山答孟少府移文书》中述说自己的理想是：“申管、晏之谈，谋帝主之术；奋其智能，愿为辅弼，使寰区大定，海县清一，事君之道成，荣亲之义毕。然后与陶朱、留侯，浮五湖、戏沧洲，不足为难也。”其诗中更反复说：“待吾尽节报明主，然后相携卧白云。”（《驾去温泉宫后赠杨山人》）“功成谢人间，从此一投钓。”（《翰林读书言怀呈集贤诸学士》）“功成身不居，舒卷在胸臆。”（《商山四皓》）“所冀旄头灭，功成追鲁连。”（《在水军宴赠幕府诸侍御》）就其思想渊源而言，这是把儒家的用世和道家的恬退两种主张融为一体；就诗歌所表现的旨趣而

言，这又是把建安诗人好言建功立业和正始诗人喜说隐逸合而为一。前人评左思诗，既称其“雄迈”，又谓其“高旷”，也看出其诗歌的特色所在。

【解说】

本题诗共八首。咏史，诗题，起于东汉班固，但班固所作只是叙述西汉文帝时孝女缇萦上书救父事。后王粲有《咏史》，杜挚有《赠毋丘俭》，逐渐将咏史抒情结合起来。至作者此诗，咏史之作才达到艺术上的成熟，诗中“或先述早意，而以史事证之，或先述史事，而从己意断之，或止述己意而史事暗合，或止述史事，而己意默焉”（张玉穀《古诗赏析》）。对后世影响甚大，明人胡应麟因称此诗为“古今绝唱”（《诗薮》）。本篇自叙才能怀抱，其间暗用史事。诗中有“志若无东吴”数句，可推测诗当作于晋太康元年（280）晋灭吴以前。

其二

郁郁涧底松，离离山上苗。
以彼径寸茎，荫此百尺条〔1〕。
世胄蹑高位，英俊沉下僚〔2〕。
地势使之然，由来非一朝〔3〕。
金张藉旧业，七叶珥汉貂〔4〕。
冯公岂不伟，白首不见招〔5〕。

【注释】

〔1〕“郁郁”四句：以涧底松比喻才高而位卑的寒士，以山上苗比喻位高而才拙的世族子弟。郁郁，茂密的样子。离离，下垂貌。苗，初生的树枝。径寸茎，一寸粗的茎干，比喻士族子弟拙于德才。百尺

条，高百尺的树干，比喻寒士饱学多才。荫，遮盖。

〔2〕“世胄”二句：即《晋书·刘毅传》记刘毅上疏抨击九品中正制所说的“上品无寒门，下品无世族”。世胄，世家子弟。胄，后裔。蹑，登。英俊，指出身寒素的才学之士。沉下僚，言寒士官职卑微，长期不得升迁。

〔3〕“地势”二句：言如同涧底松和山上苗一样，寒士和世胄的不同是由其地位、出身造成的，而且这种情况由来已久。然，如此。一朝，犹言一朝一夕。

〔4〕“金张”二句：金张，指金日殚和张汤家族，金家自汉武帝至平帝时，七代为内侍；张家在汉宣帝、元帝时，任侍中、中常侍者达十余人。《汉书·张汤传》谓：“功臣之世唯有金氏、张氏亲近贵宠，比于外戚。”晋人诗中亦多以金、张代指显贵世家，如张华《轻薄篇》：“朝与金张期，暮宿许史家。”藉，凭借。旧业，祖先的功业。七叶，犹言七代。珥汉貂，指做高官。珥，插。汉貂，汉代侍中、中常侍的帽子以貂尾为饰。此以服饰代指高官。

〔5〕“冯公”二句：冯公，指汉人冯唐，文帝时为中郎署长，年老而官卑，人因有“冯唐白首，屈于郎署”的感叹（《文选》李善注引荀悦《汉纪》）。伟，奇伟出众。不见招，不被重用的意思。末四句以金、张子弟世居高位，冯唐久沉下僚，感叹“上品无寒门，下品无士族”的情况由来已久。

【解说】

本篇原列第二，抒发对当时社会“上品无寒门，下品无世族”现实的不满。自魏文帝依吏部尚书陈群的建议，自延康元年（220）实行九品中正制以后，“尊世胄，卑寒士，权归右姓”的情况愈演愈烈，“据上品者，非公侯之子孙，则当涂之昆弟”（《晋书·殷灼传》）。沈约《宋书·恩倖传序》：“魏、晋以来，以贵役贱，士庶之科，较然有辨。”作者父“起小吏，以能擢殿中侍御史”，但仍是庶族。等到作者妹左棻入宫为修仪，作者写作《三都赋》结交名士时，出身江南士族的陆机在给弟陆云的信中犹讥笑："此间有伧父欲作《三都赋》，须其成，当以覆酒瓮耳。"（《晋书·左思传》）可知作者因出身寒素而被士族所轻视。

其三

皓天舒白日，灵景耀神州[1]。
列宅紫宫里，飞宇若云浮[2]。
峨峨高门内，蔼蔼皆王侯[3]。
自非攀龙客，何为欻来游[4]？
被褐出阊阖，高步追许由。
振衣千仞冈，濯足万里流[5]。

【注释】

〔1〕"皓天"二句：皓，明亮。舒，形容太阳的运行。灵景，犹言灵光，指阳光。神州，古代称中国为赤县神州。

〔2〕"列宅"二句：形容京师皇宫建筑高大雄伟。列，排列。紫宫，汉代未央宫中有紫宫，此代指皇宫。飞宇，飞檐。若云浮，形容宫殿高大。

〔3〕"峨峨"二句：言京师显贵第宅豪华众多。峨峨，高大的样子。蔼蔼，众多的样子。

〔4〕"自非"二句：自非，本非。攀龙客，追随、攀附帝王显贵以求利禄的人，语本扬雄《法言·渊骞》："攀龙鳞，附凤翼，巽以扬之。"欻（xū），忽然。游，指入京师。《晋书·左思传》记作者"会妹棻入宫，移家京师"。

〔5〕"被褐"四句：言自己将离开京师，仿效先贤，隐居高蹈。被褐，穿着粗布衣服，用《孔子家语·三恕》所载故事："子路问于孔子曰：'有人于此，被褐而怀玉，何如？'子曰：'国无道，隐之可也，国有道，则衮冕而执玉。'"阊阖，宫门，此指京师城门。高步，犹言高蹈，

远行隐遁。许由，古代传说的隐士。《高士传》：“许由字武仲……后隐于沛泽之中。尧让天下于许由……不受而逃去……由于是遁耕于中岳颍水之阳，箕山之下……尧又召为九州长，由不欲闻，洗耳于颍水滨。”振衣，抖去衣服上的尘污，意谓入居京师后不免受世俗风气所污染，如陆机《为顾彦先赠妇》诗所云：“京洛多风尘，寒衣化为缁。”振衣表示除去世俗的影响。濯足，洗足，与振衣同意。末二句语本王粲《七释》：“濯身乎沧浪，振衣乎高岳。”

【解说】

本篇原列第五，抒写入京师后的观感，后半表示自己将追迹于古代隐士，隐居高蹈。

其四

主父宦不达，骨肉还相薄〔1〕。
买臣困采樵，伉俪不安宅〔2〕。
陈平无产业，归来翳负郭〔3〕。
长卿还成都，壁立何寥廓〔4〕。
四贤岂不伟，遗烈光篇籍。
当其未遇时，忧在填沟壑〔5〕。
英雄有屯邅，由来自古昔。
何世无奇才，遗之在草泽〔6〕！

【注释】

〔1〕“主父”二句：主父偃，汉武帝时人，他曾自述经历：“臣结发游学四十余年，身不得遂。亲不以为子，昆弟不收，宾客弃我，我阨日

久矣。”（《史记·主父偃传》）这两句本此段。宦不达，言久沉下僚。骨肉，即上文所说的双亲与兄弟。薄，轻视，看不起。

〔2〕“买臣”二句：朱买臣，汉武帝时人。《汉书·朱买臣传》载：“家贫，好读书，不治产业。常艾薪樵，卖以给食。担束薪行，且诵书。其妻亦负戴相随，数止买臣毋歌呕道中，买臣愈益疾歌。妻羞之求去。买臣笑曰：‘我年五十当富贵，今已四十余矣！女苦日久，待我富贵，报女功。’妻恚怒曰：‘如公等终饿死沟中耳，何能富贵！’买臣不能留，即听去。”两句本此段。困采樵，指受困于未遇之时，以砍柴谋生。伉俪，夫妻，此指买臣之妻。不安宅，不安于室，指妻子对丈夫不满意。

〔3〕“陈平”二句：陈平，汉初功臣之一。《史记·陈丞相世家》：“少时家贫，好读书……户牖富人有张负，张负女孙，五嫁而夫辄死，人莫敢娶，平欲得之。邑中有丧，平贫，侍丧，以先往后罢为助。张负既见之丧所，独视伟平。平亦以故后去。负随平至其家，家乃负郭穷巷，以弊席为门，然门外多有长者车辙。”两句所言本此。归来，指陈平由丧事处归家。翳负郭，用背靠城墙的破房子遮身。翳，遮蔽。负郭，背靠城墙，郭是外城。

〔4〕“长卿”二句：司马相如字长卿。《史记·司马相如列传》：“相如之临邛，从车骑雍容闲雅甚都。及饮卓氏，弄琴，文君窃从户窥之，心悦而好之，恐不得当也……文君夜亡奔相如，相如乃与驰归，家居徒四壁立。”这两句言相如与文君回到成都家中，只见家中空空如也，徒有四壁。寥廓，形容家中空旷的样子。

〔5〕“四贤”四句：四贤，上文所说的主父偃等四位贤者。伟，特出。遗烈，遗业。篇籍，史册。遇，遇合，指士遇到赏识自己的人。填沟壑，意谓死于草野之间。

〔6〕“英雄”四句：言英雄遭遇困厄之事由来已久，世有奇才，然同时也有英雄不遇、困厄至老之事。屯，遭遇困难。语本《易·屯》：“屯如如。”遗之，指英雄之人被遗弃于草泽，犹言草野、民间的意思。

【解说】

本篇原列第七，通过感叹主父偃等人怀才不遇，说明历来都有贤者奇人“遗之在草泽”。

招隐（二首选一）

杖策招隐士，荒涂横古今[1]。
岩穴无结构，丘中有鸣琴[2]。
白云停阴冈，丹葩曜阳林[3]。
石泉漱琼瑶，纤鳞或浮沉[4]。
非必丝与竹，山水有清音。
何事待啸歌？灌木自悲吟[5]。
秋菊兼糇粮，幽兰间重襟[6]。
踌躇足力烦，聊欲投吾簪[7]。

【注释】

〔1〕“杖策”二句：杖策，手上拿着细树枝。招隐士，语本淮南小山的楚辞《招隐士》，但命意不同。原作为：“王孙兮归来，山中兮不可以久留。”此言入山去招寻隐士。荒涂，荒芜的道路。横古今，形容道路荒芜之极。横，阻塞不通。

〔2〕“岩穴”二句：言隐士居处简陋，然琴声清悠，生活高雅。岩穴，山崖中的洞穴，此用作隐士的居处。无结构，犹无房舍，结构指房舍构架。

〔3〕“白云”二句：阴冈，山崖的北面，阴指山北。丹葩，红花。曜阳林，闪耀在山南的树林中。阳，指山南。

〔4〕“石泉”二句：漱琼瑶，形容泉水在山石中奔流。漱，激荡。琼瑶，美玉，此指山石。纤鳞，小鱼。或浮沉是或浮或沉的意思。

〔5〕“非必”四句：上承前文，言山中自有清美的声音，而不必再来奏乐；风吹灌木已是悲吟，而无需再加吟唱。丝与竹，弦乐器与管乐器，指人演奏曲音乐。啸歌，犹言吟唱。

〔6〕“秋菊”二句：言山中秋菊可食，兰花可佩，隐逸生活衣食都不必担心。两句化用屈原《离骚》“纫秋兰以为佩”和“夕餐秋菊之落英”。兼，兼作，同时可作的意思。糇粮，食粮。间，杂。重襟，几重衣襟。

〔7〕“踌躇”二句：言徘徊世途，疲倦不堪，可以就此而归隐。足力烦，行路疲劳，比喻厌倦于仕途。簪，发簪，古人用簪来别住冠冕，投簪是挂冠去职的意思。

【解说】

本题诗共二首，此为其一。诗中赞美隐士枕石漱流的生活，表示自己亦将归隐。

张协 （？—307）

张协，字景阳，他与兄张载、弟张亢合称“三张”。少有隽名。初为公府椽，迁华阴令，历官中书侍郎、河间内史等职。永嘉初征黄门侍郎，托病不就，后卒于家。他的诗歌在“三张”中最受人推崇，钟嵘将他列在“上品”，清人何焯甚至说，他与陶渊明在两晋诗坛，“犹长庚、启明之丽天矣。”（《义门读书记》）从他存世的十余首诗来看，显然不能与陶渊明并列。《晋书》本传说他“屏居草泽，守道不竞，以属咏自娱”。他在诗中也以隐士自居，如“高尚遗王侯，道积自成基”（《杂诗》），“结宇穷冈曲，耦耕幽薮阴”（《杂诗》），但无论抒情言志，都不及陶诗的富有新意。值得一提的是他善于写景状物，如《杂诗》中的“飞雨洒朝兰，轻露栖丛菊”“腾云似涌烟，密雨如散丝”“翳翳结繁云，森森散雨足”“密叶日夜疏，丛林森如束”，都刻画生动，比喻贴切，用字也很精炼。钟嵘说他“巧构形似之言”，这的确是他诗歌突出的特点，同时这一特点也反映了诗坛自西晋以后追求“巧言切状”“体物为妙”的发展趋势（见《文心雕龙·物色》）。过于注重“形似之言”，多少使他的诗显得有些词肥义瘠。不过，如果没有诗人在这方面积极探索，就很难想象后世作者在写景状物上能够取得辉煌成就。

杂诗（十首选一）

朝霞迎白日，丹气临汤谷[1]。
翳翳结繁云，森森散雨足[2]。
轻风摧劲草，凝霜竦高木[3]。
密叶日夜疏，丛林森如束[4]。
畴昔叹时迟，晚节悲年促[5]。
岁暮怀百忧，将从季主卜[6]。

【注释】

〔1〕“朝霞”二句：丹气，日光照射空气成红色，此指朝霞。汤谷，又作“旸谷”，古代传说的日出之处。

〔2〕“翳翳”二句：翳翳，形容厚厚的云层遮住了太阳。繁，多，厚。森森，形容雨大而密的样子。雨足，以足状雨，刻画雨柱自天直落地下，《杂诗》其十亦云“云根临八极，雨足洒四溟”，可知这一比喻为作者所喜用。后世诗人也受到作者启发，如杜甫《羌村三首》其一：“峥嵘赤云西，日脚下平地。”

〔3〕“轻风”二句：劲草，挺立的草。竦，惊惧，此用以形容高树在霜冻时耸立的样子。

〔4〕“密叶”二句：疏，稀少，指树叶凋落。森如束，形容树林落叶后枝条零乱的样子，束，捆缚。以上八句描写景物，始于朝日升空，结以树木凋零，暗喻时光无情，岁月易逝。

〔5〕“畴昔”二句：畴昔，往昔，此指年轻时。叹时迟，嫌时间过得太慢。晚节，晚年，老年。悲年促，悲叹时间过得太快。

〔6〕“岁暮”二句：岁暮，年末，兼喻人之暮年。百忧，形容忧思众多。季主，指汉初长安著名的卜者司马季主。宋忠、贾谊曾问他：“何居之卑而行之污耶？”他说：“贤者不与不肖者同列，故宁处卑以避众。”事见《史记·日者列传》。下句言将跟着司马季主去卖卜，表示将归隐避世。

【解说】

本题诗共十首，本篇原列第四，由景物的变化感慨时光流逝，年老心忧，将归隐避世。

王赞（生卒年不详）

王赞，字正长，义阳（今河南桐柏）人。西晋太康（280—289）年间为太子舍人，永嘉（307—312）年间为陈留内史，加散骑侍郎。他为沈约、钟嵘所称道，主要因为下面《杂诗》的起句“朔风动秋草，边马有归心”。这两句被誉为“直举胸臆，非傍诗史”的绝唱（见沈约《宋书·谢灵运传论》）。他存诗仅四首，不过所作诗歌当不少，只是大多平庸，因而“虽有累札，良亦无闻”（《诗品》）。

杂诗

朔风动秋草，边马有归心[1]。
胡宁久分析，靡靡忽至今[2]。
王事离我志，殊隔过商参[3]。
昔往鸧鹒鸣，今来蟋蟀吟[4]。
人情怀旧乡，客鸟思故林。
师涓久不奏，谁能宣我心[5]？

【注释】

〔1〕“朔风”二句：朔风，北风。 这两句虽被誉为“直举胸臆，非傍诗史”，但显然是从《古诗》的“胡马依北风，越鸟巢南枝”句中化出，朔风即北风，归心是对“依北风”“巢南枝”的提炼。 历来有不少批评家、作家提倡“直抒胸臆”“词必己出”，然而作家既生活在语言、文学的传统之中，就不可能完全与传统相隔绝，在词汇、句法，意境等方面总是或多或少，或自觉或无意地受到传统的影响浸润。 因此“直抒胸臆”之作可能有前人的影子，“词必己出”也不等于自造新词。 亦步亦趋地模拟前人，连缀典故成语来成篇固然是创作的致命伤，却也不必把创新与师法、借鉴前人有成是水火不相容的两件事。

〔2〕“胡宁”二句：胡，犹言为何。 宁，宁愿。 分析，分别，分离。 刘琨《答卢湛书》：“但分析之日，不能不怅恨耳。”此指离别家乡。 靡靡，精神不振的样子，陆机《叹逝赋》：“友靡靡而愈索。”

〔3〕“王事”二句：离，通“丽”，依附的意思。 殊隔，乖离。 商参，商星与参星，一升一落，永不相会。 两句言国家之事系于我心，所

以我才久戍不归，与家乡离别甚久。这两句承上文，叙述久别不归的原因。

〔4〕“昔往”二句：昔往，指昔日离家从军之时。鸧鹒，即黄莺。黄莺鸣叫在春天。今来，犹言今日。来与往对举，非指归家。蟋蟀吟，言时已至秋季。两句从《诗经·小雅·采薇》“昔我往矣，杨柳依依，今我来思，雨雪霏霏”化出。

〔5〕“师涓”二句：言戍边将士思归之心，无人言之于君王。师涓，用《韩非子·十过》所载故事：“卫灵公将之晋，至濮水之上而宿。夜分而闻有鼓新声者而悦之，召师涓而告之曰：‘有鼓新声者，其状似鬼神，子为我听而写之。’师涓曰：‘诺。’因端坐抚琴而写之。师涓明日得曰：‘臣得之矣。’”师涓，春秋时卫国的乐师。此以师涓为戍边将士之代言人。

【解说】

本篇抒写戍边战士怀乡思归之情。

潘尼（？—311）

潘尼，字正叔，荥阳中牟（今河南中牟）人。潘岳之侄，与潘岳合称“两潘”。太康（280—289）中举秀才，元康（281—299）年间拜太子舍人，官至中书令、太常卿。“永嘉之乱”后携家东归乡里，卒于途中。《晋书》本传说他“与岳俱与文章见知，性静退不竞，唯以勤学著述为事。”他在诗中屡屡说到归隐：“我愿遁居，隐身岩穴。宠辱弗荣，谁能羁绁？”（《逸民吟》）说自己寄情于琴书：“成名非我事，所玩琴与书。”（《诗》）但也免不了写诸如《迎大驾》《七月七日侍皇太子宴》之类的诗。当时诗坛拟古风气很流行，他似乎未受到影响，现存诗作中没有一篇拟古诗。最能体现他与当时诗风联系的是他的四言长篇，极力摹仿雅颂的庄重典雅，堆垛呆板而无生气。从建安（196—220）年间开始，文学创作进入了“自觉的时期”，当时佳作莫不以抒写作者个人感受情怀为中心，而西晋诗坛追踪雅颂以述祖颂德的风气显然违背了时代的潮流，因此也不可能出现优秀之作。

赠汲郡太守李茂彦

离索何惆怅，后会未可希[1]。

河朔贵相忘，歧路安足悲[2]。

【注释】

〔1〕离索：离群索居之意。

〔2〕“河朔”二句：晋人的河朔泛指黄河以北地区，汲郡在豫北，地处黄河北部，因称河朔。歧路，指分别。两句言后会难期，相思则无以排遣，不如暂时相忘，不要因分别而过于悲伤。

【解说】

《太平御览》卷二百五十九有作者《赠二李郎诗序》，言：“元康六年，尚书吏部郎汝南李光彦迁汲郡太守。”据此可知此诗作于元康六年（296），李茂彦当作李光彦。汲郡，治所在今河南汲县，辖地在今豫北地区。

刘琨 (271—318)

刘琨，字越石，中山魏昌（今河北无极）人。出身于士族大家，少年时有“雄豪”之名，生活豪奢放诞。初为司隶从事，与石崇等交往，为依附贾谧的“二十四友”之一。八王乱起，他引军作战，效忠晋室，以战功封广武侯。永嘉（307—312）年间出任并州刺史、匈奴中郎将，转战于晋阳一带，抗击匈奴刘渊等部。建兴三年（315），受命都督并、冀、幽三州军事，为石勒所败，遂与鲜卑人段匹磾结盟共扶晋室。后因子刘群背叛段匹磾，而被段杀害。

刘琨存诗仅三首，这三首诗都作于“困于逆乱”“哀愤两集”之时（见所著《答卢湛书》），表现了慷慨赴难、献身国事的英雄情怀，诗亦写得悲壮激越，因而历来很受推崇。在西晋诗坛充斥典言雅音的背景下，他的诗歌显得格外与众不同。钟嵘说他的诗“善叙丧乱，多感恨之词”（《诗品》），元好问更为他未能生在建安时代而遗憾：“可惜并州刘越石，不教横槊建安中！”（《论诗绝句》）应该说他的诗主要以感情的真挚充沛和叙述跌宕起伏取胜，而不以遣词造句的工整精当见长。诗是语言的艺术，但又不仅仅是语言的艺术，清人沈德潜评刘琨诗就说：“越石英雄失路，万绪悲凉，故其诗随笔倾吐，哀音无次，读者乌得于语句间求之。”（《古诗源》）由这段话可引出一个结论：佳句妙语是组成好诗的材料，而并非诗歌魅力的本体，欣赏者面对好诗确乎可以“得意而忘言”。

重赠卢谌

握中有悬璧，本自荆山璆[1]。
惟彼太公望，昔在渭滨叟[2]。
邓生何感激，千里来相求[3]。
白登幸曲逆，鸿门赖留侯[4]。
重耳任五贤，小白相射钩[5]。
苟能隆二伯，安问党与仇[6]？
中夜抚枕叹，想与数子游[7]。
吾衰久矣夫，何其不梦周[8]？
谁云圣达节，知命故不忧[9]？
宣尼悲获麟，西狩涕孔丘[10]。
功业未及建，夕阳忽西流。
时哉不我与，去乎若云浮[11]。
朱实陨劲风，繁英落素秋[12]。
狭路倾华盖，骇驷摧双辀[13]。
何意百炼钢，化为绕指柔[14]！

【注释】

〔1〕“握中”二句：握中，手中。悬璧，一种美玉。荆山，在今湖北南漳县西，楚国卞和曾在此得璞玉，即“和氏璧”。璆（qiú），玉。两句以手中握有美玉比喻卢谌才质之美。握，一作“幄”。

〔2〕“惟彼”二句：惟，思。太公望，即姜尚。姜尚隐于渭水之

滨，周文王出猎，遇于渭阳，与语大悦，说："自吾先君太公曰，当有圣适周，周以兴，子真是邪？吾太公望子久矣。"遂号太公望。此言被称为太公望的姜尚，原是隐于渭水边的老翁。意思是称赞卢谌有姜尚之才，但须知遇之恩。

〔3〕"邓生"二句：邓生，指东汉邓禹，他曾北渡黄河，到邺城去投奔汉光武帝刘秀。感激，感奋激发。这两句用邓禹投奔汉光武帝故事，隐指昔日卢谌投奔于作者军中。

〔4〕"白登"二句：白登，山名，在今山西大同市东。曲逆，汉陈平封曲逆侯。汉高祖刘邦曾被匈奴围于白登山，因陈平出奇计而解围（事见《史记·陈丞相世家》）。鸿门，地名，在今陕西临潼县东。留侯，汉张良封留侯。项羽在鸿门宴请刘邦，范增欲在席间杀之，幸得张良事先谋划防备，才得幸免。这两句用陈平、张良救汉高祖故事，以感激卢谌帮助自己。

〔5〕"重耳"二句：重耳，晋文公名。他因任用狐偃、赵衰、颠颉、魏武子、司空季子等五人而成就霸业，即所谓"任五贤"。小白，齐桓公名。相射钩，指齐桓公任用管仲为相。管仲先事公子纠，公子纠与小白争君位，管仲曾以箭射小白，中其带钩。后小白即位，不记前仇，启用管仲为相，终成霸业。用这两个典故，意在表明自己不仅像晋文公那样有大志，而且如齐桓公那样胸怀宽广。

〔6〕"苟能"二句：承上两句而言，言若能辅晋文、齐桓之主成其霸业，何必计较共事者是同党还是仇人呢？这是劝勉卢谌之言，因卢谌出任幽州别驾前，曾写四言诗二十章给作者，说在段匹磾幕中"有愧高旨"。作者曾以诗答之，勉励他与段合作，共图大业。苟，如果。隆，兴盛。二伯（bó），指晋文公、齐桓公，两人都是春秋时的霸主。党，同党。仇，仇人。

〔7〕"中夜"二句：言夜里抚枕叹息，想与姜尚诸人交游。意思是希望卢谌能追踪先贤，与己合作，同建功业，复兴晋室。数子，指姜尚以至管仲诸人。

〔8〕"吾衰"二句：语本《论语·述而》："子曰：'甚矣吾衰也……久矣，吾不复梦见周公。'"作者为了押韵将"梦见周公"简略为"梦

周”。这两句感慨自己年老体衰。

〔9〕“谁云”二句：云，说。圣达节，《左传·成公十五年》：“曹子臧曰：‘前志有之曰：“圣达节，次守节，下失节。”’”节，指自己应得的本分。知命，本《易·系辞》：“乐天知命故不忧。”两句言谁说圣人孔子是识分知命而没有忧愁呢？言外之意，是说即便如孔子也不免有所遗憾。

〔10〕“宣尼”二句：承上两句，具体写孔子的忧愁遗憾。宣尼，指孔子，汉平帝追谥孔子为褒成宣尼公。获麟、西狩，指孔子事，据《公羊传》说，鲁哀公十四年（前481）冬在鲁国西面狩猎，获麒麟，孔子听说“西狩获麟”，就“反袂拭面，涕沾袍”，感慨道：“吾道穷矣！”此用孔子“悲获麟”来比喻自己被囚禁的处境。

〔11〕“功业”四句：言功业未就，而时光已流逝。与，待。云浮，形容时光流逝，无法把握。

〔12〕“朱实”二句：朱实，红色的果实。陨，落。繁英，繁花。素秋，肃杀的秋天。两句比喻自己已到暮年，此次入狱打击太大。

〔13〕“狭路”二句：倾华盖，华丽的车盖倾倒下来。骇驷，拉车的马受惊。摧，摧折。辀（zhóu），车辕。狭路翻车、马惊辕断，比喻自己因儿子的事受牵连入狱。

〔14〕“何意”二句：何意，怎么想到。百炼钢，经千锤百炼后极坚硬的钢。绕指柔，指钢柔软得可以绕在指头上。两句感慨自己被囚禁的处境，语极悲愤。

【解说】

本篇作于东晋建武元年（317），当时作者被段匹磾囚禁于狱中。卢谌字子谅，范阳人，曾为作者僚属，由主簿转从事中郎，很受信任。作者与段匹磾结盟时，卢谌出任幽州别驾。作者被囚时，卢仍在段匹磾幕中。作者入狱后，“自知必死”，先有一诗赠卢谌，但卢答诗只是感激作者昔日的恩情，作者于是又作此诗“摅畅幽愤”“用以激谌”。诗中自叙怀抱而痛于功业无成，激励卢谌早树功勋。

郭璞 (276—324)

郭璞，字景纯，河东闻喜（今山西闻喜）人。为人博学多才，一生著述甚丰，注释过《山海经》《楚辞》《尔雅》《水经》等书。又通历算，识古奇字，更以精于占筮闻名于世。《晋书》本传所载多为占卜灵验之事，充满神异色采。西晋覆灭前夕，他率先避难移居江南。后为王导、晋元帝所重，起为著作佐郎，迁尚书郎，以母忧去职。再出为王敦记室参军，因阻拦王敦谋反而被杀。

郭璞的主要著述不是诗，而是注释古籍和作赋，但其诗歌在两晋诗歌演变过程中的地位颇为引人注目。从西晋永嘉（307—313）到东晋义熙（405—418）的百年间，玄言诗笼罩诗坛，堪称主流，一时“诗必柱下之旨归，赋乃漆园之义疏”（《文心雕龙·时序》）。当时玄言诗派的两位领袖许询、孙绰都奉郭璞为宗主，于是有人就认为郭璞是引玄风入诗坛的关键人物。檀道鸾说：“正始中，王弼、何晏好庄、老玄胜之谈，而世遂贵焉。至过江佛理尤胜，故郭璞五言，始会合道家之言而韵之。（许）询及太原孙绰，转相祖尚，又加以三世之辞，而诗、骚之体尽矣。询、绰并为一时文宗，自此作者悉体之，至义熙中谢混始改。”（《世说新语》刘孝标注引）不过，刘勰和钟嵘都不把他看成玄言诗的倡导者。刘勰说：“江左篇制，溺乎玄风……景纯仙篇，挺拔而为俊矣。”（《文心雕龙·明诗》）钟嵘认为他的《游仙诗》“词多慷慨，乖远玄宗”（《诗品》）。这两种不同的说法似乎各道出了真象的一个方面：就玄言诗的演进而言，最初是嵇康等人在诗中偶谈玄理，后有许询、孙绰等人创作畅述玄理的标准玄言诗，而郭璞的《游仙诗》寓玄理于游仙隐逸，把玄理与“外身遗荣”（孙绰《答许询》）避世之情融合在一起，从而对两者起到了某种沟通和过渡的作用；就《游仙诗》本身而言，它实借歌咏仙境、倡言隐逸来表示对现实的不满及抒写人生有限的悲哀之情，本身谈玄说理的内容并不多，因而与“辞意夷泰”的玄言诗有明显的区别。

《游仙诗》在艺术上的显著特色是想象力的丰富，以及词采的绮丽，意象的缥缈奇幻。游仙一类诗作最能刺激诗人的想象力，也最多虚幻色采。建安以来文人诗歌在叙事、状物、抒情方面都有发展，但在想象力方面显得不活跃，而郭璞的诗恰在这方面与众不同，引人注目。

游仙诗（十四首选三）

其一

青溪千余仞，中有一道士[1]。
云生梁栋间，风出窗户里[2]。
借问此何谁？云是鬼谷子[3]。
翘迹企颍阳，临河思洗耳[4]。
阊阖西南来，潜波涣鳞起。
灵妃顾我笑，粲然启玉齿[5]。
蹇修时不存，要之将谁使[6]？

【注释】

〔1〕“青溪”二句：青溪，山名。庾仲雍《荆州记》：“临沮县有青溪山，山东有泉，泉侧有道士精舍。郭景纯尝作临沮县，故《游仙诗》嗟青溪之美。”作者为临沮县未见《晋书》本传记载。两句言高高的青溪山中，有一位道士隐居其间。

〔2〕“云生”二句：描写道士居所的清幽脱尘。

〔3〕“借问”二句：此何谁，犹言此为谁。鬼谷子，相传为战国时楚国人，姓名后人说法不一，因隐于鬼谷，自称鬼谷子。史称他长于养身之道和纵横捭阖之术，苏秦、张仪俱出其门下。（见《史记·苏秦列传》）这两句作者以鬼谷子自比。

〔4〕“翘迹”二句：翘迹，犹言翘首而望。企颍阳，企慕高士许由。《高士传》说尧曾让天下于许由，许由不受而逃之，隐居于颍水之阳。颍阳，颍水的北岸，此代指许由。临河，亦指许由，据说他在颍水

洗耳，因为所听到的尧让天下于他的话在他看来是污浊的。

〔5〕“阊阖”四句：这四句笔锋一转，言西风骤来，河中微波荡漾，只见宓妃显于波上，粲然而笑，美艳动人。阊阖，即阊阖风，西风的别称。潜波涣鳞起，谓原本沉静的河水忽然波光闪烁，状如鱼鳞。灵妃，即宓妃，古代传说的洛水女神，本是伏羲氏之女，溺死于洛水，而后变为洛水之神。这几句隐括曹植的《洛神赋》：“凌波微步，罗袜生尘……转眄流精，光润玉颜。含辞未吐，气若幽兰；华容婀娜，令我忘餐。”

〔6〕“蹇修”二句：言想请媒人去邀请宓妃，但此时媒人不在，遂无法与宓妃交接。蹇修，相传是伏羲氏之臣，掌管媒事。时不存，此时不在。要，邀请。将谁使，将派谁去。虽见宓妃而终不能与之交接，比喻求仙之难。这两句化用《楚辞·离骚》：“吾令丰隆乘云兮，求宓妃之所在；解佩鑲以结言兮，吾令蹇修以为理。”

【解说】

本题诗共十四首，本篇原列第二，以古代隐士鬼谷子自比，以遇宓妃而不能交接喻求仙之难。

其二

翡翠戏兰苕，容色更相鲜。
绿萝结高林，蒙笼盖一山〔1〕。
中有冥寂士，静啸抚清弦〔2〕。
放怀凌霄外，嚼蕊挹飞泉〔3〕。
赤松临上游，驾鸿乘紫烟〔4〕。
左把浮丘袖，右拍洪崖肩〔5〕。
借问蜉游辈，宁知龟鹤年〔6〕？

【注释】

〔1〕“翡翠”四句：描绘隐居仙境春色浓郁，一片碧绿，色采明丽而又气象幽深。翡翠，鸟名，毛色深蓝。兰苕，兰花和苇花。绿萝，绿色的藤萝。蒙笼，树木茂密的样子。

〔2〕“中有”二句：冥寂士，冥居避世之人，比喻作者。静啸，啸本有声，此言静啸，当如《洛神赋》“含辞未吐，气若幽兰”，形容态度闲适。

〔3〕“放怀”二句：言时而纵情遨游云间，时而取食花蕊清泉。放怀，犹言纵情。挹，斟。

〔4〕“赤松”二句：言与仙人为邻。赤松，赤松子，古人传说他本是神农氏的雨师，后登仙而去。事见《列仙传》。

〔5〕“左把”二句：浮丘，又称浮丘丈人，洪崖，又作“洪厓”，亦称洪厓先生，都是古代传说的神仙。这两句说与仙人嬉戏游玩。暗用《洛神赋》：“于是忽焉纵体，以遨以嬉。左倚采旄，右荫桂旗。”把，一作“挹”。

〔6〕“借问”二句：言世俗之人岂能得知隐居仙境、长生不死的乐趣。蜉游辈，指尘世俗人。蜉游本为小虫，《诗经·曹风·蜉游》传：“蜉游，朝生夕死。”以蜉游比世人，言其生命短促。宁知，岂知。龟鹤年，龟、鹤，古人都以为长寿，故用作长寿的象征。

【解说】

本篇原列第三，诗中描绘隐居仙境的美丽环境和生活的悠闲自在，很能体现作者诗歌“艳逸”的特色（《文心雕龙·才略》称：“景纯艳逸，足冠中兴。”）。

孙绰 （314—371）

孙绰，字兴公，祖籍太原中都（今山西平遥），居会稽（今浙江绍兴）。在东晋初任著作佐郎，历官永嘉太守、散骑常侍、廷尉卿等职。他与许询并为玄言诗代表，但他说："一吟一咏，许将北面。"（《世说新语·品藻》）自视为玄言诗的领袖。玄言诗在东晋曾极为流行，终因理过其辞，淡乎寡味而遭人唾弃。现在传世之作数量很少，真有如灰飞烟灭。接踵而起的是山水诗。早期的山水诗带着一条为后人所熟知的玄言尾巴，但山水诗的萌芽实从玄言诗中产生，从下面所选的《秋日》诗也可得到证实。孙绰的诗亦亡佚殆尽，除了《秋日》，另一首《兰亭》也用了一半篇幅写景，当然他还有《答许询》那种"平典似道德论"，几乎没有任何形象的玄言诗。

秋日

萧瑟仲秋日，飙戾风云高[1]。
山居感时变，远客兴长谣[2]。
疏林积凉风，虚岫结凝霄[3]。
零露洒庭林，密叶辞荣条[4]。
抚菌悲先落，攀松羡后凋[5]。
垂纶在林野，交情远市朝[6]。
澹然怀古心，濠上岂伊遥[7]。

【注释】

〔1〕“萧瑟”二句：仲秋，入秋的第二个月。飙戾，疾风吹拂。

〔2〕远客：远离市朝的山居之人，作者自指。长谣：长歌。

〔3〕“虚岫”一句：这句说在秋日的寒气下远处的山峰似乎与天上的冷气凝结在一起。

〔4〕零露：秋露。秋露使草木零落，故言零露。

〔5〕“抚菌”二句：菌，指秋草。两句由草木荣衰不同引出后面两句的感想议论。

〔6〕“垂纶”二句：纶，钓鱼用的丝线。垂纶，指隐居。交情，交友之情。远市朝，避开世俗之人。这两句及下两句很像嵇康《赠秀才入军》其十四：“流磻平皋，垂纶长川……俯仰自得，游心太玄。”

〔7〕“澹然”二句：《庄子·秋水》言庄子与惠施在濠水桥上游览，庄子说他知道鱼“出游从容，是鱼之乐也”。惠施言：“子非鱼，安知鱼之乐？”庄子答道：“子非我，安知我不知鱼之乐？”两人辩论一番，庄子

称：“我知之濠上矣。”意思是说鱼在水里从容游泳，庄子在濠上自由自在游览，都是各得其所，自有其趣。这两句用此典故，言自己心境宁静淡泊，濠上之乐，不独为庄子所有。伊，指庄子。遥，即庄子所说的逍遥。

【解说】

本篇写山中秋日所见，歌咏隐逸生活淡泊宁静，不慕荣利的情趣，最后说自己与庄子情趣相通。

王献之 （344—386）

王献之，字子敬，祖籍琅琊临沂（今山东临沂），居会稽山阴（今浙江绍兴）。书法家王羲之之子，娶简文帝之女。初任州主簿，历官建威将军、吴兴太守、中书令，世称“王大令”。书法与其父并称“二王”。他不以诗名，但下面的《桃叶歌》却是南朝文人模仿江南民歌写诗的尝试。宋齐以后，模仿南方民歌而来的文人乐府诗开始大量出现。在这以前江南民歌与文人诗歌关系不多，而在南朝则对文人诗有极深的影响。南朝文人诗特有的清新艳丽与接受江南民歌影响是分不开的。

桃叶歌

桃叶映红花，无风自婀娜[1]。
春花映何限，感郎独采我[2]。

【注释】

〔1〕“桃叶”二句：这两句是以作者的口吻唱出的，赞美桃叶的美丽。

〔2〕“春花”二句：这两句用桃叶的口吻，对作者的爱情表示感激。

【解说】

本题属《清商曲·吴声歌曲》。诗歌的本事见《古今乐录》：“桃叶，子敬妾名。缘于笃爱，所以歌之。”这诗到了陈朝还传唱不衰，有人又把它与隋将渡江灭陈联系起来，见《南史·陈后主纪》《隋书·五行志》。诗原为三首，此选其一。

陶渊明 （365—427）

陶渊明，字元亮，一说名潜，字渊明，浔阳柴桑（今江西九江西南）人。他虽出身名门，但父亲早卒，少年时家道已颇衰落。二十九岁因“亲老家贫”，出任江州祭酒，不久就以“不堪吏职”辞官归乡。三十五岁时在荆州刺史桓玄属下任职，两年后因母丧归家。元兴三年（404）四十岁时东下京口，入镇军将军刘裕幕下，任镇军参军。次年先转任建威将军参军，八月出任彭泽令。十一月督邮至县，县令例当“束带见之”，他说：“我岂能为五斗米折腰向乡里小儿！”当即辞职归乡，在官仅八十余日。从义熙二年（406）直至病故的二十余年间，隐居不仕，躬耕自给。起初境况尚好，因义熙四年（408）被大火焚去林宅，生活日见贫困，有时饥寒不免。义熙七年（411）移居浔阳城外南村，隐逸之名也逐渐为世人所知，号称“浔阳三隐”之一。义熙十四年（418）朝廷征他为著作郎，推辞不就。元熙二年（420）刘裕称帝，东晋灭亡。宋元嘉三年（426），江州刺史檀道济登门造访，馈以粱肉，被他麾而去之。次年十一月病逝，故友颜延之谥曰“靖节徵士”。

陶渊明一生大部分时间隐居不仕，生前以隐逸名世，死后被尊为“隐逸诗人之宗”（钟嵘《诗品》），其生活与创作都和隐逸密不可分。在中国文化传统中，隐逸仿佛是从其中深层发出的遥远而深邃的呼唤，自先秦以来，哲人们以不同的语调谈论隐逸，史书中记载了不少隐士的事迹，文学家也很早就歌咏隐逸。尤其是西晋以后，统治者为标榜朝政清明刻意制造“隐士”，士子为博取声名往往先“隐”而后出仕，诗人则用了比前人更多的篇幅讴歌、倡言隐逸，把隐逸视为人间的避难所和理想的人生归宿。但是，在陶渊明之前，隐逸在诗人笔下至多是一种“虽不能至，心向往之”的境界，到陶渊明诗歌面世以后，隐逸才真正变成了历历在目、有情有景、交织着欢欣闲适与孤独痛苦、融汇了希冀追求和矛盾苦闷的真实的生活场景与人生体验。 隐逸从天上落到了人间，被陶渊明描绘成一幅幅具体、生动的生活画面，是“晨兴理荒秽，带月荷锄归”，是“过门更相呼，有酒斟酌之”，是“平畴交远风，良苗亦怀新”，是“暧暧远人村，依依墟里烟”，当然也是“夏日长抱饥，寒夜无被眠；造夕思鸡鸣，及晨愿乌迁”，是“御冬足大布，粗絺以应阳。 正尔不能得，哀哉亦可伤”！ 这些充满了农耕生活气息的诗歌既描绘了真实的隐逸生活，也给诗坛带来了一股从未有过的新鲜空气。 相形之下，东汉以来所有文人的诗歌似乎都不如这些诗歌那样贴近当时最普通、最常见的人生真实。 难怪后来元好问感慨道：“一语天然万古新，豪华落尽见真淳”（《论诗绝句》），或如陈绎曾所说，陶诗是“情真景真，事真意真”（《诗谱》）。 杰出的诗人或许是因为站在前人的肩上而显得身影高大，而伟大的诗人多半是凭借自己的力量在诗的世界开疆拓土，创造新国度，陶渊明当属于后一种类型。

和很多大作家一样，陶渊明的内心世界是丰富的。 就像他既写过《桃花源记》《归去来兮辞》，也写过《闲情赋》，他的诗歌在描绘隐逸生活的同时，也有讥刺时事世风、咏怀言志之作。 如《读山海经》中的“精卫衔微木”和《咏荆轲》诗，就以充满激情、词气慷慨著称，以致后来朱熹等人特别指出陶诗的“豪放”“语健”。 不过，应该承认陶渊明在不同诗风中形成了一种主导的风格，犹如一部乐章可以有变奏，但总有其主旋律。 陶诗艺术上的主导风格就是后世评论家所交口称赞的“冲淡自然”“渊深朴茂”。 他叙事、抒情、写景很少渲染夸张，不在比喻、象征手法运用上的刻意经营，也不依靠词采的浓烈增加色彩，而是以舒缓的节奏、从容不迫的语气，以及白描的手法、质朴的语言表现自己的生活情趣和胸襟怀抱。 其诗歌在句法和虚字的运用上可看出受散文的影响，如“结庐在人境，而无车马喧”“门庭多落叶，慨然已知秋”，与当时诗歌受骈文影响讲究对仗的风气明显不同。在保持诗歌整体的冲淡朴茂气象的同时，陶渊明有时在遣词造语上也显得极为讲究，如“蔼蔼堂前林，中夏贮清阴”的“贮”字，“采菊东篱下，悠然见南山”的“见”字，“日月掷人去，有志不获骋”的“掷”字，“有风自南，翼彼良苗”的“翼”字，用来都非常妥贴而富有表现力，断然不能易以他字。

从陶诗开拓性的贡献和深远影响看，陶渊明无疑是两晋，更是整个魏晋南北朝最杰出的诗人。唐代的山水田园诗人几乎都受其影响，所谓“王右丞有其清腴，孟山人有其闲远，储太祝有其朴实，韦左司有其冲和，柳仪曹有其峻洁，皆学焉而得其性之所近”（沈德潜《说诗晬语》）。然而他在生前和死后相当长的时间里，其成就并未得到广泛和恰当的承认。《文心雕龙》对陶渊明只字不提，《诗品》对其诗评价不低，却也只将他列在“中品”。梁昭明太子萧统很推崇陶渊明，说：“其文章不群，辞采精拔，跌宕昭彰，独超众类，抑扬爽朗，莫之与京。”但主要是从“有助于风教”的角度来评价的。唐人诗歌创作接受了陶诗的影响，而在陶诗的评价方面并无创见。杜甫一向把陶渊明和谢灵运并提，韩愈把陶渊明和阮籍并举，白居易甚至屡次将他和唐人韦应物连在一起，看来都不认为陶诗出类拔萃。直到北宋中叶，随着王安石，特别是苏轼、黄庭坚的极力推崇，陶渊明在诗歌史上的显赫地位才确定下来，人们对陶诗风貌的评论也由“质直”“辞典婉惬”（钟嵘语），转而成为“质而实绮，癯而实腴”“萧散冲淡”“平淡出于自然”“似大匠运斤，不见斧凿之痕”（苏、黄语）。特别值得一提的是，宋人由评论陶诗而树立了一种返朴归真的美学追求。从此以后，自然浑成就成为古体诗的最高境界，形成其特有的与近体诗风华流丽判然不同的审美标准。这对宋以后诗歌创作的影响极为深刻。

停云

停云，思亲友也。罇湛新醪，园列初荣[1]，愿言不从，叹息弥襟[2]。

霭霭停云，濛濛时雨[3]。
八表同昏，平路伊阻[4]。
静寄东轩，春醪独抚[5]。
良朋悠邈，搔首延伫[6]。

【注释】

〔1〕“罇湛”二句：新醪（láo），新酿的酒。初荣，新花。

〔2〕“愿言”二句：言，语助词。不从，不顺，指思念亲友而无从见面。弥襟，形容叹息深重。

〔3〕“霭霭”二句：霭霭，云气弥漫的样子。时雨，季节雨，此指春雨。

〔4〕“八表”二句：八表，八方。晋人常以八表代指天下，如《晋书·蔡谟传》的“经营八表”，《桓温传》的“洽被八表”。伊，语助词。阻，道路阻塞不通。

〔5〕静寄：犹言静静地托身。东轩：东房。抚：持。

〔6〕“良朋”二句：悠邈，遥远。搔首延伫，长时间等候。语本《诗经·邶风·静女》：“爱而不见，搔首踟蹰。”

【解说】

本篇约作于晋元兴三年（404）。原诗共四章，此为其一。作者在小序中说这是“思亲友”的诗，但历来陶诗的注家都相信此诗与时事有关。元兴三年（404）前后，东晋王室已丧失控制局势的能力，先有桓玄作乱，后有刘裕起兵征伐，击败桓玄而将东晋置于自己的武力威摄之下。诗中“八表同昏，平路伊阻”，可能不只是描写自然景观，作者效忠东晋王室，这两句正可看成是隐喻当时的政治气候，桓、刘军队正在浔阳地区激战，天下为战云所笼罩。由于这样的背景，本诗一向被认为是体现作者忠于晋室的代表作之一。清人龚自珍说作者有恢复晋室的“侠骨”，就举本诗为例，说是“想见《停云》发浩歌”（《杂诗》），停云，停在空中不动的云。

时运（四首选一）

时运〔1〕，游暮春也。春服既成，景物斯和〔2〕，偶影独游，欣慨交心〔3〕。

迈迈时运，穆穆良朝〔4〕。
袭我春服，薄言东郊〔5〕。
山涤余霭，宇暖微霄〔6〕。
有风自南，翼彼新苗〔7〕。

【注释】

〔1〕时运：指下面的诗。张玉穀说：“陶公四言，如《停云》《时运》之类，止摘首句二字为题，体仿《三百》，而序语仿卜子，实则题也。”（《古诗赏折》）据说卜商是《诗经》各篇前小序的作者，张玉穀认为作者四言诗前的小序，目的也是交待诗意，与《诗经》小序相同。

〔2〕“春服”二句：上句本《论语·先进》：“暮春者，春服既成，

冠者五六人，童子六七人；浴乎沂，风乎舞雩，咏而归。”春服，春天所穿的服装。斯，连词，无义。和，融和。

〔3〕“偶景”二句：偶，伴。景，即“影”。欣慨，一作“欣然”。欣慨指欢欣与感慨。《晋书·袁宏传》：“遇之不能无欣，丧之不能无慨。”本诗前两章都写“欣”，后两章才写“慨”。

〔4〕“迈迈”二句：迈迈，运行不停的样子。穆穆，温和、和谐。

〔5〕“袭我”二句：袭，穿上。薄言，犹言到、至。言是语助词，无义。

〔6〕“山滌”二句：言远山只留下些许云雾，天空中还飘荡着薄雾。滌，洗涤。余霭，剩下的云气。暖，笼罩、遮蔽。霄，云雾。下句一作“余霭微消”。清人陶澍说：“若作余霭微消，则与山滌余霭词重意复矣。”（《靖节先生集注》）

〔7〕“有风”二句：形容禾苗在南风吹拂下，如鸟儿似地张开了翅膀。翼，羽翼，此处用作动词，犹言展翅扇动。清吴瞻泰《陶诗汇注》引王棠评语：“新苗因风而舞，若羽翼之状，工于肖物。”

【解说】

本篇与《停云》诗为同时之作。原诗分四章，此选其一。清人邱嘉穗说：“前二章游目骋怀，述所欣也，后二章伤今思古，寄所恤也。”（《东山草堂陶诗笺》）诗中写暮春郊游所见景物和欣喜之情。时运，四时运转。

和郭主簿（二首选一）

蔼蔼堂前林，中夏贮清阴〔1〕。
凯风因时来，回飙开我襟〔2〕。
息交游闲业，卧起弄书琴〔3〕。

园蔬有余滋，旧谷犹储今[4]。
营己良有极，过足非所钦[5]。
春秫作美酒，酒熟吾自斟[6]。
弱子戏我侧，学语未成音[7]。
此事真复乐，聊用忘华簪[8]。
遥遥望白云，怀古一何深[9]。

【注释】

〔1〕“蔼蔼”二句：蔼蔼，形容林木繁盛的样子。中夏，即仲夏，阴历五月。贮清阴，形容屋前多树，遍地清凉。

〔2〕“凯风”二句：凯风，南风。因时来，犹言按照季节及时吹来。回飙，回旋的风。

〔3〕“息交”二句：言当此时日，不再外出交游，留在家中静心读书弹琴。息交，停止交游。闲业，即下句所说的“弄书琴”一类的事情，是相对正业而言的。卧起，犹言终日。这两句的“游”“弄”，都表示生活闲适自得。

〔4〕“园蔬”二句：余滋，指园中蔬菜在不断生长。下句说往年的粮食至今还没有吃光。言家中食物充足，不用操心。

〔5〕“营己”二句：营己，经营自己的生计。良有极，实在是有极限。过足，过多。钦，羡慕。两句表示知足常乐，对乡居生活很满意。

〔6〕春秫：春稻用以酿酒。秫，黏稻。

〔7〕“弱子”二句：两句写家庭生活的天伦之乐。弱子，年幼的孩子。戏，戏耍。未成音，形容幼子学着说话，话还说得还不清楚。

〔8〕“此事”二句：言村居生活充满愉快，因而也就忘记了对荣华富贵的追求。华簪，华贵的发簪，此处用以代指荣华富贵。

〔9〕“遥遥”二句：《庄子·天地》：“华封人谓尧曰：‘夫圣人鹑居

而觳饮，鸟行而无章。……千岁厌世去而上仙，乘彼白云，至于帝乡。’”这两句说遥望白云，很怀念那些“乘白云至帝乡”的古代圣贤。

【解说】

本题诗共两首，有人认为作于晋元兴元年（402），也有人认为作于宋义熙四年（408）。郭主簿，其人事迹不详。主簿，官名，主管簿书。诗中描写村居的闲适生活和怀古幽情。此为其一。

癸卯岁始春怀古田舍（二首选一）

先师有遗训，忧道不忧贫[1]。
瞻望邈难逮，转欲志长勤[2]。
秉耒欢时务，解颜劝农人[3]。
平畴交远风，良苗亦怀新[4]。
虽未量岁功，即事多所欣[5]。
耕种有时息，行者无问津[6]。
日入相与归，壶浆劳近邻[7]。
长吟掩柴门，聊为陇亩民[8]。

【注释】

〔1〕“先师”二句：先师，指孔子。下句语本《论语·卫灵公》：“子曰：‘君子谋道不谋食。耕也，馁在其中矣；学也，禄在其中矣。君子忧道不忧贫。”忧道，此指关心世道的治乱。

〔2〕“瞻望”二句：言自觉自己还做不到孔子所说的“忧道不忧

贫”，遂转而立志于隐居躬耕。瞻望，仰望。邈，高远。逮，及。长勤，指不靠官禄，力耕自给。勤，劳苦。

〔3〕“秉耒”二句：言自己不仅乐于耕种，而且还鼓励农民努力耕耘。秉，持。耒，犁柄，此用以泛指农具。时务，及时当做之事，此指应干的农活。解颜，开颜而笑。清马璞说：“解颜者，其情见于颜，非强之也。”（《陶诗本义》）劝，劝勉、鼓励。

〔4〕“平畴”二句：这是作者的名句，描写初春田野欣欣向荣，充满生机的景象。平畴，平旷的田野。交，接触。良苗，好的庄稼苗。清张玉穀认为苗当指麦苗，而非稻苗，因为当时是初春时节（见《古诗赏析》）。历来评论陶诗的人都称赞这两句写得好，苏轼即说：“非古之耦耕植杖者，不能道此语，非世之老农，不能识此语之妙。”（《东坡题跋》）据《东坡诗话录》记载，苏轼在学士院中曾将此两句诗大书小楷、行草七八张，掷笔长叹道：“好！好！”

〔5〕“虽未”二句：言现在还不曾计算一年的收成，但眼前的情景已很满意。岁功，一年农事的收成。即事，犹言此事。

〔6〕“耕种”二句：化用《论语》所载的长沮、桀溺事。《论语·微子》：“长沮、桀溺耦而耕。孔子过之，使子路问津焉。长沮曰：‘夫执舆者为谁？’子路曰：‘为孔丘。’曰：‘是鲁孔丘欤？’曰：‘是也。’曰：‘是知津矣。’问于桀溺。桀溺曰：‘子为谁？’曰：‘为仲由。’曰：‘是鲁孔丘之徒欤？’对曰：‘然。’曰：‘滔滔者天下皆是也，而谁以易之？且而与其从辟人之士也，岂若从辟世之士哉？’耰而不辍。子路行以告，夫子怃然曰：‘鸟兽不可与同群，吾非斯人之徒与而谁与？天下有道，丘不与易也。’”作者说自己在此地耕种，休息时却不见有人前来问津，意思是说自己就像长沮、桀溺那样，避世隐居，躬耕自给。息，休息。行者，路上的行人。问津，问路。

〔7〕“日入”二句：言干完一天的农活，即与农人结伴归家，然后还提着酒与邻居相对而饮。日入，语意本古谣《击壤歌》“日出而作，日入而息，凿井而饮，耕田而食，帝力于我何有哉”！壶浆，提着酒壶，此用作动词。浆，指酒。劳，慰劳。作者诗中写隐居躬耕生活，常见类似的描写，如《归园田居》其三：“晨兴理荒秽，带月荷锄归。”《庚戌

岁九月中于西田获早稻》："晨出肆微勤，日入负耒还。"都是借"日出而作，日入而息"的意思表现隐居躬耕的悠然自适之情。

〔8〕"长吟"二句：吟，吟唱。柴门，简陋的门。聊，姑且，暂且。陇亩民，田野之人，即农人。这两句总述诗意，言既然归隐躬耕生活如此充满欢欣，自己又不能像孔子要求的去关心世道治乱，那么就姑且做一个长沮、桀溺一样的隐士罢。本题诗其一结句"即理愧通识，所保讵乃浅"，也表达同样的意思。

【解说】

本题诗共两首，此为其二。癸卯，晋元兴二年（403）。本年作者三十九岁，因母丧离职，居丧在家，他的躬耕生活即从这年开始。始春，初春。怀古田舍，在田舍怀古。田舍是乡居，本篇描写亲身耕种的欢欣愉悦之情。

归园田居（五首选三）

其一

少无适俗韵，性本爱丘山〔1〕。
误落尘网中，一去三十年〔2〕。
羁鸟恋旧林，池鱼思故渊〔3〕。
开荒南亩际，守拙归田园〔4〕。
方宅十余亩，草屋八九间〔5〕。
榆柳荫后檐，桃李罗堂前〔6〕。
暧暧远人村，依依墟里烟〔7〕。
狗吠深巷中，鸡鸣桑树颠〔8〕。
户庭无尘杂，虚室有余闲〔9〕。

久在樊笼里，复得返自然〔10〕。

【注释】

〔1〕“少无”二句：适俗韵，与世俗相合的生活态度。丘山，此用以代指田园。

〔2〕“误落”二句：言昔日误入仕途多年。尘网，语本东方朔《与友人书》“不可使尘网名缰拘锁”，言仕途犹如网罗，使人不得自由。三十年，一说当作“十三年”，因作者自晋太元十八年（393）初仕为江州祭酒，至义熙元年（405）辞官归隐，恰为十三年，一说三十为十余年的夸词，古人有时将十称为三十以夸言其多，如《史记·匈奴传》言秦始皇命蒙恬“将十万之众，北击胡”，而同书《蒙恬传》作：“乃使蒙恬将三十万众，北伐戎狄。”两说均可通。

〔3〕“羁鸟”二句：以羁鸟、池鱼自喻，形容归隐之情的迫切。羁鸟，笼中之鸟。池鱼，被人养在塘中的鱼。

〔4〕“开荒”二句：言归隐以后躬耕田亩，依守本性。南亩，一作“南野”。际，间。守拙，自谦之词，犹言保持自己愚拙的本性。

〔5〕方宅：靠着住宅。方，旁。

〔6〕罗：罗列。

〔7〕“暧暧”二句：暧暧，昏暗不明的样子。远人村，远处的村落。依依，轻盈的样子。墟里，村落。这两句写远处村落景象，也是作者的名句，唐代王维的《辋川闲居赠裴秀才迪》“渡头余落日，墟里上孤烟”，就借鉴了这两句的意境。

〔8〕“狗吠”二句：写近处农家生活景象，用汉乐府《鸡鸣》“鸡鸣高树颠，狗吠深宫中”而稍加变化。

〔9〕“户庭”二句：言自己家中很清闲、安静，生活亦悠闲自在。户庭。犹言门庭。尘杂，世俗杂务。虚室，虚空闲静的居室。

〔10〕“久在”二句：与前面所说的“误落尘网”相呼应，言归隐田

园的欢欣之情。樊笼，关鸟兽的笼子，此用来比喻仕宦。

【解说】

本题诗共五首，此选三首。约作于晋义熙二年（406）。此前一年，作者辞去彭泽县令职，归隐于家乡柴桑，从此隐居不仕。

其二

野外罕人事，穷巷寡轮鞅〔1〕。
白日掩荆扉，虚室绝尘想〔2〕。
时复墟曲中，披草共来往〔3〕。
相见无杂言，但道桑麻长〔4〕。
桑麻日已长，我土日已广〔5〕。
常恐霜霰至，零落同草莽〔6〕。

【注释】

〔1〕“野外”二句：野外，与城市相对而言，指乡村。罕人事，很少与人交往。人事，指人与人之间的交往。穷巷，犹言陋巷。寡轮鞅，犹言少车马。轮是车轮，鞅是套在马颈上的皮带。

〔2〕“白日”二句：因为不与世俗之人交际，所以白天也不必开门，可以独处室中，摈弃一切世俗之念。掩荆扉，意谓没有客来。古人每用开门表示迎客，如杜甫《客至》“蓬门今始为君开”。荆扉，柴门。绝，摈弃。尘想，世俗之念。

〔3〕“时复”二句：言只与村中的农人交往，表示自己不慕名利，不结交富贵之人。时，有时。复，又。墟曲，指村落。披草，草指草衣，一种简陋的衣服，《世说新语·政事》注引王隐《晋书》：“草衣缊袍，不以为忧。”一说披草犹言拨开草，似不确。作者《移居》诗“相

思则披衣，言笑无厌时”，当与此同意。

〔4〕“相见”二句：言与农人只谈农事，从不谈起别的事情。杂言，指有关世俗杂务的话题。桑麻长，桑麻生长的情况。

〔5〕“桑麻”二句：言所种植的桑麻一天天长大，所开垦的土地也在逐渐增多。

〔6〕“常恐”二句：霰（xiàn），小雪粒。零落，凋零。草莽，野草。这两句说自己关心的只是桑麻不要被霜雪伤害，言外之意是说归隐以后心中早已不存杂念。

【解说】

本篇原列第二，写归隐后摆脱世俗杂务，沉浸在耕种收获的农家生活中的情形。

其三

种豆南山下，草盛豆苗稀〔1〕。
晨兴理荒秽，带月荷锄归〔2〕。
道狭草木长，夕露沾我衣。
衣沾不足惜，但使愿无违〔3〕。

【注释】

〔1〕“种豆”二句：语含双关，既实写初次种豆时力不从心的情况，也暗用《汉书·杨恽传》中语：“田彼南山，芜秽不治。种一顷豆，落而为箕。人生行乐耳，须富贵何时！”表示衣食可以自给，不需企羡富贵。

〔2〕“晨兴”二句：这是作者的名句，写早出晚归勤于耕种，富有诗意，前人说：戴月句，真而警，可谓诗中有画。”（吴瞻泰《陶诗汇

注》引温如能语）晨兴，早起。荒秽，指地里的杂草。带月，一作“戴月”。

〔3〕“道狭”四句：承上句“带月荷锄归”而言，谓露水沾满衣裳并不可惜，只要自己的心愿能够满足就行了。愿，指归隐躬耕的意愿。

【解说】

本篇原列第三，写早出晚归的耕种生活。

饮酒（二十首选四）

余闲居寡欢，兼比夜已长〔1〕，偶有名酒，无夕不饮。顾影独尽，忽焉复醉。既醉之后，辄题数句自娱。纸墨遂多，辞无诠次〔2〕，聊命故人书之〔3〕，以为欢笑尔。

其一〔4〕

结庐在人境，而无车马喧〔5〕。
问君何能尔？心远地自偏〔6〕。
采菊东篱下，悠然见南山〔7〕。
山气日夕佳，飞鸟相与还〔8〕。
此中有真意，欲辨已忘言〔9〕。

【注释】

〔1〕兼：加之，加上。比：近来。

〔2〕诠次：选择，次序编排。

〔3〕故人：友人。

〔4〕本篇原列第五，抒写隐居避世、超然物外的生活情趣，自然淡远，富有理趣，是作者的代表作之一。

〔5〕“结庐”二句：结庐，构筑住宅。人境，人世，人间。车马喧，车马的喧哗声。《史记·陈平传》说陈平“负郭而居”，但门前常有“长者车辙”，言其常与贵人交往。此句反其意，以住宅周围不闻车马喧闹表示作者不与达官贵人交往。

〔6〕“问君”二句：系作者虚拟的问答之词。君，指作者。尔，如此，指上面两句所说的情况。下句说自己胸中早已不存任何世俗之念，故能全然不受世俗杂务纷扰，即便住在闹市，也像身处偏僻无人之地。以上四句最为王安石所欣赏，说是“有诗人以来，无此四句”（都穆《南濠诗话》引）。

〔7〕“采菊”二句：这两句历来备受推崇，是作者最有名的诗句。采菊，采撷菊花。《饮酒》其七：“秋菊有佳色，裛露掇其英。泛此忘忧物，远我遗世情。”这四句诗可作“采菊”二字的注脚。也有人认为，古人相信菊能延年益寿，作者《九日闲居》诗即云：“酒能祛百虑，菊解制颓龄”，采菊是准备服食，以求健身长寿。南山，指庐山，作者的柴桑居所距庐山不远，庐山在当时是有名的隐士逸人的居处，言“悠然见南山”，与上句同样表达作者遗世之情。一说南山用《诗经·小雅·天保》“如南山之寿”句意。两句说采菊以备服食，希冀寿如南山。见南山，《文选》作“望南山”。苏轼评这两句诗时，就“见”“望”两字发表评论：“因采菊而见山，境与意会，此句最有妙处。近岁俗本皆作‘望南山’，则此一篇神气都索然矣。”（《东坡题跋》）苏轼看重的是这两句诗的“境与意会”，而不是字面句意的诠释。本篇结句说：“此中有真意，欲辨已忘言。”看来这两句诗所表达的也是作者的一种兴致，欣赏时亦不必从字句上深究。

〔8〕“山气”二句：日夕，傍晚。相与还，犹言结伴而归。两句上承“见南山”。

〔9〕“此中”二句：此中，指此时此际的所见所感。真意，犹言真味。此时的“真意”如何，似乎也不必深究，因为作者自己也说：“欲辨

已忘言。”辨和忘言语本《庄子·齐物论》“夫大道不称，大辩不言”，又《庄子·外物》“言者所以在意也，得意而忘言”。

【解说】

本题诗共二十首，诗前小序交待了成诗经过，可知这组诗都是酒后所作，因而题为《饮酒》。诗的写作时间，历来说法不一，或说写于晋元兴二年（403），或说写于义熙二年（406），还有人认为写于义熙十三年（417）。

其二

青松在东园，众草没其姿〔1〕。
凝霜殄异类，卓然见高枝〔2〕。
连林人不觉，独树众乃奇〔3〕。
提壶挂寒柯，远望时复为〔4〕。
吾生梦幻间，何事绁尘羁〔5〕。

【注释】

〔1〕“青松”二句：这两句说昔日东园杂草茂盛，青松被遮挡难以看见。其，一作“奇”。

〔2〕“凝霜”二句：殄（tiǎn），灭绝。异类，指众草。两句言众草凋零之时，才见出青松的卓然挺拔。

〔3〕连林：指松树连成一片。

〔4〕“提壶”二句：上句说经常把酒壶挂在松枝上，下句说不时远远观赏青松。柯，树枝。

〔5〕“吾生”二句：言人生本同梦幻，又何必将自己束缚在世俗尘网之中。这是观赏青松后的感受。绁，牵制。尘羁，世俗的羁绊

束缚。

【解说】

本篇原列第八，借歌咏青松寄寓高洁脱俗之志。

其三

少年罕人事，游好在六经[1]。
行行向不惑，淹留遂无成[2]。
竟抱固穷节，饥寒饱所更[3]。
敝庐交悲风，荒草没前庭[4]。
披褐守长夜，晨鸡不肯鸣[5]。
孟公不在兹，终以翳吾情[6]。

【注释】

〔1〕“少年”二句：罕人事，罕与人事，指很少交游。游好，犹言爱好。六经，六部儒家的经典，即《诗经》《尚书》《易经》《礼记》《春秋》《乐记》。此泛指儒家典籍。

〔2〕“行行”二句：言年纪已近四十，仍一无成就。行行，形容时光不停地推移、流逝。不惑，指四十岁。《论语·为政》：“子曰：‘吾十有五而志于学，三十而立，四十而不惑……”孔安国疏：“不惑者，志强学广，不疑惑也。”后世以不惑为四十岁的代称。淹留，停滞不前，此指学业无所成就，与“行行”相对。

〔3〕“竟抱”二句：言自己始终坚持“君子固穷”的节操，在生活中饱尝种种饥寒之苦。竟，终。固穷节，孔子所说的“君子固穷”的节操，语本《论语·卫灵公》：“子曰：‘君子固穷，小人穷斯滥矣。’”意谓君子固然也有穷困之时，但不会像小人穷困时那样胡作非为。饥寒

饱，指生活中的种种困乏的不同情况。更，经历。此处所说的“饥寒”，当是实情。作者另有《乞食》诗说：“饥来驱我去，不知竟何之。行行至斯里，叩门拙言辞。”

〔4〕“敝庐”二句：敝庐，破旧的房子。《饮酒》其十五：“贫居乏人工，灌木荒余宅。班班有翔鸟，寂寂无人迹。”也写其住宅的破败萧条。交悲风，犹言悲风交加。

〔5〕“披褐”二句：披褐，披上粗布衣裳。守长夜，因悲风交加，寒冷难眠，故披衣坐待天明。下句形容夜长难熬，写不堪之情。

〔6〕“孟公”二句：东汉人刘龚字孟公，当时有高士张仲蔚，家贫，居处蓬蒿没人，无人识之，只有刘龚赏识他（事见《高士传》）。作者《咏贫士》其六亦云：“仲蔚爱穷居，绕宅生蒿蓬……举世无知者，止有一刘龚。”这两句说当今世上没有刘龚那样能理解贫士的人，因此自己内心的真情也就只好隐藏不说，因世上本来也没有可与一诉真情的人。翳，隐蔽、隐藏。作者《咏贫士》其一“万族各有托，孤云独无依。暖暖空中灭，何时见余晖”，也表现了同样的感慨。

【解说】

本篇原列第十六，写隐居生活的困乏艰难及世无知音的苦闷。

其四

羲农去我久，举世少复真〔1〕。
汲汲鲁中叟，弥缝使其淳〔2〕。
凤鸟虽不至，礼乐暂得新〔3〕。
洙泗辍微响，漂流逮狂秦〔4〕。
诗书复何罪？一朝成灰尘〔5〕。
区区诸老翁，为事诚殷勤〔6〕。
如何绝世下，六籍无一亲〔7〕。
终日驱车走，不见所问津〔8〕。

若复不快饮，空负头上巾[9]。
但恨多谬误，君当恕醉人[10]。

【注释】

〔1〕“羲农”二句：羲农，伏羲、神农，均为古代传说的上古帝王。去，离开。真，指民风的淳真。两句言现在离伏羲、神农的时代已很久，世人已很少有质朴淳真的风尚了。

〔2〕“汲汲”二句：言孔子曾辛勤奔走，以弥补世风的衰败，使其恢复淳朴。汲汲，辛勤奔忙的样子。鲁中叟，指孔子，孔子是鲁国人。弥缝，弥补缝合，指孔子扭转世风。

〔3〕“凤鸟”二句：言孔子虽未能使天下大治，但礼乐经他整理，面貌为之一新，对维系人心有莫大功绩。上句本《论语·子罕》“子曰：‘凤鸟不至，河不出图，吾已矣夫！’”据说凤凰降临是圣人受命，天下大治的征兆。下句据《史记·孔子世家》，指孔子编诗书，定礼乐事。

〔4〕“洙泗”二句：言孔子死后，就再也听不到他的微言大义，时代很快就到了狂暴的秦代。洙、泗，均为河流名，孔子曾在其地设教授徒。辍，停止。微响，犹微言，精微要妙的言论，此指孔子的学说。漂流，河水漂流，比喻时光流逝。逮，到，达。

〔5〕“诗书”二句：斥责秦始皇的焚书暴行。焚书事见《史记·秦始皇本纪》。

〔6〕“区区”二句：形容汉初儒生尽心尽力传授经书。区区，勤奋严谨的样子。诸老翁，指汉初的伏生、田生等人，他们原是秦代儒生，汉初已是老人。为事，办事，指传授经书。

〔7〕“如何”二句：言为何汉代以后，儒家经典就没有人研读了呢？这两句是对当时人崇尚老庄，无意儒学的愤慨。沈约《宋书·谢灵运传论》说东西晋百年之间“玄风独扇，为学穷于柱下，博物止于七

篇”，老庄之书成为学者关注的中心。 绝世，指汉代。 六籍，即六经。亲，亲近。

〔8〕“终日”二句：言当世之人惟关心名利，趋炎附势，却无人探求治世之道。 驱车走，形容世人忙于趋炎附势。《晋书·王雅传》记载，当时人王珣儿子结婚，家中宾客车骑甚多，后众人听说王雅被任命为太子太傅，大半都调转车马转赴其家，而毫无顾忌，史家有“风俗颓弊，无复廉耻”之叹。 下句用《论语·微子》记孔子问津于沮、溺之事，作者以沮、溺自况，言世上再也没有像孔子那样关心世道治乱的人。

〔9〕“若复”二句：若复，如果。 快饮，犹言痛饮。 空负，白白地辜负。 头上巾，儒生头上的儒巾。 言世风颓败已甚，自己无力扭转，然而毕竟是习儒之人，只好以酒遣愁。

〔10〕“但恨”二句：谓痛饮之后，言行必失态，有悖于儒家之教，但既是醉人，失态亦当原谅。 谬误，指言行错误。 君，对人称谓的敬词。 清人吴瞻泰《陶诗汇注》引洪度语说：“‘不见所问津’上皆作庄语，‘若复不快饮’忽作醉语，‘但恨多谬误’又作醒语。 忽庄，忽醉，忽醒，语真无诠次矣，方是二十首《饮酒》总结。”

【解说】

本篇原列第二十，诗中赞扬孔子整理诗书礼乐和汉儒传授六经的功绩，感叹当时世人背离了儒家的传统，致使世风日下。

移居（二首选一）

昔欲居南村，非为卜其宅〔1〕。
闻多素心人，乐与数晨夕〔2〕。
怀此颇有年，今日从兹役。
敝庐何必广，取足蔽床席〔3〕。

邻曲卧时来，抗言谈在昔[4]。
奇文共欣赏，疑义相与析[5]。

【注释】

〔1〕“昔欲”二句：言过去决定迁居南村，不是因为南村地宅好，而是想找好的邻居。南村，在浔阳（今江西九江）城下。卜宅，占卜以问宅之吉凶，下句用《左传·昭公三年》“非宅是卜，惟邻是卜”句意。

〔2〕“闻多”二句：上承前两句，述说迁居南村的原因。素心人，心地淡泊、生活朴素的人。宋人李公焕《笺注陶渊明集》说指颜延之、殷晋安、庞通等人，这些人在当时都有名于世。数晨夕，犹言算一算过了几天，过日子的意思。

〔3〕“敝庐”二句：敝庐，此指新居，是对自己住宅的谦称。下句言新居不求宽大，只求可以放下一床一席。床是住的地方，席是朋友来时聚会之处。

〔4〕“邻曲”二句：邻曲，邻居。抗言，热烈地对谈。谈在昔，谈论的都是往事。

〔5〕“奇文”二句：奇文，奇妙的文章。相与析，指与友人共同分析疑难的文句。

【解说】

作者在义熙四年（408）遇火灾，住宅被烧毁，后从柴桑里迁居南村，本题即迁居之后所作。作诗的时间，一说为义熙六年（410），一说为义熙七年（411）。原作共二首，此为其一，写迁居后与南村邻里交往过从之乐。

杂诗

其一〔1〕

白日沦西阿，素月出东岭〔2〕。
遥遥万里辉，荡荡空中景〔3〕。
风来入房户，夜中枕席冷〔4〕。
气变悟时易，不眠知夕永〔5〕。
欲言无予和，挥杯劝孤影〔6〕。
日月掷人去，有志不获骋〔7〕。
念此怀悲凄，终晓不能静〔8〕。

【注释】

〔1〕此诗原列第二，由夜中不寐联想到生平事业无成，不禁悲哀萦怀。旧说此诗抒写晋宋易代之悲，并没有确切的根据。

〔2〕“白日”二句：沦，落。西阿，阿是大土山，西阿犹言西山。素，形容月色洁白。宋人曾季狸说这两句“说得秋意极妙”（《艇斋诗话》）。此诗描写秋景，要在后面几句才表现出来，但这两句及下两句，的确写出了秋天月夜特有的气象。

〔3〕荡荡：浩荡无边的样子。景：指月光。

〔4〕房户：房门。

〔5〕“气变”二句：承上两句言之，凉风入户，遂由天气变化领悟季节已变，床上席冷，因难以入眠而知夜晚已变长。时，时令、季节。易，变化。夕永，犹言夜长。

〔6〕“欲言”二句：无予和，言无人与自己交谈。和，跟着谈话的

意思。下句言寂寞之极，只好对着影子自斟自酌。劝，劝慰。李白《月下独酌》“举杯邀明月，对影成三人”，即由此句化出而又翻进一层，言自己与身影、明月仿佛三人，实则仍是孤独一人。

〔7〕“日月”二句：言时光流逝，而自己的志向未能实现。掷，抛弃，用以形容岁月流逝的无情。骋，驰骋，比喻实现心中的志向。

〔8〕终晓：直至天明。

【解说】

本题诗共十二首，大约并非同时之作。其中前几首回忆少年往事，感慨时光流逝，写作的时间应该比较晚。

其二

忆我少壮时，无乐自欣豫〔1〕。
猛志逸四海，骞翮思远翥〔2〕。
荏苒岁月颓，此心稍已去〔3〕。
值欢无复娱，每每多忧虑〔4〕。
气力渐衰损，转觉日不如〔5〕。
壑舟无须臾，引我不得住〔6〕。
前涂当几许，未知止泊处〔7〕。
古人惜寸阴，念此使人惧〔8〕。

【注释】

〔1〕“忆我”二句：无乐，谓虽无乐事。欣豫，愉悦而充满生气。另一首《拟古》诗中也说：“少时壮且厉，抚剑独行游。”“壮且厉”与“自欣豫”，都表现了作者少壮时昂扬奋发的精神。

〔2〕“猛志”二句：言当时志向远大，雄心勃勃，犹如鸟儿欲展翅高飞。猛志，雄心大志。逸，超越。四海，古人以为中国四面环海。骞翮，犹言展翅高飞。骞，展翅的样子。翮，鸟羽，代指鸟翅。翥，飞翔。

〔3〕“荏苒”二句：言随着时光流逝，渐渐失去少壮时的雄心。荏苒，逐渐。颓，犹言消逝。稍，逐渐。

〔4〕“值欢”二句：与上两句对比，言现在即使遭到高兴的事，亦难有愉悦之感，平常还容易忧虑。值，遇。欢，好的事情，可高兴之事。

〔5〕“气力”二句：上两句言精神方面的变化，这两句说体力亦不断衰退，甚而有一天不如一天之感。

〔6〕“壑舟”二句：上句用《庄子·大宗师》：“夫藏舟于壑，藏山于泽，谓之固矣。然而夜半有力者负之而走，昧者不知也。”借以比喻时光流逝无可挽回。壑舟无须臾，言壑舟移走的时间极快，庄子说壑中之舟夜半忽然被“负之而走”，故作者以“无须臾”形容时间流逝之快。引，犹言使。住，停留。

〔7〕“前涂”二句：同“途”，前途，前面的道路，指剩下来的时间。几许，多少。止泊处，船停泊处。前面用“壑舟”比喻时间，此言不知时间之船停于何处，意谓不知何时就是自己生命的终结。

〔8〕“古人”二句：想到古人爱惜每寸光阴，真为自己虚度时光而感到可怕。

【解说】

本篇原列第五，先回忆少壮时的豪迈气概，继而言现在年老情衰，最后以古人的爱惜每寸光阴自警。

咏贫士

万族各有托，孤云独无依。
暧暧空中灭，何时见余晖〔1〕？
朝霞开宿雾，众鸟相与飞，
迟迟出林翮，未夕复来归〔2〕。
量力守故辙，岂不寒与饥？
知音苟不存，已矣何所悲〔3〕。

【注释】

〔1〕“万族”四句：以孤云喻贫士。宋人汤汉《陶靖节先生诗》注云：“孤云倦翮，以兴举世皆依乘风云，而己独无攀援飞翻之志，宁忍饥寒，以守志节。”万族，犹言万类。托，托附、依凭。暧暧，昏暗的样子，形容孤云在空中黯然飘散，丝毫不引人注目。余晖，残余的日光。

〔2〕“朝霞”四句：言朝霞初升时，众鸟结群飞出，然而只有一只迟迟出林，未晚即早早飞回。元人刘履《选诗补注》云：“朝霞开雾，喻朝廷之更新，众鸟群飞，比诸臣之趋附。而迟迟出林，未夕来归者，则又自况其审时出处，与众异趣也。”其说可备参考。

〔3〕“量力”四句：言自己量力而行，甘守贫贱故道，虽不免忍饥受寒，但世上既然没有知音，也就不必悲伤了。故辙，旧路，此指安贫守贱的生活道路。苟，且。已矣，犹言算了。

【解说】

本题诗共七首，借古代贤人安贫守贱之事，抒发自己不慕名利的情怀，是一组咏史抒怀之作。写作的时间约在晋末宋初。本篇原列第一，以孤云为喻叙述贫士的高洁和孤独。

拟古（九首选三）

其一

荣荣窗下兰，密密堂前柳〔1〕。
初与君别时，不谓行当久〔2〕。
出门万里客，中道逢嘉友。
未言心相醉，不在接杯酒〔3〕。
兰枯柳亦衰，遂令此言负〔4〕。
多谢诸少年，相知不忠厚。
意气倾人命，离隔复何有〔5〕？

【注释】

〔1〕“荣荣”二句：此以兰、柳起兴，用草木荣华比喻昔日友情的热烈。荣荣，形容兰花繁开的样子。

〔2〕君：指外出的友人。

〔3〕“出门”四句：叙述友人外出之后，中途又结识新友，且一见倾心。中道，半路上。嘉友，好友。后两句形容结交时一见倾心的情况，尚未相饮言欢，已是一见如故，暗指结交轻率。

〔4〕“兰枯”二句：与前面的“不谓行当久”相呼应，言友人负言不归，以致兰枯柳衰，辜负了自己的期待。

〔5〕“多谢”四句：言友人应赶紧辞谢新友，以一时意气相交，并无忠厚之情，可能因此而送掉性命，而且彼此离别后也不会有真正的友

情。谢，辞谢。诸少年，指半道所结识的新友。倾人命，犹言送掉性命。离隔，分别。

【解说】

本题诗共九首。拟古是摹拟古诗之意，西晋以来诗人多有拟古之作，是当时诗坛的风气。这组诗多感讽时事，追慕节义。其九有“种桑长江边，三年望当采。枝条始欲茂，忽值山河改”几句，清人黄文焕《陶诗析义》云：“刘裕以戊午年十二月弑晋主于东堂，立瑯琊王德文，是为恭帝元熙元年。庚申二年而裕逼禅矣。帝之年号虽止二年，而初立则在戊午，是三年也。”他认为这组诗当作于刘宋初年。此首原列第一。

其二

仲春遘时雨，始雷发东隅〔1〕。
众蛰各潜骇，草木纵横舒〔2〕。
翩翩新来燕，双双入我庐。
先巢故尚在，相将还旧居〔3〕。
自从分别来，门庭日荒芜。
我心固匪石，君情定何如〔4〕？

【注释】

〔1〕“仲春”二句：仲春，春季的第二个月。遘，逢。始雷，第一声春雷。东隅，东方。

〔2〕“众蛰”二句：蛰，指冬眠的动物。潜骇，形容冬眠的动物在地下感受到春天的来临。纵横舒，形容草木入春后迅速生长。

〔3〕“翩翩”四句：言昔日的燕子双双飞回我家的旧巢。翩翩，轻

飞的样子。先巢，犹言旧巢。相将，相偕。

〔4〕“自从”四句：这四句是作者虚拟的与燕子的对话，或是燕子与作者的对话。我心固匪石，用《诗经·邶风·柏舟》成语：“我心匪石，不可转也。”表示信念毫无动摇。定何如，犹言当如何。

【解说】

本篇原列第三，通过春燕归旧巢抒发自己隐居不仕的决心。清人邱嘉穗《东山草堂陶诗笺》云：“自刘裕篡晋，天下靡然从之，如众蛰草木之赴雷雨，而陶公独惓惓于晋室，如新燕之恋旧巢，虽门庭荒芜，而此心不可转也。末两句亦作燕语，方有味，通首纯是比体。”其说可备参考。

读《山海经》（十二首选二）

其一

孟夏草木长，绕屋树扶疏〔1〕。
众鸟欣有托，吾亦爱吾庐〔2〕。
既耕亦已种，时还读我书〔3〕。
穷巷隔深辙，颇回故人车〔4〕。
欢然酌春酒，摘我园中蔬〔5〕。
微雨从东来，好风与之俱〔6〕。
泛览周王传，流观山海图〔7〕。
俯仰终宇宙，不乐复何如〔8〕！

【注释】

〔1〕“孟夏”二句：孟夏，初夏。扶疏，树上枝叶繁茂的样子。

〔2〕“众鸟”二句：欣有托，形容众鸟因能栖息于树而欣喜不已。刘履说这两句“隐然有万物各得其所之妙”（《选诗补注》）。

〔3〕时还：有时还。

〔4〕“穷巷”二句：言隐居在家，很少与世人交往。穷巷，僻巷。隔深辙，与车辙隔绝。下句言自己居处偏僻，常使友人回车不来。回，转回，掉转。

〔5〕欢然：欢欣的样子。然，语助词，无意。春酒：冬天酿制，经春始成的酒，正好在初夏时喝。

〔6〕俱：同来的意思。

〔7〕“泛览”二句：泛览、流观，都是浏览的意思，也即作者《五柳先生传》中自言的“好读书，不求甚解”。周王传，指《穆天子传》，其中叙述周穆王驾八骏游行四海之事。山海图，即《山海经图》，是根据《山海经》故事而绘制的图谱。

〔8〕“俯仰”二句：俯仰，低头抬头，犹言片刻间。终，极，穷，此指遍游。两句言读《山海经》十分有趣，似乎片刻之间就能随书中所写遍游天下，此种乐趣，实在妙不可言。《五柳先生传》自谓读书“每有会意，便欣然忘食”，《告子俨等疏》亦说：“少学琴书，偶爱闲静，开卷有得，便欣然忘食。见树木交荫，时鸟变声，亦复欢然有喜。尝言五六月中，北窗下卧，遇凉风暂至，自谓是羲皇上人。”所说均与此二句相近。

【解说】

本题诗共十二首，记叙读《山海经》等书的感受。《山海经》，旧说是大禹治水时命伯益记录而成，今人认为可能是战国或汉代人所作，书中多述古代海内外山川异物和神话传说。这组诗的写作时间，一说在晋义熙四年（408）以前，一说在宋永初三年（422）。

其二

精卫衔微木，将以填沧海[1]。
刑天舞干戚，猛志固常在[2]。
同物既无虑，化去不复悔[3]。
徒设在昔心，良晨讵可待[4]！

【注释】

〔1〕“精卫”二句：本事见《山海经·北山经》：“发鸠之山……有鸟焉。其状如乌，文首，白喙，赤足，名曰‘精卫’。其鸣自詨，是炎帝之少女，名曰女娃。女娃游于东海，溺而不返，故为精卫。常衔西山之木石，以堙于东海。”微木，细木。沧海，大海，即《山海经》所说的东海。

〔2〕“刑天”二句：事本《山海经·海外西经》：“刑天与帝至此争神，帝断其首，葬之常羊之山。乃以乳为目，以脐为口，操干戚以舞。”干戚，盾与斧。猛志，壮志。两句言刑天虽战败甚至身首异处，却仍然抗争，其壮志至死不没。刑天舞干戚，旧作“形夭舞千岁”，宋人曾纮认为于文义不合，遂改为今句。也有人认为此句当作“刑夭无千岁”，因《山海经》旧本俱为“刑夭”而非“刑天”，“无千岁”是说无千岁之寿。其说可备参考。

〔3〕“同物”二句：同物，与化去同意，指死后物化，变为异物。一说上句指精卫死后化为飞鸟，异于人类而同于其他动物，对此她并无忧虑；下句言刑天被杀，化为异物，当不再悔恨既往。虑，忧虑。悔，悔恨。

〔4〕“徒设”二句：言精卫、刑天虽有昔日的壮志，然而再也不能得到实现其壮志的机会。徒，徒然，白白地。在昔心，过去的心思。

良晨，指实现抱负的机会。 巨，岂。 一说昔通“夕”，喻死亡，晨喻生。 两句言徒然有死而复生之念，实际上又哪能实现。

【解说】

本篇原列第十，通过歌咏精卫和刑天而寄托自己慷慨不平的情怀。

咏荆轲

燕丹善养士，志在报强嬴[1]。
招集百夫良，岁暮得荆卿[2]。
君子死知己，提剑出燕京[3]。
素骥鸣广陌，慷慨送我行[4]。
雄发指危冠，猛气冲长缨[5]。
饮饯易水上，四座列群英[6]。
渐离击悲筑，宋意唱高声[7]。
萧萧哀风逝，淡淡寒波生[8]。
商音更流涕，羽奏壮士惊[9]。
心知去不归，且有后世名[10]。
登车何时顾，飞盖入秦庭[11]。
凌厉越万里，逶迤过千城[12]。
图穷事自至，豪主正征营[13]。
惜哉剑术疏，奇功遂不成[14]。
其人虽已没，千载有余情[15]。

【注释】

〔1〕“燕丹”二句：燕丹，即燕太子丹，曾在秦国作人质，因痛恨秦王嬴政（即后来的秦始皇）的暴虐，逃回燕国，召募勇士刺杀秦王，此即这两句所述本事。善养士，指燕太子丹能很好地供养门客。强嬴，犹言强秦，强暴的秦国。秦王姓嬴氏。

〔2〕“招集”二句：招集，召募。百夫良，可以以一当百的勇士，化用《诗经·秦风·黄鸟》“百夫之特”诸语。荆卿，燕人对荆轲的尊称。

〔3〕“君子”二句：言荆轲以“士为知己者死”的精神，离开燕国京城，入秦刺杀秦王。

〔4〕“素骥”二句：素骥，白色的骏马。广陌，大道。我，拟荆轲自称。按《史记·刺客列传》记荆轲出燕时，“太子及宾客知其事者，皆白衣冠送之，至易水之上”。阮瑀《咏史》诗始言：“素车驾白马，相送易水津。”此据阮诗而又加以渲染形容，不仅有“素骥”，更言其“鸣广陌”。

〔5〕“雄发”二句：这两句形容荆轲临行前的激愤情况，由《史记·刺客列传》的“士皆瞋目，发尽上指冠”两句化出。指，形容头发竖立。危冠，高冠。长缨，系冠的丝带。后来唐人骆宾王《于易水送人》诗将此场面写得更为简练：“此地别燕丹，壮士发冲冠。昔时人已没，今日水犹寒。”

〔6〕“饮饯”二句：这两句也与《史记》原文不同，原文只说：“至易水上，既祖，取道。”组是祭路神，以求一路顺利。此言设宴饮酒饯行，场面甚为悲壮。易水，河名，在今河北易县西。群英，指太子丹及送行诸人。

〔7〕“渐离”二句：高渐离，燕人，荆轲的至交，善击筑。筑，乐器名，形似筝，十三弦，颈细而曲，以竹鼓之。宋意，据《淮南子·泰族训》，亦为燕人，送行时高惭离击筑，荆轲引声悲歌和之。

〔8〕“萧萧”二句：从《史记·刺客列传》记载荆轲悲歌“风萧萧

兮易水寒”句化出。萧萧，风悲鸣声。淡淡，惨淡的意思。

〔9〕“商音”二句：本《史记·刺客列传》记载：“高渐离击筑，荆轲和而歌，为变徵之声，士皆垂泪涕泣。又前而歌曰：‘风萧萧兮易水寒，壮士一去兮不复返。’复为羽声忼慨……”商、羽，古乐调名。两句言击筑奏出商音时，众人皆悲痛流泪，及变而为羽调，又皆警动震惊。

〔10〕“心知”二句：言荆轲自知此去必死，但可传英名于后世。

〔11〕“登车”二句：本《史记·刺客列传》“于是荆轲就车而去，终已不顾”而加以形容。何时顾，何时曾回顾。飞盖，言疾驰而去，车盖望之如飞。秦庭，犹言秦宫。

〔12〕“凌厉”二句：凌厉，奋勇前行的样子。逶迤，迂曲绵长，指荆轲一路经过许多城市。

〔13〕“图穷”二句：上句本《史记·刺客列传》“图穷而匕首见”，言随着地图全部摊开，谋刺之事自然也就发生了。下句言秦王见状十分惊恐。豪主，指秦王。怔营，同“怔营”，惊恐的样子。

〔14〕“惜哉”二句：《史记·刺客列传》记荆轲喜击剑而剑术不精，他死后鲁句践惋惜道：“嗟呼惜哉！其不讲于刺剑之术也。”两句本此，惋叹荆轲剑术不精，以致奇功不成。疏，生疏。

〔15〕“其人”二句：其人，指荆轲。千载，千年。有余情，言荆轲事仍能使人激动。骆宾王《于易水送人》“昔日人已没，今日水犹寒”，即从此两句化出。

【解说】

本篇咏史，作者又有《咏二疏》《咏三史》两篇，三篇似是同时所作的一组诗，写作时间约在晋末宋初。本篇描述荆轲刺秦王的故事，渲染形容，悲壮激烈，在作者诗歌中别具一格，历来为论者所重视。朱熹说：“渊明诗，人皆说是平淡，据某看他自豪放，但豪放得来不觉耳。其露出本相者，是《咏荆轲》一篇，平淡底人如何说得这样言语出来。”（《朱子语类》）顾炎武说：“陶诗‘惜哉剑术疏，奇功遂不成’……何等感慨，何等豪宕……大凡伉爽高迈之人，易与入道，夫子言‘狂者进取’，正谓此耳。”（《菰中随笔》）龚自珍《杂诗》其一：“陶潜诗喜说荆轲，想见《停云》发浩歌。吟到恩仇心事涌，江湖侠骨恐无多。”此诗所写本事，见《史记·刺客列传》，大略谓荆轲为战国时卫国人，自齐入燕，燕人称之为荆卿。当时燕国太子丹自秦国逃回，欲召募勇士刺杀秦王，得知荆轲为侠义之士，遂待之以上宾之礼。荆轲感太子丹意，答应入秦刺杀秦王。临行前，太子丹及众宾客皆白衣素冠，在易水旁为他饯别。荆轲见秦王，献上地图，图穷而匕首见，荆轲刺杀不中，反被杀死。其事又见于《史记·燕召公世家》及《战国策·燕策》，及《淮南子·泰族训》。在作者之前，“建安七子”之一的阮瑀和西晋诗人左思也都有诗咏荆轲。本篇叙事以《史记》为主，兼采诸书。

挽歌（三首选一）

荒草何茫茫，白杨亦萧萧〔1〕。
严霜九月中，送我出远郊〔2〕。
四面无人居，高坟正嶕峣〔3〕。
马为仰天鸣，风为自萧条〔4〕。
幽室一已闭，千年不复朝〔5〕。
千年不复朝，贤达无奈何〔6〕。
向来相送人，各自还其家〔7〕。
亲戚或余悲，他人亦已歌〔8〕。
死去何所道，托体同山阿〔9〕。

【注释】

〔1〕“荒草”二句：拟写自己墓地周围景物。《挽歌诗》其二：“昔

在高堂寝，今宿荒草乡。”可知荒草指坟茔所在地。茫茫，广大无边的样子。下句语本《古诗》“白杨何萧萧，松柏夹广路”，形容墓地的凄凉景象。萧萧，风吹树木发出的声响。

〔2〕“严霜”二句：两句拟写出殡的时间与场面。严霜，寒霜。九月，作者自拟的丧期。其《自祭文》中说：“岁惟丁卯，律中无射，天寒夜长，风气萧索。”律中无射亦指九月。作者实际上在十一月病逝，大约八、九月间病情已重，故诗、文皆言九月将死。郊，城外。

〔3〕焦峣（jiāo yáo）：高貌。

〔4〕“马为”二句：清人吴淇《六朝选诗定论》：“马为二句，写此幽室未闭之一刻。古人殉葬多用平生所乘马，马有觉，故为仰天而鸣，若有思主之意。风无知，与人无情，亦为萧条。”其说可备参考。

〔5〕“幽室”二句：幽室，指墓穴。闭，指墓穴被掩盖封闭。朝，天亮。

〔6〕贤达：贤人和达者。此句即《与子俨等书》所说：“天地赋命，生必有死，自古圣贤，谁能独免？”

〔7〕向来：犹言刚才。相送人：送葬的人。

〔8〕“亲戚”二句：言死后亲戚或许悲哀会长久一些，而其他的人早已忘掉了悲痛。余，剩。

〔9〕“死去”二句：何所道，犹言无话可说。托体，寄身。山阿，山陵。结句作旷达语，言死后不过与山陵混同一体罢了。

【解说】

本题诗共三首，诗题又作《拟挽歌辞》《挽歌》。挽歌即葬歌，相传最初是拖引柩车的人所唱。文人自作《挽歌》始于曹魏时人缪袭（见《文章缘起》），以后西晋陆机等人也有拟作。作者除三首《挽歌诗》外，还有一篇《自祭文》，都是去世之年（427）所作。本篇原列第三，拟写自己去世以后出葬的情形。

南北朝诗

谢灵运 (385—433)

谢灵运，祖籍陈郡阳夏（今河南太康县），世居会稽（今浙江绍兴市）。出身在南渡以后有“百年望族”之称的谢家，祖父谢玄在淝水之战大破前秦军，封康乐县公。灵运父才质平平，灵运则自幼聪颖过人，极得谢玄钟爱。因小名客儿，人称“谢客”；又以袭爵康乐公，故又称他“谢康乐”。义熙二年（406）为抚军将军刘毅行参军，迁卫军从事中郎。后刘毅与刘裕相争兵败，刘裕为赢得士族支持，以灵运为太尉参军。刘裕称帝以后，则抑止士族势力，灵运的康乐公遂被降为县侯，削其食邑。谢灵运本以为在刘裕手下可有一番作为，但见朝廷只待以文学侍臣而无实权，因而“常怀愤愤”。后与刘裕次子刘义真结好，义真被徐羡之等废为庶人，灵运也被出为永嘉太守。到任后不久就称病离职，肆意遨游山水。宋文帝即位，召他回朝任秘书监，但仍不令参预朝政，他因而常称病不朝，外出游览。元嘉五年（428）被免官还乡，常以随从数百人伐木开道，登山临水。后又被任为临川内史，不久就被朝廷以率部众反叛定罪，流放广州，旋在广州处死。

谢灵运家族与南朝政治、文学均有密切关系。他本人正好生活在南朝政权由士族向庶族手中转移、南朝诗歌出现“庄、老告退，而山水方滋”（《文心雕龙·明诗》）的转折时期。这样的时代背景对他的生活与诗歌创作有直接的深刻影响，在政治上他对庶族出身的刘宋政权有着本能地抵触，同时刘宋政权亦有意抑止他这种“衣冠士族’。在仕途失志之余，他便以遨游登临来排遣苦闷，慰藉心灵；而遨游登临之际所写的诗歌，恰顺应了当时诗坛风气演变的趋势，使他有幸成为诗歌史上大量写作山水诗的第一位诗人。描写山水景物的诗句很早就有，但整首诗都写山水，在晋末宋初还很少见。由于谢灵运写了大量的很有影响的山水诗，山水景物才从诗中言情述志的点缀变为诗歌的专门题材，并且愈写愈多，由附庸而蔚为大国。谈中国古典诗歌若不讲山水诗，无疑是很大的损失。因此后人说："康乐于汉、魏外，别开蹊径。"（清黄子云《野鸿诗的》）

当时人将谢灵运与颜延之并称"颜谢"，谓"谢诗如芙蓉出水，颜如错采镂金"（《诗品》引汤惠休语）。这从一个方面体现了谢灵运诗歌的艺术特色和成就。颜诗的错采镂金实为西晋诗风的延续，而谢诗的清新自然，则开创了宋齐梁陈追求"直寻"一派诗歌的先声。全面来看，最足以代表其诗歌成就的山水诗还有如下特点：一是其山水诗与玄言诗还有明显联系。山水诗继侈谈老、庄义理的玄言诗而后起，其内在原因是当时名士谈玄中本也包括寄情山水。而谢灵运的山水诗中含有较多的谈玄内容，后人甚而说他"以山水为理窟"（参见饶宗颐《选堂诗词集》）。谈玄说理是从玄言诗中生长出来的早期山水诗与生俱来的尾巴，本无可厚非，但毕竟是累赘。谢灵运山水诗的清新自然主要体现在具体的诗句上，整首诗则每因谈玄说理显得不够明净，仿佛其中有沉淀郁结。二是其山水诗构思还比较单调，常常等于纪游诗，从开篇到结句，多写一天或数日行程所见，很少有剪裁，这与他山水诗都写于遨游登临之后有直接关系。虽然诗中写景颇多佳句，但构思少变化，多读则不免有雷同之感。三是其山水诗写景追求穷形极貌，大至山川，小至草木，都见于笔下，王夫之称道为"天地供其一目，大无外而细无垠"（《古诗评选》）。然亦每失之不能遣貌取神，且写景多用对偶排比之句，亦显得板滞。不过，谢灵运山水诗毕竟对诗歌的发展做出了重大贡献，其中的不足理应看成是先行者难免的局限。

晚出西射堂

步出西城门，遥望城西岑[1]。
连障叠巘崿，青翠杳深沉[2]。
晓霜枫叶丹，夕曛岚风阴[3]。
节往感不浅，感来念已深[4]。
羁雌恋旧侣，迷鸟怀故林[5]。
含情尚劳爱，如何离赏心[6]？
抚镜华缁鬓，揽带缓促衿[7]。
安排徒空言，幽独赖鸣琴[8]。

【注释】

〔1〕岑：小而尖的山。

〔2〕“连障”二句：这两句是“遥望”所见。上句说山峰重叠，山崖不断，下句说山色青翠。连障，形容山势连绵如屏障。巘（yǎn），大小成两截的山。崿（è），山崖。

〔3〕夕曛：夕阳的余晖。岚风：山中的雾气。

〔4〕“节往”二句：节往，指季节变换。感，悲戚之情。感，指对外界的感受。

〔5〕“羁雌”二句：这两句以羁鸟自喻，寄寓不满之情。羁雌，被关起来的雌鸟。

〔6〕“含情”二句：承上两句，言含情之物如鸟类尚且费心寻觅爱情，为什么要分开它们不让其享受欢乐呢？劳爱，费心寻觅爱情。赏心，欢乐之心。

〔7〕“抚镜”二句：抚镜，持镜。华缁鬓，鬓角染上白发。华，同“花”，指头发花白。缁，黑色。揽带，拿起衣带。促衿，整理衣装。缓促衿是以动作的迟缓表示身体的衰老。

〔8〕“安排”二句：言安于命运、顺乎自然不过是空话而已，只能靠弹琴来排遣心中的孤独。安排，语本《庄子·大宗师》“安排而去化”，意谓安于命运，随物化去。

【解说】

西射堂，是作者担任永嘉郡太守时的官舍。作者任永嘉太守在宋永初三年（422）至景平元年（423）之间，诗当作于这期间。永初二年（421），刘裕处死晋恭帝，并削减原东晋士族大姓的封爵，作者所承袭的康乐郡公被降为县侯，食邑由二千户锐减至五百户。在此背景下，作者出守永嘉，“既不得志，遂肆意游遨”（《宋书·谢灵运传》），寄情山水，其山水诗写作主要在任永嘉太守之后。本篇先写所见景色，然后抒发怀旧伤时之情。

登池上楼〔1〕

潜虬媚幽姿，飞鸿响远音〔2〕。
薄霄愧云浮，栖川怍渊沉〔3〕。
进德智所拙，退耕力不任〔4〕。
徇禄及穷海，卧痾对空林〔5〕。
衾枕昧节候，褰开暂窥临〔6〕。
倾耳聆波澜，举目眺岖嵚〔7〕。
初景革绪风，新阳改故阴〔8〕。
池塘生春草，园柳变鸣禽〔9〕。

祁祁伤豳歌，萋萋感楚吟[10]。
索居易永久，离群难处心[11]。
持操岂独古，无闷征在今[12]。

【注释】

〔1〕池上楼：在永嘉郡（今浙江温州）。本诗约作于景平元年（423）初春，诗中抒写仕途失意之感，描绘初春景物的变化，最后表示将隐居遁世。这是作者的代表作之一，其中“池塘生春草，园柳变鸣禽”两句尤为传诵。

〔2〕“潜虬”二句：虬（qiú），有角的小龙。两句言“虬以深潜而自媚，鸿能奋飞而扬音”（刘履《选诗补注》）。

〔3〕“薄霄”二句：言自己既不能如鸿飞高举，亦不能效潜龙深藏。薄，通“泊”，止。怍（zuò），惭愧。

〔4〕“进德”二句：进德，语本《易·乾·文言》：“子曰：‘君子进德修业，欲及时也。’”退耕，指隐居力耕自给。这两句承上四句，说自己入仕济世自觉拙于才智，隐居力耕又自知力不胜任，所以愧对潜虬与飞鸿。

〔5〕“徇禄”二句：徇禄，为了求得俸禄，指做官。及，到。及一作“反”。穷海，遥远的海滨，指永嘉。卧（wò），卧床。空林，指秋冬之际的树林。两句言出任永嘉太守不过是为了一点俸禄，到任后即卧病在床。按《宋书》本传记载，作者出任永嘉是因“构扇异同，非毁执政”，为当朝权臣所忌恨，被排挤到永嘉去的。本篇的前八句都表现作者出守永嘉的失意与不满。

〔6〕“衾枕”二句：言卧病在床故不知季节气候变化，遂揭开帷帘且登楼临视。昧，暗。褰，揭。窥，从狭小的地方看过去。

〔7〕“倾耳”二句：聆，聆听。波澜，以波澜代指水声。岖嵚（qīn），山高峻奇险的样子。

〔8〕“初景”二句：初景，初春的阳光。革，改变。绪风，去冬的余风，语本《楚辞·涉江》：“欸秋冬之绪风。”新阳，犹新春。故阴，犹去冬。

〔9〕“池塘”二句：池塘，池边的堤坝。变鸣禽，鸣禽改变了种类。这两句诗极有名，元好问《论诗绝句》云：“池塘春草谢家春，万古千秋五字新。”据《诗品》引《谢氏家录》，谢灵运自言“每对惠连，辄得佳语”，这两句诗也是他“寤寐间，忽见惠连”而得之，因此自称：“此语有神助，非吾语也。”但也有说：“反复求之，终不见此语之佳。”（王若虚《滹南诗话》引李元膺语）也有人说：“不必苦谓佳，亦不必谓不佳。”（胡应麟《诗薮·外编》）宋人叶梦得说：“世多不解此浯为工，盖欲以奇求之耳。此语之工，正在无所用意，猝然与景相遇，借以成章，不假绳削，故非常情所能到。”（《石林诗话》）其评论最为中肯。

〔10〕“祁祁”二句：祁祁，众多的样子。豳歌，指《诗经·豳风·七月》，其中有“春日迟迟，采蘩祁祁，女心伤悲，殆及公子同归”几句。上句言由春景想到《七月》诗所写情景，不禁为之感伤。萋萋，草茂盛的样子。楚吟，指《楚辞·招隐士》：“王孙游兮不归，春草生兮萋萋。”下句言联想到《招隐士》这首诗，心中亦感到悲伤。

〔11〕“索居”二句：索居，离群散居，语本《礼记·檀弓》：“子夏曰：‘吾离群索居，亦已久矣。’”离群，离开朋友。难处心，难以为怀的意思。两句言离群索居容易觉得岁月长久，很难安心。这是就一般情况而言，下两句才说到自己。

〔12〕“持操”二句：持操，坚持节操。无闷，《易·乾》：“龙德而隐者也，不易乎世，不成乎名，遁世而无闷。”意思是说真正的隐者不会因世俗而改变志向，不追求声名，避世而无所忧愁。征，验。这两句说坚持节操岂止古人能够做到，“遁世而无闷”在我已是征验实现了。作者任永嘉太守仅一年，即称疾去职，移居会稽，“修营别业，傍山带江，尽幽居之美。与隐士王弘之、孔淳之等纵放为娱，有终焉之志”（《宋书·谢灵运传》）。虽然心情并非“遁世而无闷”，但确乎采取隐居来表示他对刘宋政权的不满。

登江中孤屿

江南倦历览，江北旷周旋[1]。
怀新道转迥，寻异景不延[2]。
乱流趋正绝，孤屿媚中川[3]。
云日相辉映，空水共澄鲜[4]。
表灵物莫赏，蕴真谁为传[5]？
想象昆山姿，缅邈区中缘[6]。
始信安期术，得尽养生年[7]。

【注释】

〔1〕“江南”二句：江，指永嘉江。历览，遍览。旷周旋，久未周旋。

〔2〕“怀新”二句：怀新、寻异，都指寻找新的游览佳处。迥，长。景，阳光。两句言寻找新的游览处时，因为心切而反觉路途远、时间过得快。

〔3〕“乱流”二句：《尔雅·释水》：“正绝流曰乱。”郭璞注：“直横渡也。”郝懿行《尔雅义疏》：“是正训宜。绝犹截也。截流横渡不顺曰乱。”上句将《尔雅》原文拆开来用，意思是截流横渡。趋，快行。媚，美丽悦目。中川，犹川中，指江中。两句言乘舟横渡，舟行迅疾，只见孤屿立于江中，美丽动人。清人吴琪说以上六句：“非先游江南，方游江北；正先游江北，方游江南。江南既倦，乃回想我昔游江北，江北山水，与我周旋久矣，今久不游，若朋友之久旷然。于是又欲返棹游江北。乃未及江北，适于江中流正绝之处，得此孤屿。因知首二句多

少曲折，乃用南、北二字夹出一中字也。然于末登孤屿之先，上着‘怀新’二句者何？凡人行过旧路，多不觉远，以杯新故，冀得见所未见耳。道既觉远，则日使觉促，总是急急寻异，以见前倦于江南，非倦于历览也。”（《六朝选诗定论》）其言甚细，可供参考。

〔4〕“云日”二句：写日光、云霞、江水上下辉映，澄澈明亮。

〔5〕“表灵”二句：表灵，显露出来的灵秀。物，世物，指世俗之人。蕴真，蕴藏在其中的真人、仙人。传，传述。两句言孤屿外表的灵秀世人尚且不知欣赏，其中深藏不露的仙人更非世人所能得知了。

〔6〕“想象”二句：昆山姿，相传昆仑山为神仙居处，此言仙人的姿容态度。缅邈，悠远。区中缘，尘世间的因缘。这两句谓想象仙人的绰约风姿，顿觉超脱尘世，与尘世的因缘反而十分淡漠了。

〔7〕“始信”二句：承上两句，言神游仙境，于是相信长生是可以养生延年的。安期，指安期生，古代传说的神仙。安期术指长生术。养生年，养生以求尽其天年。

【解说】

本篇亦作于永嘉太守任上。孤屿，在永嘉江中。清张云璈《选学胶言》引《寰宇记》：“孤屿，在温州南四十里，永嘉江中渚，长三百丈，阔七十步，屿有二峰，灵运所登，后人建亭其上。李白诗所云：‘康乐上官去，永嘉游石门。江亭有孤屿，千载迹犹存’者是也。”

石壁精舍还湖中作

昏旦变气候，山水含清晖〔1〕。
清晖能娱人，游子憺忘归〔2〕。
出谷日尚早，入舟阳已微〔3〕。
林壑敛暝色，云霞收夕霏〔4〕。

芰荷叠映蔚，蒲稗相因依[5]。
披拂趋南径，愉悦偃东扉[6]。
虑澹物自轻，意惬理无违[7]。
寄言摄生客，试用此道推[8]。

【注释】

〔1〕“昏旦”二句：昏旦，犹言早晚。两句言早晚气候不同，山光水色呈现出不同情态。

〔2〕“清晖”二句：两句化用《楚辞·九歌·东君》：“羌声色兮娱人，观者憺兮忘归。”娱人，使人愉娱。憺，憺然，心境安静的样子。

〔3〕“出谷”二句：这两句说清晨即从石壁动身，傍晚才在湖边登舟，游览近一天，与上一句的“游子憺忘归”相呼应。阳已微，夕阳落山变得黯淡。

〔4〕“林壑”二句：敛，收敛。霏，云飞的样子。两句言林壑渐隐于苍茫暮色之中，而谓暮色为林壑所敛聚；又言晚霞随夕阳而逐渐凝集在天边，而谓流云为霞光所收敛，措辞工巧。

〔5〕“芰荷”二句：芰（jì），菱。叠映蔚，言菱芰荷叶重叠，相互映照。蒲，菖蒲，一种水草。稗，一种形状像稻谷的水草。相因依，形容水草相依在一起的样子。

〔6〕“披拂”二句：披拂，指拨开路上的草叶。偃，息。东扉，东门。两句言游览归来，回家休息。

〔7〕“虑澹”二句：两句言心境淡泊愉悦，就不会把世俗之物看得太重，也不会违背天地自然的至理大道。虑，思虑。物，外物，尤指世俗之物。理，天地自然之理。

〔8〕“寄言”二句：寄言，犹言寄语、传语。摄生客，讲究养生之道的人。此道，指上两句所说的道理。推，推求。两句言世上注重养

生的人，不妨从我上面的话中推出养生之道。

【解说】

本篇约作于景平元年（423）秋至元嘉三年（426）之间。当时作者称病，辞去永嘉太守职，回故乡始宁（今浙江上虞县）居住。始宁有其父祖留下的故宅，石壁精舍则是他在始宁故宅旁建立的一所僧房，依山傍水，风景绝佳。作者《游名山志》说："湖三面悉高山，枕水诸山。溪涧凡有五处。南第一谷，今在所谓石壁精舍。"精舍，本指儒者授生徒之处，当时人则称佛寺为精舍。湖，指巫湖。此诗写观赏水光山色欣然自得的心情，最后谈论养生之道。这是作者的名篇之一，后来李白在《酬殷明佐见赠五云裘歌》中曾引用本篇成句："故人赠我我不违，著令山水含清晖。顿惊谢康乐，诗兴生我衣。襟前林壑敛暝色，袖上云霞收夕霏。"

于南山往北山经湖中瞻眺

朝旦发阳崖，景落憩阴峰[1]。
舍舟眺迥渚，停策倚茂松[2]。
侧径既窈窕，环洲亦玲珑[3]。
俯视乔木杪，仰聆大壑淙[4]。
石横水分流，林密蹊绝踪[5]。
解作竟何感？升长皆丰容[6]。
初篁苞绿箨，新蒲含紫茸[7]。
海鸥戏春岸，天鸡弄和风[8]。
抚化心无厌，览物眷弥重[9]。
不惜去人远，但恨莫与同[10]。

孤游非情叹，赏废理谁通〔11〕？

【注释】

〔1〕“朝旦”二句：朝旦，早晨。阳崖，南山。景，日光。阴峰，北山。

〔2〕“舍舟”二句：迥渚，远处的沙洲。策，指用作手杖的树枝。

〔3〕“侧径”二句：这两句与上文中的“眺”字相呼应，而又错落相对。上句是“停策”时所见，下句是“舍舟”时所望。侧径，弯曲的山路。窈窕，形容山径的曲折窄小。环洲，圆形的沙洲。玲珑，形容沙洲精致晶莹。

〔4〕“俯视”二句：两句一写从上俯视，一写由下聆听。乔木，高树。杪，树梢。淙，溪流。

〔5〕“石横”二句：言溪水分流，是因溪中横有石块，山路消失，是由于树木茂密。

〔6〕“解作”二句：解作，指草木萌芽，语本《易·解》：“天地解而雷雨作，雷雨作而百果草木皆甲坼。”升长，犹生长。丰容，指草木生长旺盛。“解作”二字在本篇之前还未曾用于诗中，以后很多人也不知其出处，至清人何焯才指明取自《易》，因此清人对这两个字特别欣赏，沈德潜《古诗源》即感叹：“诗中用经（语），无如谢公者！”

〔7〕“初篁”二句：篁，竹。箨，笋衣。蒲：蒲草。茸，茸毛。这两句刻画细致入微，被认为是作者的佳句（见许学夷《诗源辨体》）。

〔8〕天鸡：传说的一种神鸟，见《述异志》：“东南有桃都山，上有大树，名曰桃都，枝相去三千里。上有天鸡，日初出照此木，天鸡则鸣，天下鸡皆随之鸣。”和风：春风。

〔9〕“抚化”二句：抚化，指感受到自然万物的生长变化。览物，观览景物。

〔10〕“不惜”二句：言对此佳景，恨不能物我合一，融为一体，至

于远离人世，并没有什么可惋惜的。

〔11〕“孤游”二句：言独自出游但并未因心情寂寞而感叹，然而自己由游观景物引起的或喜或悲的心理变化又有何人能理解呢？赏废，指心情愉娱与颓唐两种状况。

【解说】

本篇约作于元嘉三年（426）。南山、北山，指巫湖南北之山。诗中写从早到晚由南山经巫湖往北山二日之游的所见所感。这是作者的名篇之一，清人方东树说：“此诗精魄之厚，脉缕之密，精深华妙，元气充溢，如精金美玉，光气烂然。”（《昭昧詹言》）足见推崇备至。

入彭蠡湖口

客游倦水宿，风潮难具论〔1〕。
洲岛骤回合，圻岸屡崩奔〔2〕。
乘月听哀狖，浥露馥芳荪〔3〕。
春晚绿野秀，岩高白云屯〔4〕。
千念集日夜，万感盈朝昏〔5〕。
攀崖照石镜，牵叶入松门〔6〕。
三江事多往，九派理空存〔7〕。
灵物悋珍怪，异人秘精魂〔8〕。
金膏灭明光，水碧辍流温〔9〕。
徒作千里曲，弦绝念弥敦〔10〕。

【注释】

〔1〕“客游”二句：客游，行于他乡。水宿，住在水中船上。具论，具体述说。

〔2〕“洲岛”二句：承上句言行舟水上所见风潮之猛烈。骤，急遽。回，通“洄”，水流旋转。回合指水流因洲岛而骤然分开，而后又汇合在一起。圻（qí），地界。圻岸就是江岸崩塌，形容浪潮冲到江岸上，撞得粉碎，又急速流走。

〔3〕“乘月”二句：这两句避开风浪写两岸景物，为下面描写原野风光作一铺垫。狖（yòu），黑猿，一说为长尾猴。浥，湿。馥，香气。荪，一种香草。

〔4〕“春晚”二句：这是作者的名句，描写暮春景色，视野开阔，色彩鲜明，对仗工整而又自然。

〔5〕“千念”二句：两句意思相同，谓心中充满忧愁，日夜不宁。

〔6〕“攀崖”二句：石镜、松门，均为山名，在鄱阳湖附近。石镜山上“有一圆石，悬崖明净，照见人影。晨光初散，则延耀入石，毫细必察”（《水经注·庐江水》），因此上句说“照石镜”；松门山上多青松（见《文选》李善注引《舆地志》），故言“牵叶”。“照”镜、“入”门都是为了和山名相呼应，并非实指。

〔7〕“三江”二句：三江，语本《尚书·禹贡》：“三江既入。”郑玄注：“三江分于彭蠡，为三孔，东入海。”九派，指九条江河，郭璞《江赋》：“流九派乎浔阳。”九派的具体名称诸家说法不同。这两句说古人有关三江的故事已成过去，关于九派也只留下了一些传说。

〔8〕“灵物”二句：灵物，灵怪、神灵。恡，同“吝”，惜。秘，犹言秘而不宣。两句言江湖中的神灵精怪都不愿露其珍怪之相，其精魂亦秘不可见。

〔9〕“金膏”二句：金膏，古代传说的仙药，《穆天子传》：“河伯示黄金之膏。”水碧，一种水里的玉石，辍，止。流温，言水因玉而温润。两句言既未见到金膏仙药，也未见水中之玉，只是从水的温润知道

其中必有玉石而已。

〔10〕“徒作”二句：千里曲，曲名，亦名《千里别鹤》。《文选》李善注引蔡邕《琴操》：“商陵牧子娶妻五年，无子，父兄欲为改娶，牧子援琴鼓之，叹别鹤以舒其愤懑。故曰《别鹤操》。鹤一举千里，故名《千里别鹤》也。”弦绝，犹言曲终。敦，深厚。这两句说本想弹奏一曲《千里别鹤》以消忧解愁，不意一曲终了，忧愁愈重。

【解说】

本篇约作于元嘉八年（431），当时作者被任为临川内史，诗当作于赴任途中。彭蠡湖，即鄱阳湖。彭蠡湖口，又称九江口，是鄱阳湖与长江的交接处。诗中描写行舟水上所见景物，抒发郁闷之情。

岁暮〔1〕

殷忧不能寐，苦此梦难颓〔2〕。
明月照积雪，朔风劲且哀〔3〕。
运往无淹物，年逝觉已催〔4〕。

【注释】

〔1〕岁暮，年终。这首诗是作者后期的作品，感慨时光流逝，余生无多，情绪很低沉。全诗仅六句，可能有残缺。

〔2〕“殷忧”二句：殷忧，沉重的忧虑。殷，众多、盛大。苦此，为岁暮长夜所苦。颓，衰、尽。两句言心中忧思甚重，不能入睡，神思恍惚。梦难颓，一作“夜难颓”。

〔3〕“明月”二句：这是作者的名句，经钟嵘激赏，历来传诵。劲且哀，风力强劲，风声哀号。

〔4〕“运往”二句：运往，指时光的运行流逝。淹物，久留之物。年逝，年华流逝。觉已催，形容对时间流逝感觉极为强烈，时间不仅在流逝，而且像是在催促自己赶快走完剩余的时光。

谢惠连（407—433）

谢惠连，祖籍陈郡阳夏（今河南太康），长于会稽（今浙江绍兴），系谢灵运族弟。少时即以聪慧见称，长大后遇灵运，更备受赏识。灵运自称："每对惠连，辄得佳语。"（《诗品》引《谢氏家录》）据说灵运"池塘生春草，园柳变鸣禽"两句诗，就是他梦中见到惠连写出来的。谢惠连文名很高，但为人轻薄放荡，遂不得仕进，元嘉七年（430）始为彭城王法曹参军。他的诗歌代表作是《捣衣》《秋怀》两诗。钟嵘说："虽复灵运锐思，亦何加焉！"很是推崇。但同后人类似题材的名篇相比，明显繁缛，缺乏剪裁。他写的较好的是一些写景抒情的短诗，刻画景物笔触轻灵而不呆板，言情也较真挚。但"三谢"中他的成就最低。

西陵遇风献康乐[1]

靡靡即长路，戚戚抱遥悲[2]。
悲遥但自弭，路长当语谁[3]？
行行道转远，去去情弥迟[4]。
昨发浦阳汭，今宿浙江湄[5]。

【注释】

〔1〕西陵：地名，在今浙江萧山县西。康乐：指谢灵运，因他袭封康乐公（入宋后降为侯），故称。本题共五首，这是第三首。诗只有八句，却用了四对叠字，读来情韵悠长，颇具特色。

〔2〕“靡靡”二句：靡靡，精神不振的样子。即，就。戚戚，悲伤忧愁的样子。遥悲，长悲。

〔3〕弭：消除。

〔4〕迟：延迟。

〔5〕“昨发”二句：浦阳，指浦阳江，在萧山县境内入钱塘江。汭，河流弯曲处。湄，岸边。

何长瑜 （？—443）

何长瑜，东海（今江苏涟水）人。曾为临川王国侍郎，迁平西记室参军。与谢灵运、谢惠连相善，被灵运誉为“当今仲宣”。存诗仅两首，其中的《嘲府僚》是一首诙谐而简练的讽刺诗佳作。

嘲府僚

陆展染鬓发，欲以媚侧室〔1〕。
青青不解久，星星行复出〔2〕。

【注释】

〔1〕侧室：妾。

〔2〕“青青”二句：这两句说染过的黑头发却不理解陆展的心理，不久就露出了斑白的本来面目。青青，黑发。星星，花白的头发。行，且。

【解说】

本诗见载于《宋书·谢灵运传》。当时作者在临川王刘义庆手下做记室参军，从江陵给族人何写了一封信，信中附有本诗，并说明所嘲笑的陆展是临川州府僚佐。这诗很快就流传开来，有的人还给诗增添“剧言苦句”。刘义庆得知后很生气，报告了宋文帝，作者遂被发送到当时算是偏僻的广州曾城去做县令。

陆凯（生卒年不详）

陆凯，字智君，代北（今河北蔚县东）人。北魏孝文帝时曾任给事黄门侍郎、正平太守。下面所选的《赠范晔》是否是他的诗还有疑问，但诗本身很出色，质朴之中饱含韵味，仿佛一枝报春花，早早透露了后来唐代绝句春色满园的消息。

赠范晔

折花逢驿使，寄与陇头人[1]。
江南无所有，聊赠一枝春[2]。

【注释】

〔1〕“折花”二句：驿使，古代在驿站间传递官方文书的使者。陇头人，陇头即陇山、陇坂，在今陕西陇县西北。此以陇头人指北方人。

〔2〕聊：姑且。一枝春：指一枝梅花。

【解说】

本诗最早见载于南朝宋盛弘之的《荆州记》，谓：“陆凯与范晔相善，自江南寄梅花一枝，诣长安与晔，并赠花，诗曰：（略）。”明人唐汝谔《古诗解》最先提出疑问，说：“晔为江南人，凯字智君，代北人。当是范寄陆耳。凯在长安，安得梅花寄晔？”他的看法不无道理。范晔祖籍顺阳（今河南淅川），自祖父时即迁居丹阳（今安徽当涂县东北）。他自幼生长在江南，陆凯则一直生活在北方，诗中以江南人的口气赠梅给“陇头人”，作者当然以属范晔比较合乎情理。不过，据《魏书》《资治通鉴》有关陆凯事迹的记载，他主要活动在北魏孝文帝时期（471—499），而范晔早在公元445年就已被杀身亡，两人年辈相差颇大，彼此“相善”的可能性不大。因此这首诗到底出自何人之手，还很难确定。范晔（398—445），字蔚宗，晋末入仕，入刘宋官至左卫将军太子詹事，因谋立彭城王，事败被杀。著有《后汉书》八十卷，诗名不高。钟嵘《诗品》说：“蔚宗诗，乃不称其才。”

刘铄 (431—453)

刘铄，字休玄，彭城绥舆里（今江苏徐州）人。宋文帝第四子，封南平王。与兄刘骏（宋孝武帝）均以爱好诗文闻名，流风所及，“天下悉以文采相尚，莫以专经为业”（《南史·王俭传》）。所以南朝君臣崇尚诗文的风气实始于刘骏兄弟。刘骏本人的诗歌颇有一些悲凉之气，而刘铄的诗则清巧灵秀，更接近后来南朝君臣的宫体诗。刘铄当时以《拟古》三十首名世，“拟古”也是当时诗坛的风气。他的《拟古》专取汉末《古诗十九首》，刻画相思离别之情，以致其他诗歌有时也蒙上一层淡淡的幽怨色调，例如《歌诗》。

白纻曲[1]

仙仙徐动何盈盈，玉腕俱凝若云行[2]。
佳人举袖耀青蛾，掺掺擢手映鲜罗[3]。
状似明月泛云河，体如轻风动流波[4]。

【注释】

〔1〕《白纻曲》是配合“白纻舞”的歌辞，也是南朝乐府最流行的诗题，专门用来描写女子轻歌曼舞的姿态及男女相悦相思之情。诗题又作《白纻舞曲》。

〔2〕“仙仙”二句：仙仙，形容舞女形体飘逸，犹如仙女。盈盈，轻盈的样子。玉腕，形容舞女肤色白皙，手腕如玉。凝，白如凝雪。若云行，像云一样地飘过来。

〔3〕“佳人”二句：青蛾，女子用青黛描画的眉。掺掺擢手，用《诗经·魏风·葛屦》：“掺掺女手。”掺掺，犹纤纤。擢手，举手。鲜罗，鲜丽的罗衣。

〔4〕云河：银河。

颜延之（384—456）

颜延之，字延年，琅琊临沂（今山东临沂）人。少孤贫，好读书。东晋末为刘裕世子参军，入宋后历官太子舍人、永嘉太守、光禄太守等职，一生“历四主，陪两王”（张溥《颜光禄集题辞》），仕途颇顺，诗文也享有重名。与谢灵运并称“颜谢”，又与谢灵运、鲍照合称“元嘉三大家”。但其诗歌成就实远低于鲍、谢。他曾当面问鲍照己诗与谢灵运诗的优劣，鲍照回答说：“谢五言如初发芙蓉，自然可爱；君诗如铺锦列绣，亦雕缋满眼。”（《南史·颜延之传》）后人特地称赞鲍照“对面褒奖而人不觉，善论诗也。”（许顗《许彦周诗话》）其实颜延之对这样的比拟很不满意，当时另一位诗人汤惠休也说过同样的话，所谓“谢诗如出水芙蓉，颜如错采镂金”（见《诗品》），他对汤就“终身病之”，一有机会就要对汤反唇相讥：“惠休制作，委巷中歌谣耳，方当误后生！”他如此的反应不宜仅仅看成是通常的文人相轻，而是反映了当时诗坛的审美风尚已发生微妙变化，当然变化要迟至钟嵘《诗品》、沈约《宋书·谢灵运传论》面世，才形成一派系统的理论，即推崇“直寻”“直举胸臆”，反对“表学问”“傍经史”“缛旨星稠”“繁文绮合”。

颜延之诗中有不少“应诏”“侍宴”之作，还有一些是与同僚唱酬赠答的诗，这些诗虽然还不至于“雕缋满眼”，但的确都很平庸。他较出色的诗歌当推《北使洛》和《五君咏》，前者通过出使中原沿途所见，真实地描绘了连年战乱造成的荒凉景象，后者借咏怀古人抒发了自己的感慨，诗中对古人性格特点把握精确，重点在议论，且议论每有独到之处，对后世的咏史诗有一定影响。

五君咏（五首选一）

阮步兵[1]

阮公虽沦迹，识密鉴亦洞[2]。
沉醉似埋照，寓辞类托讽[3]。
长啸若怀人，越礼自惊众[4]。
物故不可论，途穷能无恸[5]？

【注释】

〔1〕阮步兵：阮籍曾官步兵校尉，故称阮步兵。

〔2〕“阮公”二句：沦迹，指阮籍放浪形骸，不拘礼法。识密，识见细密深刻。鉴亦洞，鉴别人物事理准确且富有洞察力。

〔3〕“沉醉”二句：沉醉，阮籍以好饮酒著称，有时大醉旬日。埋照，有意隐藏聪明才干。寓辞，寓意于辞。托讽，在文辞中寄托己意暗示于人。作者在历史上第一个为阮籍诗作注，也是第一个指出《咏怀》诗讥刺时事的人。《文选》李善注引作者的诗说，阮籍“在晋文代，常虑祸患，故爱此咏”，与这两句意思一样。

〔4〕“长啸”二句：《世说新语·隐逸》：“阮步兵啸闻数百步。”上句本此。怀人，怀念同调之人。越礼，违背礼教。《晋书·阮籍传》称其“不拘礼教”，又说“礼法之士，疾之若仇”。《世说新语·任诞》记载了不少阮籍不拘礼教的事迹。

〔5〕“物故”二句：《晋书·阮籍传》说他“发言玄远，口不臧否人物”，作者认为这是因为他“常虑祸患”，不能对时事发表意见，故言“物故不可论”。“途穷”句，见《晋书·阮籍传》：“时率意独驾，不由

径路，车迹所穷，辄恸哭而反。”两句言阮籍内心痛苦之至，但又不能议论时事，因而只有靠途穷恸哭来发泄苦闷。

【解说】

本题诗共五首。五君，分别指阮籍、嵇康、刘伶、阮咸、向秀。

王僧达 （423—458）

王僧达，琅琊临沂（今山东临沂）人。宋元嘉（424—453）年间入仕，孝武帝时历官吴都太守、临淮太守、中书令等职，后因事忤孝武帝，被下狱死。存诗五首，其中颇有佳句，如“轻云出东岑，麦垅多秀色”（《答颜延年》），“远山敛氛祲，广庭扬月波”（《七夕月下》）。下面所选的《和琅琊王依古》中间四句“仲秋边风起，孤蓬卷霜根。白日无精景，黄沙千里昏”，也被人誉为“可抵一篇绝妙边塞诗”（吴淇《六朝选诗定论》）。

和琅琊王依古[1]

少年好驰侠，旅宦游关源[2]。
既践终古迹，聊讯兴亡言[3]。
隆周为薮泽，皇汉成山樊[4]。
久没离宫地，安识寿陵园[5]？
仲秋边风起，孤蓬卷霜根。
白日无精景，黄沙千里昏[6]。
显轨莫殊辙，幽途岂异魂[7]。
圣贤良已矣，抱命复何怨[8]？

【注释】

〔1〕琅琊王：不详。依古：是拟古的意思。

〔2〕“少年”二句：驰侠，驱马驰骋，仿效侠客。旅宦，犹言游宦。关源，指关中，因关中有渭源、沂源，故称。

〔3〕“既践”二句：终古迹，远古的遗迹。关中一带自西周以来就是华夏民族活动的中心区域，因言此地留下很多古人的遗迹。聊讯，姑且询问。兴亡言，有关历代兴废的话。

〔4〕“隆周”二句：隆周，强盛的周朝。薮泽，湖泊。皇汉，强大的汉朝。山樊，山岗。言昔日强盛的周朝、汉朝早已灭亡。

〔5〕“久没”二句：言昔日帝王的离宫、陵寝遗迹已荡然无存。寿陵，汉景帝的陵墓。

〔6〕“仲秋”四句：仲秋，立秋后的第二个月。精景，明亮的阳光。

〔7〕“显轨”二句：显轨，与下句的幽途对举，指人间之路。殊辙，不同的道路。两句言人生在世，都只能沿一条道路走完人生，到了阴间，彼此都是鬼魂，也就没有什么差别了。

〔8〕“圣贤”二句：言圣贤尚且不能违背生死的规律，我辈就更不必埋怨天命的安排了。

汤惠休 （生卒、里籍不详）

汤惠休，字茂远，本为僧人，法号惠休。通文辞，善诗歌，宋孝武帝令其还俗，官至扬州从事史。他的诗多写男女情思，以辞采绮艳著称。齐、梁人多将他与鲍照并称，如萧子显《南齐书·文学传论》："休、鲍后出，咸以标世。"其实这一说法出自颜延之，颜延之看不起汤惠休，又很忌妒鲍照，于是就把他们相提并论（见《诗品》引羊璿之语）。他曾入沙门而又喜作艳诗，因此很为人所注意。沈德潜说他："禅寂人作情语，转觉入微，微处亦可证禅也。"（《古诗源》）沈氏想把他的出身经历与诗歌创作倾向协调、统一起来，但读了他的诗却无论如何也难以相信他的诗中"情语"可以"证禅"。他的诗其实就是地道的情诗，写思妇闺怨，写歌女情怀，都很微妙传神。颜延之讥讽他的诗是"委巷中歌谣耳"（《南史·颜延之传》），俨然是士大夫蔑视里巷中人的口吻，但也很合乎实际情况，汤惠休诗歌好处全在吸收了南朝民歌的情韵，细腻、清新，在活泼中略显肤浅。

怨诗行

明月照高楼，含君千里光[1]。
巷中情思满，断绝孤妾肠[2]。
悲风荡帷帐，瑶翠坐自伤[3]。
妾心依天末，思与浮云长[4]。
啸歌视秋草，幽叶岂再扬[5]？
暮兰不待岁，离华能几芳[6]？
愿作张女引，流悲绕君堂[7]。
君堂严且秘，绝调徒飞扬[8]。

【注释】

〔1〕“明月”二句：从曹植《七哀诗》“明月照高楼，流光正徘徊”化出。曹植《杂诗》有“愿为南流景，驰光见我君”两句，作者反用其语，说月光中似乎包含了丈夫的情思。《古诗源》评曰：“只一起便是绝唱。”

〔2〕巷：里巷。

〔3〕瑶翠：女性的佩饰。这句说思妇梳妆整齐，但丈夫不在，无人赏识她的美丽，因而悲伤不已。

〔4〕“妾心”二句：天末，指游子所在。下句说思念之情就像天上的浮云一样悠长。

〔5〕“啸歌”二句：啸歌，语本《诗经·小雅·白华》：“啸歌伤怀，念彼硕人。”幽叶，《诗经·小雅·隰桑》：“其叶有幽。”传：“幽，黑色也。”这两句说看到萎落的秋草，不禁联想到自己的命运。

〔6〕“暮兰”二句：化用《古诗·冉冉孤生竹》：“伤彼蕙兰花，含英扬光辉。过时而不采，将随秋草萎。”不待岁，等不到年终。华，同“花”。

〔7〕“愿作”二句：张女引，古曲名，音调悲哀，潘岳《笙赋》：“辍张女之哀弹，流广陵之名散。”两句从曹植《七哀诗》“愿为西南风，长逝入君怀”化出。

〔8〕“君堂”二句：这两句本《七哀诗》：“君怀良不开，贱妾当何依？”绝调，悲哀欲绝的曲调。

【解说】

本题是乐府诗，属《相和歌辞》。诗中描写思妇闺怨，可看出曹植《七哀诗》的影响，但此诗更为哀怨缠绵，《古诗归》评为“妍而深，幽而动，艳情三昧。”

白纻歌[1]

琴瑟未调已心悲，任罗胜绮强自持[2]。
忍思一舞望所思，将转未转恒如疑[3]。
桃花水上春风出，舞袖逶迤鸾照日[4]。
徘徊鹤转情艳逸，君为迎歌心如一[5]。

【注释】

〔1〕《白纻歌》，南朝乐府，属《杂曲歌辞》。本题又作《秋风》《歌诗》。诗共三首，此选其一。诗中描写歌女的情思。

〔2〕“琴瑟”二句：言歌舞还没开始，但女子心里已很感伤。调，调音。罗、绮，女子的服装。强自持，勉强支持。后来白居易《琵琶行》的“转轴拨弦三两声，未成曲调先有情”，也许就是受这两句的启发。

〔3〕“忍思”二句：这两句描写女子起舞时的情态。舞是跳起来了，但心中对爱情充满疑惑，举手投足间都能看出她的心思。转，跳舞时的旋转动作。

〔4〕“桃花”二句：写女子舞姿之美。鸾照日，形容女子舞姿翩翩，犹如阳光下飞翔的鸾凤。

〔5〕“徘徊”二句：徘徊鹤转，形容女子舞蹈节奏慢了下来，像鹤一样地慢慢转动。艳逸，感情浓烈而外露。下句是女子的心愿，希望所爱的男子在合着歌舞节拍的同时能领会她的情意。迎歌，迎合歌舞的节拍。心如一，希望男子的心和自己的心一样。

谢庄（421—466）

谢庄，字希逸，陈郡阳夏（今河南太康）人，谢灵运之侄。七岁能文，时人有“蓝田生玉”之叹。历官宋文帝、孝武帝、明帝之朝，官至中书令，加金紫光禄大夫。他的诗有不少“应诏”“侍宴”之作，也有写景咏怀之诗，《诗品》评其诗“气候清雅”“兴属闲长”，很是中肯。《北宅秘园》是他的代表作，诗中描绘当时贵族别墅园林风光，幽静中略见疏野气象，蕴含不深但清新可读。值得注意的是他的长篇杂言诗，将三言、五言、七言和骚体融为一体，节奏富于变化，适合于抒写复杂丰富变化的感情。他的杂言诗不如同时人鲍照的歌行那样感情充沛，发扬蹈厉，但在推动杂言诗发展上同样有其贡献。

怀园引〔1〕

鸿飞从万里，飞飞河岱起〔2〕。
辛勤越霜雾，联翩溯江汜〔3〕。
去旧国，违旧乡，旧山旧海悠且长〔4〕。
回首瞻东路，延翮向秋方〔5〕。
登楚都，入楚关，楚地萧瑟楚山寒〔6〕。
岁去冰未已，春来雁不还〔7〕。
风肃幌兮露濡庭，汉水初绿柳叶青〔8〕。
朱光蔼蔼云英英，新禽喈喈又晨鸣〔9〕。
菊有秀兮松有蕤，忧来年去容发衰〔10〕？
流阴逝景不可追，临堂危坐怅欲悲〔11〕。
轩鸟池鹤恋阶墀，岂忘河渚捐江湄〔12〕？
试托意兮向芳荪，心绵绵兮属荒樊〔13〕。
想绿苹兮既冒沼，念幽兰兮已盈园。
夭桃晨暮发，春莺旦夕喧，
青苔芜石路，宿草尘蓬门〔14〕。
邅吾游夫鄢郢，路修远以萦纡〔15〕。
羌故园之在目，江与汉之不可逾〔16〕。
目还流而附音，侯归烟而托书〔17〕。
还流兮潺湲，归烟容裔去不旋〔18〕。
念卫风于河广，怀邶诗于瑟泉〔19〕。
汉女悲而歌飞鹊，楚客伤而奏南弦〔20〕。
或巢阳而望越，亦依阴而慕燕〔21〕。

咏零雨而卒岁，吟秋风以永年[22]。

【注释】

〔1〕引：本是一种歌曲名，后成为诗体名。乐府歌辞有以“引”名篇者，如《箜篌引》。本篇抒写故园之思，故名《怀园引》。

〔2〕“鸿飞”二句：以鸿飞万里起兴，比喻自己离开家乡，游宦在外。河岱，黄河和泰山，此指作者祖籍太康，太康在黄河以南，距黄河不远。

〔3〕江汜：江边。江指长江。作者曾为隋王诞后军参议，隋王为襄阳郡守，襄阳在汉水边，由汉水可通长江，故言上溯飞到江边。

〔4〕去：离开。旧国：即旧乡、故乡。

〔5〕“回首”二句：言回首瞻望东路的故乡，展翅飞向西边的地方。延翮，犹言展翅。秋方，西方。因襄阳在太康的西边。

〔6〕楚都：楚国都于郢（在今湖北江陵西北），史称郢都。作者任职的襄阳也是古楚国的疆域。

〔7〕“岁去”二句：已，完，此指河冰尚未融化。春天时大雁本应归还北方，此言雁不还，比喻留滞南方。

〔8〕“风肃”二句：风肃幌，风吹动帷幕。汉水初绿，言在襄阳过冬进入春天。

〔9〕“朱光”二句：朱光，红光，指日光，《尔雅》：“夏为朱明。”蔼蔼，光线昏暗的样子。英英，形容云层堆积的样子。嗜嗜，鸟的叫声。

〔10〕“菊有”二句：秀，花。蕤，枝叶茂盛的样子。忧来年去，忧思相加，岁月流逝。

〔11〕流阴逝景：岁月流逝。景：日光。

〔12〕“轩鸟”二句：轩鸟，即鹤。据《左传·闵公二年》记载，卫懿公喜鹤，鹤有乘轩的，故称。阶墀，阶下平台。河渚，河中小洲。捐，捐弃。江湄，江边。这两句说鹤固然不愿离开庭园台榭，但又怎能

忘记故乡水土？比喻自己虽游宦他乡，却时刻不忘故园。

〔13〕“试托”二句：托意，寄意。芳荪，芳香的荪草。荒樊，荒野。

〔14〕“想绿”六句：这六句都是想象故园荒芜的景象。冒沼，覆盖池沼。芜，丛生。宿草，旧草。尘，用作动词，遮蔽的意思。

〔15〕“遭吾”二句：遭，缓缓行步的样子。鄢，楚国地名，在襄阳东南，今湖北宜城附近。萦纡，弯曲的样子。

〔16〕“羌故”二句：羌，发语词，为骚体诗所特有。江与汉，长江与汉水：逾，逾越。

〔17〕“目还”二句：承上两句，言故园可望而不得归，于是回转目光，想请水流、归烟托去自己对故园的情思。附音，托附音讯。

〔18〕“还流”二句：这两句说流水、归烟都不解人意，不足寄托思乡之情。潺湲，水流的声音。容裔，烟徘徊上升的样子。旋，还。

〔19〕“念卫”二句：河广，《诗经·卫风》的篇名，诗言：“谁谓河广，一苇杭之；谁谓宋远，跂予望之。”《毛诗序》云：“宋襄公母归于卫，思而不止，故作是诗。”邶诗，指《诗经·邶风·泉水》，诗言：“毖彼泉水，亦流于淇。有怀于卫，靡日不思。”这两句说自己不禁想起古代怀乡的诗篇。

〔20〕“汉女”二句：西汉刘细君远嫁乌孙，作《悲愁歌》抒写思乡之情，诗中有“愿为黄鹄兮归故乡”之句，上句指此事。《左传·成公九年》记楚人钟仪被郑国所囚，送给晋国，晋君使钟仪弹琴，奏出的全是楚国音乐。晋人说：“乐操土音，不忘旧也。”下句指此事。两句借古人事表达自己的思乡之情。

〔21〕“或巢”二句：化用《古诗·行行重行行》：“胡马依北风，越鸟巢南枝。”巢阳，做巢于南面。依阴，靠着北面。燕，燕地，指北方。

〔22〕“咏零”二句：零雨，见《诗经·豳风·东山》：“我徂东山，滔滔不归。我来自东，零雨其濛。”这是一首写战士久戍还乡的诗。秋风，指汉武帝《秋风辞》：“秋风起兮白云飞，草木黄落雁南归。”永年，卒岁的意思。两句说归乡不可得，只好吟咏古人思乡怀归之作来排遣忧思。

鲍照 （？—466）

鲍照，字明远，东海（今山东郯城）人。家世寒微，元嘉十六年（439）二十多岁时，献诗于临川王刘义庆，得其赏识，被任为国侍郎。义庆病逝后，他自求解职，为其服丧。后被始兴王刘濬引为国侍郎，继而出任中书舍人、秣陵令等职。大明五年（461）为临海王刘子顼前军行参军。后子顼起兵响应晋安王反对宋明帝，兵败时，鲍照被乱兵杀死，约五十三岁。

钟嵘感慨鲍照"才秀人微，故取湮当代"（《诗品》），《宋书》《南史》都不为他立传，其生平仅附见于《南史·临川烈武王道规传》后。鲍照自己是"北州衰论，身地孤贱"（《拜侍郎上疏》），但又以"大丈夫"自许，说："大丈夫岂可遂蕴智能，使兰艾不辨，终日碌碌与燕雀相随乎？"（见《南史·列传第三》）他有一篇《飞蛾赋》，赞美"拔身幽草下"的飞蛾扑向高堂上的火烛："本轻死以邀得，虽糜烂其何伤。"很能体现出他的性格和追求。出身寒微而又心怀高举远扬之志，自然难免有许多贵公子或甘守贫贱之人都难以体会的痛苦愤激之情，体现在他的诗歌创作中，也就形成了在当时诗坛上很独特的声音。

鲍照诗的突出内容是抒写沉沦不遇的悲愤。这样的内容以前有不少人写过，但如果与鲍照相比，无论是感情的力度还是气势的强烈，都会显得有所不足。读了鲍照的《拟行路难》"泻水置平地""对案不能食"诸篇，对朱嘉所说的鲍照"倔强不肯甘心"就会有极亲切的体认。因为内心始终是"倔强不肯甘心"，他写边塞游侠渴望建功报国，写出征军人遭遇的坎坷不幸，甚而写闺中思妇的幽怨之情，笔下富含激情，汹涌澎湃。他把激情的抒发提到前所未有的程度，后人评论他的诗也都交口称赞他的"凌厉""壮丽豪放""抗音吐怀"，"如饥鹰独出，奇矫无前"。在感情强烈、喜用浓笔重彩方面，不仅以前和当时无人可与他相比，后世也大约只有李白等极少数的几个诗人与他相似。

鲍照诗中多有拟古之作，不少诗都以“拟”“代”为题，而从诗歌风格和表现手法、语言句法上看，他实际上是最有创新精神的诗人。以乐府诗而言，他的拟作有时用旧题而所写内容全然不同，有时内容等同旧作而风格大变，有时内容、风格与旧作相近而在语言和押韵形式上有创新。即使是在乐府诗语言和押韵形式这一个方面，他的诗也显出与众不同的特色，有全篇三言者，有四五杂言者、三七杂言者、五七杂言者，有全篇七言者，有的一韵到底，有的中间转韵，有的逐句押韵，等等。特别值得一提的是他第一个大量写作七言乐府诗，他的七言乐府诗占到刘宋时代同类诗作的五分之二，而且多是声情并茂的佳作，对后人有明显的影响。在七言歌诗的发展过程中，鲍照起到了承先启后的重要作用，王夫之就说：“七言之制，断以明远为祖何？前虽有作者，正荒忽中鸟径耳。柞棫初拔，即开夷庚，明远于此，实已范围千古。”（《古诗评选》）沈德潜更说他所有的乐府诗都“如五丁凿出，开人世所未有”（《古诗源》）。此外，鲍照还写过一些或绮丽或清新的言情诗，对南朝文人的言情诗甚至艳情诗都有影响。萧子显《南齐书·文学传论》云：“发唱惊挺，操调险急，雕藻淫艳，倾炫心魄，亦犹五色之有红紫，八音之有郑卫，斯鲍照之遗烈也。”鲍照的诗大部分虽非“雕藻淫艳”。然确有此类诗作，今人亦不必为之讳言。

代放歌行

蓼虫避葵堇，习苦不言非[1]。
小人自龌龊，安知旷士怀[2]。
鸡鸣洛城里，禁门平旦开[3]。
冠盖纵横至，车骑四方来[4]。
素带曳长飙，华缨结远埃[5]。
日中安能止，钟鸣犹未归[6]。
夷世不可逢，贤君信爱才[7]。
明虑自天断，不受外嫌猜[8]。
一言分珪爵，片善辞草莱[9]。
岂伊白璧赐，将起黄金台[10]。
今君有何疾，临路独迟回[11]？

【注释】

〔1〕“蓼虫”二句：蓼虫，生长在蓼上的虫。蓼，植物名，叶味辛辣。葵堇，即堇葵，又名堇，叶如细柳，味甜。《尔雅·释草》：“《楚辞》曰：‘蓼虫不知徙乎葵菜。’言蓼辛葵甘，虫各安其故，不知迁也。”非，一作“排”。两句以蓼虫习惯蓼的辛辣而不愿迁居味甜的堇葵起兴，引出下文。

〔2〕“小人”二句：龌龊，局狭的样子。旷士，心胸旷达之士。这两句以蓼虫不避其苦比拟旷达之士的不事钻营，然此种胸怀自非龌龊小人所能理解。

〔3〕“鸡鸣”二句：洛城，洛阳，东周以来多建都于此，故借以泛指京城。禁门，皇宫之大门。古代天子所居叫禁中，门设禁尉，不是侍御之臣不得随便进入，故称禁门。平旦，天亮时。

〔4〕“冠盖”二句：冠盖，冠冕和车盖，用来代指官宦。车骑，亦代指官宦。

〔5〕“素带”二句：素带，古大夫所用的衣带。曳长飚，形容官宦们行走时衣带飘舞的样子。长飚，长风。华缨，用彩色丝线做成的帽缨。结远埃，是说官宦风尘仆仆，帽子的带子上都沾满了远方的尘土。

〔6〕“日中”二句：这两句写官宦忙于钻营奔竞的情况，中午在忙碌，深夜仍未归来。钟鸣，指深夜戒严之后。崔元始《正论》：“永宁诏曰：‘钟鸣漏尽，洛阳中不得有行者。’”（《文选》李善注引）

〔7〕“夷世”二句：这两句至结尾的八句都是作者摹拟朝臣口吻说的话，与上面的“小人自龌龊，安知旷士怀”相呼应。夷世，太平盛世。不可逢，犹言难能碰上。信，确实、实在。

〔8〕“明虑”二句：天，指君。这两句说英明的考虑出自天子自己决断，不会受外人言论影响而引起猜疑之心。

〔9〕“一言”二句：承上两句，言朝政清明，士子只要有一言之美就可分得爵位和领地，只要有片善可取，就能入仕做官，辞别草野。珪，瑞玉，古代封官时赐珪。草莱，草野，辞草莱是不再当平民的意思。

〔10〕“岂伊”二句：上句用《史记·平原君虞卿列传》记虞卿说赵孝成王，“一见赐黄金百镒、白璧一双”事。岂伊，犹岂但，伊，语助词。下句用燕昭王筑黄金台招揽天下贤士的故事。黄金台，故址在今河北易县东南。

〔11〕“今君”二句：疾，患。路，指仕途。迟回，迟疑不决、徘徊不前的样子。王闿运评此诗：“起四句直说，有倜傥恢奇之势。未竟无答语，竟住，所以妙。”（《鲍参军集注》引）

【解说】

《放歌行》，属《相和歌·瑟调曲》，亦名《孤子生行》。本篇先言小人不知旷达之士的怀抱，中间描写洛阳城中官宦忙于钻营奔竞的情况，最后写朝臣询问旷士为何独不入仕，寄寓作者对热衷名利之辈的讽刺。

代白头吟

直如朱丝绳，清如玉壶冰〔1〕。
何惭宿昔意，猜恨坐相仍〔2〕？
人情贱恩旧，世议逐衰兴〔3〕。
毫发一为瑕，丘山不可胜〔4〕。
食苗实硕鼠，玷白信苍蝇〔5〕。
凫鹄远成美，薪刍前见陵〔6〕。
申黜褒女进，班去赵姬升〔7〕。
周王日沦惑，汉帝益嗟称〔8〕。
心赏犹难恃，貌恭岂易凭〔9〕。
古来共如此，非君独抚膺〔10〕。

【注释】

〔1〕“直如”二句：上句言人正直、直爽，暗用古谣“直如弦，死道边”（《后汉书·五行志》）。丝绳，琴弦。桓谭《新论》：“神农始削桐为琴，绳丝为弦。”下句言品格高洁，应劭《风俗通》：“言人清高如冰之洁。”陆机《汉高祖功臣颂》：“心若怀冰。”

〔2〕“何惭”二句：宿昔，犹言向来。坐，因。相仍，相加。言一向不曾愧对其人，不知为何接连遭其猜疑忌恨。

〔3〕“人情”二句：言世俗人情对过去的恩情看得很淡，世人的议

论也是趋炎附势。旧，过去、昔日。衰兴，指地位的高低。

〔4〕“毫发”二句：言稍有缺陷，则被人加以夸大渲染。毫发，指细微的言行。瑕，本指玉中赤色斑点，此指缺点、过失。丘山不可胜，比丘山还重。语本《戟铭》：“山陵之祸，起于毫芒。”

〔5〕“食苗”二句：言进谗小人犹如硕鼠、苍蝇。上句用《诗经·魏风·硕鼠》“硕鼠硕鼠，无食我苗，三岁贯女，莫我肯劳”。下句用《诗经·小雅·青蝇》“营营青蝇，止于樊。岂弟君子，无信谗言”。郑注：“蝇之为虫，汗白使黑，汗黑使白，喻佞人变乱善恶也。”信，实。

〔6〕“凫鹄”二句：《韩诗外传》：“田饶事鲁哀公而不见察，谓哀公曰：‘夫鸡，头冠，文也，足有距，武也；见敌敢斗，勇也，有食相呼，仁也；夜不失时，信也。鸡有五德，君犹日瀹而食之者，以其所来近也。夫黄鹄一举千里，出君园池，食君鱼鳖，啄君稻粱，无此五者而贵之，以其所从来远也。’”上句语意本此。《史记·汲郑列传》记汲黯对汉武帝言：“陛下用群臣，如积薪，后来者居上。”下句语言本此。凫鹄，鸣鹄，即雁。薪刍，柴。见陵，被陵，被遗弃的意思。

〔7〕“申黜”二句：申黜，申指申女，周幽王的王后，后因幽王得褒姒而被废黜。褒女，褒姒。班去，班指班婕妤，初为汉成帝所宠爱，后成帝得赵飞燕，班婕妤遂失宠。赵姬，赵飞燕。

〔8〕“周王”二句：承上两句，言周幽王终因宠信褒姒而导致大祸，成帝亦因赵飞燕而日益沉溺于声色享乐之中。沦惑，指幽王沉沦在女色迷惑之中。嗟称，指成帝醉心于欣赏女色。嗟称，犹言赞叹。

〔9〕“心赏”二句：心赏，内心的赏识。貌恭，外表的谦恭。两句意谓人情难测，真实的友情尚且会发生变化，表面的客气有礼更不足为依凭。

〔10〕“古来”二句：共，都。两句言人情难测，古今相同，因小人进谗而遭遇不幸的历来大有人在。清人方东树评此诗：“‘人情’十句说情事，名理奔赴，触处悟道，可当格言。”（《昭昧詹言》）

【解说】

《白头吟》相传为卓文君所作，属乐府《相和歌·楚调曲》。郭茂倩说："古辞'皑如山上雪，皎若云间月'，言良人有两意，故来与之相决绝。次言于沟水之上叙其本情，终言男儿当重意气，何用于钱刀言。若鲍照'直如朱丝绳'，自伤清直芬馥，而遭铄金点玉之谤，与古文近焉。"(《乐府诗集》)本篇拟《白头吟》，感叹人情难测，忠直之士反不为世人所容。

代出自蓟北门行

羽檄起边亭，烽火入咸阳[1]。
征骑屯广武，分兵救朔方[2]。
严秋筋竿劲，虏阵精且强[3]。
天子按剑怒，使者遥相望[4]。
雁行缘石径，鱼贯度飞梁[5]。
箫鼓流汉思，旌甲被胡霜[6]。
疾风冲塞起，沙砾自飘扬，
马毛缩如猬，角弓不可张[7]。
时危见臣节，世乱识忠良。
投躯报明主，身死为国殇[8]！

【注释】

〔1〕"羽檄"二句：羽檄，紧急的军事公文，《汉书·高帝纪》："吾

以羽檄征天下兵。”边亭，边境上的亭侯，用来驻兵观察敌军动向的建筑。烽火，边境上用以告警的烟火。咸阳，秦国的都城，此泛指京城。这两句中的“羽檄”“烽火”，为后来唐代边塞诗中最为常见的意象。

〔2〕“征骑”二句：征骑（jì），征调骑兵。屯，驻军防守。广武，县名，故城在今山西代县西。朔方，郡名，辖有今内蒙古自治区境内、黄河以南之地。

〔3〕“严秋”二句：严秋，肃杀的秋天。筋竿，指弓箭，筋为弓弦，竿指箭杆。虏阵，敌军阵营。

〔4〕“天子”二句：言皇帝闻警震怒，即遣使发兵御敌，使者纷纷上路。按剑怒，形容皇帝震怒的样子。

〔5〕“雁行”二句：雁行，如雁飞排列成行。鱼贯，如鱼游前后相贯。均用来形容军队行进的情况。石径，石路。飞梁，桥梁。石和飞字都是为了增加诗句的力度。

〔6〕“箫鼓”二句：箫鼓，指军中乐器。流汉思，流露出汉人的思乡之情。被，犹披。

〔7〕“疾风”四句：这是作者有名的句子，被朱熹称赞为“分明说出边塞之状，语又峻健”（《朱子语类》）。冲塞起：形容风势迅猛有力。沙砾自飘扬，也是写风力之大。唐代岑参《走马川行奉送出师西征》也着力刻画边塞的大风：“轮台九月风夜吼，一川碎石大如斗，随风满地石乱走。”缩如猬，蜷缩如刺猬。《文选》李善注引《西京杂记》：“元封二年，大雪深五尺，野鸟兽皆死，牛马蜷缩如猬。”此处用以极言边境风力强劲。角弓，弓背附以兽角装饰的强弓。

〔8〕“时危”四句：抒发从军将士慷慨赴国难的情怀。节，节操。国殇，为国战死、牺牲。屈原《九歌·国殇》：“身既死兮神以灵，魂魄毅兮为鬼雄。”言从军将士正有如此决心。

【解说】

《乐府诗集》以本篇属《杂曲歌辞》，说：“曹植《艳歌行》曰：‘出自蓟北门，遥望胡地桑。枝枝自相值，叶叶自相当。’《乐府解题》曰：‘《出自蓟北门行》，其致与《从军行》同，而兼言燕、蓟风物及突骑勇悍之状。’”清人朱乾《乐府正义》则云：“《出自蓟北门》本曹植《艳歌》，与从军无涉。自鲍照借言燕蓟风物及征战辛苦，竟不知此题为《艳歌》矣。盖乐府有转有借，转者就旧题而转出新意，借者借前题而裁以己意。拟古者须识此二义，然后可以参变。未可泥解题之说，而忘却《艳歌》本旨也。”朱乾对本篇不合于乐府旧题内容颇不以为然，其实这正是本篇创新之处和成就所在。诗中写北方边境告急，军队北进迎敌，描绘了北方的严酷气候和从军将士慷慨赴国难的激情，从内容到诗歌的风格，都为后来唐代的边塞诗开了先声。正如王闿运评论此诗所说：“作边塞诗，用十二分力量，是唐人所祖。”（《鲍参军集注》引）蓟，故燕国，在今北京一带。

拟行路难（十八首选六）

其一

奉君金卮之美酒，瑇瑁玉匣之雕琴，
七采芙蓉之羽帐，九华蒲萄之锦衾〔1〕。
红颜零落岁将暮，寒光宛转时欲沉〔2〕。
愿君裁悲且减思，听我抵节行路吟〔3〕。
不见柏梁铜雀上，宁闻古时清吹音〔4〕？

【注释】

〔1〕“奉君”四句：奉，奉上。君，以歌者的口吻对读者的称呼。卮，酒杯。瑇瑁，即玳瑁，一种龟甲，可作装饰品。七采芙蓉、九华蒲

萄，均指花纹图案。羽帐，用翠鸟羽毛做成的帐。锦衾，锦做的被子。这四句言献上四种美好珍贵的东西，酒可消愁，琴可解忧，羽帐、锦衾可供安卧，都是可以排遣忧愁的佳品。

〔2〕“红颜”二句：红颜，青春的容颜。上句从《楚辞·离骚》“惟草木之零落兮，恐美人之迟暮”化出。寒光，月光。宛转，转动。

〔3〕“愿君”二句：裁悲、减思，都指减少悲伤。思，悲。抵节，歌唱时击鼓以为节拍。抵（zhǐ），侧击。节，即拊鼓，一种打击乐器。行路吟，吟唱《行路难》的歌曲。

〔4〕“不见”二句：柏梁、铜雀，都是台名，柏梁台为汉武帝所建，在长安，因以香柏为台，故名。铜雀为曹操所建，在邺城西北。两台均为君臣宴饮歌咏之处。宁，岂。清吹音，清越的歌吹声。两句说歌声易逝，时不再来，故且来听我高歌一曲。

【解说】

《行路难》本是汉代歌谣，后人归于《杂曲歌辞》。郭茂倩说：“《乐府解题》曰：‘《行路难》备言世路艰难及离别悲伤之意，多以君不见为首。’按《陈武别传》曰：‘武常牧羊，诸家牧竖有知歌谣者，武遂学《行路难》。’则所起亦远矣。”《晋书·袁崧传》：“旧歌有《行路难》曲，辞颇疏质。（袁）山松好之，乃文其辞句，婉其节制，因酣醉纵歌之，听者莫不流涕。”袁山松是东晋末人，年辈稍长于作者，民间流行的《行路难》经过了他的改造，但他所作的歌辞未能流传下来。后人拟作《行路难》，都取法于鲍照的《拟行路难》。本题共十八首，因最后一首有“余当二十弱冠辰”之句，一般都认为这组诗是作者二十岁时所作。但也有人认为其中夹有三十岁左右时的作品。这组诗是作者的代表作之一，宋人许顗说是：“壮丽豪放，诗中不可比拟，大似贾谊《过秦论》。”（《许彦周诗话》）本篇原列第一，是一篇序诗，以歌者的口吻，说岁月易逝，徒悲无益，且听一曲行路难的高歌。

其二

璇闺玉墀上椒阁，文窗绣户垂绮幕[1]。
中有一人字金兰，被服纤罗蕴芳藿[2]。
春燕差池风散梅，开帏对影弄禽爵[3]。
含歌揽涕恒抱愁，人生几时得为乐[4]？
宁作野中之双凫，不愿云间之别鹤[5]。

【注释】

〔1〕“璇闺”二句：璇闺，用璇装饰的闺房之门。璇，略次于玉的美石。玉墀，玉石砌的台阶。椒阁，闺房，椒是花椒，古代后妃及贵妇人居处，以椒和泥涂壁，取以香而温暖，谓之椒房。文窗绣户，雕有花纹的窗户。幕，帷幕。两句渲染女子居处的华丽。

〔2〕“中有”二句：字金兰，女子取字为金兰，来自《易·系辞》：“二人同心，其利断金；同心之言，其臭如兰。”暗喻其人向往坚贞的爱情。纤罗，纤细的绸衣。蕴芳藿，言女子身上充满芳香的香草气息。蕴，积。藿，藿香，一种香草，古人佩带在身上增加香气。

〔3〕“春燕”二句：春燕差池，形容燕子高低飞翔的样子，语本《诗经·邶风·燕燕》：“燕燕于飞，差池其羽。”差池，即参差，不齐貌。风散梅，风把梅子吹落下来，暗用《诗经·召南·摽有梅》，喻盛年将过。对影，一作“对景”。禽爵，一种酒器。爵，一作“雀”。

〔4〕“含歌”二句：言心中忧伤，歌声含而不发，想到人生欢乐的日子太少了。含歌，歌唱时声音含而不吐。揽涕，收泪。

〔5〕“宁作”二句：凫，野鸭。别鹤，失偶的孤鹤。古代以鹤为高贵的鸟，凫则低贱得多。两句说宁愿贫贱而夫妻团聚，不愿富贵而失偶。

【解说】

本篇原列第三。诗中写一位贵族女子，生活优裕，服饰华美，但不堪寂寞，宁愿抛弃富贵而得到热烈的爱情。余冠英《汉魏六朝诗选》谓：“诗中所咏的女子似是小家碧玉，嫁在富贵之家，但不忘旧日的爱人。”也有人认为本篇与唐代王昌龄《闺怨》诗“闺中少妇不知愁，春日凝妆上翠楼。忽见陌上杨柳色，悔教夫婿觅封侯”命意相同。但如果把本题的第二首与本篇合在一起读，可看出这前后两首诗似乎是写同一个女子：“洛阳名工铸为金博山，千斫复万缕，上刻秦女携手仙。承君清夜之欢娱，列置帏里明烛前。外发龙鳞之丹采，内含麝芬之紫烟。如今君心一朝异，对此长叹终百年。”上一首诗是写女子夜间不寐，因为“君心一朝异”，本篇写女子白天沉思，自觉“野中之双凫”犹胜于“云间之别鹤”；上一首是深夜长叹，本篇是日间遐想。看来诗中女子的身份当是一位贵族妇女，而且是遭到丈夫冷遇的贵族妇女。

其三

泻水置平地，各自东西南北流〔1〕。
人生亦有命，安能行叹复坐愁〔2〕！
酌酒以自宽，举杯断绝歌路难〔3〕。
心非木石岂无感？吞声踯躅不敢言〔4〕！

【注释】

〔1〕“泻水”二句：这是作者的名句，“起手无端而下，如黄河落天走东海也。”（沈德潜《古诗源》）泻水，倾水。两句语本《世说新语·文学》：“殷中军问：‘自然无心于禀受，何以正善人少恶人多……’刘尹答曰：‘譬如写水著地，正自纵横流漫，略无正方圆者。’一时绝叹，以

为名通。”

〔2〕安能：岂能。

〔3〕“举杯”句：承上句，言举杯饮酒自我宽慰，停止歌唱这慷慨不平的《行路难》之曲。断绝，停止歌唱。

〔4〕吞声：欲言而又止。王夫之谓此诗：“言愁不及所事，正自古今凄断。”（《鲍参军集注》引）沈德潜也说：“妙在不曾说破，读之自然生愁。”（《古诗源》）

【解说】

本篇原列第四，诗中抒写一种压抑不住而又不敢畅言的痛苦，语极悲痛。

其四

对案不能食，拔剑击柱长叹息[1]。
丈夫生世会几时？安能蹀躞垂羽翼[2]！
弃置罢官去，还家自休息。
朝出与亲辞，暮还在亲侧。
弄儿床前戏，看妇机中织[3]。
自古圣贤尽贫贱，何况我辈孤且直[4]！

【注释】

〔1〕案：放食器的小几。

〔2〕“丈夫”二句：会，当、能。一作“能”。蹀躞（dié xiè），小步行走的样子。垂羽翼，形容精神颓丧、萎靡不振。

〔3〕“朝出”四句：这四句写“还家自休息”后的情况，言与父母妻儿相聚，看似天伦之乐，实则暗寓遗恨，因为大丈夫本应建功立业，

志在四海而不应局促于家室之中。后来江淹《恨赋》的一段正可作此四句的注脚：“至乃敬通见抵，罢归田里。闭关却扫，塞门不仕。左对孺人，右顾稚子。脱略公卿，跌宕文史。赍志没地，长怀无已。”

〔4〕孤：谓族寒势孤，即作者《拜侍郎上疏》自言的“身地孤贱”。

【解说】

本篇原列第六，抒写仕途沉沦不得志的悲愤。诗中提到“弃置罢官去”，有可能是指元嘉二十一年（444）因临川王去世辞去国侍郎职，这年作者三十一岁。

其五

愁思忽而至，跨马出北门。
但见松柏园，荆棘郁蹲蹲〔1〕。
中有一鸟名杜鹃，言是古时蜀帝魂〔2〕。
声音哀苦鸣不息，羽毛憔悴似人髡〔3〕。
飞走树间啄虫蚁，岂忆往日天子尊〔4〕？
念此死生变化非常理，中心恻怆不能言〔5〕。

【注释】

〔1〕“愁思”四句：这几句本《古诗》“出郭门直视，但见丘与坟。古墓犁为田，松柏摧为薪”而加以变化。松柏园，指墓地，古代墓地多植松柏。蹲蹲，一作“樽樽”，草木丛聚茂密的样子。

〔2〕“中有”二句：《华阳国志》载，古代蜀地有王名杜宇，号望帝，因其丞相开明除水患有功，遂禅位于开明，自己隐居西山。蜀人听到杜鹃鸣叫就想念杜宇，因传说他死后魂灵化为杜鹃。这两句所述即本此传说。

〔3〕髡（kūn）：剃掉头发。

〔4〕“飞走”两句：言杜鹃在林中以虫蚁为食，它岂能回想起往日贵为帝王的生活？

〔5〕“念此”二句：非常理，不寻常的道理。中心，犹言心中。

【解说】

本篇原列第七，诗中感慨人生易尽，富贵无常。前人认为诗中别有寄托，一说是伤晋恭帝被迫禅位于刘裕，终被害死；一说指傅亮等人废宋少帝，又将其杀害之事。

其六

君不见少壮从军去，白首流离不得还。
还乡窅窅日夜隔，音尘断绝阻河关〔1〕。
朔风萧条白云飞，胡笳哀急边气寒。
听此愁人兮奈何，登山远望得留颜〔2〕。
将死胡马迹，能见妻子难〔3〕！
男儿生世坎坷欲何道，绵忧摧抑起长叹〔4〕。

【注释】

〔1〕窅窅（yǎo）：遥远。

〔2〕“听此”二句：上句语本《楚辞·九歌·大司命》：“愁人兮奈何。”下句言登山眺望，庶几可以减少思乡之苦。留颜，留住容颜不使变老。

〔3〕“将死”二句，言将死在边塞，很难再见到妻子儿女。胡马迹，指边关。

〔4〕“男儿”二句：坎坷，一作“轲”。绵忧，绵长不尽的忧愁。

摧抑，悲凉压抑。

【解说】

本篇原列第十四，通篇以征夫口吻，抒发出征将士有家难归的痛苦情怀。

梅花落

中庭杂树多，偏为梅咨嗟〔1〕。
“问君何独然〔2〕？”“念其霜中能作花。
露中能作实，摇荡春风媚春日〔3〕。
念尔零落逐寒风，徒有霜华无霜质〔4〕。”

【注释】

〔1〕“中庭”二句：中庭，庭中。 咨磋，赞叹。

〔2〕“问君”句：这句模拟杂树的口气，问作者何以独独赞赏梅花。 君，指作者。

〔3〕“念其”三句：从“念其”句开始，都是作者的答辞。 其，指梅树。

〔4〕这句说杂树春天枝叶摇曳，繁华盛开，似乎有意取媚于春天。

〔5〕“念尔”二句：尔，指杂树。 霜华，以遍地为霜比喻杂树花色茂盛。 霜质，凌霜傲寒之性。 沈德潜很欣赏本篇押韵富有变化，说：“以‘花’字联上‘嗟’成韵，以‘实’字联下‘日’字成韵，格法甚奇。”（《古诗源》）

【解说】

《梅花落》，乐府曲名，属汉代《横吹曲》。郭茂倩说：“《梅花落》，本笛中曲也。按唐《大角曲》亦有《大单于》《小单于》《大梅花》《小梅花》等曲，今其声犹有存者。”（《乐府诗集》）朱乾则云：“《梅花落》，春和之侯；军士感物怀归，故以为歌……此诗虽佳，无涉于军乐。”（《乐府正义》）本篇用汉乐府军乐旧题，借赞美梅花歌咏志士的坚贞，内容完全不同于旧作。余冠英《汉魏六朝诗选》说本篇与《拟行路难》诸首：“题是乐府旧题，诗体却是前所未见的七言或以七言为主的杂言。这种诗体是整齐的五言诗和旧体七言诗的解放，鲍照的慷慨奔放的感情得到这种最适合的表达形式之后就更显出风起云飞的异采。对于后代诗人（如李白）影响最大的也就是这一类。”

代雉朝飞

雉朝飞，振羽翼，专场挟雌恃强力〔1〕。
媒已惊，翳又逼，蒿间潜彀卢矢直〔2〕。
刎绣颈，碎锦臆，绝命君前无怨色〔3〕。
握君手，执杯酒，意气相倾死何有〔4〕？

【注释】

〔1〕“雉朝”三句：雉，野鸡。专场，场是射雉人布置的场所，专场是形容雄雉勇猛，独占此场地。挟雌，挟带着雌雉，即下句所说的“媒”。恃，凭借。

〔2〕“媒已”三句：媒，指用以诱惑野鸡的雉，为射雉人所豢养。惊，形容媒雉见来者勇猛，受到惊吓。翳，隐蔽，此指隐蔽在旁边的射雉人。逼，近。彀（gòu），拉开的弓弩。卢矢，黑色的箭。

〔3〕“刎绣”三句：言雄雉虽被射身死，然而死无怨悔。

〔4〕“握君”三句：由上文引申，言意义相投的少年彼此握手言欢，举杯痛饮，此时即便为对方而死亦无所畏惧。

【解说】

本篇属乐府《琴曲歌辞》。崔豹《古今注》说：“《雉朝飞》者，牧犊子所作也。齐处士，湣、宣时人，年五十无妻。出薪于野，见雉雄雌相随而飞，意动心悲，乃作《朝飞》之操。”郭茂倩《乐府诗集》则说：“《雉朝飞》操，一作《雉朝雊》操。扬雄《琴清英》曰：‘《雉朝飞》操，卫女傅母之所作也。卫侯女嫁于齐太子，中道闻太子死，问傅母曰：“何如？”傅母曰：“且往当丧。”丧毕，不肯归，终之以死。傅母悔之，取女所自操琴，于冢上鼓之。忽二雉俱出墓中，傅母抚雉曰：“女果为雉耶？”言未毕，忽然不见。傅母悲痛，援琴作操，故曰《雉朝飞》。’”两说不同，作者似主要受扬雄《琴清英》影响。本篇写雄雉为求偶而被射杀，然身死而无怨悔，借以歌颂少年意气相投，甘为知己赴死的气概。诗错杂三言、七言，节奏急促，基调亢奋有力，很能体现作者诗歌“操调险急”（《南齐书·文学传论》）的特点。

采菱歌

要艳双屿里，望美两洲间〔1〕。
袅袅风出浦，沉沉日向山〔2〕。

【注释】

〔1〕“要艳”二句：要，通“约”。艳，指女子，与下句的美同意。屿，水中小岛。

〔2〕“袅袅”二句：袅袅，形容风吹水面，声音回旋不绝。沉沉，一作“容容”。王夫之评此诗：“语脉如淡烟萦空，寒光表里。王江宁极意学此，犹觉敛舒未顺。”（《鲍参军集注》引）

【解说】

《采菱曲》是江南民歌，《乐府诗集》归入《清商曲·江南弄》。本题共七首，此为其四，写情人约会，日已西沉，而女子尚未露面。

代春日行

献岁发，吾将行〔1〕。
春山茂，春日明。
园中鸟，多嘉声。
梅始发，柳始青。
泛舟舻，齐棹惊〔2〕。
奏采菱，歌鹿鸣〔3〕。
微风起，波微生〔4〕。
弦亦发，酒亦倾。
入莲池，折桂枝。
芳袖动，芬叶披。
两相思，两不知〔5〕。

【注释】

〔1〕“献岁”二句：化用《楚辞·招魂》：“献岁发春兮，汩吾南征。”献岁，犹言开春。行，指都游。

〔2〕“泛舟”二句：舻，船。齐，一起。棹，一种划船工具，与桨相近。惊，指举掉划船时，引起一阵惊叫声。

〔3〕“奏采”二句：采菱，指江南民歌《采菱曲》。《尔雅翼》说《采菱曲》是在菱熟之时男女一边采菱一边唱和的歌。鹿鸣，指《诗经·小雅·鹿鸣》，是一首宴客的诗。

〔4〕“微风”二句：一作“风微起，波微生”；一作“微风起，微波生”。

〔5〕“两相”二句：这两句写青年男女之间初起的恋情，清人沈德潜以之与古《越人歌》的“心悦君兮君不知”相比，认为作者的这两句写得更为深婉。

【解说】

《乐府诗集》以本篇属《杂曲歌辞》。诗中写江南春初时节，青年男女郊游嬉戏的欢乐情景。清人张玉穀说此诗：“前十六（句）半写春节陆游之乐，半写春日水游之乐，皆就男边说。入莲四句，则就女边说，亦兼水陆，却即夏秋写景。后二（句）总收，醒出篇旨，声情何等骀宕！”（《古诗赏析》）

赠傅都曹别

轻鸿戏江潭，孤雁集洲沚〔1〕。

邂逅两相亲，缘念共无已〔2〕。

风雨好东西，一隔顿万里[3]。
追忆栖宿时，声容满心耳。
落日川渚寒，愁云绕天起[4]。
短翮不能翔，徘徊烟雾里[5]。

【注释】

〔1〕“轻鸿”二句：轻鸿，孤雁，分别比拟傅和自己。轻鸿可高举而飞，以此拟傅，含有称誉的意思；孤雁失群，用以自喻，与诗题中的“别”字相呼应。江潭，江边。洲沚，水中小洲。

〔2〕“邂逅”二句：邂逅，不期而遇。缘念，情意。无已，犹言无终极。这是追忆偶然相会的情况，并言彼此情趣相合。

〔3〕“风雨”二句：言犹如风雨或东或西，彼此行踪不定，一旦分开顿时有相别万里之感。好，喜好。

〔4〕“落日”二句：这两句写日落天寒，愁云满天，看似写景，实借景抒情。这种手法在六朝以前还不多见，至唐代才被普遍运用。渚，小洲。

〔5〕“短翮”二句：短翮，短小的翅膀。这里用以比喻自己的无助与处境困厄，与起句的鸿、雁比喻相照应。

【解说】

这是一首赠别之作。傅都曹，其人不详。旧说或以为指傅亮，误。都曹是官职名，《宋书·百官志》：“都官尚书领都官、水部，库部、功部四曹。”可知傅当时是都官尚书的下属。张玉穀说此诗当分“三层”：“前四（句）追念前日之偶聚契合，中四（句）正叙目前之忽散系思，后四（句）遥计后日之独居难聚。纯以鸿、雁为比，鸿喻傅，雁自喻，犹是古格。”（《古诗赏析》）

拟古（八首选二）

其一

幽并重骑射，少年好驰逐[1]。
毡带佩双鞬，象弧插雕服[2]。
兽肥春草短，飞鞚越平陆。
朝游雁门上，暮还楼烦宿[3]。
石梁有余劲，惊雀无全目[4]。
汉虏方未和，边城屡翻覆[5]。
留我一白羽，将以分虎竹[6]。

【注释】

〔1〕“幽并”二句：幽并，即幽州、并州，在今河北北部和山西中北部。幽并古多豪迈慷慨之士，民风尚武，故言重骑射。驰逐，驰骋追逐。这两句拟曹植《白马篇》“白马饰金羁，连翩西北驰。借问谁家子？幽并游侠儿”。

〔2〕“毡带”二句：毡带，北方人衣服多用羊毛织成，毡带是毛毡做的佩带。鞬，皮制的盛弓箭之器。象弧，象牙装饰的弓。雕服，彩绘的箭囊。两句写幽并少年的着装，以毡带示其为北方之人，以弓箭等显其尚武精神。

〔3〕“兽肥”四句：言初春季节，正是行猎的好时机，少年驰马如飞，到处行猎。飞鞚，犹言纵马驰骋。鞚是马勒。平陆，平原、草原。雁门，本为山名，秦置雁门郡，汉仍之，为北方边塞要地，郡治原在山西右玉，东汉移至今山西代县北。楼烦，汉代县名，在今山西朔县东。

〔4〕“石梁”二句：两句形容少年射术高超。上句用《阚子》：“宋景公使工人为弓，九年乃成。公曰：‘何其迟也？’工人对曰：‘臣不复见君矣，臣之精尽于此弓矣。’献弓而归，三日而死。景公登虎圈之台，援弓东面而射之，矢逾于西霜之山，集于彭城之东，其余力益劲，犹饮羽于石梁。”（《文选》李善注引）言弓箭强劲有力。下句用《帝王世纪》：“帝羿有穷氏与吴贺北游，贺使羿射雀。羿曰：‘生之乎？杀之乎？’贺曰：‘射其左目。’羿引弓射之，误中右目。羿抑首而愧，终身不忘。故羿之善射，至今称之。”此用以形容少年射术高超。

〔5〕“汉虏”二句：汉，汉人。虏，指北方异族。翻覆，指边城为双方所争夺，多次易手。

〔6〕“留我”二句：白羽，箭名。虎竹，指铜虎符和竹使符，都是汉代发兵遣使的凭信。符分为两半，右符留京师，左符给郡守或主将。分虎竹，犹言充任郡守、主将。两句言愿从军为郡守、将军，以保卫国家。

【解说】

本诗原题共八首，本篇原列第三。写幽、并少年的雄健尚武精神和立功报国的志愿。所拟当是曹植《白马篇》一类的诗歌。作者又有《代陈思王白马篇》一首。

其二

蜀汉多奇山，仰望与云平〔1〕。
阴崖积夏雪，阳谷散秋荣〔2〕。
朝朝见云归，夜夜闻猿鸣〔3〕。
忧人本自悲，孤客易伤情〔4〕。
临堂设樽酒，留酌思平生。
石以坚为性，君勿轻素诚〔5〕。

【注释】

〔1〕蜀汉：指巴蜀与汉中，《史记·六国表》："周之王以丰、镐，汉之兴自蜀、汉。"蜀汉是汉高祖刘邦借以统一天下的基础，也以山高路险著称。此言蜀汉多奇山，似乎是语意双关。

〔2〕"阴崖"二句：阴崖，山北之崖。阳谷，山南之谷。秋荣，秋花。

〔3〕"朝朝"二句：宋玉《高唐赋》："妾在巫山之阳，高丘之阻，旦为朝云，暮为行雨，朝朝暮暮，阳台之下。"上句暗用此几句。下句用民谣《三峡歌》："巴东三峡巫峡长，猿啼三声泪沾裳。"

〔4〕"忧人"二句：承上两句，但见云归，不见人来，所以说孤客易伤情；只闻猿鸣，不闻人声，故言悲自心来。

〔5〕"石以"二句：言石以坚硬为其本性，人也应当保持其本心，不为外物所移。君，以歌者的口吻称别人，也可包括作者。素诚，本来的性情。

【解说】

本篇原列第八，诗中咏物言志，先以山之高引出忧思，结以石之坚加以自勉。王闿运评此诗"宽博摇曳"，在其诗中别具一格（见《鲍参军集注》）。

鲍令晖（生卒年不详）

鲍令晖，鲍照之妹，以能诗名世。鲍照曾对宋孝武帝说：“臣妹才自亚于左棻，臣才不及太冲耳。”（见《诗品》）这多半不是真心话，因为刘宋君王多好文学，且很自负，鲍照就一向“为文章多鄙言累句”，丝毫不敢显露文才，提到自己和妹妹时自然也要刻意自贬，着意掩饰。以诗歌成就而言，鲍照不在左思之下，鲍令晖则显然高于左棻。她和鲍照一样喜作拟古诗，虽然不像哥哥那样激昂慷慨、词采壮丽，而清巧隽秀则有过之。她以女性诗人特有的细腻多情在这狭小天地中精雕细刻，所留的诗篇都不是粗制滥造之作，虽非名篇，亦足以见其才华。

代葛沙门妻郭小玉作

明月何皎皎，垂幌照罗茵〔1〕。
若共相思夜，知同忧怨晨〔2〕。
芳华岂矜貌，霜露不怜人〔3〕。
君非青云逝，飘迹事咸秦〔4〕。
妾持一生泪，经秋复度春〔5〕。

【注释】

〔1〕“明月”二句：化用《古诗·明月何皎皎》：“明月何皎皎，照我罗床帏。忧愁不能寐，揽衣起徘徊。”垂幌，帷帐。罗茵，席。

〔2〕“若共”二句：言此夜情景，仿佛是夫妻分别后彼此思念的景象，然细细一想，方确知这是不能重会之时。忧怨晨，指思妇独宿醒来之时。

〔3〕“芳华”二句：言自己绝不自恃有如花之貌，但时光无情，困厄迫人，毕竟在一天天衰老。矜貌，以外貌美丽而骄人。霜露，指严酷的生活环境。

〔4〕“君非”二句：青云，指远大的理想。飘迹，浪迹、漂泊。咸秦，咸阳是秦代都城，此代指京城。两句言丈夫别妻离乡并非怀抱青云之志，去京城谋求前程。言外之意是说丈夫不过是遁身于沙门，由此而抛下妻子，是不能成为理由的。

〔5〕“妾持”二句：言自己别无他法，只能以泪洗面，度此残生。

【解说】

这是作者代一位出家人的妻子抒发闺怨的诗。代人作诗言情的风气始于曹丕，他有《代刘勋出妻王氏作》两首，替一位因无子而被赶出家庭的女子王宋抒发幽怨。鲍照有不少诗题也冠以“代”字，但一般都是拟古题。本篇以一位被抛弃的妻子口吻叙述，与曹丕的诗相近。沙门，梵文音译，《维摩经》僧肇注：“沙门……义训勤行趋涅槃也。”后指依照戒律出家修道的僧人。《瑞应经》说：“沙门之为道，舍妻子，捐弃爱欲也。”但这种抛家舍妻的做法不合于中国文化的传统和习惯，所以南朝正统学者攻击佛教的一大根据就是僧侣舍弃家庭，不要后嗣。本篇不仅抒写一位被僧侣抛弃的女性的幽怨，也隐约可看出中国本土文化对佛教的抗拒心理。

吴迈远 （？—474）

吴迈远，籍贯不详，宋明帝时曾为江州从事。有诗名，极自负，据说他“每作诗，得称意语，辄掷地呼曰：‘曹子建何足数哉！’”（《南史·檀超传》）没有想到汤惠休比他更恃才傲物，竟当面对他说：“吾诗可为汝诗父！”他当然不甘心做子辈，于是谢庄出面调停：“汤可为庶兄。”（见《诗品》）他们两人的诗确乎相近，都以描摹男女情思为主，成就亦在伯仲之间，就清新活泼而言，汤惠休称兄可说是当之无愧。

飞来双白鹄

可怜双白鹄，双双绝尘氛[1]。
连翩弄光景，交颈游青云[2]。
逢罗复逢缴，雌雄一旦分[3]。
哀声流海曲，孤叫去江濆[4]。
岂不慕前侣，为尔不及群[5]。
步步一零泪，千里犹待君[6]。
乐哉新相知，悲来生别离[7]。
持此百年命，共逐寸阴移。
譬如空山草，零落心自知[8]。

【注释】

〔1〕“可怜”二句：可怜，可爱。 绝尘氛，形容飞得高，远离地上的尘埃。

〔2〕连翩：比翼而飞的样子。 光景：阳光。

〔3〕“逢罗”二句：言双白鹄中一只被射中，因而被迫分离。 罗，捕雀的罗网。 缴，射鸟的箭绳。

〔4〕“哀声”二句：海曲，海边。 江濆，江岸。

〔5〕“岂不”二句：前侣，前面飞行的成对的白鹄。 为尔，因自己伴侣。 不及群，不去追赶其它白鹄，孤独地飞翔。

〔6〕君：指被射的白鹄。

〔7〕“乐哉”二句：用《楚辞 · 九歌 · 少司命》：“悲莫悲兮生别离，乐莫乐兮新相知。”上句只是铺垫，强调是下句“生别离”。

〔8〕“持此”四句：言此生再无他求，唯静待光阴流逝，了此一生而已。寸阴，时光。零落，凋残。

【解说】

本篇为乐府诗，属《相和歌辞·瑟调曲》。乐府旧题又名《艳歌何尝行》或《双白鹄》，古辞写“雌病雄不能负之而去，虽遇谁相知，终伤生别也”（《乐府诗集》）。本篇仿古辞，以一双白鹄比喻一对经历不幸而又伉俪情深的夫妻。白鹄，即白天鹅。

长别离

生离不可闻，况复长相思〔1〕？
如何与君别，当我盛年时！
蕙华每摇荡，妾心长自持〔2〕。
荣乏草木欢，悴极霜露悲〔3〕。
富贵貌难变，贫贱颜易衰。
持此断君肠，君亦旦自疑〔4〕：
淮阴有逸将，折羽谢翻飞〔5〕；
楚有扛鼎士，出门不得归〔6〕；
正为隆准公，仗剑入紫微〔7〕。
君才定何如？白日下争晖〔8〕。

【注释】

〔1〕“生离”二句：从这两句开始到“富贵貌难变，贫贱颜易衰”，

都是妻子自述自己与丈夫别离后的痛苦与生活的艰难。

〔2〕“蕙华”二句：蕙，蕙兰草。华，同“花”。摇荡，摇曳于春风中，此以草木繁茂反衬自己的孤独。持，守，指忍受别离的痛苦。

〔3〕“荣乏”二句：这句说自己虽值盛年却没有欢乐。荣，花，比喻青春年岁。

〔4〕“持此”二句：此，指上面所说的话。下句引出后面的话。疑，犹言想一想，考虑考虑。这两句言我刚才所说的话已使你伤心，我还要再说几句话请你想一想。

〔5〕“淮阴”二句：言汉代淮阴侯韩信可谓杰出的将才，然而最后也不过是被汉高祖刘邦所害，结局并不好。逸将，非同寻常的将才。折羽，比喻韩信被刘邦残害，如同折翼的飞鸟。谢，辞谢。翻飞，鸟飞翔的样子。

〔6〕“楚有”二句：言昔日楚霸王项羽虽是力拔山气盖世的雄才，但也死于与刘邦争霸的战争中。扛鼎，语本《史记·项羽本纪》：“项籍长八尺余，力能扛鼎。”

〔7〕“正为”二句：上承前四句，言韩信、项羽不过以自己的才能，为刘邦的入主皇宫扫除了障碍。隆准公，指刘邦。《史记·高祖本纪》说刘邦相貌是“隆准而龙颜”，隆准即鼻梁高。紫微，星名，古代用以指帝王所居，犹言皇宫。

〔8〕“君才”二句：这两句说你的才能比韩信、项羽如何？韩信、项羽的结局尚且如此，才能不如他们的人结局就可想而知。下句以与太阳争辉比喻绝不可能比韩信、项羽的结局更好。

【解说】

本题属乐府《杂曲歌辞》。诗中以夫妻临别之际妻子劝解丈夫的口吻，抒写仕途不得志而强作自慰的心情。

萧道成 （427—482）

萧道成，字绍伯，祖籍东海兰陵（今山东枣庄东南），迁居武进（今江苏常州）。出身布衣素族，史家称他“少有大量，喜怒不形于色，深沉静默，常有四海之心”。在刘宋朝历任大司马参军、建康令，封齐公，升明三年（479）代宋称帝，史称齐高帝。存诗两首，下面所选的《群鹤咏》颇能反映他的性格。

群鹤咏

八风儛遥翮，九野弄清音[1]。
一摧云间志，为君苑中禽[2]！

【注释】

〔1〕“八风”二句：八风，八方之风。儛，同“舞”。遥翮，长翼。九野，犹九天，

〔2〕“一摧”二句：摧，摧折。云间志，翱翔青云的志愿，比喻作者的远大抱负。苑，林苑。

【解说】

本篇载《南史·荀伯玉传》。当时作者“都督北讨诸军事，镇淮阴。为宋明帝所疑，被征为黄门侍郎。深怀忧虑，见平泽有群鹤，命笔咏之”。

王融 （467—493）

王融，字元长，王俭从子。举秀才，历官竟陵王司徒法曹参军、中书郎兼主客郎等职。因图谋拥立竟陵王，被郁林王处死，死时仅二十七岁。

永明（483—493）末年在竟陵王萧子良的府邸集聚了一批文人，其中最有名的八位号称“竟陵八友”，包括王融和谢朓、沈约、任昉、范云、陆倕、萧衍、萧琛。“竟陵八友”是诗人、学者和政客混杂在一起的小团体，其中的萧衍后来代齐称帝，即梁武帝；王融很热衷政治，也最终因此而断送性命。“竟陵八友”在文学史上值得一提，这不仅是因为寿命短促的齐朝最优秀的诗人都名列其间，其中的萧衍、沈约等人把齐梁两朝文学联系起来，还因为诗歌史上有名的“永明体”主要出自“竟陵八友”之手。“永明体”把汉语语音抑扬变化运用在诗歌创作中，讲究四声平仄的配合，以使声调错综和谐，本身具有音韵之美。这对推动古代诗歌发展具有很重要的贡献。提倡“永明体”的主要理论家是沈约，而谢朓、王融等人则是最早运用声律理论进行创作的诗人。

王融很有才华，虽然早卒，却留下了百余首诗作。内容驳杂是其诗歌的显著特点之一。他有游仙诗，也有演绎佛理的诗；有“应诏”“应教”之类的歌功颂德之作，也有“药名诗”“县名诗”“星名诗”“回文诗”“双声”之类的游戏笔墨。也许是因为他的兴趣本来就不在诗文上，而醉心于政治和权术，创作本来就是遣兴和游戏。他的乐府诗一般都是借旧题写新意，继承了文人诗长于抒情的传统，把乐府诗写得情意绵绵，韵味悠长。其山水诗则语言清新，对仗工整，颇多佳句，如“巫山彩云没，淇上绿条稀”（《古意》），“林断山更续，洲尽江复开”（《江皋曲》），“高树升夕烟，层楼满初月”（《和南海王殿下》）。

临高台

游人欲骋望，积步上高台〔1〕。
井莲当夏吐，窗桂逐秋开〔2〕。
花飞低不入，鸟散远时来〔3〕。
还看云阵影，含月共徘徊〔4〕。

【注释】

〔1〕“游人”二句：骋望，极目远望。积步，累步。

〔2〕“井莲”二句：井莲，池中荷花。逐，随。

〔3〕“花飞”句：这句与前面的“高台”呼应，因为台很高，片片落花只在台下飘扬，飞不到台上来。

〔4〕“还看”二句：云阵影，指月光照在云层投下来的影子。云阵，一作“云栋”。含月，形容月亮在云中时隐时现的样子。两句暗示眺望已久，已到晚上。

【解说】

本题亦属《鼓吹曲·汉铙歌》，古辞写思乡之情，本篇描写登临所见景物，实为山水诗。

江皋曲

林断山更续，洲尽江复开[1]。
云峰帝乡起，水源桐柏来[2]。

【注释】

〔1〕“林断”二句：上句用民歌《那呵滩》的句法：“篙断当更续。”下句是很工整的对仗。

〔2〕“云峰”二句：帝乡，指京城。齐都建康，即今南京。桐柏，山名，在河南、湖北两省交界处，是淮河的发源地。

【解说】

本题为乐府诗，属《杂曲歌辞》。本篇写江淮之间的山水景物，短短四句，意境却很阔大。

张融 (444—497)

张融，字思先，吴郡（今江苏苏州）人。历仕宋、齐两朝，官至司徒左太史。他以言辞辩捷著称，而且举止颇为怪异：“行则曳步，翘则仰首，意制甚多。”故外出时“见者惊异，聚观成市”，而他泰然自若。齐高帝的评价是：“此人不可无一，不可有二。”他的诗文也有“缓诞放纵，有乖文体”的名声（《诗品》）。存诗仅四首，像其中的《萧史曲》及《赠何点》诗残句，都很能看出他的怪异，前一首想象奇特，后诗两句以责骂为诗，等于人身攻击。他与周颙相善，也参与了“永明体”的创制，其《别诗》即为“永明体”诗，无论声调情韵，与唐人五绝已无区别。

别诗

白云山上尽，清风松下歇。
欲识离人悲，孤台见明月。

【解说】

本篇构思新巧，题为“别诗”，但不写离别场面，也不直接抒发离思别绪，而是借助特定景象把离别之际的感受暗示给读者。三、四两句一问一答而又似乎答非所问的句法也很别致。

徐孝嗣 (453—499)

徐孝嗣，字始昌，东海郯（今山东郯城）人。在刘宋时拜驸马都尉，入齐官至尚书令。明帝卒，他奉命辅政，欲行废立，事泄被杀。存诗仅两首，王夫之评其诗“神情韵远，晋宋风流，此焉允托”（《古诗评选》），《白雪歌》可证实王氏的评语。

白雪歌

风闺晚翻霭，月殿夜凝明〔1〕。
愿君早流眄，无令春草生〔2〕。

【注释】

〔1〕“风闺”二句：言傍晚时分，风吹闺门，入夜以后，月色空明。翻霭，暮霭翻腾。凝明，形容月光皎洁，夜间宁静。

〔2〕“愿君”二句：流眄，犹言垂顾。眄是斜视，流眄是用眼光扫视一下，宫女地位卑微，不敢想象君王会正眼看自己。上句即汤惠休《白纻歌》“愿君流光及盛年”之意。下句化用淮南小山《招隐士》“王孙游兮不归，春草生兮萋萋”句意。君王若不来此殿，殿中自然荒芜长满杂草，“无令春草生”就是希望君王早日垂顾。

【解说】

诗题一作《琴歌》。据说《白雪歌》是“师旷所作商调曲”（见《乐府诗集》）。本篇写宫怨，刻画宫女的心理很是细腻委婉。

刘昶（435—498）

刘昶，字休道，宋文帝第九子，封晋熙王。宋前废帝刘子业即位后，怀疑他有异志，刘昶遂于永光元年（465）投奔北魏，后官至大将军。

断句诗[1]

白云满鄣来，黄尘暗天起[2]。
关山四面绝，故乡几千里？

【注释】

〔1〕断句：是联句未成仅得片断之句，此诗见载《南史》本传，说是作者在奔魏途中所作。

〔2〕鄣：边塞险要处的城堡。一作“障”。

谢朓 （464—499）

谢朓，字玄晖，祖籍陈郡阳夏（今河南太康），是东晋江南豪门谢家后裔，高祖为谢安之兄，母为宋文帝女长城公主。少年时即显露文才，有令名。初为豫章王参军，后为随王萧子隆镇西功曹，转文学，以文才出众而备受随王赏识。因人告密诬陷而被调还京都，为尚书殿中郎，掌中书诏诰。建武二年（495）出为宣城太守，后回朝任尚书吏部郎。后被诬参与谋反，下狱而死。

在“竟陵八友”中，谢朓诗名最高，在当时和后世都深得好评。沈约评其诗云：“二百年来无此诗。”萧衍自称：“三日不读谢诗，便觉口臭。”刘孝绰“常以谢诗置几案间，动静辄讽味”，足见其诗在齐梁时的声誉。后人对他的诗歌也很推崇，尤其是李白，“一生低首谢宣城”（王士禛《论诗绝句》），称谢诗中有“惊人语”，诗中多次提到谢朓，都是仰慕之情溢乎言表，如“解道澄江静如练，令人长忆谢玄晖”“我吟谢朓诗上语，朔风飒飒吹飞雨”“蓬莱文章建安骨，中间小谢又清发”。李白对其他前辈诗人还从未表示过如此强烈的倾慕之情。来自李白的激赏，其分量也就非同寻常。

不过，如果把谢朓放在整个魏晋南北朝诗坛的大家中间，例如和曹植、陶渊明、鲍照相比，会感到他的诗歌略显得单薄一些。不是才气不够，也不是缺乏名篇佳句，而是总的看来诗歌内涵并非很丰富深厚，固然能打动读者，却很难引起强烈的共鸣和长久的激动。清人陈祚明在评论谢朓诗时有一段相当精采的话：“玄晖去晋渐远，启唐欲近，天才既隽，宏响斯臻。斐然之姿，宣诸逸韶；轻清和婉，佳句可赓。然佳既在兹，近亦由是……恒见其高，未见其蹶。但嫌篇篇一旨，或病不鲜；幸造句各殊，岂相妨误？盖玄晖密于体法，篇无越思；揆有作之情，定归是柄。如耕者之有畔焉，逾是则不安矣。至乃造情述景，莫不取稳善调，理在人之意中，词亦众所共喻。而寓目之际，林木山川，能役字模形，稍增隽致。大抵运思使事，状物选词，亦雅亦安，无放无累；篇篇可诵，蔚为大家；首首无奇，未云惊代……”（《采菽堂古诗选》）以谢朓的才华和“篇篇可诵”的诗作，他本应有更高的成就；然而也正因只限于“篇篇可诵”，结果“首首无奇”，在整体上不能与曹植、陶渊明比肩而立。这不能不说是一个遗憾，其中道理也很耐人玩味。

谢朓的成就主要体现在山水诗和乐府诗创作上。他是继谢灵运之后又一位山水诗大家，而且在艺术上显然比谢灵运更见成熟。谢灵运山水诗虽说颇多佳句，但情景有时分离，即所谓“截分两撅”（《姜斋诗话》），诗作的后面常常拖着一条令人生厌的玄言诗尾巴，结构也比较呆板，往往是从早到晚历数一天游览所见，似乎唯恐有所遗漏，句子多对仗，却缺乏变化。谢朓诗中已经看不到这些毛病。他的山水诗突出的特点是情景交融，像“大江流日夜，客心悲未央”“朔风吹飞雨，萧条江上来”“江路西南永，归流东北骛”“秋河曙耿耿，寒渚夜苍苍”“鱼戏新荷动，鸟散余花落”“天际识归舟，云中辨江树”“云去苍梧野，水还江汉流”，都不仅是绝好的风景画，而且诗本身也是窥探作者心灵的窗口，能使人从中感受到作者的情绪。中国古代山水诗、山水画都很发达，而无论山水诗、山水画都不追求对自然景物真实、逼真地描摹，而是注重在其中表现作者特定的心理感受和情绪，讲究情景交融、物我合一。就山水诗的发展而言，它的辉煌顶点要在唐代才出现，但不可否认谢朓在推动山水诗艺术成熟上作出了特殊的贡献。长于抒情是谢朓诗的特点，在一些乐府诗中表现得尤其明显。此外，他在构思上很用心，选取的是最好的景物画面，不再作全景式地描述；语言很清新，有意配合声律，读来朗朗上口，因此沈约说他的诗“调与金石谐”（《伤谢朓》），后人也都纷纷称赞他的诗“有全篇似唐人者”（严羽《沧浪诗话》），“业已浸淫近体”（钟惺《古诗归》）。其实他是有自己的理论背景的，即好诗应该做到“圆美流转如弹丸”（见《南史·王昙首传附王筠传》）。

登高台

千里常思归，登台临绮翼[1]。
才见孤鸟还，未辨连山极。
四面动春风，朝夜起寒色[2]，
谁知倦游者，嗟此故乡忆[3]。

【注释】

〔1〕绮翼：绘有图案的飞檐。

〔2〕“四面”二句：这两句说时已入春，但早晚寒气犹存。古人说到春天多隐指还乡，本《楚辞·招隐士》：“春草生兮萋萋，王孙游兮不归。”

〔3〕倦游者：作者自指。

【解说】

本题为汉乐府旧题，属《鼓吹曲辞》。诗题一作《临高台》。

入朝曲

江南佳丽地，金陵帝王州[1]。
逶迤带绿水，迢递起朱楼[2]。

飞甍夹驰道，垂杨荫御沟[3]。
凝笳翼高盖，叠鼓送华辀[4]。
献纳云台表，功名良可收[5]。

【注释】

〔1〕“江南”二句：佳丽地，风景优美的地方。金陵，即建康（今南京）。当时是齐朝都城，故称帝王州。

〔2〕迢递：绵延不绝的样子。朱楼：富家贵宅。

〔3〕“飞甍”二句：飞甍，指宫殿屋脊。驰道，古代专供帝王行驶车马的大道。御沟，宫墙外的水沟。

〔4〕“凝笳”二句：凝笳，指随王车驾的伴奏乐器声音凝重庄严。翼，形容乐声在车驾四周响起，有护行的意思。叠鼓，不停敲打的鼓。华辀，指随王的车乘。辀，本指车辕，此为车乘的代称。

〔5〕“献纳”二句：献纳，臣子向君王敬献礼品、章表。云台表，云台，汉代宫中台名，汉明帝曾在云台绘了三十二位功臣画像，以示表彰。云台表是向皇帝进呈的表彰功名的章表，作者意在颂扬随王忠于朝廷，善于收揽贤才，所以下句说“功名良可收”，说随王有功于朝廷是无可怀疑的。

【解说】

本篇作于永明八年（490），当时作者任随王萧子隆镇西功曹，诗作于赴任途中。本篇是《随王鼓吹曲》十首中的第四首，本意是“颂藩德”，但写出了齐都建康的宏伟气象。

同王主簿有所思

佳期期未归，望望下鸣机[1]。
徘徊东陌上，月出行人稀[2]。

【注释】

〔1〕期未归：期望丈夫归来而未曾归来。望望，失望的样子。《札记·檀弓》：“望望焉如有从而弗及。”鸣机，正在织布的织机。

〔2〕东陌：东边的路。言东陌是暗用《诗经·豳风·东山》的诗意，诗中说征夫“我来自东，零雨其濛”。

【解说】

《有所思》，汉乐府曲名，属《鼓吹曲·汉铙歌》。同，犹言和。王主簿是王融，与作者同为“竟陵八友”。本篇写思妇望夫不归，外出等候，语气和婉，与乐府古辞女子失恋后断然斩绝情思的口吻完全不同。

玉阶怨

夕殿下珠帘，流萤飞复息[1]。
长夜缝罗衣，思君此何极[2]。

【注释】

〔1〕“夕殿”二句：言傍晚时分，宫中都放下珠帘，入夜以后只见流萤时隐时现。

〔2〕此何极：犹言这种思念哪有尽头呢？

【解说】

本篇《乐府诗集》收入《相和歌·楚调曲》。王琦《李太白全集注》说此题“始自谢朓”。这是一首宫怨诗，自本篇以后，后人《玉阶怨》均是宫怨诗。沈德潜《古诗源》评此诗云：“竟是唐人绝句，在唐人中为最上者。”沈氏的评语容易使人产生误会，应该说不是本篇像唐诗，而是很多唐诗绝句都刻意模仿了本篇的意境。

王孙游

绿草蔓如丝，杂树红英发〔1〕。
无论君不归，君归芳已歇〔2〕。

【注释】

〔1〕“绿草”二句：蔓如丝，言绿草已长得很长。红英，红花。

〔2〕“无论”二句：无论，犹言不要说。芳已歇，用花已凋谢比喻思妇容颜已经衰老。李白《春思》：“燕草如碧丝，秦桑低绿枝。当君怀归日，是妾断肠时。春风不相识，何事入罗帏？”显然受到本篇的

影响。

【解说】

本篇《乐府诗集》收入《杂曲歌辞》。淮南小山《招隐士》言“王孙游兮不归，春草生兮萋萋”，本篇化用这两句，描写思妇的幽怨情怀。

游东田[1]

戚戚苦无悰，携手共行乐[2]。
寻云陟累榭，随山望菌阁[3]。
远树暖阡阡，生烟纷漠漠[4]。
鱼戏新荷动，鸟散余花落[5]。
不对芳春酒，还望青山郭[6]。

【注释】

〔1〕东田：在今南京钟山下。齐武帝文惠太子在东田立有楼观，“常出东田观获”（《梁书·范云传》），可知这是齐朝皇室庄田所在地。据《文选》李善注，作者在钟山也有庄园。本诗写的就是东田的田园风光。

〔2〕“戚戚”二句：悰，乐。共行乐，指与友人一起游乐。

〔3〕“寻云”二句：陟，登。累榭，层层台榭。菌阁，华美的楼阁。

〔4〕“远树”二句：这两句写眺望所见的远景。暖，昏暗不清晰的样子。阡阡，同“芊芊”，树木茂盛的样子。生烟，犹言新烟。漠漠，

迷茫的样子。

〔5〕“鱼戏”二句：这两句写近处所见景象，是作者的名句。新荷初生，花落未尽，写出了春将去夏将至的景象，观察非常细致，加上鱼戏、鸟散的动态描写，整个画面很生动。后来王维《山居秋暝》诗“竹喧归浣女，莲动下渔舟”两句，正是模仿了这两句的句法。

〔6〕“不对”二句：这两句与起句相呼应，说此游十分惬意，以致对着芳香的春酒都不想喝，还频频回过头去遥望东田的风景。

暂使下都夜发新林至京邑赠西府同僚

大江流日夜，客心悲未央〔1〕。
徒念关山近，终知返路长〔2〕。
秋河曙耿耿，寒渚夜苍苍〔3〕。
引领见京室，宫雉正相望〔4〕。
金波丽鳷鹊，玉绳低建章〔5〕。
驱车鼎门外，思见昭丘阳〔6〕。
驰晖不可接，何况隔两乡〔7〕？
风去有鸟路，江汉限无梁〔8〕。
常恐鹰隼击，时菊委严霜〔9〕。
寄言罻罗者，寥廓已高翔〔10〕。

【注释】

〔1〕“大江”二句：大江，长江。央，尽。两句上写景，下言情，亦借景抒情，言悲戚之情犹如江水日夜奔流，无休无止。这两句境界阔大，情景交融，深为后人所重，沈德潜即言：“一起滔滔莽莽，其来无

端。”（《古诗源》）

〔2〕“徒念”二句：关山，指险阻的旅途。返路，回荆州的路。此时作者将抵京城，故言路途已近走完，然而深知再也难能回到荆州，所以说返路长。

〔3〕“秋河”二句：秋河，秋夜的银河。曙耿耿，明亮的样子。苍苍，深青色。

〔4〕“引领”二句：引领，伸颈。京室，犹京城。上句用潘岳《河阳县》诗成句。宫雉，宫墙。正相望，正好可望见。

〔5〕“金波”二句：金波，月光。丽，附着。鳷鹊，汉代观名。玉绳，星名。建章，汉代宫殿名。这里用汉代宫殿代指京城的宫殿。

〔6〕“驱车”二句：鼎门，春秋时成王定鼎于郏鄏（今洛阳西），其南门称定鼎门。此借指京城南门。昭丘，楚昭王的墓，在荆州。阳，阳光。张玉穀说：“言昭丘者，以楚昭好贤，阴比子隆也（随王）。”（《古诗赏析》）

〔7〕“驰晖”二句：驰晖，太阳光。接，迎。两乡，两地，指京城与荆州。这两句说阳光本来就不能以手迎之，现在京城与荆州遥隔千里，要想见到“昭丘阳”更是很难了。

〔8〕“风云”二句：这两句说自己为江、汉所阻隔，不能回荆州，还不如天上的鸟，可以穿过风云自由飞翔。限无梁，为无桥梁所限。

〔9〕“常恐”二句：隼，一种鸟，比鹰稍小，性凶猛。时菊，秋天的菊花，因当时正是秋天，故称。委，枯萎。这两句反用《汉书·孙宝传》所载侯文语：“今日鹰隼始击，当顺天气，取奸恶，以成严霜之诛。”鹰隼、严霜，均指构陷作者的小人。

〔10〕“寄言”二句：罻（wèi）罗，捕鸟的罗网。寥廓，高远空阔的天空。两句语本司马相如《喻蜀父老》：“犹鷦鹏之翔乎寥廓之宇，而罗者犹视乎薮泽。”言自己已远走高飞，那些设罗网陷害自己的小人再也不能得逞了。

【解说】

本篇作于永明十一年（493）秋。当时作者在随王萧子隆身边任文学侍从，深受赏识，“流连唔对，不舍日夕”，但被人密告，齐武帝因而将他召回京城，此诗即作于将抵京城时。下都，指随王的辖区。作者曾奉命在随王府中任职，现已被召回，故自称“暂使下都”。新林，地名，在建康（今南京）西南。京邑，指建康。西府同僚，指随王府中同事。因随王府在建康西面的荆州，故称西府。诗中抒写了作者遭谗言而被迫离开随王府的悲愤心情。

之宣城出新林浦向板桥

江路西南永，归流东北骛[1]。
天际识归舟，云中辨江树[2]。
旅思倦摇摇，孤游昔已屡[3]。
既欢怀禄情，复协沧洲趣[4]。
嚣尘自兹隔，赏心于此遇[5]。
虽无玄豹姿，终隐南山雾[6]。

【注释】

〔1〕“江路”二句：宣城在南京西南，作者乘船向西南逆流而上，行来艰难，故言江路西南永。永，长。归流，江水向东北流归大海。骛，奔驰。

〔2〕“天际”二句：天际，天边。江树，江边之树。这两句言水天相接，江面空阔，水气迷茫，归舟如在天边，江树似在云中。清人王夫之对这两句极为推崇，谓：“语有全不及情而情自无限者，心目为政，不恃外物故也。‘天际识归舟，云中辨江树’，隐然一含情凝眺之人，呼之欲出。从此写景，乃为活景。故人胸中无丘壑，眼底无性情，虽读尽

天下书，不能道一句。”（《古诗评选》）

〔3〕“旅思”二句：上句化用《诗经·王风·黍离》：“行迈靡靡，中心摇摇。”摇摇，心情恍惚的样子。下句言孤独的游宦生涯过去已屡次体验过。

〔4〕“既欢”二句：怀禄，杨恽《报孙会宗书》：“怀禄贪势，不能自退。”协，合。沧洲趣，隐居的乐趣。沧洲，水滨，指隐者居处。这两句是自我慰藉，言此行既遂了做官的心愿，也合了隐居的情趣。

〔5〕“嚣尘”二句：嚣尘，噪杂的尘世。赏心，欢愉的心情。

〔6〕“虽无”二句：用《列女传·贤明传·陶答子妻》所载故事：“答子治陶三年，名誉不兴，家富三倍……居五年，从车百乘归休，宗人击牛而贺之。其妻独抱儿而泣。姑怒曰：‘何其不祥也！’妇曰：‘妾闻南山有玄豹，雾雨七日而不下食者，何也？欲以泽其毛而成文章也，故藏而远害……今夫子治陶，家富国贫，君不敬，民不戴，败亡之征见矣！愿与少子俱脱。’……处期年，答子家果以盗诛。”这两句说自己虽无玄豹姿质，不能“泽其毛而成文章”，即培养高尚品德，但此去宣城，总可以做到远害全身。结句与“既欢”两句相照应，表示“既欢怀禄情”不过是戏言，本意乃在“复协沧洲趣”。作者《始之宣城郡》也说：“江海虽未从，山林于此始。”亦表示此行无意于功名。

【解说】

本篇作于建武二年（495）春，时作者被命出任宣城太守，诗作于出发赴任途中。之，去。宣城，郡名，治所在今安徽宣城市。新林浦，即新林，在南京西南。板桥，又名板桥浦，在新林南。

晚登三山还望京邑

灞陵望长安，河阳视京县[1]。

白日丽飞甍，参差皆可见[2]。
余霞散成绮，澄江静如练[3]。
喧鸟覆春洲，杂英满芳甸[4]。
去矣方滞淫，怀哉罢芳宴[5]。
佳期怅何许，泪下如流霰[6]。
有情知望乡，谁能鬒不变[7]？

【注释】

〔1〕“灞陵”二句：这两句语本王粲《七哀诗》“南登灞陵岸，回首望长安”和潘岳《河阳县》“引领望京室，南路在伐柯”，以王粲望长安、潘岳望洛阳，比喻自己还望京城的心情。灞陵，灞水岸边。河阳，县名，故址在今河南孟县西。京县，原指洛阳，此指京城。

〔2〕“白日”二句：言回望京邑，只见阳光下屋宇或高或低，历历在目。参差，高下不齐的样子。

〔3〕“余霞”二句：余霞，晚霞。绮，锦缎。练，白绸带。这是作者最有名的两句诗，李白说他自己常常想到谢朓就是因为这两句诗：“解道澄江静如练，令人长忆谢玄晖。”（《金陵城西楼月下吟》）宋人唐庚把这两句诗与谢灵运的“池塘生春草，园柳变鸣禽”并举，作为“浑然天成，天球不琢”的典范（《唐子西语录》）。

〔4〕“喧鸟”二句：这两句诗不出名，然而句中所言喧鸟满洲，野花遍地的景象，正以其喧闹和多彩反衬出上两句的绮丽幽静。覆，盖。甸，郊野。

〔5〕“去矣”二句：方，将。滞淫，久留，滞留。上句暗用王粲《七哀诗》：“荆蛮非我乡，何为久滞淫？”怀哉，犹言思念啊，语本《诗经·王风·扬之水》：“怀哉怀哉，曷月予旋归哉！”罢芳宴，已停止了的欢宴。

〔6〕“佳期”二句：佳期，指还归京邑之时。流霰，飘落的雪粒。

〔7〕“有情”二句：言凡有情者皆知怀念故乡，如今游宦宣城，思情难任，又怎能不白了头发呢？ 两句暗用《古诗·行行重行行》的“胡马依北风，越鸟巢南枝……思君令人老，岁月忽已晚”语意。 鬒（zhěn），黑发。

【解说】

本篇亦作于赴宣城太守任途中。 三山，在今南京西南长江南岸，上有三峰，南北相接。 还望，回头眺望。

秋夜

秋夜促织鸣，南邻捣衣急〔1〕。
思君隔九重，夜夜空伫立〔2〕。
北窗轻幔垂，西户月光入。
何知白露下，坐视阶前湿〔3〕。
谁能长分居，秋尽冬复及〔4〕？

【注释】

〔1〕捣衣：用杵捣衣料，使其柔软，以便缝制冬装，一般在九月深秋时进行。

〔2〕九重：形容相隔之远。

〔3〕“何知”二句：这两句与“夜夜空伫立”相呼应。 夜夜如此，但今夜颇有些不同，因为秋已深，白露降下，立足的阶下已湿了一大片。 何知，表现久立不知的情态。 坐，因。

〔4〕“谁能”二句：这两句幽怨的语气颇重，可以理解为思妇不堪愁思，也可理解为思妇怨愤已极，不愿再忍受。及，到、来。

【解说】

本篇写思妇怀念分居的丈夫。

和宋记室省中诗

落日飞鸟还，忧来不可极〔1〕。
竹树澄远阴，云霞成异色〔2〕。
怀归欲乘电，瞻言思解翼〔3〕。
清扬婉禁居，秘此文墨职〔4〕。
无叹阻琴樽，相从伊水侧〔5〕。

【注释】

〔1〕“落日”二句：夕阳西下，飞鸟还家，都容易引起还乡归家的感触，作者以此起兴，故下句言“忧来不可极”。极，穷，尽。

〔2〕异色：对落日而言。夕阳西沉以后，云霞色彩自然有所变化。

〔3〕“怀归”二句：言恨不得马上还乡归家。乘电，形容思乡心切。瞻言，语本《诗经·大雅·桑柔》：“瞻言百里。”瞻，望；言，语助词。解翼，犹言借翼。

〔4〕“清扬”二句：清扬，眉目清秀的样子。禁居，宫中。上句化用《诗经·郑风·野有蔓草》：“有美一人，清扬婉兮。”下句暗用《汉书·杜同传赞》“并起文墨小吏，位致三公”语意。记室是诸王三公大

将军幕府中掌章表书记文檄的官，正所谓“文墨职”。宋记室又在“禁中”，所以称“秘”。这两句称赞宋记室很有丰采，现在从事机要之职，日后必定很有前途。

〔5〕“无叹”二句：阻琴樽，犹言琴瑟相隔、樽酒相违，指分别。伊水，洛河支流，在今河南省西部。此代指隐居之处。此言不必为分别而感伤，以后我将追随你归隐于水滨。

【解说】

这是一首应和他人之作的诗。原作大约是抒写思乡之情和仕途不得志的，作者遂从两方面安慰这位宋记室。本诗措辞得体，命意不深但言情很真挚，是一首技巧圆熟的诗，唐人也有不少类似的诗作。

和王中丞闻琴〔1〕

凉风吹月露，圆景动清阴〔2〕。
蕙风入怀抱，闻君此夜琴〔3〕。
萧瑟满林听，轻鸣响涧音〔4〕。
无为澹容与，蹉跎江海心〔5〕。

【注释】

〔1〕王中丞：即王融，他曾任秘书丞。诗中写听琴的感受和失意情怀。

〔2〕圆景：指月光。

〔3〕蕙风：带着兰蕙花香的风。

〔4〕“萧瑟”二句：这两句形容琴声的清越动听。满林听，是说树林里的鸟也为之感动，倾耳聆听。响涧音，是说琴声犹如溪水流淌，淙淙有声。

〔5〕“无为”二句：言琴声听起来像是澹泊清静，从容舒缓，而实际上透露了岁月蹉跎、仕途失意而欲归隐江湖的心思。无为，清静无为。容与，悠闲的样子。江海心，归隐之心。

别江水曹[1]

山中上芳月，故人清樽赏[2]。
远山翠百重，回流映千丈。
花枝聚如雪，芜丝散犹网[3]。
别后能相思，何嗟异封壤[4]。

【注释】

〔1〕江水曹：不详其人。水曹是官职名，题一作《与江水曹至江滨戏诗》。

〔2〕“山中”二句：这两句说夜间设宴为友人饯行。清樽，酒杯。

〔3〕芜丝：春暮时节花草极茂盛，藤蔓丛生，故称。 作“垂藤”。

〔4〕“别后”二句：封壤，指不同的地方，《周礼·春官·保章氏》：“以星土辨九州之地，所封封域皆有分星。”两句言别后虽各处一方，但彼此互相思念，友情仍在，故不必伤感悲叹。

陆厥 （472—499）

陆厥，字韩卿，吴郡吴（今江苏苏州）人。永明九年（491）举秀才，为王晏少傅主簿，迁后军行参军。后其父被诛，他亦受拘禁，不久赦令放还，竟因感动而卒。他对声律颇有研究，与沈约一起讨论声律，有《与沈约书》一篇存世，他在创作中贯彻了自己的理论，因此当时人说他“五言诗体甚新变”（《南齐书·陆厥传》）。今存诗十一首，多为乐府诗。他“少有风概”，诗风亦趋于刚健，例如下面的《临江王节士歌》在齐代诗坛就很难看到。不过有些诗句子读起来很拗口，文意也不很明白，如《左冯翊歌》《奉答内兄希叔》。

临江王节士歌

木叶下，江波连，秋月照浦云歇山[1]。
秋思不可裁，复带秋风来[2]。
秋风来已寒，白露惊罗纨[3]。
节士慷慨发冲冠，弯弓挂若木[4]，
长剑竦云端。

【注释】

〔1〕“木叶”三句：前两句化用《楚辞·九歌·湘夫人》“嫋嫋兮秋风，洞庭波兮木叶下”。浦，水边。歇，凝聚不动，犹如陶渊明诗中的“停云”。

〔2〕“秋思”二句：这两句说悲秋之情无法排遣，但见秋风又至，秋思因以倍增。秋思，指因秋天肃杀气息而起的感伤情怀。两句暗用《楚辞·九辨》“悲哉！秋之为气也”。

〔3〕惊罗纨：罗、纨，两种丝织品。惊罗纨是说因为白露沾衣，寒气袭人，顿惊已入深秋季节。

〔4〕“节士”三句：描写节士在时光流逝、时序已晚下的慷慨激昂的气概。节士句化用《史记·刺客列传》荆轲易水送别的故事：“士皆瞋目，发皆上指冠。”下两句化用阮籍《咏怀》诗“弯弓挂扶桑，长剑倚天外”。若木，古代传说的神木，与扶桑同为日所出处。竦，耸立的样子。

【解说】

本篇为乐府旧题，属《杂歌谣》。有人认为此题是由《临江王》和

《节士秋思歌》误合而成。临江，地名，汉代有临江县，在今四川省忠县，刘宋设临江郡，郡址在今安徽省和县东北。节士，讲气节有抱负的人。本题后来李白有拟作，可看出本篇的影响。

孔稚珪 （447—501）

孔稚硅，字德璋，会稽山阴（今浙江绍兴）人。初任主簿，举秀才，为齐高帝记室参军，与江淹对掌辞笔。官至南郡太守、太子詹事。史称他“不乐世务，居宅盛营山水，凭几独酌，傍无杂事。门庭之内，草莱不剪，中有蛙鸣”（《南齐书·孔稚珪传》）。他的《北山移文》很有名，存诗则仅三首，诗风质朴而刚健。

游太平山[1]

石险天貌分，林交日容缺[2]。
阴涧落春荣，寒岩留夏雪[3]。

【注释】

〔1〕太平山：在今浙江绍兴市东南，东晋以后成为士人登临游览的胜地。

〔2〕“石险”二句：天貌分，形容山峰高峻，山崖耸立，似乎把天空分割得支离破碎。林交，树木枝叶相连，交织在一起。日容缺，形容树林茂密，只能透过少许阳光，仿佛太阳被弄缺了面容。

〔3〕“阴涧”二句：阴涧、寒岩，均在山北面。春荣，春花。夏雪，实是冬雪，因山势高峻，冬雪经春不化，至夏犹存，故言。下句大概是作者颇得意的句子，在另一首诗里稍加变化又写了出来：“草杂古今色，岩留冬夏霜。”（《旦发青林》）

刘绘 (458—502)

刘绘，字士章，彭城（今江苏徐州）人。历仕宋、齐、梁三朝，齐明帝时为太子中庶子，入梁为大司马从事中郎。他也曾加入竟陵王西邸的聚会，与张融、周颙等人探讨声律，被许为“后进领袖”。《诗品》说他的诗“词美英净”，又认为他短于五言诗创作。

送别

春蒲方解箨，弱柳向低风[1]。
相思将安寄？怅望南飞鸿[2]。

【注释】

〔1〕春蒲：原作“春满”，逯钦立《先秦汉魏晋南北朝诗》言“当作春蒲”，今从之。箨：本指竹笋的外壳，此用作动词，言蒲草长出新的枝节。

〔2〕这两句暗用《古诗·有鸟西南飞》：“欲寄一言去，托之笺采缯，……鸟辞路悠长，羽翼不能胜。”

顾则心

顾则心，生卒、里籍并不详，仅知曾任南齐扬州主簿。 存诗一首，即下面的《望廨前水竹》，写思乡之情，构思精巧，结句语气夸张，但句中有情，亦足动人。

望廨前水竹

萧萧丛竹映，澹澹平湖净[1]。
叶倒涟漪文，水漾檀栾影[2]。
相思不会面，相望空延颈[3]。
远天去浮云，长墟斜落景[4]。
幽痾与岁积，赏心随事屏[5]。
乡念一遭回，白发生俄顷[6]。

【注释】

〔1〕萧萧：丛杂的样子。映：指竹子映于湖水中。

〔2〕“叶倒”二句：叶倒，指竹叶在水中的倒影。文，花纹，指竹影在水中荡漾形成的花纹。檀栾，美好的样子，左思《吴都赋》“檀栾婵娟”，注：“皆美貌。”

〔3〕“相思”二句：言自己思念家人而不能与之相聚。前四句写竹是兴起思乡之情，因《诗经·卫风·竹竿》即以“籊籊竹竿”起兴，写出嫁的女子思念远方的父母兄弟，说：“岂不尔思，远莫致之。”与本篇的这两句意思一样。

〔4〕“远天”二句：这是“延颈相望”所见景象。长墟，绵延的土丘。落景，夕阳的影子。

〔5〕“幽痾”二句：幽痾，宿疾、旧病。与岁积，一年一年加重。赏心，愉快的心情。随事屏，随着繁杂的公事而被屏除干净。

〔6〕“乡念”二句：遭回，辗转、萦绕。这两句说，思乡之心甚切，常常想到遥远的家乡，魂魄亦随之飞回故里，然而每当此时，头上

须臾间生出白发。形容思乡之情甚苦，难以承受。

【解说】

本篇附载何逊《何水部集》，诗题一作《望廨前水竹答崔录事》，作者名一作顾则心。廨，官府的公房。

范云 （451—503）

范云，字彦龙，祖籍南乡舞阴（今河南泌阳西北），长于江南。历仕宋、齐、梁三朝，入梁官至尚书右仆射，封霄城县侯。初为“竟陵八友”之一，以后诗名颇高，《诗品》将其列为“中品”。钟嵘评他的诗用了一句很优美的比喻：“如流风回雪。”这四个字所象征的意境过于美妙，不是寻常诗人所能达到的。范云存诗四十余首，其中乐府诗仅两首，以酬唱赠答、咏物拟古之作居多，在题材和内容上没有明显特色。他的诗歌在艺术上的优点是声调宛转和谐，语言清新平易，有时像民歌一样轻快，也能仿效文人苍劲的诗风。可以看出他很机智，例如能在“县名诗”中凑成对仗工整、颇有气势的两句：“白马腾远雪，苍松壮寒风。”（《奉和齐竟陵王郡县名》）会抓住雪与花相似的关系颠来倒去地写冬去春来之感：“昔去雪如花，今来花似雪。”（《别诗》）但正像其他“永明体”诗人一样，除了注重诗歌的声调和谐以外，他把创作的兴趣、精力都放在一些细小的地方，缺乏开拓新题材、树立新风格、发掘新内涵的气魄和才能。“永明体”在诗歌发展史上固然重要，但“永明体”本身并没有孕育出真正的大家，不过有几位“小的大诗人”，以及像范云这样成就有限的小名家。

送沈记室夜别[1]

桂水澄夜氛，楚山清晓云[2]。
秋风两乡怨，秋月千里分[3]。
寒枝宁共采，霜猿行独闻[4]。
扪萝正忆我，折桂方思君[5]。

【注释】

〔1〕沈记室：指沈约，沈约曾在南齐任记室官职。

〔2〕“桂水”二句：桂水，此指秋水，观下文“寒枝”“折桂”，可知送别之处必有桂树，且时当秋季，桂花芬芳，因言桂水，以与下句中的“楚山“相对。澄夜氛，空气清澈。楚山，当为沈约游宦去处。《梁书·沈约传》记沈约曾任荆州刺史蔡兴宗安西外兵参军兼记室，荆州古属楚国，此以楚山代指荆州。

〔3〕这两句很工巧，上句说彼此分处两地，互相思念，下句说虽在两处，同对秋月。后人写兄弟离别，朋友相思，常以千里共明月来宽慰，例如苏轼《水调歌头》的名句：“但愿人长久，千里共婵娟。”

〔4〕“寒枝”二句：上句切合送别场面写。寒枝，此指桂枝。现在彼此还在一起，可共摘桂枝相娱，而一旦分手，就再也不能分享此种乐趣。宁，岂。下句拟想分别以后沈约的生活。沈约去荆州，地近三峡，三峡多猿，《巴东三峡歌》“巴东三峡巫峡长，猿鸣三声泪沾裳”，故言“霜猿行独闻”。霜猿，秋天之猿。

〔5〕“扪萝”二句：扪，抚摸。萝，女萝，常依附于高树。萝树相依可比喻相思之情，故上句想象沈约抚摸女萝必会想起自己。折桂，

《楚辞·九歌·山鬼》："折芳馨兮遗所思"，下句化用这句，言自弓折下芳香的桂枝，就将想到沈约。方，将。

之零陵郡次新亭〔1〕

江干远树浮，天末孤烟起〔2〕。
江天自如合，烟树还相似〔3〕。
沧流未可源，高飒去何已〔4〕。

【注释】

〔1〕之：去。零陵郡，郡址在今湖南零陵县。次：住宿。新亭，在今南京市南。作者在南齐建元（479—482）年间曾担任零陵内史，诗当作于建元年间。

〔2〕江干：江边。天末：天边。

〔3〕"江天"二句：言天水合一，烟树难辨。境界虽大，却系将上两句中的"江""树""天""烟"四字重新组合而成，近于文字游戏。

〔4〕"沧流"二句：沧流，青碧的江流。源，源头，此用作动词，穷、尽。高飒，同"高帆"。此与前句中"江天自如合"呼应，天水合一，行舟亦可言高飒。已，止。

江淹（444—505）

江淹，字文通，济阳考城（今河南兰考）人。少时孤贫，好学喜文章。刘宋时官尚书驾部郎，入齐拜中书侍郎，年仅二十五岁。任御史中丞时，执法严明，有政声。入梁为散骑常侍，封醴陵侯。

“江郎才尽”的故事广为流传。江淹以才学入仕，以文才先后受知于宋建平王和齐高帝，入南齐已居高位。他以文章求官，但并不以文章为“不朽之盛事”，其《文集自序》说：“人生当适性为乐，安能精意苦力，求身后之名哉！故自小及长，未尝著书，惟集十卷，谓如此足矣。”又说：“仕，所望不过诸卿二千石。”他不喜章句之学，所谓“未尝著书”，原因是宋、齐两朝君王都是“性爱雕虫”，对经学不感兴趣；他说有文集十卷足矣，原因是他的仕宦目标也就是“二千石”，此外并不想“精意苦力，求身后之名”。可见“才尽”的背后是高官厚禄在握，无意也不太需要继续以文求官。史称他“才思微退”是在担任宣城太守以后，时在南齐明帝建武（494—498）年间，年约五十余岁。他在二十五岁时已居高官，至此又过二十多年，其“才思微退”并不奇怪。不过，“才思微退”其实只是无意以文求官求名，与思维衰退是风马牛不相及，只要看江淹以后在南齐末年政治舞台上的一系列表演就足以知道他是如何多谋善断、历练过人（参看《南史·江淹传》）。

江淹给后人的印象是“天分不优，而人工偏至”（陈祚明《采菽堂古诗选》）。其诗歌以善于摹拟著称于世。拟古本是东晋以来诗坛的风气和习性，朝代可以更迭，习尚则往往持续不变，终于由江淹推向极致——他不仅能面貌酷似古人，有时竟能得古人之神理，不露痕迹，完全可以以假乱真。例如他的《陶徵君·田居》诗，就长期被误认为是陶渊明《归园田居》的第六首，其中“日暮中柴车，路暗光已夕。归人望烟火，稚子候檐隙”几句，语淡而情深，即便置于陶诗中也堪称上乘；又如《休上人·怨别》中的“日暮碧云合，佳人殊未来”两句，也被明人杨慎误以为是汤惠休的佳句而大加赞叹。应该承认这两句的确很能表现汤诗的风情。不过，拟作毕竟只是赝品，真象一旦暴露，身价立刻就会跌落千丈。

在不刻意摹拟古人的时候，江淹也能写出较好的诗，风格苍凉，长于抒情，使人想到他毕竟是有名的《恨赋》《别赋》的作者。

望荆山

奉义至江汉，始知楚塞长[1]。
南关绕桐柏，西岳出鲁阳[2]。
寒郊无留影，秋日悬清光[3]。
悲风桡重林，云霞肃川涨[4]。
岁晏君如何？零泪沾衣裳[5]。
玉柱空掩露，金樽坐含霜[6]。
一闻苦寒奏，再使艳歌伤[7]。

【注释】

〔1〕“奉义”二句：奉义，犹言慕义。刘景素在诸王中以礼贤下士著称，作者曾在狱中上书景素而得其赏识。景素出镇荆州，作者亦随之前往，故言“至江汉”。楚塞，指荆山。

〔2〕“南关”二句：形容荆山的雄阔气象。南关，南面的关口。桐柏，山名，位于河南、湖北两省交界处。鲁阳，关名，故址在今河南鲁山县西南。桐柏山、鲁阳关距荆山都很远，这两句语气夸张，意在说刘景素辖区广大，因而地位重要，责任重大。

〔3〕“寒郊”二句：这两句说时至深秋，景物萧条，以引出下文的忧思情怀。无留影，言路上无行人，树叶已落尽，太阳照在地上也不见影子。

〔4〕“悲风”二句：桡，通“挠”，弯曲，此用作动词。重林，密林。肃，萎缩、削减。

〔5〕“岁晏”二句：这两句是作者自问自答之辞。岁晏，岁晚。

君，作者自指。

〔6〕“玉柱”二句：玉柱，指瑟，柱是瑟安弦处，言玉柱是增加辞采。空掩露，言瑟未弹奏，上面沾满了露水。金樽，酒杯。坐，因而。含霜，言酒已变得很凉。

〔7〕“一闻”二句：苦寒，指乐府《苦寒行》，其歌辞写征人从军之苦。艳歌，楚歌。左思《吴都赋》：“荆艳楚舞。”谢灵运《彭城宫中直感岁暮》：“楚艳起行戚。”这两句说以楚调奏出《苦寒行》，使人再度感到伤悲。《苦寒行》反映了征战给百姓带来的痛苦，此处提到《苦寒行》意在劝讽刘景素不要起兵反叛。

【解说】

本诗作于宋泰豫元年（472）至元徽二年（474）之间，当时作者以僚属身份跟随建平王刘景素出镇荆州。因废帝初即位，景素的僚属多劝他举兵起事，作者深感不妥，极力劝谏。本篇描写荆楚山川风光，同时流露出深切的忧思情怀。荆山，山名，在今湖北保康、南漳县境内。

古意报袁功曹〔1〕

从军出陇北，长望阴山云〔2〕。
泾渭各异流，恩情于此分〔3〕。
故人赠宝剑，镂以瑶华文〔4〕。
一言凤独立，再说鸾无群〔5〕。
何得晨风起，悠哉凌翠氛。
黄鹄去千里，垂涕为报君〔6〕。

【注释】

〔1〕古意：犹拟古。报：答。袁功曹：作者友人袁炳，任国常侍员外郎府功曹，后又任临湘令（见作者《袁友人传》）。本篇大约是作者在荆州建平王府中时所写，诗中赞美袁氏对自己的情义，并叙述自己的别情。

〔2〕“从军”二句：汉代《横吹曲》有《陇头歌》，古辞已亡，后《梁鼓角横吹曲》收有《陇头歌辞》，写从军之苦“陇头流水，鸣声幽咽。遥望秦川，心肠断绝”，是据古辞改写的。这两句当是模仿古《陇头歌》语意，言自己随建平王出镇荆州，与友人分别。陇北，陇山之北。阴山，起于河套西北，在今内蒙古自治区境内。

〔3〕“泾渭”二句：泾渭，泾水和渭水，均发源于甘肃省，在陕西高陵县合流，泾浊渭清。此以泾、渭分流比喻自己与袁炳分别。

〔4〕瑶华：美玉。瑶华文是雕刻在剑上的文字。瑶华言其美并增加词采。

〔5〕“一言”二句：“凤独立”“鸾无群”即刻在剑上的文字，表现了袁炳对作者的期望，暗用《庄子·秋水》：“鹓雏发于南海而飞于北海，非梧桐不止，非炼实不食，非醴泉不饮。”

〔6〕“何得”四句：承上两句，言自己愿意像袁氏所期望的那样，如黄鹊乘风而起，展翅千里，翱翔碧空，以报答友人的情义。悠哉，自在的样子。翠氛，犹言碧空。黄鹄，即鸿鹄，大雁。袁氏将作者比为凤、鸾，此自喻黄鹄，是作者的谦词。

效古

岁暮怀感伤，中夕弄清琴〔1〕。

戾戾曙风急，团团明月阴〔2〕。

孤云出北山，宿鸟惊东林。
谁谓人道广，忧慨自相寻[3]。
宁知霜雪后，独见松竹心[4]。

【注释】

〔1〕“岁暮”二句：这两句从阮籍《咏怀》其一“夜中不能寐，起坐弹鸣琴”化出。

〔2〕“戾戾”二句：上句本鲍照《从临海王上荆初发新渚》“戾戾旦风道”，戾戾，风声，形容风力强劲。曙风，晨风。阴，暗，指天将明，月色转淡。

〔3〕“谁谓”二句：人道，人生道路。忧慨，忧思悲慨。自相寻，言忧慨无法回避。

〔4〕“宁知”二句：这两句说不管形势多么严峻，自己对刘景素的忠心不会改变，而且必因事态的发展而得到证实。

【解说】

本题又作《效阮公》，约作于南宋元徽三年（475）。当时作者在京口建平王刘景素手下任镇军参军，领东海郡丞。刘欲谋反，“与不逞之徒日夜构议，淹知祸机将发，又赋诗十五首，略命性命之理，因以为讽”（见《文集自序》）。本篇是其中第一首，说自己经夜不寐，为时事的危急而担忧，并说事态的发展最后必将证实自己的忠诚。

曹景宗 (458—508)

曹景宗，字子震，新野（今属河南）人。仕齐累官至竟陵太守，后追随萧衍起兵，入梁为郢州刺史。天监六年（507）与韦睿率军在钟离大败北魏兵，归来后在梁武帝的庆功宴上作下面这首很可能是他生平唯一的一首诗。诗算不上佳作，但出自赳赳武夫之口，且一挥而就，可借以看出齐梁时期尚文的风气是如何深入人心。

光华殿侍宴赋竞病韵

去时儿女悲，归来笳鼓竞〔1〕。
借问行路人，何如霍去病〔2〕？

【注释】

〔1〕“去时”二句：上句说受命出征之时，胜负未卜，生死难知，家人悲泣送别。下句说凯旋归来，笳鼓竞奏，一派欢庆气氛。

〔2〕霍去病：西汉名将，曾三次北征匈奴，大获全胜，匈奴从此不敢南下牧马。作者以霍去病自比，颇有矜功之态，但大约也是因为韵脚所限。

【解说】

《南史·曹景宗传》：“景宗累立军功……后破魏师凯旋，帝于光华殿宴饮联句，令左仆射沈约赋韵……景宗启求赋诗。帝曰：‘卿伎能甚多，人才英拔，何必止在一诗？’景宗已醉，求作不已。时韵已尽，惟余竞、病二字。景宗便操笔而成……帝深叹赏，朝臣惊嗟竟日。”赋韵是限定韵脚，当时剩下来的“竞、病”两韵又颇不易成诗，因此当这首切合实情的诗写出来以后，梁朝君臣会“惊嗟竟日”。

任昉 （460—508）

任昉，字彦升，乐安博昌（今山东寿光）人。宋末任丹阳尹主簿，入齐历官太常博士、司徒左长史，在梁官黄门侍郎、御史中丞等职。他以博物著称，更以善作表奏书记闻名于世。当时人称这些无韵的公文为“笔”，以区别于“文”——即富于情采且有韵的诗赋。齐、梁文人讲究“文笔之分”，在当时人眼里，“文”与“笔”不仅体裁有别，而且高下有等，“文”要高于“笔”。因此当时人把任昉的公文与沈约的诗歌合称“任笔沈诗”时，任昉就“深恨之”（见《诗品》《南史·任昉传》）。他晚年开始全力作诗，意在压倒沈约，终因“用事过多，属辞不得流便”而未获高评。

严陵濑[1]

群峰此峻极，参差百重嶂。
清浅自涟漪，激石复奔壮。
神物徒有造，终然莫能状[2]。

【注释】

〔1〕严陵濑：东汉严光字子陵，曾与刘秀同学相善。刘秀即位后，他改名隐居。后被召至京师，授以谏议大夫，他不肯受，归隐于富春江上，后世称其隐居处为"严陵濑"，在今浙江富阳县境内。这一带山水秀丽，吴均《与宋元思书》说："自富阳至桐庐，奇山异水，天下独绝。水皆缥碧，千丈见底，游鱼细石，直视无碍。急湍甚箭，猛浪若奔。夹岸高山，皆生寒树，负势竞上，互相轩邈，争高直指，千百成峰。泉水激石，泠泠作响……"本篇前四句描写同样的景象，但未能展开，两句写山，两句写水，便突然中止，接下来的两句感叹也未见特色，看来作者颇乏诗才。

〔2〕"神物"二句：这两句说神明造出如此美妙的奇山异水，可惜自已不能把它描绘出来。造，创作、制作。状，描绘、刻画。

沈约 （441—513）

沈约，字休文，吴兴武康（今浙江武康）人。少时家境清贫，力学苦读。初为蔡兴忠记室，后入朝任尚书度支郎。入齐后与谢朓、王融等聚集在竟陵王门下，是“竟陵八友”的核心人物，又是“永明体”的主要创始人。齐代末年官国子祭酒，积极参与了萧衍代齐自立的活动，与范云并为萧衍主要谋臣。入梁为尚书仆射，封建昌县侯，官至尚书令兼太子少傅。当时文人以他享年最高，官位最大，文名称盛于齐、梁，而后世史官对其人品、政绩均有微词，说他“自负高才，昧于荣利”“每进一官，辄殷勤请退，而终不能去，论者方之山涛”“用事十余年，未尝有所荐达，政之得失，唯唯而已”（《梁书·沈约传》）。历来一些仕途亨通文人官僚的面孔，在沈约身上可得其仿佛。

沈约在文学史上的突出贡献是创立“声病”说，提倡“永明体”。魏晋时已有人研究声韵，但仅“始判清浊，才分宫羽”。南朝佛教大盛，由于诵读佛经的需要，促使文士僧人参照梵音分别汉语音声，遂定汉语为平上去入四声。沈约把四声用于诗歌创作，总结出比较完整的声律理论，所谓“欲使宫羽相变，低昂互节。若前有浮声，则后须切响；一简之内，音韵尽殊；两句之中，轻重悉异”（《宋书·谢灵运传论》）。根据平仄调和的原则，他还提出“八病”，即诗歌应避免的八种声律上的毛病。他很为“声病”说的建立而自负，说是“自骚人以来，此秘未睹”。当然有关声律的理论不是沈约一人提出的，但他在其间确起到了突出作用，故后人或称道他是“千古诗道中最有关系之人”（吴淇《六朝选诗定论》）。

沈约诗文集号称有百卷之富，今存诗仍有一百四十余首。当时他就以诗多著称于世。诗歌数量多的原因之一是事无巨细都可入诗，例如咏物可及“竹火笼”“脚下履”“领边绣”以致“大言”“细言”“百姓名”都可以成篇；有时夜梦美人，想入非非（《梦见美人》)，有时又托物言志，俨然君子(《咏寒松》)，如此等等。他的诗使人感到南朝诗歌的发达繁盛但同时所付出的代价就是诗情泛滥成灾。由于写得多，诗中写景言情都有一些佳句，但整首佳作的比例并不高。沈德潜评他的诗“较之鲍、谢，性情声色俱逊一格矣，然在齐、梁之代，亦推大家……尔时江屯骑、何水曹各自成家，可以鼎足”(《古诗源》)。这个评价基本中肯。

沈约在诗歌理论批评上颇多建树。他对建安文学的推崇，对玄言诗的批评，提倡“直举胸臆”“非傍经史”，以及他最早重视刘勰的《文心雕龙》，对后世都有积极的影响。尤其是他撰写的《宋书·谢灵运传论》最早从历史发展演变的角度来概括评论从《诗经》《楚辞》到刘宋时期的文学创作，中国古代文学批评自此开始有了史家广阔的视野和深邃的目光。

青青河畔草

漠漠床上尘，心中忆故人〔1〕。
故人不可忆，中夜长叹息。
叹息想容仪，不言长别离〔2〕。
别离稍已久，空床寄杯酒〔3〕。

【注释】

〔1〕故人：指丈夫。

〔2〕容仪：容貌风姿。

〔3〕“别离”二句：这两句言思妇只好以饮酒排遣忧思。稍，渐。

【解说】

本题是从汉乐府《饮马长城窟行》脱出的乐府新题，因原题古辞首言“青青河畔草”，遂取以命篇。属《相和歌辞·瑟调曲》。本篇写思妇幽怨，内容本古辞，但在声调和谐和押韵变化上显示了作者精通音律的写作技巧。诗每两句一换韵，又屡用“顶针”格，读来情韵悠长，很能体现思妇绵密的情思。

夜夜曲（二首选一）

河汉纵且横，北斗横复直〔1〕。

星汉空如此，宁知心有忆[2]？
孤灯暖不明，寒机晓犹织。
零泪向谁道？鸡鸣徒叹息[3]。

【注释】

〔1〕“河汉”二句：这两句以银河、北斗在天空中位置的变化来显示时光的流逝。

〔2〕“星汉”二句：言天上的星星只会周而复始地转移，岂能了解思妇心中有所思念。忆，思念。

〔3〕鸡鸣：既与前句的“晓”字相呼应，也暗用《诗经·齐风·鸡鸣》：“鸡既鸣矣，朝既盈矣……会且归矣，无庶予子憎。”说天已亮了，情人该归来了。此言虽已天亮，情人却毫无归来的消息。

【解说】

此题为沈约所创，《乐府诗集》归入《杂曲歌辞》。诗共两首，写思妇闺怨，此为其一。

别范安成

生平少年日，分手易前期[1]。
及尔同衰暮，非复别离时[2]。
勿言一樽酒，明日难重持[3]。
梦中不识路，何以慰相思[4]？

【注释】

〔1〕“生平”二句：这两句说以前年轻时分别，自觉再会不难。易前期，把以后再会的日子看得很容易。前期，指以后再会的日子。

〔2〕“及尔”二句：这两句说现在彼此都已年老体衰，不再是宜于离别的年纪。尔，指范岫。

〔3〕“勿言”二句：上句是虚拟的语气。言不要嫌弃只有一杯薄酒，以后只怕连这样的酒也难得共饮了。

〔4〕“梦中”二句：《韩非子》载战国时张敏与高惠友善，因想念高惠，遂于梦中往寻，中途迷路而回。这两句用此典，言别后即便在梦中也难以相见，离别相思之情无以相慰。作者很善于写友人之间离别相思之情，如《饯谢文学离夜》“一望沮漳水，宁思江海会？以我径寸心，从君千里外”，也写得一往情深。不过相形之下，还是这两句更出色，北齐人邢卲说：“沈侯文章，用事不使人觉，若胸臆语也，深以此服之！”（《颜氏家训·文章》引）这两句正是“用事不使人觉，若胸臆语也”。

【解说】

范安成，即范岫，字懋宾，他在齐代曾任安成内史，故称范安成。《梁书·范岫传》说他和作者在刘宋朝均得郢州刺史蔡兴忠赏识，入齐则均为文惠太子东宫之客。此诗写作者与故人暮年相别的感伤情怀，感情真挚，是作者的名篇，沈德潜极口称赞：“一片真情流出，句句转，字字厚，去十九首不远。”（《古诗源》）

石塘濑听猿[1]

嗷嗷夜猿鸣，溶溶晨雾合[2]。
不知声远近，惟见山重沓[3]。
既欢东岭唱，复伫西岩答[4]。

【注释】

〔1〕石塘濑：不详其处。诗中写山中猿鸣，诗句可能有残缺。

〔2〕“嗷嗷”二句：这两句说夜里猿鸣不停，拂晓时分忽然雾气弥漫。晨雾是为下文的“不知”“惟见”埋下伏笔。嗷（jiào）嗷，猿的叫声。溶溶，水气密布的样子。

〔3〕重沓：重叠。

〔4〕“既欢”二句：这两句说听到东岭的猿叫已很喜欢，又站立多时伫听西岩猿的和鸣。唱，指首先鸣叫。

柳恽（465—517）

柳恽，字文畅，河东解（今山西解县）人。在齐被竟陵王引为法曹参军，官授骠骑从事中郎。入梁为冠军将军，出为广州刺史，曾两任吴兴太守。为政明，精通音律，善弈棋。少时以“亭皋木叶下，陇首秋云飞”两句诗为人称道，后梁武帝萧衍很赏识他的诗，设宴时常诏他赋诗。他的诗清浅而秀逸，工整而流畅，声调和谐，朗朗上口。和绝大多数南朝诗人一样，他也善写相思离别之情和描绘山光水色。存世的诗虽不足二十首，可摘的佳句却散见于半数以上的诗中，而且这些佳句在工整中显得很自然，不露雕刻的痕迹。

江南曲

汀洲采白蘋，日暖江南春〔1〕。
洞庭有归客，潇湘逢故人〔2〕。
故人何不返？春花复应晚。
不道新知乐，只言行路远〔3〕。

【注释】

〔1〕“汀州”二句：这两句写思妇日常的生活，交待时间。白蘋，蘋草结出的白花。

〔2〕“洞庭”二句：言有人从洞庭湖归来，说是在潇湘碰到了自己所思念的人。潇湘，潇水和湘水，都在湖南省境内。故人，指思妇所思念之人。

〔3〕“故人”四句：这四句像是思妇与“归客”对话的口吻。言“故人”为何还不回来呢？恐怕他回来时，早是暮春季节了。前两句以春花晚象征女子的迟暮之感。后两句语含讥讽，言“故人”说归程太远，大概只是借口吧，当是他在潇湘有了新相知，又不想让我知道。这四句似怨似怒，很微妙地传达了思妇的心理。以后白蘋洲就成了女子思念情人的地方，如晚唐温庭筠《梦江南》：“梳洗罢，独倚望江楼。过尽千帆皆不是，斜晖脉脉水悠悠。肠断白蘋洲。”

【解说】

本题是乐府诗，属《相和曲歌辞》。古辞“美芳晨丽景，嬉游得时”

（见《乐府解题》），魏晋以后一般写男女相思之情。本篇亦抒写闺怨。

赠吴均

寒云晦沧洲，奔潮溢南浦〔1〕。
相思白露亭，永望秋风渚〔2〕。
心知别路长，谁谓若燕楚〔3〕！
关候日辽绝，如何附行旅〔4〕？
愿作野飞鸟，飘然自轻举〔5〕。

【注释】

〔1〕南浦：指送别之处，但非实指，语本《楚辞·九歌·河伯》“送美人兮南浦”，当时人江淹《别赋》也说：“送君南浦，伤如之何！”

〔2〕“相思”二句：这两句中的“白露”“秋风”，指明分别的时间，同时也借字面使人联想到《诗经·秦风·蒹葭》“蒹葭苍苍，白露为霜。所谓伊人，在水一方”，和《楚辞·九歌·湘夫人》“帝子降兮北渚，目眇眇兮愁余。嫋嫋兮秋风，洞庭波兮木叶下”。

〔3〕“心知”二句：言本已知道别后相距很远，但哪里想到竟然如同燕、楚之遥，彼此难通音信呢！燕、楚，一北一南，极言别后相距之遥远。

〔4〕“关候”二句：关候，即关堠，关口和亭堠，是古代道路常有的建筑，此代指别路。辽绝，远极。附行旅，伴随游子去看望友人。

〔5〕“愿作”二句：这两句说自己愿变成飞鸟，翩翩飞起，去看望吴均。轻举，轻快地飞翔。

【解说】

本题共三首，此选其一。吴均，字叔庠，诗文均有名于世。本篇抒写别离相思之苦，当是别后寄赠之作。

从武帝登景阳楼

太液沧波起，长杨高树秋[1]。
翠华承汉远，雕辇逐风游[2]。

【注释】

〔1〕“太液”二句：太液，西汉武帝时在长安建章宫前建有太液池，池中筑台。此指今南京市内的玄武湖，湖距景阳楼不远。长杨，秦汉时宫殿名，故址在今陕西周至县。此指梁朝宫殿。

〔2〕“翠华”二句：翠华，一种用翠鸟羽毛装饰的旗，为皇帝仪仗所专用。承汉远，意思是说梁武帝远承汉帝的威仪。雕辇，指梁武帝的车驾，辇是帝王的乘车。逐风游，伴随秋风外出冶游。

【解说】

这是一首应诏奉和之作，《南史·柳恽传》：“武帝与宴，必诏恽赋诗。尝和帝登景阳楼篇，深见赏美，当时咸共称传。”作者少时以《捣衣诗》名世，入梁后则因本诗而得梁武帝萧衍赏识。应诏诗一般难有佳作，本诗以写景笔墨洗练、议论得体而获好评。景阳楼，故址在今南京市。始建于宋元嘉二十二年（445），齐代时楼中置大钟，住有宫女，晓起时宫女应和钟声而梳妆，为南朝君臣之间有名的艳游之处。

何逊（？—518）

何逊，字仲言，东海郯（今山东郯城县）人。八岁能诗，二十岁举秀才，其试策为范云所见而大加称赏，从此结为“忘年之交”。初为建安王萧伟记室，后任安成王萧秀幕僚，并兼任尚书水部郎，后人因称他为“何水部”。曾因文才与吴均一并为梁武帝所赏识，后又因“不逊”而被疏远。晚年在庐陵王萧续幕中任职，病卒于江州。

梁元帝萧绎说：“诗多而能者沈约，少而能者谢朓、何逊。”（《南史·何逊传》）沈约的诗给人的感觉是多而滥，谢、何的诗作相对而言则是少而精。谢朓是开创“永明体”的前辈，何逊则是“永明体”的后进。他对声律的把握超过谢朓，有些诗已与成熟的近体诗难以分别，例如日本僧人遍照金刚在《文镜秘府论》中就曾以何逊的《伤徐主簿》为例来说明诗歌的声律，宋人洪迈则误把他的《送司马长沙》当作唐人之作选入《万首唐人绝句》。“永明体”架起一座通向近体诗的桥梁，何逊的一只脚似乎已登上彼岸。因此讲究诗律的诗人，特别是杜甫，就很欣赏何逊的诗，说自己：“颇学阴（铿）何（逊）苦用心。”（《解闷》其七）杜甫的《登高》《梦李白》很明显受何逊《相送》《夜梦故人》诸诗的影响，故清人陈祚明说：“少陵于仲言之作，甚相爱慕，集中警句，每见规模，风格相承，脉胳有本。”（《采菽堂古诗选》）这与李白特别倾心于谢朓一样，显示了唐诗大家是如何从齐、梁诗歌中得到启发，并从中汲取充分营养的。

何逊诗歌题材不广，主要写游宦行役之悲，别离相思之情，以及描绘山水景物。不过，在这些既悠久又相当狭窄的题材中，何逊能结合自己特定的生活经历和感受，写出新的意境，铸造新的诗句，而不落于前人的窠臼之中。比如，前人写别情一般都借野外黯淡景象、悲风愁云来作衬托，他的《临行与故游夜别》则写离别之夜室内的凄凉气氛：“夜雨滴空阶，晓灯暗离室。”前人诉说离别相思之情常常不惜渲染形容，他的《相送》却不直接言情，而以两句写景之句“江暗雨欲来，浪白风初起”，暗示此际黯然销魂的情怀；前人抒发思乡之情，多说故乡难舍、思情萦怀，他的《边城思》则从反面落笔：“春色边城动，客思故乡来。”类似的例子颇多，很能体现他善于构思、每每出奇制胜的特点。 因为讲究构思的新巧，他的诗不是很轻快明朗，而是含蓄有余味，耐人咀嚼。 但限于题材，总的说来显得格局不大，风格变化也不够。

铜雀妓

秋风木叶落，萧瑟管弦清。
望陵歌对酒，向帐舞空城[1]。
寂寂檐宇旷，飘飘帷幔轻[2]。
曲终相顾起，日暮松柏声[3]。

【注释】

〔1〕“秋风”四句：言歌妓在曹操西岗陵前弹琴奏乐，进献歌舞。据《乐府诗集》引《邺都故事》，曹操死后葬在邺城西岗，人称西陵。他在死前有遗命，妾和身边的歌伎要住在铜雀台上，早晚供食，每月初一、十五要在灵帐前奏乐歌舞。这四句即据此写出。萧瑟，秋天萧条的样子。古人说秋气主肃杀，因此这时奏出的管弦音乐也显得格外凄清。陵，指曹操的陵墓。帐，灵帐，祭祀所用。空城，指铜雀台。

〔2〕“寂寂”二句：檐宇，指铜雀台上的建筑。“旷”，言室内空旷无人。帷幔，指灵帐。“旷”与“空城”相呼应，“飘飘”与起句的“秋风”相联系。

〔3〕“曲终”二句：相顾起，相视而起。因为对着陵墓演奏，并没有人欣赏，大约也没有人指挥，因此作者想象演奏完了之后歌妓们就相视而起，算是完成了任务。松柏声，风吹陵墓周围松柏发出的声音。这两句微微露出讥讽之意，尽管曹操死后还有歌妓进献歌舞，但真正伴他长眠地下的也就只是墓地的松柏而已。

【解说】

本题是乐府诗，属《相和歌辞》。铜雀台，亦名铜爵台，为曹操所建，故址在今河北临漳县西南。

酬范记室云[1]

林密户稍阴，草滋阶欲暗[2]。
风光蕊上轻，日色花中乱[3]。
相思不独欢，伫立空为叹。
清谈莫共理，繁文徒可玩[4]。
高唱子自轻，继音予可惮[5]？

【注释】

〔1〕范记室：即范云。范云曾任竟陵王记室参军，他很欣赏何逊的文才，有《贻何秀才》诗，作者就写了本篇酬答。

〔2〕滋：长。

〔3〕“风光”二句：这两句颇为后人所称道，实脱胎于谢朓《和徐都曹出新亭渚》“日华川上动，风光草际浮”，但比谢诗来得工巧、纤细。

〔4〕“清淡”二句：范云《贻何秀才》“闻君饶绮思，擒摛谈足为多”，称赞作者富于才思，长于言辞。这两句说很想与范云畅言高论，但没有机会在一起，只好自己独自把玩典籍。擒谈，指清美的言谈。繁文，指典籍。

〔5〕“高唱”二句：范云赠诗结句说：“布鼓诚自鄙，何事绝经过？”自言自己诗作不过是擂不响的“布鼓”，希望与作者常常来往。这两句针对范诗结句，言范过于自谦，自己虽然远远赶不上范的“高唱”，但还是不怕献丑，与范唱和。高唱，指范云的诗歌很出色。

子，指范云。继音，即作此诗与范唱和。惮，畏难。可惮，犹言何曾畏难。

与苏九德别

宿昔梦颜色，咫尺思言偃[1]。
何况杳来期，各在天一面[2]？
踟蹰暂举酒，倏忽不相见[3]。
春草似青袍，秋月如团扇[4]。
三五出重云，当知我忆君；
萋萋若被径，怀抱不相闻[5]。

【注释】

〔1〕“宿昔”二句：宿昔，从前。颜色，犹言容貌。咫尺，指两人住在一个地方，彼此距离很近。言偃，通“宴”，欢笑的样子，《诗经·卫风·氓》：“言笑宴宴。”两句言过去住在一起时，做梦还梦见友人，虽近在咫尺，还不能不相思。以引出下文的感慨。

〔2〕“何况”二句：承上两句，言现在彼此分别，相距遥远，加上不知何时才能重聚，相思之情更远非昔日可比。杳，遥远。来期，指以后重新相会的日子。面，犹言边。

〔3〕“踟蹰”二句：这两句说举酒饯行的场面好像还在眼前，忽然发现友人早已不在了。踟蹰，指饯行时动作缓慢，想尽量延长别离的时间。举酒，以酒饯行，说明是作者送别友人。

〔4〕“春草”二句：上句点明分别的时间，用《古诗·穆穆清风至》“青袍似春草”成句。下句说明写诗的时间。

〔5〕“三五”四句：三五，指十五的月亮，即上文所说的“秋月如团扇”。萋萋，草茂盛的样子。被径，覆盖道路。四句言现在明月当空，我的心也如明月一样，友人看见明月就会想到自己的相思之情；不像青草遮路之时，彼此不能沟通音信。后面两句只是为了反衬现在相思情义之重，并非实指。大概分别以后，作者这是第一次给友人寄诗，因此有后面两句。

【解说】

本篇抒写别后相思之情。别时当在夏季，写此诗时已入秋。作者仍留在原处，而友人已游于他乡。苏九德，不详其人。

下方山〔1〕

寒鸟树间响，落星川际浮〔2〕。
繁霜白晓岸，苦雾黑晨流〔3〕。
鳞鳞逆去水，弥弥急还舟〔4〕。
望乡行复立，瞻途近更修〔5〕。
谁能百里地，索绕千端愁〔6〕！

【注释】

〔1〕方山：不详在何处。从诗中所写情况看，方山距作者的家不远。本篇前六句写景，后四句表现“近乡情更切”的感受。

〔2〕落星：拂晓时的星星。川际：指河面。

〔3〕“繁霜”二句：白晓岸，言寒霜覆盖，拂晓时分的河岸白茫茫

的一片。苦雾，浓雾、大雾。黑晨流，指大雾笼罩，河水在黎明时显得颜色很深。这两句色彩对比鲜明，而且“黑”字所用少见。

〔4〕“鳞鳞”二句：这两句都是写河中行船，逆水而行走得慢，顺水而下来得快。鳞鳞，水波闪烁的样子。㳽㳽，水势浩大的样子。舟是归家的船，但是顺水而下的不一定是归家的船，言还舟可看出作者思归之情。

〔5〕“望乡”二句：这是作者的名句，把“近乡情更切”的心态写得很生动：家乡分明已遥遥在望，一路急行的步子却忽然放慢下来，剩下的路分明已不多了，心里的感觉却是比归途之初还要长。瞻，看。修，长。后世很多诗人都受这两句的启发，表达了同样的意思而又不显模仿痕迹的是宋代陈师道的《示子》：“去远即相忘，归近不可忍。儿女已在眼，眉目略不省。喜极不得语，泪尽方一哂。了知不是梦，忽忽心未稳。”

〔6〕“谁能”二句：百里地，在此并非实指，而是与下句的“千端愁”对举。言归途不远，但思情汹涌，简直不堪忍受。索绕，犹言萦绕。

夜梦故人

客心惊夜魂，言与故人同〔1〕。
开帘觉水动，映竹见床空〔2〕。
浦口望斜月，洲外闻长风。
九秋时未晚，千里路难穷〔3〕。
已知暆肿木，复似飘摇蓬〔4〕。
相思不可寄，直在寸心中〔5〕。

【注释】

〔1〕“客心”二句：客，作者自谓，因行旅在外，故自言客。惊夜

魂，言晚上做梦后忽然惊醒。下句交待惊醒的原因，是因梦中与友人相会。

〔2〕“开帘”二句：这两句言梦醒时神思恍惚，直到看见帘外的河水流淌，室内床上没有他人，才确认刚才与友人是在梦中相会。后来杜甫《梦李白》诗中的“落月满屋梁，犹疑照颜色”，当受作者这两句的启发。

〔3〕九秋：即秋天，因秋天共九十日，故称。时：季节。

〔4〕“已知”二句：臃肿木，《庄子·逍遥游》“大本臃肿，匠者不顾”，意谓外表粗大但质地不好的树，匠人是不会注意的。作者此处以“臃肿木”自喻，暗示自己仕途不得志，不受重用。下句以“飘摇蓬”自比，言自己行役在外，不能归家。

〔5〕“相思”二句：这两句与开头两句相呼应，言相思之情虽不能转告友人，但作者深藏在心中，一刻也不曾忘记。

【解说】

本篇写行旅之夜，梦与故人相会，醒后明知是梦，却更添相思之情。

临行与故游夜别

历稔共追随，一旦辞群匹〔1〕。
复如东注水，未有西归日。
夜雨滴空阶，晓灯暗离室〔2〕。
相悲各罢酒，何时同促膝〔3〕？

【注释】

〔1〕“历稔”二句：稔，谷熟。谷一年一熟，故“历稔”表示多

年。共追随，指与友人相处共事。辞群匹，与许多朋友告别。匹，友人。

〔2〕“夜雨”二句：这是作者的名句，言与友人彻夜相聚，而此时已破晓，很快就要分手了。上句说室内能清楚听见雨滴在台阶上的声音，暗示友人一夜默坐无语，黯然神伤；下句说亮了一夜的灯暗淡下来，暗示别离之际情绪低落。

〔3〕“相悲”二句：罢酒，停杯不饮。促膝，犹言团聚。古人席地或据榻而坐，对坐时膝相接近，称促膝。

【解说】

诗题又作《从镇江州与故游别》。按，作者曾两度赴江州（今江西九江市），一次是任建安王萧伟的记室，随其去江州；一次是在庐陵王萧续幕下任职，再度去江州，并病卒于江州。本篇写作时间不详，仅知作于赴江州之前。

边城思

柳黄未吐叶，水绿半含苔。
春色边城动，客思故乡来。

【解说】

本篇构思巧妙，紧扣“边城”来写思乡之情。一二两句写边城初春景色，第三句说春色已来到了边城，第四句说从边城的春色分明感受到来自故乡的召唤。因为“春草萋萋”之时，正是游子理应归乡之日，古人早有“王孙游兮不归，春草生兮萋萋……王孙兮归来，山中兮不可以久留”的悲叹（淮南小山《招隐士》）。后来宋人王安石《泊船瓜洲》“春风又绿江南岸，明月何时照我还”从反面落笔：故乡已是春天了，该是归乡的时候了，但何时才能归去呢？

相送

客心已百念，孤游重千里〔1〕，
江暗雨欲来，浪白风初起〔2〕。

【注释】

〔1〕“客心”二句：客，作者自谓。客心是游子之心。百念，形容心中愁绪繁多。重，犹言更。上句言客游他乡已是不胜伤感，下句言何况此行又是孤身一人，与友人相别，旅途漫长，更是悲伤不已。后来杜甫《登高》诗中的名句“万里悲秋常作客，百年多病独登台”，构思与此两句相似，而刻画更为细致。

〔2〕“江暗”二句：这两句看似写景，实以情入景，借景言情。江雨欲来，风浪已起，都能使人联想到作者与友人分别时黯然销魂的神态。

【解说】

这应该是一首留赠送行朋友的诗，诗题犹言“留别”“留赠”。清人张玉穀说：“此非送人诗，乃别送者诗也，制题亦欠明白。”（《古诗赏析》）张氏对诗内容的判断是对的，但他批评诗题不妥似不能成立。作者还有题为《相送》的联句诗一首，也是辞别送者的语气，另外其他人同样的诗亦作《相送》，可知当时辞别送者亦可称“相送”，这是当时人的习惯。

吴均 (469—520)

吴均，字叔庠，吴兴故鄣（今浙江安吉县）人。家世寒贱，而他好学有俊才。柳恽任吴兴太守时，召他任主簿，后又为建安王萧伟记室，入朝累迁奉朝请。一度与何逊共得梁武帝赏识。因所撰《齐春秋》实录史实而触犯梁武帝，被斥为“吴均不均”，遭免职。后又奉旨撰写《通史》，书未成而病逝。

吴均的诗文在当时已享有声誉，人称“吴均体”。他的诗作比何逊多，题材比何逊广，风格也比较多样。何逊主要受谢朓的影响，而吴均则兼学魏晋宋齐梁诸家，左思、鲍照、柳恽对他的影响更为明显，同时他还能借鉴南朝民歌。何逊的诗风也许有些单调，然而可看出他是用自己独特的声音歌唱；吴均的音域则来得比较宽广，显得有变化，但有时听来似乎不无似曾相识之感，例如吴均的《赠王桂阳》“松生数寸时，遂为草所没；未见笼云心，谁知负霜骨”，就很接近陶渊明的《饮酒》诗第八首。因此尽管吴均诗中的佳作、名句都未必比何逊少，却不像何逊那样引人注目，在诗歌史上的地位也略逊于何逊，后人论梁诗时就说：“江淹、何逊，足为两雄；沈约、范云、吴均、柳恽，差堪羽翼。”（王士祯《古诗笺·凡例》）

吴均在渲染离愁别绪、描绘山光水色方面颇擅长，另外他还能抒写志士沉沦不遇之感和征人慷慨报国之情。在齐梁诗坛上，能兼长这两方面的诗人很少。在“建安风骨”已成过去，“盛唐之音”还未到来的齐梁时代，吴均后一方面的诗歌就显得格外雄健有力。

胡无人行

剑头利如芒，恒持照眼光[1]。
铁骑追骁虏，金羁讨黠羌[2]。
高秋八九月，胡地早风霜。
男儿不惜死，破胆与君尝[3]！

【注释】

〔1〕“剑头”二句：芒，植物的尖刺，此比喻剑头尖锐锋利。恒持，常持。

〔2〕骑：读 jì。骁虏、黠羌：互文见义，言敌人既强悍又狡诈。金羁：此代指骑兵。

〔3〕“男儿”二句：作者《入关》诗结句：“君恩未得报，何论身命倾。”这两句辞气更加慷慨，说宁愿战死，这样君王就能体察自己报效朝廷的一片忠心。胆汁味苦，暗喻以前君王不了解自己效忠的苦心。

【解说】

本题是乐府诗，属《相和歌辞》。梁朝另一位诗人徐摛同题诗写征人思妇相思之情，本篇则写出征将士舍身报国的英雄气概，后人拟作均从本篇。胡，指北方游牧民族。

有所思

薄暮有所思，终持泪煎骨[1]。
春风惊我心，秋露伤君发。

【注释】

〔1〕泪煎骨：形容痛苦之至，“煎”字用的新奇，为当时诗歌所罕见。

【解说】

本题属乐府《鼓吹曲辞》。诗写相思之情，用字生新峭拔，隐启中晚唐奇险一派的诗风。

行路难

洞庭水上一株桐，经霜触浪困严风。
昔时抽心耀白日，今旦卧死黄沙中[1]。
洛阳名工见咨嗟，一翦一刻作琵琶[2]。
白壁规心学明月，珊瑚映面作风花[3]。
帝王见赏不见忘，提携把握登建章[4]。
掩抑摧藏张女弹，殷勤促柱楚明光[5]。

年年月月对君子，遥遥夜夜宿未央[6]。
未央采女弃鸣篪，争先拂拭生光仪[7]。
茱萸锦衣玉作匣，安念昔日枯树枝[8]？
不学衡山南岭桂，至今千年犹未知[9]。

【注释】

〔1〕抽心：指桐树生出新枝干。耀白日：为白日所照耀。

〔2〕名工：有名的匠人。

〔3〕“白璧”二句：形容桐树做成琵琶，被匠人精心装饰，镶嵌上各种珠宝。

〔4〕建章：汉代宫名，此代指宫殿。

〔5〕“掩抑”二句：掩抑摧藏，指琵琶奏出的乐曲音调悲凉凄怆。张女弹，古代曲名。殷勤促柱，指音调幽怨迫促。楚明光，琴曲名。《琴操》谓楚大夫明光被谗，见怒于楚王，遂作《明光》曲述其心志。

〔6〕“年年”二句：这两句说琵琶深受宫中人的喜爱。未央，汉代宫名，此指宫殿。

〔7〕“未央”二句：采女，宫女。篪（chí），一种竹制的乐器，单管横吹，专用于雅乐。光仪，隐言光采。

〔8〕“茱萸”二句：这两句说琵琶受到珍爱，平常放在玉匣之中，还用有茱萸图案的锦覆盖着，全然已忘记自己本是枯死的桐树做成。

〔9〕“不学”二句：讥讽琵琶不能像衡山桂树那样甘守寂寞，自全于世。

【解说】

本题属乐府《杂曲歌辞》。前人拟作均以“君不见”开篇，诗体为杂言，作者本题诗共五首，后三首首言“君不见”，前两首则不用此开头。五首都为七言体，本篇原列第一，以桐树枯死而被制成琵琶，为宫廷所珍爱，与桂树长在深山终不为人知作对比，比喻人富贵而招祸不如寂寞以自全。

边城将

塞外何纷纷，胡骑欲成群。
尔时始应募，来投霍冠军〔1〕。
刀含四尺影，剑抱七星文〔2〕。
袖间血洒地，车中旌拂云。
轻躯如未殡，终当厚报君〔3〕！

【注释】

〔1〕“尔时”二句：尔时，此时，即胡骑成群骚扰之时。应募，相应招募。霍冠军，指西汉名将霍去病，他以北击匈奴立大功，被封为冠军侯。此代指名将。

〔2〕“刀含”二句：这两句借将士手中武器表现其勇武强悍。四尺影，形容手中的刀寒光闪烁。七星文，一种雕镂的图案，用以装饰剑柄。

〔3〕“轻躯”二句：轻躯，犹言轻身。殡，人死停柩未葬。上句说将士把自己生命看得很轻，犹如死而未葬的躯体，已抱定必死的决心。厚报君，指以战死疆场来报答君王之恩。

【解说】

本题诗共四首，描写边塞将士慷慨赴国难的英雄气概。此选其一。

赠鲍春陵别

落叶思纷纷，蝉声犹可闻[1]。
水中千丈月，山上万重云[2]。
海鸥来倏去，林花合复分[3]。
所忧别离意，白露下沾裙[4]。

【注释】

〔1〕“落叶”二句：这两句写分别时节乃在初秋。

〔2〕千丈月：言潭水很深。

〔3〕“海鸥”二句：以海鸥的来而又去、林花的开而又散比喻朋友相聚不久，不得不分手。倏，很快。

〔4〕“白露”一句：这句想象友人秋日远行的情况，一路上白露沾满衣裳。

【解说】

这是与友人赠别的诗。鲍春陵，未详其人。春陵，县名，治所在今湖南省宁远县东北。姓鲍的友人当系鲍春陵县令，故称。

咏宝剑

我有一宝剑，出自昆吾溪[1]。

照人如照水，切玉如切泥。
锷边霜凛凛，匣上风凄凄[2]。
寄语张公子，何当来相携[3]？

【注释】

〔1〕昆吾：古代传说的名山，见《山海经·中山经》，此山上积石冶炼成铁，铸出宝剑光如水晶，削玉如泥。 溪：指淬剑的溪水。

〔2〕锷：剑刃。 霜凛凛：形容剑极锋利，如含白霜，寒气逼人。

〔3〕“寄语”二句：张公子，指晋人张华。《晋书·张华传》记张华见天上有紫气，使雷焕观察，雷曰：“此为宝剑之精上彻乎天。”张华遂遣雷寻剑，后果然在丰城县狱屋基下掘得一石函，中有双剑，极为名贵。 两句说爱剑如张华者，不知何时来取此宝剑？ 意思是感慨自己怀才不遇。

【解说】

本篇借咏剑抒发怀才不遇之感。

春咏

春从何处来？拂水复惊梅[1]。
云障青琐闼，风吹承露台[2]。
美人隔千里，罗帏闭不开。
无由得共语，空对相思杯[3]。

【注释】

〔1〕“春从”二句：这两句颇有名，沈德潜《古诗源》评为：“一起飘逸。”

〔2〕“云障”二句：青琐闼，指宫门。青琐是用青色涂染的连环花纹。承露台，汉武帝曾在宫中起承露盘，此指宫庭。《南史·吴均传》记作者“私撰《齐春秋》，奏之。书称帝为齐明帝佐命，帝恶其实录，以其书不实……敕付省焚之，坐免职”。这两句感叹宫殿为云雾所蔽，可能与此传记载吴均被梁武帝免职事有关。

〔3〕无由：犹言无缘。

【解说】

本篇写春日思美人而不能得见，寄寓作者仕途失意之感。

山中杂诗

山际见来烟，竹中窥落日。
鸟向檐上飞，云从窗里出。

【解说】

本题诗共三首，此为其一。诗题一作《还山》。沈德潜《古诗源》说：“四句写景，自成一格。”

刘峻 （463—522）

刘峻，字孝标，初名法武，祖籍平原，幼年时被人掠卖到中山（今河北定县）。齐武帝永明年间（483—493）投奔到南方，更名峻。曾任齐豫州府刑狱，梁荆州户曹参军，后隐居著述至卒。他以博学著称，时人称之为“书淫”，曾为《世说新语》作注并获高评。长于文章，所写《广绝交论》痛言世人所谓“友谊”之虚伪，列数“势交”“贿交”“谈交”“穷交”“量交”，剖析的淋漓尽致，是一篇骈文杰作。存诗仅四首，风格古朴刚健。

出塞

蓟门秋气清，飞将出长城[1]。
绝漠冲风急，交河夜月明[2]。
陷敌摐金鼓，摧锋扬旆旌[3]。
去去无终极，日暮动边声[4]。

【注释】

〔1〕“蓟门”二句：蓟门，指边塞，蓟为古地名，在今北京市西南，秦汉以来一直是北方边防重镇。飞将，西汉名将李广威震匈奴，被称为“飞将军”。此指边塞将领。

〔2〕“绝漠”二句：绝漠，远僻的沙漠。冲风，疾风。交河，地名，故址在今新疆吐鲁番西北，原是两条小河交叉处的小岛，汉代为安西都护府治所。

〔3〕“陷敌”二句：陷敌，陷入敌军包围。摐，撞击。摐金鼓是敲击军乐以激发士气。摧锋，攻击敌军的精锐。唐人高适《燕歌行》“摐金伐鼓下榆关，旌旆逶迤碣石间”，即从这两句化出。

〔4〕“去去”二句：去去，犹言行行，指军队继续行军追敌。边声，边塞的声音。

【解说】

本篇系乐府诗，属《横吹曲辞》。

王僧孺（465—522）

王僧孺，东海郯（今山东郯城县）人。仕齐为太常博士，入梁历官南海太守、尚书吏部郎、兰陵太守等职。今存诗近四十首，构思颇新巧，如《夜愁示诸宾》“谁知心眼乱，看朱忽成碧”，以视觉的错乱来表现愁思纷繁；《至牛渚忆魏少英》“枫林暖似画，沙岸净如扫”，以如画来形容自然景物之美，在当时都算是很新鲜别致的。

春日寄乡友

旅心已多恨，春至尚离群〔1〕。
翠枝结斜影，绿水散圆文。
戏鱼两相顾，游鸟半藏云〔2〕。
何时不悯默，是日最思君〔3〕。

【注释】

〔1〕“旅心”二句：旅心，客居他乡的情怀。离群，《礼记·檀弓》：“吾离群而索居，亦已久矣。”郑注：“群，谓同门朋友也。”

〔2〕“翠枝”四句：这四句上承“春至”二字，具体描绘春至万物复苏、欣然自得的情况，以反衬自己不能归家的凄苦。翠枝，犹绿枝。结，形容枝干交错。圆文，圆形的水波。半藏云，形容鸟嬉戏于空中，时隐时现。

〔3〕“何时”二句：悯默，因心中忧愁而沉默寡言。此指心中充满思乡念友之情。是日，此日，即立春之日。

【解说】

春日，立春之日。乡友，同乡友人。此处可能是指何逊，作者与何同为东海郯人，友情很深，彼此有诗唱酬赠答。

张率 （475—527）

张率，字士简，吴郡（今江苏吴县）人。仕齐官至太子洗马，入梁历官江陵令、扬州别驾、太子家令、新安太守等职。存诗二十余首，有四言、五言拟古乐府，也有当时江南流行的《白纻歌》。诗中喜用典，但手法颇笨拙，例如《对酒》《相逢行》两诗的用典就显得勉强、生硬。《梁书》本传记载当时有人散布流言说他与父亲留下的歌妓有染，事虽不实，然而他的诗的确善写男女相思之情，包括在《清凉》《玄云》那样的题目下也会涉及艳情。

长相思

长相思久离别，美人之远如雨绝〔1〕。
独延伫，心中结〔2〕。
望云云去远，望鸟鸟飞灭〔3〕。
空望终若斯，珠泪不能雪〔4〕。

【注释】

〔1〕如雨绝：化用傅玄《豫章行·苦相篇》："垂泪适他乡，忽如雨绝云。"指离别不得再会。

〔2〕结：郁结。

〔3〕"望云"二句：这两句极言相思徒劳。云既指天上之云，但也可使人联想到宋玉《高唐赋》中巫山神女自谓的"朝为行云"；鸟既可以是目中所见，也可使人想到鸿雁传书的传说。

〔4〕"空望"二句：斯，指前两句所述情景。雪，擦拭。

【解说】

本题属乐府《杂曲歌辞》。诗共两首，此选其一。

萧衍 (464—549)

萧衍，字叔达，兰陵中都里（今江苏常州市西北）人。初仕齐，为卫军王俭东阁祭酒。为人有权术，任司州刺史时，为避齐明帝猜忌，解遣部曲，常乘折角小牛车出游，明帝叹为清俭，遗诏为都督、雍州刺史。永元二年（500）以其兄被害为由举兵攻入建康，南齐实已为他所控制。两年后以梁公受齐禅。在位四十八年，因侯景兵乱最后被囚饿死。史称梁武帝。

萧衍喜诗文，早年名列“竟陵八友”，称帝后亦经常与群臣赋诗，这对他的几个儿子、对梁朝群臣尚文之风都很有影响。他在位时间很长，以大力提倡复兴儒学、宣传佛教区别于刘宋、萧齐的君主，而且自言“不食鱼肉，亦断房室”（《净业赋序》），还经常召集群臣宣讲佛经，几次舍身佛寺。他竭力要让人相信自己是德被四方的明君、苦身修行的天子。但在明眼人看来，他这一套把戏并不高明，张溥就讥笑他说：“神器至重，逆取顺守，仅欲以黄羸菜味，自救不臣，为计短矣！”（《汉魏六朝百三家题辞·梁武帝集》）尽管是“为计短矣”，但他的诗中毕竟留下一些与历来君王诗作不同的东西，例如标榜自己“仁化洽孩虫，德令禁胎夭”（《籍田》），表示自己“爱悦夫子道，正言思善诱”（《撰孔子正言竟述怀》），以及《十喻》《和太子忏悔》一类发挥佛理的诗。

他的儿子萧纲倒是比较坦白，说：“立身之道与文章异，立身先须谨重，文章且须放荡。”（《诫当阳公大心书》）这几句话可看成是萧氏父子处世行文的家传秘诀。“谨重”是做给世人看的，目的是为了维持家天下的统治；“放荡”才是本来的情趣，也需要在诗中怡荡情性，松弛一下因“谨重”而过分紧张的神经。明白这一层关系，再来看萧衍诗中与道德说教并存的言情诗和艳情诗，就会觉得二者同时并存并非不可理解。因为“谨重”只是一种让人看的姿态，与此相联系的诗中说教就缺乏真情实感，读起来味同嚼蜡，而“放荡”既本诸性灵，故与其有关的言情诗甚至艳情诗都显得比较活泼有生气，使人感到萧衍作为诗人并非没有才华。他本世居江南的贵族子弟，对江南民歌的爱好和熟悉远远超过那些从中原侨居江南的诗人，其诗得益于江南民歌的情韵也很明显，而且有不少诗写得颇有韵味，例如《子夜四时歌》和《河中之水歌》《东飞伯劳歌》。当然，如果把他的艳情诗《江南弄·游女曲》《闻欢歌》同他屡屡示人的摈绝声色、苦身修行的宣言联系在一起，仍不免有滑稽之感，因为两者之间差距实在太远。

襄阳踏铜蹄歌（三首选一）

陌头征人去，闺中女下机[1]。
含情不能言，送别沾罗衣。

【注释】

〔1〕陌头：路口。

【解说】

这是作者根据襄阳民谣制作的乐府诗，诗题亦名《襄阳白铜蹄歌》。据《隋书·乐志》记载，作者在南齐末年任雍州刺史，坐镇襄阳，当地有童谣云："襄阳白铜蹄，反缚扬州儿。"当时有人解释说，白铜蹄，指马，即作者所率领的襄阳铁骑；扬州儿指南齐君臣。后来作者果然以报兄仇为名举兵攻入建康，代齐自立。称帝以后，遂作此诗，以见出他的起兵乃是应和了民间的呼声。历史上这类暗示政治上变化的歌谣很多，有些事后应验，有些则不见应验。这类歌谣流布有些极有可能本来就是当事人授意制造的舆论宣传。不过，这支《白铜蹄歌》后来竟在襄阳扎下根来，成为当地传唱多年的民歌。唐代李白《襄阳歌》还说："襄阳小儿齐拍手，拦街争唱《白铜蹄》。"足见此曲历久不衰。原诗共三首，此选其一，诗中写作者率军东下之际，将士与妻子相别情景。

河中之水歌

河中之水向东流，洛阳女儿名莫愁[1]。
莫愁十三能织绮，十四采桑南陌头，
十五嫁为卢家妇，十六生儿字阿侯[2]。
卢家兰室桂为梁，中有郁金苏合香[3]。
头上金钗十二行，足下丝履五文章[4]。
珊瑚挂镜烂生光，平头奴子提履箱[5]。
人生富贵何所望？恨不嫁与东家王[6]！

【注释】

〔1〕“河中”二句：河，指黄河。莫愁，亦见于南朝民歌《莫愁乐》：“莫愁在何处？莫愁石城西。艇子打两桨，催送莫愁来。”所说的莫愁在石城（今湖北省钟祥县）。本篇的莫愁当是从民歌借来的女子名称，犹如汉乐府《陌上桑》中的罗敷也被文人写入诗中一样。

〔2〕“莫愁”四句：这四句从《古诗为焦仲卿妻作》（即《孔雀东南飞》）“十三能织素，十四学裁衣，十五弹箜篌，十六诵诗书，十七为君妇”化出。

〔3〕“卢家”二句：言莫愁所嫁卢家富贵非常。兰室桂为梁，言居室之华美，郁金香、苏合香是从西域进口的名贵香料，体现生活的奢华。

〔4〕“头上”二句：十二行，极言头饰之多，当非实指。五文章，五通“午”，纵横交错的意思。文章，指花纹。两句言莫愁服饰极为华贵。

〔5〕“珊瑚”二句：烂，灿烂。平头，一种头巾名。奴子，奴仆，仆人。提履箱，提着衣箱。提一作“擎”。两句言莫愁闺房内陈设豪华，侍侯她的仆人衣着也很整齐。

〔6〕“人生”二句：何所望，犹言有何遗恨。望，怨责。东家王，指莫愁昔日相爱的男子。按，东家王也许只是作者因押韵而称之，并非实有其人，犹如莫愁、卢家亦难以确指一样。但自从唐人诗中多言“墙东王昌”，每以“王昌”与“莫愁”对举之后，这位“东家王”也就坐实为王昌。清代学者把他当作历史上的真实人物来考察，而结论也只是“其人始末已无可考”（高士奇《天禄识余》下）。其实诗文中的不少人物本属“子虚”“乌有”之辈，出自作者的虚构，故不可考也不必考。

【解说】

本篇《玉台新咏》《艺文类聚》作古辞，《乐府诗集》列在《杂歌谣辞》，题为梁武帝作。宋代以后一般诗歌选本作者均从《乐府诗集》。诗中写一位叫莫愁的女子嫁入富贵人家，但无法忘却昔日的恋情。

东飞伯劳歌

东飞伯劳西飞燕，黄姑织女时相见〔1〕。
谁家女儿对门居？开颜发艳照里闾〔2〕。
南窗北牖挂明光，罗帷绮箔脂粉香〔3〕。
女儿年几十五六，窈窕无双颜如玉〔4〕。
三春已暮花从风，空曾可怜与谁同〔5〕？

【注释】

〔1〕“东飞”二句：伯劳，鸟名，又名鶪（jú）。黄姑，又名河鼓，

即牵牛星。这两句以鸟的东来西去，牵牛、织女两星隔河相望而不得相会起兴，引出下面男子对经常相见的少女的爱慕之情。

〔2〕开颜发艳：犹言容光焕发、美艳照人。里闾：指邻里。

〔3〕“南窗”二句：这两句渲染少女的美。南窗北牖、罗帷绮箔，均指少女活动的地方。挂明光，形容少女光彩照人。脂粉香，言少女善于梳妆打扮。

〔4〕几：约，仅。

〔5〕“三春”二句：这两句以暮春花落比喻少女的青春易逝，言外之意是说她应早些出嫁，与爱慕她的人共结百年之好。与谁同，一作“谁与同”。

【解说】

本篇《玉台新咏》《艺文类聚》《乐府诗集》均作古辞，《文苑英华》始作梁武帝诗。明清选本多从《文苑英华》，今依《文苑英华》。诗中以一个男子的口吻述说对一少女的爱慕之情。

徐悱（？—524）

徐悱，字敬业，东海剡（今山东剡城县）人。仕梁官至晋安内史。存诗四首，却有两首是“赠内”诗。这种题材常常不是敷衍，就是矫情，但他的诗还比较有真情，另外也讲究构思。

赠内[1]

日暮想清扬，蹑履出椒房[2]。
网虫生锦荐，游尘掩玉床。
不见可怜影，空余黼帐香[3]。
彼美情多乐，挟瑟坐高堂[4]。
岂忘离忧者，向隅心独伤[5]。
聊因一书札，以代九回肠[6]。

【注释】

〔1〕内，指妻子。作者的妻子刘令娴是刘孝绰的妹妹，以诗文名世，存世之作有《答外》诗两首，系与本篇的唱和诗。作者去世后，她作《祭夫文》，文词凄怆，作者父徐勉本欲作文哀悼儿子，见之叹赏而搁笔。

〔2〕“日暮”二句：这两句想象妻子日暮时分独自在家的情景。清扬，《玉台新咏》作“清阳”，此据逯钦立《先秦汉魏晋南北朝诗》校记改，指妻子姿态的优美。蹑履，本指趿鞋而行，此指步履轻快，与“清扬”姿态相应。椒房，闺房。

〔3〕“网虫”四句：网虫，蜘蛛。锦荐，锦作的垫席。游尘，浮尘。可怜，犹言可爱，可怜影指丈夫的身影。黼帐，装饰华美的帐子。这四句补叙妻子“蹑履出椒房”的原因，因为自己远出，室内无人，妻子很是寂寞。

〔4〕“彼美”二句：这两句想象妻子对自己的幽怨。彼美，指作者，以妻子的口吻说出。情多乐，言很少忧愁。挟，持、拿。高堂，

高大宽敞的厅堂，指官舍，左思《蜀都赋》：“置酒高堂，以御嘉宾。”两句写妻子想象自己丈夫每天坐在官府厅堂内，弹琴作乐，早已把她忘了。

〔5〕“岂忘”二句：承上两句，言自己并没有忘记妻子承受着分离的痛苦，每每向隅伤心。离，同“罹”，遭受。离忧者，指妻子。

〔6〕“聊因”二句：书札，书信，指这首诗。九回肠，语本司马迁《报任安书》“肠一日而九回”，指相思的痛苦之情。

萧统（501—531）

萧统，字德施，小字维摩，萧衍长子，天监元年（502）立为皇太子，卒后谥昭明，故世称昭明太子。他很聪颖好学，其东宫藏书近三万卷，超过当时以藏书多著称的沈约。又喜引纳四方才学之士，与之讨论学术，著述文章。在他三十一年短促的生涯中，著有文集二十卷，选“五言诗之善者”编为《英华集》十卷，但均已亡佚。使他在文学史上留下声名的是他所选编的《文选》，其中收有先秦至梁一百二十九位作者及无名氏的辞赋、诗文七百余篇，很多优秀的作品因此得以留传后世。《文选》在很长的时间里一直是作家学习创作的范本，对唐宋直到明清的文学创作影响极为深刻。萧统在《文选序》中提出“事出于沉思，义归乎翰藻”的选录标准，以及以文体分类编次的编排方法，对后世也有广泛影响。不过，他本人传世的诗作只能说是成就平平，与父亲萧纲和弟弟萧绎相比，他的诗似乎过于拘谨，缺乏自己的特色。

相思

相思终无极，长夜起叹息。
徒见貌婵娟，宁知心有忆[1]？
寸心无以因，愿附归飞翼[2]。

【注释】

〔1〕忆：思念。
〔2〕因：凭，指凭借它物表达出来。

【解说】

本题属乐府《杂曲歌辞》，有五言和七言两体。本篇以女子口吻自述渴望得到意中人的爱情。

陶弘景 （452—536）

陶弘景，字通明，丹阳秣陵（今江苏南京）人。家世奉天师道，他亦以精通道术闻名。南齐时曾为诸王侍读，因家贫，求为县宰而不得，遂于永明十年（492）上表辞职，隐居于句曲山中，每月由朝廷供给服饵。后曾作谶语宣传梁将代齐，并遣弟子迎接萧衍之军。萧衍称帝后，遇朝廷大事，每遣使向他谘咨，一时号称“山中宰相”。所写诗歌不多，但有特色，从下面选的两首诗可看出他的诗才。

寒夜怨

夜云生，夜鸿惊，凄切嘹唳伤夜情[1]。
空山霜满高烟平，铅华沉照帐孤明[2]。
寒月微，寒风紧；
愁心绝，愁泪尽。
情人不胜怨，思来谁能忍？

【注释】

〔1〕嘹唳：形容雁叫声音的凄清响亮。这里写雁叫是因“夜云”而受到惊吓，或许有些夸张，但古人每借此类景象来表现对外界变化极敏感的心态，例如王维《鸟鸣涧》：“月出惊山鸟，时鸣春涧中。”

〔2〕铅华：古代妇女化妆用的白粉，此代指思妇。沉照：指灯火长久不灭。

【解说】

本题属乐府《杂曲歌辞》，系作者所创。诗中写思妇闺怨，而着力刻画寒夜凄凉的背景氛围，杂用三五七言，韵脚很密，与后世的词不无相似，因此沈德潜评为“音节近词”（《古诗源》）。

诏问山中何所有赋诗以答

山中何所有？岭上多白云。
只可自怡悦，不堪持寄君。

【解说】

诗题一作《答诏问》。这是作者回答梁武帝诏问而写的一首诗。据《南史·陶弘景传》，作者与萧衍早有接触，齐末时作者为歌曰："水丑木，为梁字"，显然是为当时已封梁公的萧衍代齐制造舆论。以后听说朝廷议论禅代，作者又"援引图谶数处，皆成'梁'字，令弟子进之"，鼓励萧衍下决心废齐自立。故萧衍称帝后，对作者极为礼遇："书问不绝，冠盖相望……国家每有吉凶征讨大事，无不前以咨询，月中常有数信，时人谓为'山中宰相'。"（见本传）但作者并不想弃山林而入朝市，萧衍曾对他"屡加礼聘"，都被辞谢。本诗就表示了无意出仕之志。此外他还有一幅画送给萧衍："一牛散放水草间，一牛著金笼头，有人执绳以杖驱之。"可见他的心里很清楚，留居山林仍不失为"山中宰相"，应诏入朝就只好当被羁挨杖的"牛"了。画的意思过于直露，不如本诗来得蕴藉洒脱。

刘孝绰 （481—539）

刘孝绰，本名冉，字孝绰，彭城安上里（今江苏铜山县）人。父刘绘、舅王融并有诗名，他也以七岁能诗而早享“神童”之名。在梁历官著作佐郎、秘书丞、秘书监等职。他的诗在当时名气很大，“每作一篇，朝成暮遍”，甚至流传到北方河朔一带。时人或将他和何逊并称，但又嫌何诗“每病苦辛，饶贫寒气”，不如他的诗气度“雍容”（见颜之推《颜氏家训·文章》）。其实他的诗致命的缺点也正在“雍容”二字，他写了不少应诏、侍宴、赋得之类的诗，还有《同武陵王看妓》《和湘东王理讼》《为人赠美人》一类的无聊之作。除了词采华丽、多用典故，看不出有多少真情实感。文学史上有不少人享誉于当时而不能见赏于后世，刘孝绰是一个典型的例子。他的诗歌和诗名都是文坛一时风气的产物，而当时文坛的风气又是“文尚声华，渐爽情实”，因此“一代名作，皆文过其实”（张溥《汉魏六朝百三家集题辞·王詹事集》）。

夜不得眠

夜长愁反覆，怀抱不能裁[1]。
披衣坐惆怅，当户立徘徊。
风音触树起，月色度云来。
夏叶依窗落，秋花当户并。
光阴已如此，复持忧自催[2]。

【注释】

〔1〕“夜长”二句：反覆，言忧愁绵绵不绝。裁，自持。
〔2〕催：形容忧思相逼。

【解说】

本篇由夜中难眠抒写光阴流逝的感叹。中间“风音触树起，月色度云来”描写夜景颇为出色。

王籍 （生卒年不详）

王籍，字文海，琅琊临沂（今山东临沂）人。齐末为外兵记室，入梁历任钱塘令、湘东王咨议参军、中散大夫。为诗倾慕谢灵运。存诗仅两首，因下面所选的《入若耶溪》很有名，故他的名字常见于后世的诗歌选本。

入若耶溪[1]

艅艎何泛泛，空水共悠悠[2]。
阴霞生远岫，阳景逐回流[3]。
蝉噪林逾静，鸟鸣山更幽[4]。
此地动归念，长年悲倦游[5]。

【注释】

〔1〕若耶溪：在今浙江绍兴市南若耶山下，当时作者在会稽（今绍兴）任湘东咨议参军。

〔2〕“艅艎”二句：艅艎，船名。泛泛，泛舟而行的样子。空水，犹言天水。悠悠，形容水天相接幽远深广的样子。

〔3〕“阴霞”二句：阴霞，山坡北面的云霞。远岫，远山。阳景，山南面投下的影子。逐回流，形容山影随水波荡漾。

〔4〕“蝉噪”二句：这两句最为传诵，当时就有“文外独绝”之誉（《颜氏家训·文章》）。两句言林静山幽，语意颇见重复，但寓静于动，以动写静，手法新奇。后来不少人模仿这两句写景，特别是王维的山水诗一些佳句系由此两句化出，如《鸟鸣涧》写“夜静春山空”是“月出惊山鸟，时鸣春涧中”，《过感化寺昙上人山院》写“夜坐空林寂”是“野花聚发好，谷鸟一声幽”，《过香积寺》写“薄暮空潭曲”是“泉声咽危石，日色冷青松”，又有“谷静惟松响”（《游感化寺》），“洞房隐深竹，清夜闻遥泉”（《投道一师兰若宿》），“山静泉逾响”（《赠东岳焦炼师》），“谷静泉逾响”（《奉和圣制幸玉真公主山庄因题石壁十韵之作应制》），“行踏空林落叶声”（《过乘如禅师萧居士嵩邱兰若》），“落花

啼鸟纷纷乱，涧户山窗寂寂闲”（《寄崇梵僧》），等等。足见王维受“蝉噪林逾静，鸟鸣山更幽”两句影响之深。

〔5〕“此地”二句：归念，归隐山林之念。倦游，指厌倦游宦生活。

萧综 （500—529）

萧综，字世谦，梁武帝第二子，封豫章王。曾任南兖州刺史。普通六年（525）投奔北魏，改名赞，字德文，授司空，娶魏孝庄帝之姊寿阳公主，拜驸马都尉。尔朱兆入洛后，潜道为僧，病卒于途中。存诗仅两首，风格与留在南朝的父亲兄弟明显不同。

悲落叶

悲落叶，联翩下重叠[1]。
重叠落且飞，纵横去不归。
长枝交荫昔何密，黄鸟关关动相失[2]。
夕蕊杂凝露，朝花翻乱日[3]。
乱春日，起春风，春风春日此时同[4]。
一霜两霜犹可当，五晨六旦已飒黄[5]。
乍逐惊风举，高下任飘扬[6]。
悲落叶，落叶何时还？
夙昔共根本，无复一相关[7]。
各随灰土去，高枝难重攀[8]。

【注释】

〔1〕联翩：落叶飘零的样子。

〔2〕关关：鸟的叫声。 动相失：形容枝叶茂密，鸟移动后就难以找到了。

〔3〕翻乱：形容树上的花朵在阳光下竞相开放。

〔4〕乱：指花朵开放。

〔5〕“一霜”二句：这两句说进入秋天以后，最初的寒霜树叶还能承受，但连续的寒霜已使树叶萎黄。 当，承当。 飒黄，枯黄。

〔6〕举：起，飞。

〔7〕“夙昔”二句：夙昔，往昔。 共根本，指叶与树同根而生。

无复，犹言不再。 相关，相连。 古人诗中常以脱离本根的“飞蓬”比喻游子，这里“高下任飘扬”的落叶形同飞蓬，显然是作者的自喻。 又相传曹植所作的《七步诗》中以“同根生”来比喻兄弟之间的骨肉关系，这里的“共根本”也是追忆往昔的兄弟情分。

〔8〕“各随”二句：这两句说落叶既已离开本根，就再也回不到原来的树上了。

【解说】

此据《艺文类聚》,《梁书》本传所载此诗较为简略。《南史》本传说作者“在魏不得志，尝作《听钟鸣》《悲落叶》以申其志”。 诗中反覆吟唱“悲落叶”，表现了寄身异国，不能归乡的痛苦。

庾肩吾 (487—553?)

庾肩吾，字子慎，一作慎之，祖籍南阳新野（今属河南），世居江陵（今属湖北）。初为晋安王萧纲国常侍，以后兼任记室参军。随萧纲镇雍州时，与徐摛、刘孝威等同受赏识，加以礼遇，当时号称“高斋学士”。萧纲即位，他被任命为度支尚书，后人因而称他为“庾度支”。侯景乱时，他逃至会稽，转赴江陵投奔萧绎，被封为武康县侯，死后还赠散骑常侍，很受元帝萧绎的推重。

庾肩吾长期在萧纲手下任职，萧纲是“宫体诗”的领袖，他和徐摛则是萧纲的左膀右臂，他俩的儿子庾信、徐陵也都以“宫体诗”名世。梁、陈之际的“宫体诗”，代表人物即萧氏兄弟和徐庾父子。不过，虽同以“宫体诗”著称，其实彼此诗歌内涵与风格并非完全一致，成就亦高下不等。大体而言，萧纲高于萧绎，庾氏父子亦超过徐氏父子。徐摛当时名气很大，但传世之作很少，庾肩吾却有较多的诗流传下来，且让人看到他的诗确有技巧、有特色。例如，他在“奉和”“应令”“赋得”这一类典型的宫体诗题下，在描绘景物方面就写出了一些声调和谐、对仗工整的佳句，如“映岩沉水底，激浪起云边”（《奉和泛舟汉水往万山应教》），“水逐云峰暗，寒随殿影生”（《山池应令》），“黑米生菰叶，青花出稻苗”（《奉和太子纳凉梧下应令》）。他离开“奉和”一类的诗题，诗歌往往写得清新可读，例如《寻周处士弘让》。只是他很喜欢用典故，写景言情都离不开用典使事，虽然有些未必让人觉察。

乱后行经吴邮亭

邮亭一回望，风尘千里昏。
青袍异春草，白马即吴门[1]。
獯戎鲠伊洛，杂种乱轘辕[2]。
辇道同关塞，王城似太原[3]。
休明鼎尚重，秉礼国犹存[4]。
殷牖爻虽赜，尧城吏转尊[5]。
泣血悲东走，横戈念北奔[6]。
方凭七庙略，誓雪五陵冤[7]。
人事今如此，天道共谁论[8]？

【注释】

〔1〕“青袍”二句：这两句说侯景率兵进攻建康，字面化用当时的童谣和前人的典故。《梁书·侯景传》：“普通（梁武帝年号）中童谣曰‘青丝白马寿阳来’，后景果乘白马，兵皆青衣。”《古诗》有“青袍似春草”之句。上句说侯景军皆着青衣，气势汹汹进攻建康，全然不像古诗说的“青袍似春草”。下句化用《孔子家语》的典故：“颜渊与孔子俱上泰山，东南望吴昌门外。孔子见白马，引颜渊指之：‘若见吴昌门乎？’颜渊曰：‘见之，有系练之状。’”此言由吴邮亭回望，但见侯景骑白马率兵进攻建康。

〔2〕“獯戎”二句：獯戎，北方游牧民族，周代称猃狁，汉代称匈奴，此指侯景及其所率之军。下句的“杂种”也是骂侯景的话，因侯景本系鲜卑化的羯人，原为北齐军将，后归顺梁朝。鲠，阻，此是围困的

意思。伊洛，洛阳，此代指梁京都建康。轘辕，山名，在今河南省偃师、巩县交界处，距洛阳不远，此代指建康周围地区。

〔3〕“辇道”二句：言侯景兵乱之后梁朝京畿之地已沦为战场，与边塞无异。辇道，古代君王车驾专用的道路，此处与“王城”均代指京城。关塞，边塞。太原，西周时是周人和猃狁争战之地，《诗经·小雅·六月》：“薄伐猃狁，至于太原。”

〔4〕“休明”二句：言梁朝行德政，秉礼治，故不会为侯景所灭。休明，犹美好。鼎，古代象征统治权力的重器。上句用《左传·宣公二年》所载的故事：楚庄王企图取代周王室称霸天下，遂向周大夫王孙满打听周朝九鼎的轻重。王孙满回答说：“德之休明，虽小重也；其奸回昏乱，虽大轻也。”言周室有德，故势力虽衰弱而仍有力量。秉礼，奉行礼治，用《左传·闵公元年》所载故事：齐桓公欲进攻鲁国，齐大夫仲孙湫言其不可，因为鲁国“犹秉周礼”，“鲁不弃周礼，不可动也。”

〔5〕“殷牖”二句：殷牖，指殷代的羑里，牖通“羑”。《史记·周本纪》载，周文王曾被殷纣囚于羑里。爻，卦画称爻。赜，幽深难明的意思。古人占卦以问事之吉凶，“爻虽赜”是说事态的发展还不很清楚。尧城，借指梁武帝被围困的台城。《竹书纪年》载，尧亦曾被囚禁。吏转尊，化用《史记·绛侯世家》：“吾尝将百万军，然安知狱吏之贵乎？”这两句以周文王、尧比喻当时被围困在台城中的梁武帝，言其生死未卜，而昔日降于梁的侯景此刻气焰嚣张，不可一世。

〔6〕“泣血”二句：指梁武帝子萧绎、萧纶等出兵救武帝。泣血，言悲痛之极。横戈，犹言起兵。

〔7〕“方凭”二句：七庙，帝王之庙，《礼记·王制》：“天子七庙，三昭三穆，与太祖之庙而七。”古代征伐前，帝王要斋于祖庙，进行谋划，然后才发兵遣将。略，韬略。五陵，本指西汉的长陵、安陵、阳陵、茂陵、昭陵，此代指萧梁的祖陵。两句言救援之兵正精心谋划，一定要消灭侯景乱军。

〔8〕“人事”二句：感慨竟然发生如此战乱，苍天对梁朝也太不公平了。

【解说】

梁太清二年（548），侯景举兵叛梁，次年攻进建康，梁武帝被围困在台城。本诗作于侯景之乱后，以沉痛的语气表达了对战乱的悲愤之情，是作者的代表作。吴邮亭，为吴帝孙权所建，故址在今江苏武进县。邮亭一作“御亭”。

萧纲 （503—551）

萧纲，字世缵，梁武帝第三子。天监六年（507）封晋安王，后曾充丹阳尹、荆州刺史、江州刺史。中大通三年（549）被立为太子。太清三年（549）梁武帝死于侯景之乱，他即位，在位仅两年即被侯景杀死。史称梁简文帝。

萧纲自言："七岁有诗癖，长而不厌。"史家说他"引纳文学之士，赏接无倦，恒讨论篇籍，继以文章"（《梁书》本纪）。死时不到五十岁，而著有文集百卷，其他著述六百卷（见《南史》本纪）。他的确是历史上有数的几位酷爱文学达到如痴如醉地步的君王之一。后人感慨："造物何苦愚才人，乃使公子为天子！"（刘恋《风人诗话》引阎尔梅《迷楼》诗）这两句诗用在他身上真是再合适不过。他在给弟弟萧绎的信中说："吾辈亦无所游赏，止事披阅，性既好文，时复短咏。"（《与湘东王书》）这与他父亲萧衍有所不同，萧衍也爱好文学，但当了皇帝后经常摆出一副垂范天下的姿态，诗中不时会冒出几句道貌岸然的说教，而萧纲始终是才子风流的面貌，并不扭捏作态。南朝宫廷生活的场面和贵族的生活情趣，在他和萧绎、徐摛、庾肩吾等人的唱和诗中得到全面而又真实的反映。当时他是太子，居东宫，时人遂称这些诗为"宫体诗"。

后人对萧纲及"宫体诗"批评得很严厉，说是"清辞巧制，止乎衽席之间；雕琢蔓藻，思极闺闱之内"（魏征《隋书·经籍志·集部总论》）。应该承认表现声色艳情是"宫体诗"极突出的内容。萧纲不仅"咏内人昼眠"，写"倡妇怨情"，而且刻画娈童的"揽挎轻红出，回头双眄斜"（《娈童》）。这些诗所反映的是贵族的变态情欲，情趣卑下，艺术上也不足取。后人称"宫体诗"是"亡国之音""以淫放为本"，以其中的色情之作而言，批评并不过分。

不过后人对"宫体诗"的严厉批评也带来了一些误解，其中最明显的就是把“宫体诗”等同于艳情诗。其实，萧纲在诗歌理论和创作上，都并非只提倡和只写艳情。他的确说过诗歌要描摹“高楼怀怨，结眉表色，长门下泣，破粉成痕”（《答新渝侯和诗书》），但同时也说过诗歌要表现边关将士的情怀，写其在“胡雾连天，红旗拂日，时闻坞笛，遥听塞笳”之际，“或乡思凄然，或雄心喷薄”的心情（《答张缵谢示集书》）。可惜他后一方面的主张和实践不为后人所重甚至是视而不见。从他存世的近三百首诗看，写得最多的是咏物写景之作，也有唱酬赠答之作，有一些描写相思闺怨的诗与前人同类诗作没有明显区别，当然还有一些艳情诗。有可能原来艳情诗所占比重还要大一些。但“宫体诗”绝不是只有“玉体横陈夜”之类诗作，相反，它包含的题材相当广，诗歌风格也比较多样化，对当时诗歌题材、风格实有所开拓。

作为一个诗人，萧纲的主要成就体现在咏物写景的细致入微和善以清新活泼的笔调刻画男女相思之情。前者继承了南朝文人诗极貌写物的传统，细腻但失于纤巧；后者是对江南民歌的模仿，灵秀而带有软媚的气息。倘若萧纲只是一个普通文士而不是藩王、太子、皇帝，后人对其诗的评价有可能要高一些。

雁门太守行

陇暮风恒急，关塞霜自浓[1]。
枥马夜方饲，边衣秋未重[2]。
潜师夜接战，略地晓摧锋[3]。
悲笳动胡塞，高旗出汉墉[4]。
勤劳谢功业，清白报迎逢[5]。
非须主人赏，宁期定远封[6]？
单于如未系，终夜慕前踪[7]。

【注释】

〔1〕陇：陇头的简称，指边塞。

〔2〕“枥马”二句：言将士夜里饲马，轻装待发。重，几层。

〔3〕“潜师”二句：潜师，夜间奔袭的军队。略地，攻占敌人的土地。摧锋，消灭敌军精锐。

〔4〕“悲笳”二句：上句言敌人因战败而痛苦，下句说自己一方高插红旗欢庆胜利。墉，城墙。

〔5〕“勤劳”二句：言从军将士勤劳国事，矢志清白，无意邀功受赏。谢，辞谢。

〔6〕“非须”二句：主人，指国君。定远封，汉代班超以击匈奴有大功，封定远侯。

〔7〕“单于”二句：系，拘囚、捕获。慕前踪，仰慕前代名将如班超诸人的功绩。踪，足迹，代指战功。

【解说】

本篇用乐府旧题，属《相和歌辞》。《古今乐录》引王僧虔《技录》，言本题古辞是歌汉代洛阳令王涣为政清廉、治理有方的。有人认为古辞之题应作《洛阳行》，但演奏时用的是《雁门太守行》曲调，而后者的古辞已佚。从作者开始，本题都写从军边塞的生活。原作共三首，此选其二。

棹歌行

妾家住湘川，菱歌本自便[1]。
风生解刺浪，水深能捉船[2]。
叶乱由牵荇，丝飘为折莲[3]。
溅妆疑薄汗，沾衣似故湔[4]。
浣纱流暂浊，汰锦色还鲜[5]。
参同赵飞燕，借问李延年。
从来入弦管，谁在棹歌前[6]？

【注释】

〔1〕“妾家”二句：湘川，犹言湘水。便，犹言熟悉。

〔2〕“风生”二句：刺浪、捉船，指撑篙行船。

〔3〕“叶乱”二句：这两句既写景，也用江南民歌语意双关的手法，写水上女子的情思。荇，一种水生植物，又名荇菜。丝，藕丝，谐音“思”。莲，谐音“怜”。

〔4〕“溅妆”二句：疑，犹、如。湔（jiān），洗。故湔是说衣服沾上水，就像洗过一样。

〔5〕“浣纱”二句：这两句说水上女子脱下衣服洗涤，一时河水因洗下的泥污而变得混浊，但洗后的衣服色彩却更鲜艳了。浣纱、汰锦，均指洗衣。

〔6〕“参同”四句：参同，犹言等同、犹同。这四句言水上女子自觉容貌与赵飞燕相当，她所唱的棹歌，也不亚于宫廷的乐曲。

【解说】

本题属乐府《相和歌辞》。《古今乐录》引《技录》，谓本题最早歌魏明帝的“王者布大化”一篇，歌颂魏平吴之功。以后陆机等人有拟作，或写渡河行游之乐，或言出使行旅之愁，自作者始改以江南民歌情调，描写水上女子的情思。后来北齐魏收、隋卢思道等均有拟作。

折杨柳

杨柳乱成丝，攀折上春时〔1〕。
叶密鸟飞碍，风轻花落迟。
城高短箫发，林空画角悲〔2〕。
曲中无别意，并是为相思〔3〕。

【注释】

〔1〕上春时：犹初春时。

〔2〕画角：古代军中所用的一种乐器，形如竹筒，音声高亢哀厉。

此处以画角与短箫对举，表现男女相思。

〔3〕“曲中”二句：这两句说无论短箫、画角，吹奏出来的都是相思之情。

【解说】

这是作者《和湘东王横吹曲》三首中的第一首，《乐府诗集》归入《横吹曲辞》。本题古辞写从军思乡之情，作者改成表现男女相思的诗，后人之作亦多从之。

春江曲

客行只念路，相争渡京口〔1〕。
谁知堤上人，拭泪空摇手。

【注释】

〔1〕京口：地名，在今江苏镇江，当时是由京城建康通往江北及长江上下游的交通要道。

【解说】

本题《乐府诗集》归入《杂曲歌辞》，题作《春江行》。诗中的“堤上人”似是一位青楼女子，她来到渡口为“客人”送别，多情地流泪挥手，但“客人”并没有注意到她。或许“客人”只顾归家，早已忘掉了这位陌路相逢的女子，也不曾想到她会来给自己送行。

夜望单飞雁

天霜河白夜星稀，一雁声嘶何处归〔1〕？
早知半路应相失，不如从来本独飞〔2〕。

【注释】

〔1〕天霜河白：形容秋夜的清冷。

〔2〕应：当，会。

【解说】

本篇借失偶的孤雁抒写闺怨，以比兴手法言情。四句平仄和谐，已是合格的七言绝句。

王筠 （481—549）

王筠，字元礼，又字德柔，琅琊临沂（今山东临沂）人。梁武帝时历官太子洗马、临海太守等职，简文帝即位，任太子詹事，死于侯景之乱。他很早就有文名，极受沈约的赏识，说他是谢朓之后最出色的诗人："晚来名家，无先筠者。"（《南史·王筠传》）当时这些比较年轻的文人大致分为两个集团，一派投在萧纲门下，后来以"宫体诗"名世；一派聚集在萧统周围，诗风不像"高斋学士"那样软媚，而是趋于雍容绮丽。王筠、刘孝绰是后一派的两个代表人物，被萧统比作浮丘子和洪崖先生（见《梁书·刘孝绰传》）。"宫体诗"流行之后，后一派人的诗逐渐不为人所重。从存世的诗作看，王筠、刘孝绰似乎都比"宫体"诗人保守。"宫体诗"尽管伤于轻艳，但能吸收南朝民歌的清新气息，在声律上继续向近体诗靠拢，富有新变气息，而王筠、刘孝绰在这两方面的创作显然不及"宫体诗"。

杂曲

可怜洛城东，芳树摇春风[1]。
丹霞映白日，细雨带轻虹。

【注释】

〔1〕洛城：犹言京城。

【解说】

本题《乐府诗集》归入《杂曲歌辞》。原作两首，此选其二。稍后徐陵、江总的同题诗都写男女相思之情，而本诗只描写春日景物，可看出作者与“宫体”诗人情趣多少有些不同。

楚妃吟

窗中曙，花早飞，
林中明，鸟早归。
庭前日暖，春闺香气亦霏霏[1]。
香气漂，当轩清唱调[2]。
独顾慕，含怨复含娇[3]。
蝶飞兰复熏，袅袅轻风入裾[4]。

春可游，歌声梁上浮[5]。

春游方有乐，沉沉下罗幕[6]。

【注释】

〔1〕霏霏：香气弥漫的样子。

〔2〕漂：形容香气如云雾一样流动，与“霏霏”相应。

〔3〕顾慕：含情凝睇。

〔4〕兰：香兰。

〔5〕梁上浮：形容歌声悠扬，暗用《列子·汤问》中韩娥歌声余音绕梁的典故。

〔6〕“春游”二句：这两句说闺中女子想外出踏春游乐而不能如愿，因为罗幕早已降下，行动不得自由。

【解说】

本题为乐府诗，属《相和歌辞》。诗中写春日女子被禁闭室中的幽怨之情。

萧绎 （508—554）

萧绎，字世诚，自号金楼子，梁武帝第七子。天监十三年（514）封湘东王，曾任荆州刺史、江州刺史等职。侯景乱时，曾率军攻打侯景并与其他藩王火并。大宝三年（552）在江陵即位，后被西魏军俘杀。史称梁元帝。

萧衍、萧纲、萧绎父子三人中，萧衍的统治为梁朝诗文创作提供了一段历时较长的天下太平的环境，萧纲首倡“宫体诗”，为此种背景下萧梁君臣诗歌创作找到一条合适的道路，而萧绎在创作上追随萧纲，同时在理论上对萧纲的主张有所补充和发挥。萧纲不满当时诗文的“懦钝”“阐缓”“未闻吟咏情性”（见《与湘东王书》），萧绎则进一步说，诗文辞赋完全不同于史传公文和学术著述，其特点在“吟咏风谣，流连哀思”；萧纲主张“文章且须放荡”，萧绎则进一步结合齐梁以来的创作风尚和声病理论，提出诗文辞赋应“绮縠纷披，宫徵靡曼，唇吻遒会，情灵摇荡”（《金楼子·立言》）。他的理论在辨析文学作品的特点方面确有贡献，但主要偏重于外在的形式。对诗歌形式认识的把握固然重要，却不能因为注重形式而忽略了内容。如果内容不佳，尽管“绮縠纷披，宫徵靡曼，唇吻遒会，情灵摇荡”，也不会真正成为佳作。

萧绎自称“游心释典”，但为人残暴好杀；当时又有“性不好声色”之名，而其诗中描摹声色的作品并不比时人少。他的行事与诗文言论每每大相径庭。明人张溥很欣赏他的文才，但联系他的行迹，也只好感慨说：“狡人好语，固难以常测也！”（《汉魏六朝百三家集题辞·梁元帝集》）

陇头水

衔悲别陇头，关路漫悠悠[1]。
故乡迷远近，征人分去留[2]。
沙飞晚成幕，海气旦如楼[3]。
欲识秦川处，陇水向东流[4]。

【注释】

〔1〕关路：通往边塞的道路。

〔2〕“故乡”二句：这两句说战土驻守的地方离故乡或远或近，且驻地也不时有变化。

〔3〕“沙飞”二句：沙、海，均指沙漠。 晚，一作“晓”。 幕、楼，形容沙漠沙尘、热气的浓重。

〔4〕“欲识”二句：秦川，指代征人的故乡。 征人离开陇头继续远行，回头眺望，故乡杳然不可见，只能看到陇头流水向故乡流去。

【解说】

本题《乐府诗集》归于《横吹曲辞》，系汉乐府旧题，亦称《陇头》。 诗中写征人思乡之情。

晚景游后园[1]

高轩聊骋望，焕景入川梁[2]。
波横山渡影，雨罢叶生光。
日移花色异，风散水纹长[3]。

【注释】

〔1〕晚景：指夕阳西下之时。诗中写雨后夕照中的景物。

〔2〕“高轩”二句：高轩，高楼上的窗口。骋望，纵目举眺。焕景，明亮的阳光。

〔3〕“日移”二句：这两句写得很细腻，言随着夕阳余晖的照耀，花的颜色逐渐在变化；晚风虽已吹过，水面还留下层层涟漪波纹。

咏梅

梅含今春树，还临光日池[1]。
人怀前岁忆，花发故年枝。

【注释】

〔1〕光日池：阳光照耀的水池。一作“先日池”。

【解说】

这是一首咏物诗，而构思颇精巧：梅花今春开放，而其枝干去岁已在，由花、枝分别联系今春、去岁，引出时光流逝之感。以后隋朝薛道衡《岁穷应教》诗中的“故年随夜尽，初春逐晓生”在构思上似受此诗的启发，而唐人王湾《次北固山下》“海日生残夜，江春入旧年”写法亦相近，意境则远过之，遂成为传诵的名句。

春别应令（四首选一）

昆明夜月光如练，上林朝花色如霰〔1〕。
花朝月夜动春心，谁忍相思不相见？

【注释】

〔1〕“昆明”二句：昆明，上林，分别言昆明池和上林苑，是汉代皇家池苑，此处代指萧梁的皇家园林。霰，雪珠。

【解说】

这是作者与萧纲唱和的诗歌，原作共四首，此选其一。

朱超

朱超，生卒里籍不详，仅知在梁朝曾官中书舍人。其《奉和登百花亭怀荆楚》明人冯惟纳《诗纪》注称“和元帝”，其活动当主要在梁朝后期。当时人的诗每失之纤巧，相对而言他的诗就显得比较有气魄、不琐细。

舟中望月

大江阔千里，孤舟无四邻。
唯余故楼月，远近必随人。
入风先绕晕，排雾急移轮〔1〕。
若教长似扇，堪拂艳歌尘〔2〕。

【注释】

〔1〕“入风”二句：绕晕，指月亮周围的光环。俗语说“月晕而风”，故上句说先有月晕生成而后有风；下句写云雾被风吹动，似乎是月轮转动，排开了云雾。

〔2〕“若教”二句：古乐府《怨歌行》“裁为合欢扇，团团似明月”，以明月比团扇。这两句坐实以月比扇的比喻，言明月既然如扇，正可借来拂去行人身上的尘埃，以慰藉其乡愁别绪。艳歌，指古乐府《艳歌行》，其中感叹“兄弟两三人，流宕在他县”。

【解说】

诗题称“望月”，实际上前两句抒写乡思，后两句咏月。因其中“唯余故楼月，远近必随人”写得好，全篇结构上的毛病也就不很显露。按《草堂诗笺》卷十七引作者诗“惟余故楼月，远近必随之”，文字虽小异，当即是本诗中这两句。《先秦汉魏晋南北朝诗》收为作者的残句，似误。

温子昇 (496 — 547)

温子昇，字鹏举，冤句（今山东菏泽）人。北魏熙平（516—518）年间任御史，后历官散骑常侍、中军大将军。后又被东魏高澄引为大将军咨议参军，因被怀疑参与谋反，下狱死。他是北朝著名文人，北朝人夸耀他的文笔足以“陵谢（灵运）轹颜（延之），含任（昉）吐沈（约）”，梁武帝也誉其为“曹植、陆机复生北土”。从他存世的十余首诗来看，他在北魏诗坛堪称独步，但当时整个北朝文人诗歌的水准不高，因此他的成就也有限。他的古诗重词藻讲排偶，当是模仿南朝诗歌的结果；乐府诗则比较质朴，多少还保持了北朝民歌的特点。

捣衣曲

长安城中秋夜长，佳人锦石捣流黄。
香杵纹砧知近远，传声递响何凄凉〔1〕。
七夕长河烂，中秋明月光〔2〕。
蠮螉塞边绝候雁，鸳鸯楼上望天狼〔3〕。

【注释】

〔1〕“长安”四句：谢惠连《捣衣诗》：“衡纪无淹度，晷运倏如催。白露滋园菊，秋风落庭槐。肃肃莎鸡羽，烈烈寒螿啼。夕阴结空幕，宵月皓中闺。美人戒裳服，端饰相招携。簪玉出北房，鸣金步南阶。栏高砧响发，楹长杵声哀。”与此四句写的是同一情景，但谢诗因讲究对偶和词藻而显得拖沓繁缛，远不如这四句的洗练流畅。句中的“佳人锦石”“香杵纹砧”还留有偏爱词藻的痕迹，但总的说来不失为剪裁得当。后来李白的《子夜四时歌》其三又把这四句及下面的两句进一步浓缩提炼成两句：“长安一片月，万户捣衣声。”让人体会到真正的大家手笔是如何不同凡响。锦石，有色彩的砧石，即下句所说的纹砧。流黄，黄紫相间的颜色，此以色彩代指绢。古人捣衣是将绢纨一类的衣料放在砧上用木棒捶打，使其平整柔软，，以便裁剪缝制衣服。

〔2〕长河：银河。烂：灿烂，有光彩。

〔3〕“蠮螉”二句：蠮螉（yē wēng）塞，长城的一座关塞，或说即居庸关。绝候雁，意谓音信断绝，古代传说雁能替人传书。鸳鸯楼，指思妇的居处。天狼，即天狼星，古人认为天狼星出现是战争的征兆。

【解说】

这是作者的名篇，被后人誉为“直是唐人之诗”（沈德潜《古诗源》）。在作者之前，南朝刘宋的谢惠连也有一首《捣衣诗》，但远不及本篇出色。本篇的意象和声调对初、盛唐人诗歌有明显的影响。

邢劭 (496—?)

邢劭，字子才，河间（今河北任丘）人。北魏明帝年间入仕，累官至国子祭酒，入北齐历官骠骑将军、西兖州刺史、太常卿兼中书监等职。初与温子昇齐名，合称“温邢”，后与魏收并称“邢魏”。北魏至北齐，温、邢、魏是文坛领袖，号称“三才子”。

温子昇先辈居江南，至其祖父才避难居北地，而邢劭、魏收确为世居河朔的北人。然而，邢、魏的诗文比温更多明显地模拟南朝之作。邢劭仰慕沈约，魏收则师法任昉，邢劭讥刺魏收对任作“非直模拟”“亦大偷窃”，魏收反唇相讥：“伊常于沈约集中作贼，何意道我偷任昉？”（《北齐书·魏收传》）昔日温子昇有“含任吐沈”之誉，说明北魏文人多少还有“硗确自雄”的气概；到了北齐，作为文坛领袖的邢、魏竟然只能靠剽窃南人之作名世，只能证明北朝文学的不景气。邢、魏传世诗作与南朝齐、梁文人诗没有什么区别，只能称为南朝诗的附庸。当时南北分裂，在诗文创作方面却并非南北对峙；但似乎也谈不上是南北交流，因为北朝文人诗文只是单方面地仰慕、追随南朝，对南朝诗文并无影响，原因在北朝文人之作始终未尝形成自己的特点和传统，不可能吸引南朝文人向北朝学习。

有一个诗歌史上的问题不妨在此简略说几句。唐人魏徵《隋书·文学传序》说南北朝的诗人各有所长：“江左宫商发越，贵于清绮；河朔词义贞刚，重乎气质。”他主张唐人“各去所短，合其两长”。后来很多文学史家都据此认定唐代文学是南北文学交流融合的产物。这其实是把批评史上的议论当成了文学史上的事实。北朝文学没有给唐人留下什么值得仿效的遗产，只有少量的民歌对唐诗创作有过不很明显的影响，相反，在初唐文坛占据支配地位的是南朝文学的流风余绪。魏徵与其说是以史家身份进行文学批评，不如说是以谏臣形象向李唐朝野进呈忠告，其《隋书

·文学传序》侧重抨击南朝诗文的“淫放”，说这是“亡国之音”。补救的办法是倡导儒家传统的“文质彬彬”。结果“文”非江左莫属，而“质”自然也就归乎河朔，尽管北朝文人之作实际上只有“质”之名而无“质”之实。有意思的是，魏徵这些横空出世的大议论倒真引起不少人对南朝文学的深恶痛绝。卢照邻《乐府杂诗序》就说：“潘、陆、颜、谢，蹈迷津而不归；任、沈、江、刘，来乱辙而弥远。”王勃《上吏部裴侍郎启》亦云：“虽沈、谢争鹜，适先兆齐、梁之危；徐、庾并驰，不能免周、陈之祸。”陈子昂《与东方左史虬修竹篇序》更说：“文章道弊五百年矣，汉魏风骨，晋宋莫传……齐梁间诗，彩丽竞繁，而兴寄都绝。”不过，北朝文学并没有留下“词义贞刚，重乎气质”的传统，唐代这些激烈抨击南朝文学的作者也就无法“各去所短，合其两长”。他们实际上在创作中是“发挥新体，孤飞百代之前；开凿古人，独步九流之上”，简而言之，就是“自我作古”（见卢照邻《乐府杂诗序》）。正是这种“自我作古”的气魄使得唐代文学在因袭南朝文学流风余绪之后发生深刻变化，确立了自己的时代特色，在文学史上开拓了新天地。

思公子

绮罗日减带，桃李无颜色[1]。
思君君未归，归来岂相识？

【注释】

〔1〕“绮罗”二句：上句化用《古诗·行行重行行》“相去日已远，衣带日已缓”，而以“绮罗”代指思妇。下句语意双关，桃李无颜色既指暮春将至，亦暗喻思妇红颜易老，色貌不如昔日。

【解说】

本题《乐府诗集》归入《杂曲歌辞》。南齐王融、梁费昶亦有同题诗作。本篇抒写思妇怀人的幽怨之情，重词采，且出以语意双关之笔，与南朝文人诗如出一辙。

萧悫 （生卒年不详）

萧悫，字仁祖，系梁宗室上黄侯萧晔之子，萧衍侄孙。梁末入北齐，武平（570—576）年间为太子洗马，后任齐州录事参军，历周入隋，官至记室参军。他与王褒、庾信同以诗闻名于北朝，只是诗名不及王、庾。他的诗工于写景，清丽柔美，很受邢劭、颜之推等人的推崇。不过虽有清词丽句但意蕴不深。

秋 思

清波收潦日，华林鸣籁初〔1〕。
芙蓉露下落，杨柳月中疏〔2〕。
燕帏缃绮被，赵带流黄裾〔3〕。
相思阻音息，结梦感离居〔4〕。

【注释】

〔1〕“清波”二句：清波，秋水。夏水浊，秋水清，故言清波。潦，水大的样子。华林，茂密的树林。鸣籁，籁本指孔窍发出的声音，此指风吹树林发出的声响。

〔2〕“芙蓉”二句：这两句很为颜之推所赏识，说是“吾爱其萧散，宛然在目”（《颜氏家训·文章》）。宋许顗《彦周诗话》说：“六朝人之诗，不可不熟读，如‘芙蓉露下落，杨柳月中疏’，锻炼至此，自唐以来，无人能及也。”明李东阳也说这两句“有何深意？却自是诗家语”（《麓堂诗话》）。

〔3〕“燕帏”二句：帏，罗帷，床上的帐子。缃，浅黄色。带，衣带，言衣带表示心中有所思，《古诗·行行重行行》：“衣带日已缓。”裾，衣服的前襟。燕、赵古传多佳丽，燕帏赵带可使人想象其人貌美。

〔4〕“相思”二句：阻，隔绝。音息，犹音信。结梦，成梦。

【解说】

这是作者的名篇，抒写秋夜思乡之情，而出以女性口吻，声调婉约。

祖珽（生卒年不详）

祖珽，字孝征，范阳道（今河北定兴）人。初为秘书郎，拜尚书左仆射，出为徐州刺史。他在当时不以诗名家，而从存世的三首诗看，他称得上是整个北齐诗坛上风格最刚健有力的诗人。然而以其官职之高，所作之诗竟不能获誉于时人，可以想象北齐诗坛的风尚。

望海

登高临巨壑，不知千万里[1]。
云岛相接连，风涛无极已[2]。
时看远鸿度，乍见惊鸥起[3]。
无待送将归，自然伤客子[4]。

【注释】

〔1〕巨壑：指大海。 壑，本义指水归之处。

〔2〕无极已：犹言无休无止。

〔3〕远鸿：指大雁。 大雁南飞，表示时已入秋。

〔4〕“无待”二句：这两句承前句的“远鸿”，言时值秋天，登高远望，客子自然感到忧伤。 两句暗用《楚辞·九辨》：“憭栗兮，若在远行。 登山临水兮，送将归。”

【解说】

本篇写客游途中观海的所见所感，侧重写大海的壮观，结句稍稍点出客子的感伤之情。

魏收（505—572）

魏收，字伯起，钜鹿（今河北晋县）人。少有才名，在东魏官至秘书监兼著作郎，入北齐任中书令兼著作郎，北齐“自武定二年（544）已后，国家大事诏命，军国文词，皆收所作”（《北齐书·魏收传》）。后奉命编《魏书》一百三十卷，官至尚书右仆射，加开府仪同三司。

魏收年辈小于温子昇、邢劭，追慕南朝的程度则在温、邢之上。他不满温子昇的“全不作赋”，以及邢劭的“虽有一两首，又非所长”，宣称“会须作赋，始成大才士”（《北齐书》本传）。因为赋讲究典故词藻，对仗排偶，一向为南朝文士所专长，能作赋，才算真正学到了南朝文士的才学。他存世的十几首诗几乎可以说是齐、梁诗的北朝版，包括乐府诗都全然看不出北地的气息。

从创作成就看，温子昇的诗最好，邢劭次之，魏收列于后。不过，温、邢、魏自身的成就虽然都有限，但是他们以北方文人领袖的身份大力学习南朝诗文，对提高北朝文学创作的水准起到了积极作用。整体言之，温子昇所生活的北魏诗歌成就最低，东魏时间很短，而到了邢劭、魏收活跃的北齐，诗坛较好的作品显然超过了北魏，可以看出有明显的进步。

棹歌行

雪溜添春浦，花水足新流[1]。
桃发武陵岸，柳拂武昌楼[2]。

【注释】

〔1〕雪溜：指积雪融化后的流水。按，北国冬季寒冷，积雪常常到开春才融化，而南方的雪一般很快就融化了，很难看到“桃发”“柳拂”时还在融雪的情形。作者说雪水融化后春水增加了流量，水面上瓣瓣落花，显然是出自北人的想象。

〔2〕“桃发”二句：这两句的武陵岸、武昌楼都是南朝诗人笔下常见的，这样写是为了增加诗的美感，并非实指。

【解说】

这是南朝流行的新题乐府诗，梁朝文人不少人写过。本篇除了第一句隐约见出北人的习惯外，其余都是南人的声调。

王褒（513？—576？）

王褒，字子渊，祖籍琅琊临沂（今属山东），世居建康（今江苏南京）。他出身于世胄之家，袭封南昌县侯，有才名，又娶梁宗室之女。梁武帝时官秘书丞，元帝时官吏部尚书、左仆射。江陵破后，被俘至长安。以后在北周备受礼遇，封不泉县子，加开府仪同三司，累迁太子少保、少司空，出为宜州刺史，卒于任。

史称王褒在北周“荷恩眄，忘羁旅焉”（《周书·王褒传》），因而很受后人抨击。但从其诗中看，他并非没有故国之思，说“犹持汉使节，尚服楚臣冠”当然是夸张之辞，而“巢禽疑上幕，惊羽畏虚弹。飞蓬去不已，客思渐无端。壮志与时歇，生平随事阑”（《赠周处士》），应该说还是真情流露。在表现故国情思方面，王褒不及庾信的痛切、强烈，他很少以一首诗的篇幅来写这方面的感情，而是在诗句中时或显露些许，例如《渡河北》中的“心悲异方乐，肠断陇头歌”，《关山月》中的“寄言亭上吏，游客解鸡鸣”。

王褒诗的成名作是在南朝所写的《燕歌行》，当时人称此诗“能妙尽关塞寒苦之状”，梁元帝、庾信等人均有和诗，“竞为凄切之词”（《周书》本传）。入北朝以后，他的好诗也多半是描写边塞风光和从军生活的作品。这些诗以悲凉的情调、苍劲的风格取胜，与南朝流行的清丽柔媚的诗歌有着明显的不同。不过，现代学者每说这些诗是南北朝诗风融合的产物，却与事实有出入。魏晋南北朝诗歌发展史上一个基本的然而也是被人们所忽略的事实，就是描写边塞从军生活的诗歌绝大多数产生在南朝。建安诗人尤其是曹植在此类题材上写了几首开风气的诗，然后西晋诗人也写了一些，但东晋以后此类诗作才逐渐增多，鲍照、谢朓、吴迈远、吴均等人都写过词气慷慨的边塞诗，相反，在北朝诗人的笔下却极少看到类似的诗作。认定北地必定风云气多，而南人无非儿女情长，显然是一种误会。后世的边塞诗每每刻意描摹北地的苦寒气候和萧条景象，其实这也是由南人的视角而来的反映。这类描写流行于南朝人的边塞诗中，恰好从一个方面显示了南人在边塞诗中留下的痕迹，可惜历来不为论者所注意。读王褒的边塞诗，不妨从这个角度来注意体察。

饮马长城窟行

北走长安道，征骑每经过。
战垣临八阵，旌门对两和[1]。
屯兵戍陇北，饮马傍城阿[2]。
雪深无复道，冰和不生波[3]。
尘飞连阵聚，沙平骑迹多。
黄昏垄坻月，耿耿雾中河[4]
羽林犹角觝，将军尚雅歌[5]。
临戎常拔剑，蒙险屡提戈[6]。
秋风鸣马首，薄暮欲如何[7]？

【注释】

〔1〕“战垣”二句：战垣，指军营城堡。八阵，一种阵法，由诸葛亮所创，见《三国志·魏志·诸葛亮传》。旌门，指列有旌旗的军营之门。和，军营大门，《周礼·夏官·大司马》：“以旌为左右和之门。”郑注：“军门曰和，今谓之垒门，立两旌以为之。”

〔2〕城阿：犹言城边。

〔3〕复道：指原有的道路。

〔4〕河：指银河。

〔5〕“羽林”二句：羽林，即羽林军，皇帝的禁卫之军。角觝，即角觝戏，类似现在摔跤的一种技艺表演。雅歌，犹言雅乐，宫廷所用音乐歌舞。

〔6〕临戎：犹言临战、临敌。

〔7〕“秋风”二句：古代北方战争多在秋季，此以“秋风鸣马首”象征又到了可能发生战事的季节。薄暮，傍晚时节。

【解说】

本篇用乐府旧题，从诗中“羽林犹角觝”可看出是描写北周军队勇武之姿的。据《周书》，明帝武成二年（560）大会群臣，始用角觝百戏为乐。

出塞

飞蓬似征客，千里自长驱〔1〕。
塞禽唯有雁，关树但生榆。
背山看故垒，系马识余蒲〔2〕。
还因麾下骑，来送月支图〔3〕。

【注释】

〔1〕“飞蓬”二句：上句的比喻与常见的写法不同，一般是用征人比飞蓬，此处则倒过来以飞蓬来比拟征人。下句接着征客写率军千里远征。

〔2〕“背山”二句：故垒，指敌军留下的城堡、军营。余蒲，敌军马匹尚未吃尽的蒲草。两句暗示敌军不久前刚逃离此地。

〔3〕“还因”二句：承上两句，言手下骑兵送来敌国的地图，以便部署下一步的追击行动。月支，又称月氏，古代西北地区游牧民族，此代指敌军。

【解说】

本篇用乐府旧题，属《横吹曲辞》。诗中写率军出塞途中的场面。

别陆子云

解缆出南浦，征棹且凌晨〔1〕。
还看分手处，唯余送别人。
中流摇盖影，边江落骑尘〔2〕。
平湖开曙日，细柳发新春〔3〕。
沧波不可望，行云聊共因〔4〕。

【注释】

〔1〕“解缆”二句：南浦，语本《楚辞·九歌·河伯》：“送美人兮南浦。”后人以南浦代指送别之处。征棹，指行舟。征是远行的意思。凌晨，指清晨出发。

〔2〕“中流”二句：盖，指船篷。边江，即江边，言“边江”是与“中流”对仗。落骑尘，指送行的友人骑马离去。

〔3〕“平湖”二句：这两句写乘舟所见景物，同时引出结句的感慨。

〔4〕“沧波”二句：不可望，意思是说看不到任何可以慰藉别离之情的景物。行云。天上的浮云。因，依凭。聊共因，犹言姑且作伴。

【解说】

本篇是赠别送行友人的诗。陆子云，不详其人。从诗中所写景物看，当是作者在南朝时所作。

渡河北

秋风吹木叶，还似洞庭波〔1〕。
常山临代郡，亭障绕黄河〔2〕。
心悲异方乐，肠断陇头歌〔3〕。
薄暮临征马，失道北山阿〔4〕。

【注释】

〔1〕“秋风”二句：言河上秋景，有如江南故国。两句用《楚辞·九歌·湘夫人》：“嫋嫋兮秋风，洞庭波兮木叶下。”木叶，树叶。沈德潜《古诗源》说这两句：“起调甚高。”

〔2〕“常山”二句：常山，汉代北部边关，又名飞狐关，在今河北蔚县南。代郡，汉代北部边郡，辖地在今河北蔚县至山西大同一带。亭障，亭堠和堡垒，指边塞防御工事。两句言黄河以北，沿途随处可见各种工事，意谓黄河以北久为争战之地。常山、代郡系用典，见《后汉书·王霸传》：“诏霸将驰徒六千余人，与杜茂治飞狐道，堆石布土，筑起亭障，自代至平城三百余里。”

〔3〕“心悲”二句：异方乐，指北方的音乐，包括下句所说的《陇头歌》一类的北方歌谣。作者《燕歌行》说：“遥闻陌上采桑曲，犹胜边地胡笳声。胡笳向暮使人泣，长望闺中空伫立。”想象征人因“胡笳”而思乡，此言在北方闻乐而心悲肠断。

〔4〕“薄暮”二句：临征马，言又将上马出行。失道，迷路。北山阿，北山的曲折处。化用阮籍《咏怀》其五：“北临太行道，失路将如

何？”失路并非真的迷路，而是说心中充满伤悲，暗寓人生失路之感。

【解说】

诗题中的“河”当指黄河，“北”作动词，指北行。《文苑英华》题作《渡北河》。 诗中写渡河北行的羁旅之愁和对江南的故国情思。

徐陵 （507—583）

徐陵，字孝穆，祖籍东海郯（今山东郯城），世居江南。早年随其父徐摛在萧纲幕下任职，后任东宫学士，先后当过萧统、萧纲两个太子的属官。太清二年（548）奉命出使东魏，因次年梁朝发生侯景之乱，遂留在邺城，后又被取代东魏的北齐羁留不许南归。北齐天保六年（555）才回到建康。后人陈，历官尚书左仆射、太子少傅等职。

徐陵性刚直，史家称道他立朝直言敢谏，而他同时又是“宫体诗”最有代表性的诗人。后人动辄以“淫放”来批评“宫体诗”，无疑夸大了其中色情的成分，然而“宫体诗”毕竟出于储君与属臣的唱和，其内容的贫乏、情趣的卑下也是无庸讳言的，这也正是“宫体诗”整体成就不高的根本原因。“宫体”诗人在写作上比较讲究技巧，如果他们离开“宫体诗”特定的创作背景，诗作就可能达到较高的水准，例如徐陵在羁留北方期间所写的《别毛永嘉》。不过，徐陵的一生大部分时间都是在南朝宫廷中度过的，这在客观上限制了他的诗歌取得更高的成就。他在南朝所作的一些诗，尽管读来或慷慨激昂或细腻委婉，但缺乏个人的真情实感，仿佛是一些上好的诗句碰巧凑到了一起，仔细品味，就会发现作者像是在代人言情。

徐陵在梁朝时编选了一本诗歌选集《玉台新咏》，“玉台”指宫廷。这本诗集主要收言情诗和艳情诗，其中萧纲一人的诗作即占六分之一，但也收录了较多的乐府民歌中的言情之作。对人选诗歌的题材和风格表现出明确的倾向性，当以《玉台新咏》为最早，这对后世诗歌选本有一定影响。

出自蓟北门行

蓟北聊长望，黄昏心独愁。
燕山对古刹，代郡隐城楼[1]。
屡战桥恒断，长冰堑不流[2]。
天云如地阵，汉月带胡秋[3]。
渍土泥函谷，挼绳缚凉州[4]。
平生燕颔相，会自得封侯[5]。

【注释】

〔1〕代郡：辖境在今河北蔚县至山西大同一带，从蓟北望到代郡，极言视野之宽广，似乎已将整个边塞纳入眼底。

〔2〕“屡战”二句：上句“桥恒断”暗用《三国志·蜀书·张飞传》记张飞在当阳长坂桥抵御曹操之军：“飞据水断桥，嗔目横矛曰：‘身是张益德也，可来共决死！’”此言战事频繁。下句言北地气候寒冷，河水因结冰而堵塞不流。

〔3〕“天云”一句：这句渲染边塞的战争气氛。地阵，地上的兵阵。化用《史记·天官书》：“阵云如立垣。”

〔4〕“渍土”二句：言边塞将士的勇武气概，上句用《后汉书·隗嚣传》记王元语：“元请以一丸泥，为大王东封函谷关。”下句说准备好绳子，要用来捆绑俘虏。凉州，指代北方的异族敌军。

〔5〕“平生”二句：《汉书·班超传》记相者言班超：“生燕颔虎颈，飞而食肉，此万里侯相也。”两句说边塞将领形象威武如班超，自然也当立功封侯。会自，会当、自会。

【解说】

本题为乐府诗，属《杂曲歌辞》。本篇是对鲍照同题诗作的模仿，比不上原作的悲壮，而气概的壮大却要过之。“宫体”诗人之作通常都包括了较多的边塞诗，这一点历来被人们所忽略。其实这些诗对唐人边塞诗的影响最为直接，只是壮词的背后没有作者本人性格、经历和真实的社会事件背景相支撑，因而不免显得空洞，正所谓“夫假象过大，则与类相远；逸辞过壮，则与事相违”（挚虞《文章流别论》）。

关山月（二首选一）

关山三五月，客子忆秦川〔1〕。
思妇高楼上，当窗应未眠〔2〕。
星旗映疏勒，云阵上祁连〔3〕。
战气今如此，从军复几年〔4〕？

【注释】

〔1〕“关山”二句：言十五月圆之夜，征夫思念故里妻子。客子，指征夫。秦川，征夫的故乡。

〔2〕这两句说思妇怀念丈夫，入夜不眠。连上两句，后被唐人沈佺期融汇成两句有名的诗：“可怜闺里月，长在汉家营。”（《杂诗》）李白《关山月》的“明月出天山，苍茫云海间；长风几万里，吹度玉门关”，是把本诗的前两句衍为四句；而其结句“高楼当此夜，叹息未应闲”，显然也是从本篇的这两句化出。

〔3〕“星旗”二句：言边地充满战争的气氛。星旗，星宿名，亦称旗，古人认为主战事，《史记·天官书》张守节《正义》：“两旗者，左旗九星，在河鼓左也；右旗九星，在河鼓右也……动摇，则兵起也。”疏勒，汉代西域国名，其王都疏勒城在今新疆疏勒县。云阵，见《出自蓟北门行》诗注〔3〕。祁连，即今祁连山。

〔4〕“战气”二句：战气，战争的征兆。复几年，犹言又几年，意谓征夫因边境战云密布而不知何时才能返回故里与妻子团聚。

【解说】

这也是写边塞题材的乐府诗。《关山月》属《横吹曲辞》，《乐府解题》云：“《关山月》，伤离别也。”现存作品以梁元帝萧绎的一首为最早，陈叔宝、王褒、江总、张正见均有本题诗，可见这是南朝诗人中流行的诗题。作者本题诗共两首，此选其一，诗中写征夫思妇相互思念之情。

乌栖曲

绣帐罗帷隐灯烛，一夜千年犹不足〔1〕。
唯憎无赖汝南鸡，天河未落犹争啼〔2〕。

【注释】

〔1〕这句渲染欢会的感受，系从《读曲歌》“愿得连冥不复曙，一年都一晓”脱化出来的。

〔2〕“唯憎”二句：从《读曲歌》“打杀长鸣鸡，弹去乌臼鸟”化出。啼，指鸡的鸣叫。

【解说】

本题是梁简文帝萧纲首创的乐府诗，《乐府诗集》归入《清商曲辞·西曲歌》。本篇与《清商曲辞》中的《读曲歌》“打杀长鸣鸡”一首很接近，都写男女欢会不愿别离。只是《读曲歌》为杂言，而本篇系整齐的七言；《读曲歌》语言质朴，而本篇富有词采。

别毛永嘉[1]

愿子厉风规，归来振羽仪[2]。
嗟余今老病，此别空长离[3]。
白马君来哭，黄泉我讵知[4]？
徒劳脱宝剑，空挂陇头枝[5]。

【注释】

〔1〕毛永嘉，指毛喜，他曾担任永嘉内史。本篇是作者从北齐返回南方时写给友人的赠别诗，是作者的名作之一。沈德潜称：“孝穆集中，不易多得。”（《古诗源》）

〔2〕“愿子”二句：厉风规，指砥砺名节。振羽仪，指在政治上有所建树。上句是对友人留在北齐的期待，下句说希望他将来南归后有所作为。两句都很真挚，没有虚语应酬的意味。

〔3〕“嗟余”二句：这两句说自己年老且多病，恐怕此次分手以后，难能再见。

〔4〕“白马”二句：上句用《后汉书·范式传》范式、张劭的故

事。范、张为友，张死，范梦见张来诀别，告以葬期，范素车白马前往奔丧，未至而张家已发丧。张的柩车在坟前忽然不能动，待范赶到后，为之执绋引柩，柩车才行。两句言将来友人南归，恐怕自己已死，在九泉之下再也不能感受友人的深情。白马，指奔丧。巨，岂。

〔5〕“徒劳”二句：用《新序·节士》徐君、季子的故事。春秋时，吴国的延陵季子出使晋国，路经徐国时，徐君欣赏季子的宝剑，季子看出了他的心思，决定从晋国回来以后就将宝剑赠送给徐君。但等他再过徐国时，徐君已死，他便将剑挂在徐君坟墓的树上，然后离去，以示恪守诚信。这两句意思与上两句相同，但典故之间衔接得很自然，上两句说友人来时自己已死，这两句说友人对自己一片深情，借用典很恰切地表达了自己与友人之间真挚的友情以及对别后重会的悲慨。

庾信 (513—581)

庾信，字子山，小字兰成，祖籍南阳新野（今属河南）。早年随其父庾肩吾出入东宫，为萧纲的抄撰学士。迁通直散骑常侍，曾出使东魏。归来后迁东宫学士。侯景乱时，他任建康令，奉命率兵防守朱雀航，结果未战先奔，西行江陵投奔梁元帝萧绎。承圣三年（554），萧绎派他出使西魏。不久西魏军攻破江陵，俘杀萧绎，他亦被羁留在长安。后以文才深为西魏、北周所重，不许南归，又历官显要。因曾官骠骑大将军开府仪同三司，后人遂称他“庾开府”。

四十二岁时的出使西魏，是庾信一生生活和文学创作的转折点。在这以前，他的生活范围比较狭窄，主要作为属臣生活在萧氏兄弟身边，虽然文名早著，所谓“每有一文，都下莫不传诵”（《北史》本传），但创作上并没有形成显著的个性特色。出使西魏以后，经历了客居异朝、不许南归的痛苦，也失去了原来君臣情趣相投的生活环境，而且家产荡尽、亲人死于战乱，其生活发生明显变化，他的诗、赋创作也随之具有新的内容和风格，确立了自己的个性特色。正如杜甫所概括的“庾信文章老更成”（《戏为六绝句》），他的创作成就基本上是在四十二岁永别江南、羁留北朝之后取得的。

庾信的诗歌、辞赋都堪称大家，其内容、风格亦息息相关。评论他的诗歌，不妨借他的辞赋名篇佳句来说明。其《哀江南赋序》云：“傅燮之但悲身世，无处求生；袁安之每念王室，自然流涕。”身世之悲和家国之痛，是他羁留北方期间诗作中反复出现的主旋律；同赋中又说：“鬼火乱于平林，殇魂游于新市。”“城崩杞妇之哭，竹染湘妃之泪。”战乱的场面亦不时见于他的诗篇；《枯树赋》谓：“若乃山河阻绝，飘零离别，拔本垂泪，伤根沥血。”不能忘却的乡关故园之念，也正是他诗中再三悲吟的情思。后人称他是“北地羁臣，南朝才子”（《注释庾集题辞》），其实当时羁留北方的南朝才子不止他一个，其他人诗中也流露过故国情思。不过的确没有一个人像他那样全面、深刻、沉痛、持续不断地抒写家国之痛、乡关之思，他也因此在创作上跃上了一个新境界。他的诗歌堪称是分裂、动乱的南北朝诗歌中最悲凉凄苦的歌唱。

在艺术上，庾信诗歌是南朝诗歌的集大成者。他的诗歌在使事用典、对仗排偶、讲究声调和谐、重视词采华美方面，继承了南朝诗歌的传统，同时又能有所发展变化。例如，他的诗很爱用典，有些诗典故的密度很大，几乎每句都有典故出处，这显然是齐、梁以来南朝文人诗歌讲究用典风气的延续，也受到他父亲庾肩吾的影响，庾肩吾的诗用典就颇多。但齐、梁诗人善于用典的却为数寥寥，包括庾肩吾在内，用典每有堆垛之病，而他在用典上表现了很高的技巧，能恰当、准确地利用典故的字面和内在的含义来叙事、写景、言情、抒怀，并做到了意脉贯通，语气自然，文字流畅，这从其《拟咏怀》二十七首中可看得很清楚。后人称他“使事则古今奔赴”（陈祚明语），“使事无迹”（沈德潜语），一则说他用典范围广，一则说他用典巧妙，都道出了他的特点。又如他不仅讲究对仗，而且讲究句法，不仅注意字句，而且注意意境，不仅追求工整，而且追求朴拙，这多方面的艺术探索，对后来唐人诗歌很有启发。明人杨慎说他的诗“为梁之冠绝，启唐人先鞭”（《升庵诗话》），评价很是精当。

庾信的诗在北朝声誉很高，初唐时却一落千丈，被视为典型的“宫体诗”而为论者所斥责。初唐人从总结兴亡治乱的角度来评价南朝文学，南朝诗歌被看成亡国之音，庾信早年曾是“宫体”诗人，自然不能幸免。不过，当初北朝人欣赏他的诗也同样是把他看成了南朝诗歌的正宗（参看宇文逌《庾信集序》《北史·宇文招传》：“学庾信体，词多轻艳。”）。最早给予庾信诗歌以恰当评价的是杜甫，杜甫说“庾信文章更老成”，说他“暮年诗赋动江关”（《咏怀古迹》），暮年乡关之叹，老成凝重之笔，的确真正体现了庾信诗的成就之所在。

怨歌行

家住金陵县前，嫁得长干少年[1]。
回头望乡泪落，不知何处天边[2]。
胡尘几日应尽？汉月何时更圆[3]？
为君能歌此曲，不觉心随断弦[4]。

【注释】

〔1〕“家住”二句：这两句及后文都是女子自述的话。家，女子的娘家。金陵县，在今南京市。长干，即长干里，亦在今南京市。

〔2〕“回头”二句：这两句与上两句有一个跳跃，即略去了女子现在流落异乡的叙述交代。以“望乡”二字表示女子离开了故乡，下句则暗示离家很远。

〔3〕“胡尘”二句：应。当。月圆，指回故乡与亲人团圆。从“胡尘”可看出女子不能归乡是因为战争的缘故。

〔4〕“为君”二句：君，指听者。断弦，形容歌声凄苦，琴弦亦为之断绝。

【解说】

《怨歌行》是乐府旧题，属《相和歌辞·楚调曲》。本篇是此题诗中颇有特色的一篇，一是诗用六言写成，不同于他人五言；二是诗中写思乡之情，不同于他人多写男女之思。从后一点看，当是寄寓了作者的故国之思。

乌夜啼

促柱繁弦非子夜，歌声舞态异前溪[1]。
御史府中何处宿？洛阳城头那得栖[2]！
弹琴蜀郡卓家女，织锦秦川窦氏妻[3]。
讵不自惊长泪落，到头啼乌恒夜啼[4]。

【注释】

〔1〕“促柱”二句：这两句及下两句相当于文章的“破题”，意在说明歌辞所唱乃是首《乌夜啼》。促柱繁弦，语本顾野王《笺赋》：“调宫商于促柱，转妙音于繁弦。”指弹奏音乐。子夜，又名《子夜歌》，南朝乐府曲名。前溪，舞曲名。

〔2〕“御史”二句：这两句用了两个有关乌鸦的典故，来暗示本篇题名。上句典故见《汉书·朱博传》：“是时御史府吏舍百余区……又其府中列柏树，常有野乌栖宿其上，晨去暮来，号曰朝夕乌。”下句典故见《续汉书·五行志》：“桓帝初，京都童谣曰：‘城上乌，尾毕逋。’”京都即洛阳。

〔3〕“弹琴”二句：这两句引出思妇，意在说明《乌夜啼》很容易刺激思妇的幽怨情思。上句典出《史记·司马相如列传》：“卓王孙有女文君，新寡，好音，故相如……以琴心挑之……文君窃从户窥之，心悦而好之，恐不得当也。既罢，相如乃使人重赐文君侍者通殷勤。文君夜亡奔相如。”又《西京杂记》：“司马相如将聘茂陵人女为妾，卓文君作《白头吟》以自绝，相如乃止。”下句典出《织锦回文诗序》，言前秦苻坚时秦州刺史窦滔，其妻苏蕙，滔徙沙漠，临别时语苏，誓不另娶。至

沙漠，却另娶妇。苏蕙遂作回文诗织于锦端，以赠滔。

〔4〕“讵不”二句：上句承前两句，言卓文君、苏蕙这样的女子，一听到乌鸦的啼叫就不免伤心落泪；下句言乌鸦却不解人意，到了晚上仍是不停啼叫。意谓《乌夜啼》虽易使思妇幽怨情生，但仍在演奏。

【解说】

本题是南朝乐府新题，据说是南朝宋临川王刘义庆所创（见《唐书·乐志》），属《清商曲辞·西曲歌》。本篇抒写闺怨，内容上无新意，但声律和谐，清人刘熙载说：“庾子山《燕歌行》开唐初七古，《乌夜啼》开唐七律。”（《艺概》）就指出了本篇对唐人七律诗的影响。

杨柳歌

河边杨柳百丈枝，别有长条踠地垂〔1〕。
河水冲激根株危，倏忽河中风浪吹〔2〕。
可怜巢里凤凰儿，无故当年生别离〔3〕。
流槎一去上天池，织女支机当见随〔4〕。
谁言从来荫数国，直用东南一小枝〔5〕。
昔日公子出南皮，何处相寻玄武陂〔6〕。
骏马翩翩西北驰，左右弯弧仰月支。
连钱章泥渡水骑，白玉手板落盘螭〔7〕。
君言丈夫无意气，试问燕山那得碑〔8〕？
凤凰新管萧史吹，朱鸟春窗玉女窥。
衔云酒杯赤玛瑙，照日食螺紫琉璃〔9〕。
百年霜露奄离披，一旦功名不可为〔10〕。

定是怀王作计误，无事反覆用张仪[11]。
不如饮酒高阳池，日暮归时倒接䍦[12]。
武昌城下谁见移？官渡营前那可知[13]？
独忆飞絮鹅毛下，非复青丝马尾垂。
欲与梅花留一曲，共将长笛管中吹[14]。

【注释】

〔1〕踠：弯曲的样子。一作“宛”。

〔2〕“河木”二句：这两句说柳树被河水所冲刷，枝条掉进河里，逐浪漂流。

〔3〕“可怜”二句：化用刘向《九叹》：“哀枯杨之冤雏。”王逸注：“悲哀飞鸟生雏，其身烦冤而不得出，在于枯杨之树，居危殆也。”两句言杨柳既倒，巢于其上的凤凰幼雏也只好飞散。当是比喻萧梁的覆灭。

〔4〕“流槎”二句：流槎，指掉在河中的柳枝。两句用《荆楚岁时记》：“汉武帝令张骞使大夏，寻河源，经月而至一处；见一女织……织女取支机石与骞而还。”言柳枝随水流到了天池，为织女所用。

〔5〕“谁言”二句：荫数国，语本齐王宪碑：“若木一枝，旁荫数国。”两句言柳枝到了天上，不过被织女稍用了一下，立时就遮盖了地下数国的疆土。比喻有知遇之恩，立身宫廷，可发挥巨大的作用。

〔6〕“昔日”二句：南皮，地名，在今河北省沧县西南。曹丕《与吴质书》：“昔日南皮之游诚不可忘。”玄武陂，即玄武池，在邺城西南，故址在今河北省临漳县境。这两句说公子出生在南皮，经常在玄武池边游乐。按作者少年时即在萧纲身边侍读，游玄武池当指其少年经历。

〔7〕“骏马”四句：这四句写公子骑射驰骋的英姿。月支，射帖名。仰月支是说仰手射箭。连钱，一种花纹，此指障泥（马鞯）上的花纹。手板，笏。螭，龙一类的动物。据《太平御览》，晋明帝为太子

时，曾在铜盘螭口中玩弄手板，板掉进铜螭腹中不能出。

〔8〕“君言”二句：君，指旁边的人。上句是公子引述旁人的话，批评他没有大丈夫的意气；下句是公子的回答，说我辈若无意气，燕山上又何有石碑铭文纪功？燕山碑，用《后汉书·窦宪传》记其大破匈奴军，登燕然山刻石纪功事。

〔9〕“凤凰”四句：这四句写公子荣华富贵的生活。凤凰新管，饰有凤凰图案的箫。萧史，相传为春秋时人，善吹箫，娶秦穆公女儿弄玉，后夫妇升天成仙。此以萧史比公子，比喻其娶得佳妇。朱鸟春窗，饰有朱鸟的窗户，春指季节。玉女，仙女，亦称太华神女。《文选·鲁灵光殿赋》：“玉女窥窗而下视。”玉女窥窗喻其艳遇。“衔云”句，言酒杯用玛瑙做成，上有云霞图案。食螺，不详，当为饮食器具，此言食螺以琉璃（青金石）制成，上有太阳图案。

〔10〕“百年”二句：百年，指公子家世富贵显赫。霜露，以恶劣的气候比喻灾难。奄，忽然。离披，本指植物凋零的样子，此比喻公子家世的衰败。一旦，犹言一朝。两句言公子之家忽遭沉重打击，建功立业已不可能。

〔11〕“定是”二句：怀王，楚怀王。楚怀王误信张仪游说事见《史记·张仪列传》。按这两句与《拟咏怀》其十二“楚后值秦冤”句用典相同，意思也当一样，指梁元帝在处理与西魏关系上的失误。

〔12〕“不如”二句：高阳池，在襄阳。接䍦，头巾。这两句用《晋书·山简传》，山简在襄阳时，优游好酒，常醉于高阳池上，当地儿童歌曰：“山公至何许？往主高阳池。日夕倒载归，酩酊无所知。时时能骑马，倒着白接䍦。”意思是说既然功名已不可为，不如聊且饮酒游乐，度此残生。与《拟咏怀》其十一“眼前一杯酒，谁论身后名”用意相似。

〔13〕“武昌”二句：上句用《晋阳秋》记陶侃命军士种柳，都尉夏施盗拔武昌西门柳种之，陶侃问夏：“此是武昌西门柳，何以盗之？”夏伏罪。下句典出曹丕《柳赋序》：“昔建安五年上与袁绍战于官渡，时余从行，始植斯柳，自彼迄今十五载矣，感物伤怀，乃作斯赋。”这两句结束咏公子生平经历，重新回到咏柳，以柳的被移栽、不可复见，暗寓作

者自己羁留北地，不能返回故里。

〔14〕“独忆”四句：飞絮，柳絮。鹅毛，形容柳絮飘飞。青丝，柳丝。马尾垂，形容柳丝下垂的样子。梅花，指《落梅花》，曲名。此借用其字面之意，因梅花落时正值柳丝青青之际。这四句感慨时光流逝，言只记得柳絮飞舞的光景，再也看不到柳丝下垂的盛况，只好吹一曲《落梅花》，来回忆昔日杨柳长条垂地情形。四句意谓今非昔比。作者《枯树赋》谓槐树：“此树婆娑，生意尽矣。”婆娑之槐，正同于飞絮之柳，都使作者“既伤摇落，弥嗟变衰”（《枯树赋》）。

【解说】

本篇以咏杨柳起兴，叙述一位贵公子平生的经历，言其驰马边塞，勒铭燕山，享荣华富贵，而最后因君主失误而不能再博取功名，实借喻作者本人的理想与经历。这是一首长篇歌行，风华流丽，为唐人歌行所本。

拟咏怀（二十七首选五）

其一

楚材称晋用，秦臣即赵冠〔1〕。
离宫廷子产，羁旅接陈完〔2〕。
寓卫非所寓，安齐独未安〔3〕。
雪泣悲去鲁，凄然忆相韩〔4〕。
唯彼穷途恸，知余行路难〔5〕。

【注释】

〔1〕“楚材”二句：言自己本是南朝之臣，而被羁留于北朝。上句

语本《左传·襄公二十六年》"虽楚有材，晋实用之"。注："言楚亡臣多在晋。"下句典出《后汉书·舆服志》："武冠谓之赵惠文冠，秦灭赵，以其君冠赐近臣。"即赵冠，比喻自己受北朝君主的重用。

〔2〕"离宫"二句：离宫，行宫，此指招待外国使臣的客馆。子产，春秋时郑国大夫，曾奉命出使晋国，见《左传·襄公十一年》。下句典出《左传·庄公二十年》："陈公子完奔齐，齐使敬仲为卿，辞曰：'羁旅之臣。'"注："敬仲，陈公子完。羁，寄；旅，客也。"两句言自己当年本是奉命出使北朝，但被留下来授以官职，却非本心所愿。

〔3〕"寓卫"二句：上句用典本《毛诗·式微诗序》："式微，黎侯寓于卫，其臣劝以归也。"黎侯受狄人追逐，被迫暂住在卫国。下句用《左传·僖公二十三年》及《周语·晋语》中晋公子重耳的故事。重耳出亡到齐国，齐桓公将女儿齐姜嫁给他，重耳遂有安居齐国之意，而其手下的赵衰等人设计使重耳离开了齐国。两句言自己虽寄身北方，但深感这并非是自己应住的地方，虽受礼遇心中却未曾安闲自适。

〔4〕"雪泣"二句：雪泣，犹言拭泪。悲去鲁，典出《韩诗外传》："孔子去鲁，迟迟乎行也。"相韩，典出《史记·留侯世家》："韩破，良悉以家财求客刺秦王，为韩报仇，以大父、父五世相韩故。"作者与父亲均仕梁，很受萧纲、萧绎的赏识。两句言自己常怀去国之悲，也不能忘却昔日的君臣之情。

〔5〕"唯彼"二句：上句用阮籍事，见《晋书·阮籍传》："时率意独驾，不由径路，车迹所穷，辄恸哭而反。"行路难，借用乐府诗《行路难》字面，《乐府解题》说："《行路难》，备言世路艰难及离别悲伤之意。"两句抒写羁留北朝的情怀，既有穷途恸哭之悲，复有世路艰难之叹。

【解说】

阮籍有《咏怀》诗，本题是拟作，共二十七首。清人倪璠《庾子山集注》说这些诗"皆在周乡关之思，其辞旨与《哀江南赋》同矣。"又《艺文类聚》题作《咏怀》，今人或据此认为"这些诗并非模仿阮籍"，认为“拟”字为《庾子山集》所加。按此说似不妥，本题诗其一起句即云“步兵未饮酒”，其四云“唯彼穷途恸”，其十六云“对君俗人眼”，均用阮籍事，又其二十五“昔日东陵侯，唯见瓜园在”，亦显然从阮籍《咏怀》其六“昔闻东陵瓜”化出。作者又有骈文《拟连珠》四十四首，其内容与本题诗类似，有一些与本题诗命意、用典都完全一样。这两组作品集中反映了作者的家国之痛、乡关之思，题中均有“拟”字，似不必为后人所加。本篇原列第四，言羁留北朝本非所愿，故国之思，不能忘却。

其二

榆关断音信，汉使绝经过〔1〕。
胡笳落泪曲，羌笛断肠歌〔2〕。
纤腰减束素，别泪损横波〔3〕。
恨心终不歇，红颜无复多〔4〕。
枯木期填海，青山望断河〔5〕。

【注释】

〔1〕“榆关”二句：榆关，战国时的关名，故址在今陕西榆林县东。此泛指北方边塞。汉使，汉人朝廷的使者，指梁朝使者。两句言自己身在北方，与故国音信断绝。

〔2〕“胡笳”二句：胡笳、羌笛，代指北方的音乐。作者被羁留的西魏为鲜卑族拓跋部所建，故此以异族音乐泛言西魏的生活。

〔3〕“纤腰”二句：束素，比喻腰，宋玉《登徒子好色赋》：“腰如束素。”素本指白色的生绢。横波，指眼睛。傅毅《舞赋》：“目流涕而横波。”两句言本来消瘦的腰，因思念故国而更加纤细；又因流泪太多，以致眼睛也受到损伤。

〔4〕“恨心”二句：恨心，充满离恨之心。歇，休止。红颜，本

指女性青春美貌，此指青春容貌。以上四句，作者皆借女性形象自喻，借思妇的离愁别恨抒写故国之思。

〔5〕“枯木”二句：上句用《山海经·北山经》精卫填海事及陶渊明《读山海经》诗：“精卫衔微木，将以填沧海。”下句典出《水经注·河水》：“华、岳本一山，当河，河水过而曲行。河神巨灵手荡脚踏，开而为两。”这两句说自己期望南归故国的愿望就像枯木填海、青山断河一样不能实行。

【解说】

本篇原列第七，写羁留北朝不得南归的悲恨。

其三

摇落秋为气，凄凉多怨情〔1〕。
啼枯湘水竹，哭坏杞梁城〔2〕。
天亡遭愤战，日蹙值愁兵〔3〕。
直虹朝映垒，长星夜落营〔4〕。
楚歌饶恨曲，南风多死声〔5〕。
眼前一杯酒，谁论身后名〔6〕！

【注释】

〔1〕“摇落”二句：上句化用《楚辞·九辩》：“悲哉秋之为气也，萧瑟兮草木摇落而变衰。”王逸注说这两句写“寒气聊戾，岁将暮也”“华叶陨零，肥润去也”。江陵的沦陷在承圣三年（554）秋冬之际，正当“摇落秋为气”的季节。

〔2〕“啼枯”二句：上句用湘妃的故事，本张华《博物志》：“尧之二女，舜之二妃，曰湘夫人。舜崩，二妃啼，以涕挥竹，竹尽斑。”此

言不仅“竹尽斑”，且竹为之枯死。下句用杞梁妻哭夫的故事。杞梁为战国时齐大夫，战死于莒城之下，其妻泣曰：“上则无父，中则无夫，下则无子，人生之苦至矣！”遂放声痛哭，杞城为之崩塌。杞梁城，即杞城，在今河南杞县。两句通过写女性的哭泣，反映江陵城破之时梁朝君臣被杀，死伤惨重的情况。作者《哀江南赋》《拟连珠》也用了这两个典故写江陵城破之时的场面：“城崩杞妇之哭，竹染湘妃之泪。”“还崩杞梁之城，终变湘陵之竹。”

〔3〕“天亡”二句：天亡，语本《史记·项羽本纪》：“此天之亡我也，非战之罪也。”指梁元帝萧绎被西魏击败。愤战，使人怨恨的战争。日蹙，语本《诗经·大雅·召旻》：“今也日蹙国百里。”意谓国势不振，国土每天缩小百里。愁兵，士兵愁怨，无心恋战。两句说梁朝覆灭乃是天意，且当时梁朝国力衰落，士兵也无心战斗。

〔4〕“直虹”二句：直虹，《晋书·天文志》：“虹头尾至地，流血之象。”垒，军营。下句用《晋书·天文志》诸葛亮事：“蜀后主建兴十三年，诸葛亮帅大军伐魏，屯于渭南。有长星赤而芒角，自东北西南流，投亮营……占曰：‘两军相当，有大流星来走军上及坠军中者，皆破败之征也。’九月，亮卒于军，焚营而退。”这两句与前句中的“天亡”相呼应，言萧梁的兵败覆灭，事先已有种种征兆。

〔5〕“楚歌”二句：楚歌，用《史记·项羽本纪》：“项王军壁垓下，兵少食尽。汉军及诸侯兵围之数重，夜闻汉军四面皆楚歌，项王乃大惊，曰：‘汉皆已得楚乎？是何楚人之多也！’”饶，多。南风，指楚地的音乐，下句用《左传·襄公十八年》：“晋人闻有楚师。师旷曰：‘不害。吾骤歌北风，又歌南风，南风不竞，多死声，楚必无功。’”清人倪璠注释说：“梁元帝都江陵，本楚地，故多引楚事以为辞。”（《庾子山集注》）这两句写萧梁军败国亡。

〔6〕“眼前”二句：《世说新语·任诞》：“张季鹰……曰：‘使我有身后名，不如即时一杯酒。’”两句带出萧绎军败的原因，言当时江陵君臣只知一时的享乐，终于身死国亡。这两句亦可解为故国已亡，余生已无意义，不过聊饮酒终此残生而已。同题诗其五：“一朝人事尽，身名不足亲”，与这两句意思相近。

【解说】

本篇原列第十一，是作者的名篇之一。诗中感慨梁朝兵败覆灭，用典多而精切，达到了“援古证今，用人若己”（《文心雕龙·丽辞》）的境界。沈德潜称赞作者“使事无迹”，又说《拟咏怀》诗“无穷孤愤，倾吐而出”（《古诗源》），本篇都颇能体现。

其四

日晚荒城上，苍茫余落晖。
都护楼兰返，将军疏勒归〔1〕。
马有风尘气，人多关塞衣〔2〕。
阵云平不动，秋蓬卷欲飞〔3〕。
闻道楼船战，今年不解围〔4〕。

【注释】

〔1〕“都护”二句：都护，官名，汉宣帝时置西域都护，负责西域边防事务。楼兰，古国名，汉代时多次与汉军作战，后被傅介子斩其王，改名鄯善。上句用傅介子平楼兰事，见《汉书·傅介子传》：“时楼兰国数反复，霍光白，遣介子与士卒赍金币，扬言以赐外国为名，至楼兰。楼兰王与介子饮，介子令壮士二人刺杀之，持首诣阙。”疏勒，指疏勒城，汉代时是西域边防要害。下句用《后汉书·耿恭传》，耿恭在明帝永平（58—75）年间任戊己校尉，引兵据疏勒城。匈奴攻城，城中食尽困穷，“稍稍死亡，余数十人。会汉遣军迎校尉，遂相随俱归。”两句所用傅介子、耿恭事，都有不辱王命的内容，作者引其事，是感慨自己不能像他们那样不辱使臣之命。

〔2〕“马有”二句：这两句写征人归来的情况，由上两句的“起”

“归”二字引出。

〔3〕“阵云”二句：与开篇的两句呼应，写边塞秋景。

〔4〕“闻道”二句：楼船，一种高大的战船。《汉书·杨仆传》：“南越反，拜为楼船将军。有功，封梁侯。”这两句由边塞风光联想到江南故国，言听说江南正有战事，而且战争很激烈。诗句到此截止，但言外之意是说自己身为江南之人，故国遭遇战争时却不能前去为国家效力，实为感慨自惭。

【解说】

本篇原列第十七，写荒城傍晚秋景及北朝军旅的归来，并感慨自己既不能不辱使臣之命，又不能效忠故国。

其五

萧条亭障远，凄惨风尘多〔1〕。
关门临白狄，城影入黄河〔2〕。
秋风别苏武，寒水送荆轲〔3〕。
谁言气盖世，晨起帐中歌〔4〕。

【注释】

〔1〕“亭障”二句：萧条，秋日冷落的样子。亭障，亭侯堡障，是军事上用的建筑。风尘，指战事消息。

〔2〕“关门”二句：关，城关。白狄，春秋时狄族的一支，被中原汉人视为异族。这两句说现在自己住在北方，与古人所说的异族敌国相距很近。

〔3〕“秋风”二句：这两句以李陵、荆轲自比，取李陵留居匈奴、荆轲一去不返以自况自己的经历。

〔4〕“谁言”二句：气盖世，语本《史记·项羽本纪》，项羽在垓下为汉军包围，夜饮于帐中，“乃悲歌慷慨，自为诗曰：‘力拔山兮气盖世，时不利兮骓不逝；骓不逝兮可奈何，虞兮虞兮奈若何！’歌数阕，美人和之，项王泣数行下。”两句承上文，言自己现在只是羁旅之人，远离故国，即便有英雄气概与抱负，也无法施展，只能如昔日的项羽悲歌于帐中。

【解说】

本篇原列第二十六，诗中感叹自己与故国永诀，即便尚有英雄抱负，也无施展才华的机会了。

晚秋

凄清临晚景，疏索望寒阶〔1〕。
湿庭凝坠露，抟风卷落槐〔2〕。
日气斜还冷，云峰晚更霾〔3〕。
可怜数行雁，点点远空排〔4〕。

【注释】

〔1〕“凄清”二句：凄清，语本潘岳《秋兴赋》：“月朦胧以含光兮，露凄清以凝冷。”疏索，萧条冷清的样子。

〔2〕抟风：向上的旋风。

〔3〕霾：昏浊不清。

〔4〕“可怜”二句：这两句寄寓故国之思，与《重别周尚书》其一

"唯有河边雁，秋来向南飞"命意相同。

【解说】

本篇写深秋萧条景象，表达了作者的凄凉情怀和故国之思。

梅花

当年腊月半，已觉梅花阑[1]；
不信今春晚，俱来雪里看[2]。
树动悬冰落，枝高出手寒。
早知觅不见，真悔著衣单[3]。

【注释】

〔1〕当年：指过去在南方。南方气候暖和，故腊月中旬梅花已快开完了。阑：指梅花将尽。

〔2〕"不信"二句：这两句说现在已是春深，因北方天寒，特选此时外出看梅，估计可以看到梅花。

〔3〕"树动"四句：上两句说只看到梅树上挂着冰雪，全无梅花踪迹。下两句说早知无梅花可看，天气又如此寒冷，事先该多穿些衣服。

【解说】

诗题为《梅花》，诗中所写却是访梅而未见的感叹。未见梅花是因为身在北地，想看梅花是因昔日在江南有此经历。诗很含蓄但也深刻地表现了作者的故国情思。诗中不用典故，颇能体现杜甫所说的“清新庾开府”的风貌。沈德潜对此诗评价很高，说是：“古人咏梅，清高越俗，后人愈刻画，愈觉粘滞。古人取神，后人取形也。”（《古诗源》）

寄徐陵[1]

故人倘思我，及此平生时[2]。
莫待山阳路，空闻吹笛悲[3]。

【注释】

〔1〕徐陵：字孝穆，与作者曾同为萧纲的抄撰学士，诗歌齐名，号称“徐庾”。梁亡之后，复仕于陈朝。这是一首寄赠之作，诗中表达了对故人的深情。

〔2〕平生时：在世之时，活着的时候。

〔3〕“莫待”二句：魏晋之际的向秀与嵇康、吕安是好友，嵇、吕因反对司马昭而被杀害。后来向秀在路过嵇康山阳旧居时，作《思旧赋》追念去世的嵇、吕。山阳，在今河南修武县东南。吹笛悲，语本《思旧赋序》：“邻人有吹笛者，发声寥亮，追思曩昔游宴之好，感音而叹，故作赋云。”文中这两句说不要等我死了以后，你再来悼念我。

寄王琳[1]

玉关道路远，金陵信使疏[2]。
独下千行泪，开君万里书[3]。

【注释】

〔1〕王琳：字子珩，梁朝将领，曾官湘州刺史。平侯景乱有大功。梁元帝萧绎被杀，魏立梁王萧詧，王琳率军为元帝举哀，三军缟素，并出兵攻萧督。陈霸先篡梁帝位，他又与之对抗，后兵败被杀。这是作者接到王琳的信后寄赠给他的诗。

〔2〕"玉关"二句：玉关，即玉门关，在今甘肃省敦煌西，此代指作者所在的北朝。金陵，即梁京都建康，即今南京市。信使，梁朝来的使者。疏，少。

〔3〕"独下"二句：据《古诗笺》记载："琳乃心梁室，艰难备尝，信能不为之泪下哉！"用以解释作者何以开书之际，已是千行泪下。他似乎没有注意"独下"二字，这两个字在表现作者的处境、心态上极精炼有力。

重别周尚书

阳关万里道，不见一人归〔1〕。
唯有河边雁，秋来向南飞〔2〕。

【注释】

〔1〕周尚书：即周弘正，梁元帝时官左户部尚书，入陈历官尚书右仆射等职。他于陈文帝天嘉元年（560）至北周迎接被俘的陈宗室陈顼（后为陈宣帝），天嘉三年从长安南还。作者先有《别周尚书弘正》诗，故本诗题为"重别"。

〔2〕阳关：关名，在今甘肃敦煌西南，此代指北方。

〔3〕“唯有”二句：这两句说大雁还能飞到南方，而留在北方的南人竟不得还乡。沈德潜评此诗：“从子山时势地位想之，愈见可悲。”（《古诗源》）

秋夜望单飞雁

失群寒雁声可怜，夜半单飞在月边。
无奈人心复有忆，今暝将渠俱不眠〔1〕。

【注释】

〔1〕今暝：犹言今夜。将渠：与你，渠，指雁。

【解说】

本篇借失群的孤雁抒写羁留北朝不得南归的苦闷。

卢思道（531？—582？）

卢思道，字子行，范阳（今河北涿县）人。少年时师事邢劭，有文名。北齐时官给事黄门侍郎，北周时官至仪同三司，迁武阳太守，入隋官散骑常侍。

卢思道同邢劭、魏收一样，是地道的北方诗人，也同样深受南朝诗歌影响。所不同的是，邢、魏只学绮艳清丽的南朝诗，而卢思道兼能学南朝的边塞诗，代表作是其乐府歌诗《从军行》。他在诗歌技巧方面比邢、魏都圆熟，在对仗工整、音调和谐上与梁陈诗人已不相上下。庾信早年出使东魏，说北朝只有温子昇的《韩陵山寺碑》还可一读，等到他在北周时看到卢思道等人的诗，竟“深叹美之”（《隋书·卢思道传》），足见北方诗文水准的提升。

从军行

朔方烽火照甘泉，长安飞将出祁连[1]。
犀渠玉剑良家子，白马金羁侠少年[2]。
平明偃月屯右地，薄暮鱼丽逐左贤[3]。
谷中石虎经衔箭，山上金人曾祭天[4]。
天涯一去无穷已，蓟门迢递三千里[5]。
朝见马岭黄沙合，夕望龙城阵云起[6]。
庭中奇树已堪攀，塞外征人殊未还[7]。
白雪初下天山外，浮云直上五原间[8]。
关山万里不可越，谁能坐对芳菲月[9]。
流水本自断人肠，坚冰旧来伤马骨[10]。
边庭节物与华异，冬霰秋霜春不歇[11]。
长风萧萧渡水来，王雁连连映天没。
从军行，军行万里出龙庭，
单于渭桥今已拜，将军何处觅功名[12]？

【注释】

〔1〕“朔方”二句：朔方，北方。甘泉，汉宫名，此代指京城。飞将，西汉李广号称“飞将军”，此指良将。

〔2〕“犀渠”二句：这两句是说富贵人家子弟、侠客少年都从军参战。犀渠，一种盾牌，左思《吴都赋》：“户有犀渠。”玉剑，言剑之美。良家子，好人家的子弟。

〔3〕“平明”二句：这两句化用梁朝诗人范云《效古》：“朝驰左贤阵，夜薄休屠营。”平明，清晨。偃月、鱼丽，古代阵名。右地，右边的阵地，即范诗的“休屠营”，此处用以与下句的“左贤”对仗。左贤，即左贤王，匈奴单于居中，其东部首领称左贤王，西部首领称右贤王。

〔4〕“谷中”二句：上句用李广误以草中石为兽，射之，箭深没镞的典故，见《史记·李将军列传》，言从军来到塞外。下句典出《汉书·匈奴传》，金人是匈奴人祭天的神主。匈奴人本在云阳甘泉山祭天，后“秦夺其地”，遂迁往“休屠右地”。这句说军队已抵达匈奴境内纵深处。

〔5〕“天涯”二句：从这两句开始，到结句，均以从军将士妻子的口吻言之。这两句言征人远征，离家千里。蓟门，代指边塞。

〔6〕“朝见”二句：马岭，地名，在今甘肃庆阳县西北。龙城，即龙庭，匈奴单于的王城，故址在今内蒙古自治区锡林郭勒盟境内，一说在今蒙古人民共和国车车尔勒格东。马岭、龙城均代指征人从军处。

〔7〕“庭中”二句：上句化用《古诗·庭中有奇树》：“庭中有奇树，绿叶发华滋。攀条折其荣，将以遗所思。”两句言时光流逝，而征人尚未还家。

〔8〕“白雪”二句：天山，即“长安飞将出祁连”的祁连山。五原，地名，在今内蒙包头北。

〔9〕芳菲月：代指美好月光。

〔10〕“流水”二句：上句化用《陇头歌》：“陇头流水，鸣声幽咽；遥望秦川，肝肠断绝。”下句化用陈琳《饮马长城窟行》“饮马长城窟，水寒伤马骨”句意。一言思妇怀人之悲，一言征人从军之苦。

〔11〕“边庭”二句：边庭，边关。节物，节气物候。华，指中原地区。下句说边关春天还很寒冷。

〔12〕“单于”二句：上句用《汉书·匈奴传》记宣帝甘露三年（前51），匈奴呼韩邪单于降汉入朝，宣帝大会各异族首领使臣于渭桥下之事。两句言如今边塞已和平，领军的将领为何还不让征人返乡与妻子团聚。

【解说】

本篇用乐府旧题，肉容也符合本题乐府皆写“军旅苦辛”的传统（见《乐府解题》）。但前人之作多为五言，作者不仅出以七言，且洋洋洒洒，扩为长篇。虽然其中的“庭中奇树”“边庭节物”之类的词语是从南朝诗中承袭过来的。

颜之推 （531 — 591?）

颜之推，字介，祖籍琅琊临沂（今山东临沂），世居江左。初为梁湘东王萧绎国左常侍。萧绎称帝后，任散骑侍郎。西魏攻破江陵，他被俘送长安，不久投奔北齐，仕齐二十年，官至平原太守。北齐亡后入北周为御史上士，再入隋，被太子召为学士。

在投奔北朝的南朝文人中，颜之推不仅在诗歌创作上成就颇高，而且在文学批评方面有独到见解。其《颜氏家训·文章》主张“文章当以理致为心肾，气调为筋骨，事义为皮肤，华丽为冠冕”，反对“辞胜而理伏”“事繁而才损”。他抨击“浮艳”之作，可看出对南朝伤于轻浮华艳的诗风的不满，而同时推崇南朝王籍及萧悫的诗句，表明他具体的审美情趣仍落实在南朝人的范围内。他试图在保留南朝诗歌艺术技巧的基础上使诗歌创作的内容回到比较严肃、正统的轨道上去，将所谓“古之制裁”和“今之辞调”结合在一起。其见解持论虽颇公允，却缺乏锋芒，不够犀利。文学史上改变风气、打破传统的理论往往言辞激烈，否则便不足以发聋振聩，颜之推的文学批评在当时没有产生多大影响，原因大约在其持论比较平实。

他存世的诗作仅四首。其诗有词采，讲对偶，但不纤巧，比较深厚有力。

古意

十五好诗书，二十弹冠仕[1]。
楚王赐颜色，出入章华里[2]。
作赋凌屈原，读书夸左史[3]。
数从明月宴，或侍朝云祀[4]。
登山摘紫芝，泛江采绿芷[5]。
歌舞未终曲，风尘暗天起[6]。
吴师破九龙，秦兵割千里[7]。
狐兔穴宗庙，霜露沾朝市[8]。
璧入邯郸宫，剑去襄城水[9]。
未获殉陵墓，独生良足耻[10]。
悯悯思旧都，恻恻怀君子[11]。
白发窥明镜，忧伤没余齿[12]。

【注释】

〔1〕“十五”二句：自述生平经历。作者十几岁时就以“博览群书”“词情典丽”而为萧绎所赏识，年十九即被辟为湘东王国左常侍，事见《北齐书·颜之推传》及作者《观我生赋》。弹冠，语本《汉书·王吉传》：“王阳在位，贡公弹冠。”颜师古注：“弹冠者，且入仕也。”此言二十岁得萧绎赏识而入仕，是言其整数，非实指。

〔2〕“楚王”二句：楚王，措萧绎，萧绎的封地及称帝的江陵都属古楚国。赐颜色，加以礼遇的意思。章华，春秋时楚灵王所建台名，此

代指萧绎宫殿。

〔3〕“作赋”二句：这两句说自己既善文章，又很博学。左史，春秋时楚国史官倚相，史称他“能读三坟、五典、八索、九丘”等古籍（《左传·昭公十二年》）。

〔4〕“数从”二句：言自己屡屡参与萧绎的宴乐盛会。明月，指萧绎在江陵所建造的明月楼。朝云祀，用宋玉《高唐赋》：“王游高唐，怠而昼寝，梦见一妇人曰：‘妾巫山之神女也，朝为行云，暮为行雨；朝朝暮暮，阳台之下。’旦朝视之，如言，故为立庙，号曰朝云。”此借指萧绎宫廷中游乐活动。

〔5〕“登山”二句：紫芝，古代传说的一种仙草。芷，香草名。两句泛言昔日陪同萧绎登山临水的情形。

〔6〕“歌舞”二句：这两句指西魏军攻破江陵。风尘，犹言战尘。

〔7〕“吴师”二句：上句语本《淮南子·泰族训》：“阖闾伐楚，破九龙之钟簴。”高诱注：“为九龙之簴以悬钟也。”阖闾，春秋末吴国君主，曾率军攻破楚国郢都，郢都故址即萧梁之江陵，此以吴师代指西魏之军。下句语本《战国策·楚策》：“横合，则楚割地以事秦。”西魏都长安，所处正是古秦国的地域。西魏不仅攻破江陵，且占领了原属于萧梁统治的巴蜀，故下句说“秦兵割千里”。

〔8〕“狐兔”二句：这两句写江陵被西魏攻占后的破败景象。宗庙，代指皇宫。朝市，指城市最繁华的地方。

〔9〕“璧入”二句：言梁朝的珍宝都被西魏掠去。上句语本《史记·廉颇蔺相如列传》：“赵惠文时，得楚和氏璧。”此以邯郸宫代指西魏皇宫。下句本《豫章记》：“张华……以孔章为丰城令，至县移狱，掘深二丈，得玉匣长八九尺，开之得二剑，一龙渊，二即太阿。其夕，牛斗之气不复见。孔章乃留其一，匣龙渊而进之。剑至，张公于密室发之，光焰华华，焕若电发。后张遇害，此剑飞入襄城水中。”此以剑比喻梁室珍宝。

〔10〕“未获”二句：这两句说自己未能与萧绎一起赴死，忍辱偷生至今，故非常痛悔。

〔11〕悯悯、恻恻：均指深怀忧愁不能排遣。旧都，指江陵。君

子，指遇难的萧梁君臣。

〔12〕“白发”二句：上句以其词意应作“窥明镜而见白发”，白发是忧思的象征。没余齿，犹言终余年。

【解说】

本题诗共两首，此选其一。题为《古意》，当是因风格上模仿魏晋人的诗作。本篇回忆昔日在梁朝与元帝萧绎的君臣遇合，哀悼萧绎的遇难并抒发故国沦丧的悲痛。

阴铿（生卒年不详）

阴铿，字子坚，祖籍武威姑臧（今甘肃武威），自其高祖迁居南平（今湖北荆州）。初仕梁为湘东王法曹参军，入陈历任始兴王录事参军、晋陵太守、员外散骑常侍，约在陈文帝天嘉（560—565）末年去世。

阴铿在诗歌史上与何逊并称“阴何”，其说首见于杜甫《解闷》诗：“颇学阴何苦用心。”阴、何都是杜甫敬佩的诗人，其诗歌也颇多相似之处，例如都讲究构思的新颖，追求声调和谐，注意对仗工整，诗作不多而显得较精致，等等。他们的不同之处也比较明显，何逊的诗多感伤，写景纪游赠别每罩上一层忧郁的色彩；阴铿的诗则多明快之作，清人陈祚明称他的诗为“清思”“亮笔”，甚而形容其诗如“春风披扇，时花弄色，好鸟斗声，一景百媚”一样明媚可爱（《采菽堂古诗选》）。相比较而言，何诗长于抒情，而阴诗善于写景，其佳句多系写景之笔。梁、陈两代，“宫体诗”影响很大，但阴、何与“宫体诗”都没有什么关系。“宫体诗”包括了边塞诗、艳情诗、咏物诗等，取材比较广泛，风格也较为多样。阴、何的诗主要写行旅送别、山水景物，风格比较单纯。“宫体诗”标志着南朝诗歌在题材、风格上继续有所开拓，而阴、何的诗歌在其所擅长的题材和风格上反映了南朝诗歌创作的进一步深化。

和傅郎岁暮还湘州[1]

苍茫岁欲暮，辛苦客方行[2]。
大江静犹浪，扁舟独且征[3]。
棠枯绛叶尽，芦冻白花轻[4]。
戍人寒不望，沙禽迥未惊[5]。
湘波各深浅，空轸念归情[6]。

【注释】

〔1〕傅郎：未详其人，郎是职官。湘州，即今湖南长沙。本篇是与友人唱和之作，抒写别离之情。

〔2〕“苍茫”二句：苍茫，犹言莽苍，寒冷的意思。全诗紧扣“岁暮”寒冷，抒写别情。客，指友人。

〔3〕“大江”二句：大江，长江。静犹浪，言江上浪大。征，行。

〔4〕绛叶：红叶。棠叶秋天遇霜变成红色。

〔5〕“戍人”二句：戍人，守望的士兵。望，瞭望。沙禽，沙州上的禽鸟。迥未惊，形容江上船很少，沙禽远远望去，，一点不受惊动。上句渲染气候的寒冷，下句暗指友人“独且征”的孤独。

〔6〕“湘波”二句：湘波，湘江的波涛。轸，伤痛。两句言湘水各处有深有浅，友人此去必能体察，而自己不能同行，只能空抱伤悲之情。

渡青草湖[1]

洞庭春溜满，平湖锦帆张[2]。
沅水桃花色，湘流杜若香[3]。
穴去茅山近，江连巫峡长[4]。
带天澄迥碧，映日动浮光[5]。
行舟逗远树，度鸟息危樯[6]。
滔滔不可测，一苇讵能航[7]？

【注释】

〔1〕青草湖，又名巴丘湖，北面与洞庭湖相连，水涨时两湖合而为一。青草湖因“春冬水涸，皆青草”而得名（《岳阳风土记》），诗中写青草湖的壮阔气象。

〔2〕“洞庭”二句：洞庭，此处兼指洞庭、青草两湖，因时值春天涨水季节，两湖已合为一体。春溜，春水。平湖，言湖面开阔。

〔3〕“沅水”二句：沅水、湘江均汇聚于洞庭、青草湖，因言此时湖水带着沅水清波，湘江水色。杜若，香草名，《楚辞·九歌·湘君》：“采芳洲兮杜若。”

〔4〕“穴去”二句：古代传说洞庭湖中的君山上有石穴，有地道潜通太湖中的包山。郭璞《江赋》：“包山洞庭，巴陵地道，潜逵旁通，幽岫窈窕。”郦道元《水经注》：“君山有石穴，潜通吴之包山，郭景纯所谓巴陵地道者也。”茅山，在今江苏省句容县东南，相传汉代有茅氏三兄弟在此得道成仙，后遂成为道教名山。江连，洞庭湖北与长江相通。这两句根据传说写湖水不仅景色优美，还与道教名山、神女出没的巫峡息

息相关。

〔5〕迴碧：犹言深碧。

〔6〕“行舟”二句：这两句渲染湖面的广阔。湖上的行舟似乎并没有行走，一直停留在与岸边之树相对应的某个位置上，飞越湖水的鸟也因疲倦栖息在船桅杆上。逗，犹言止。危，高。

〔7〕“滔滔”二句。这两句反用《诗经·卫风·河广》：“谁谓河广？一苇杭之。”一苇，犹言一叶扁舟。

开善寺〔1〕

鹫岭春光遍，王城野望通〔2〕。
登临情不极，萧散趣无穷〔3〕。
莺随入户树，花逐下山风。
栋里归云白，窗外落晖红〔4〕。
古石何年卧，枯树几春空〔5〕。
淹留惜未及，幽桂在芳丛〔6〕。

【注释】

〔1〕开善寺：在南京钟山上，梁武帝天监十四年（515）建，为当时南京著名佛寺。本篇写登临开善寺的所见。

〔2〕“鹫岭”二句：鹫岭，即灵鹫山，在印度境内，相传如来曾在此山宣讲《法华经》，故被佛家视为圣地。此用来代指钟山。王城，犹京邑，指建康（今南京）。野望通，言从钟山可清楚看到京城。

〔3〕“登临”二句：不极，犹无尽。萧散，悠闲。

〔4〕“莺随”四句：这四句写开善寺春光明媚的景象。户，窗户。

栋，屋梁。

〔5〕“古石”二句：言山寺周围景色苍凉，与上四句春光明媚的景象对应。

〔6〕“淹留”二句：淹留，久留。幽桂，山林深处的桂杖。芳丛，花丛。《楚辞·招隐士》：“桂杖丛生兮山之幽……攀援桂枝兮聊淹留。”两句言开善寺景致幽静绝佳，正适合作隐居之处，可惜自己当初未能选择此地留居，此行也只是匆匆登临，不能久留。

晚出新亭〔1〕

大江一浩荡，离悲是几重〔2〕？
潮落犹如盖，云昏不作峰〔3〕。
远戍唯闻鼓，寒山但见松〔4〕。
九十方称半，王途讵有踪〔5〕？

【注释】

〔1〕新亭：东吴所建，故址在今南京市汉西门外，因新亭在劳劳山临沧观前，故又名劳劳亭。东晋以来，这里是名士文人游宴与送行之处。本篇写由新亭初登旅程的感受。

〔2〕“大江”二句：一浩荡，言眼前所见是一派江水浩荡之景象。离悲，与友人相别的悲愁。

〔3〕“潮落”二句：上句从枚乘《七发》“江水逆流，海水上潮……其少进也，浩浩溰溰，如素车白马，帷盖之张”化出，《七发》写涨潮，此言落潮。盖，车盖。下句说江上云雾弥漫，望之不像峰峦之状。

〔4〕“远戍”二句：远戍，远处的军营。鼓，古代军营以鼓角报

时。这里的“唯闻鼓”“但见松”是说旅途寂寞，风景单调。

〔5〕“九十”二句：《战国策·秦策》记说客谏秦王语：“行百里者半于九十，此言末路之难。”上句本此。王途，指旅途。巨，岂。两句说剩下的旅程将越来越艰难。

五洲夜发[1]

夜江雾里阔，新月迥中明[2]。
溜船惟识火，惊凫但听声[3]。
劳者时歌榜，愁人数问更[4]。

【注释】

〔1〕五洲：地名，在今湖北浠水县西长江中。本诗描写在江上夜行船的景色感受。

〔2〕“夜江”二句：这两句以错觉来写景：夜里江水、江岸都隐于雾中，因不见江岸而顿觉江面更为开阔；大雾迷蒙之际，远远照来的月光显得分外明亮。

〔3〕“溜船”二句：言从灯火得知有船行走，从空中的音响感觉到有鸟被惊起。两句继续渲染夜雾的浓重。溜船，船顺流而下。凫，野鸭。

〔4〕“劳者”二句：劳者，指船夫。歌榜，唱着船歌。愁人，作者自指，言客行在外，心中充满忧愁。问更，打听时间。

张正见（536? —584?）

张正见，字见赜，清河东武城（今山东武城）人。幼时随其父由北魏归梁。年十三献颂于太子萧纲，得其称赏。梁元帝时官通直散骑常侍，迁彭泽令，后避乱隐居。入陈以后官通直散骑侍郎等职。他以五言诗名世，时人誉为“清才”。其诗多写乐府旧题，但每失于按题敷衍成篇，缺乏新意。他的诗讲究声律、对仗，包括一些乐府诗也显得声调和谐、属对工整，读起来仿佛是近体诗。

战城南

蓟北驰胡骑，城南接短兵〔1〕。
云屯两阵合，剑聚七星明〔2〕。
旗交无复影，角愤有余声〔3〕。
战罢披军策，还嗟李少卿〔4〕。

【注释】

〔1〕“蓟北”二句：这两句据古辞而稍加变化，先紧扣“战城南”写短兵相接，而“死郭北”的意思要在结句才补叙出来。

〔2〕“云屯”二句：云屯，形容双方交战，厮杀在一起。 七星，本指宝剑上的饰物，此言刀锋。 明，形容刀锋锐利。

〔3〕“旗交”二句：无复影，指双方战旗纠缠在一起，形容战斗激烈。 角愤，言军中号角吹奏出悲愤的乐音。

〔4〕“战罢”二句：披，打开。 军策，军书。 李少卿，西汉李陵，字少卿，率军进攻匈奴，连续战斗多日，士卒死伤过半无路可退而投降。 这两句说战斗结束后，将领对昔日李陵的故事很是感慨，暗喻伤亡惨重，与本题乐府古辞“战城南，死郭北”两句中的下一句呼应。

【解说】

本题是乐府旧题，属汉代《鼓吹铙歌》十八曲之一。 古辞以“战城南，死郭北”开篇，本篇即据此成诗。

江总 （519—594）

江总，字总持，祖籍济阳考城（今河南兰考），迁居江南，其祖辈多显宦。他十八岁为法曹参军，后因诗才被梁武帝赏识，累迁至太子中舍人、太常卿。侯景乱时，先避难会稽，又流寓广州。陈文帝天嘉四年（563）才应召回建康，陈后主时官尚书令。隋灭陈以后，他入隋任上开府，后病卒于江都。

江总在陈朝贵为宰辅，而有“狎客”之称，是因为他“不持政务，但日与后主游宴后庭”（《陈书·江总传》）。绵延一百多年的南朝随着陈后主的被擒获而最终宣告灭亡，江总也因亡国宰相和“狎客”的双重身份而为后人所讥刺。他留下来的诗确是名副其实的“宫体诗”，轻艳的程度超过萧氏兄弟和徐庾父子，例如《紫骝马》《妇病行》这样的乐府诗在他笔下也显得很轻薄，当然也有一些边塞诗、奉和唱酬之作、写景纪游诗，像其他“宫体”诗人一样取材驳杂。如果把他脂粉气极浓的乐府诗与数量颇多的“忏悔”“游精舍”一类的诗合在一起，会感到二者遥遥相对。这正反映了“宫体”诗人的一个特点，他们的诗歌创作很少表达真情实感，常信手写来，随意成篇。“宫体诗”起于太子与属臣的唱和，到了后来，“宫体”诗人似乎是跟自己应酬，无论写什么都只是显露诗才，而非表现性情。

江总值得一读的诗是陈亡以后的作品，其中颇多兴亡之感及思乡之情，另外，他的七言歌行亦堪称风调流丽。当时陈、隋都有一些诗人善写七言歌行，可以看出这种诗歌体裁正逐渐走向成熟。

闺怨篇

寂寂青楼大道边，纷纷白雪绮窗前。
池上鸳鸯不独自，帐中苏合还空然[1]。
屏风有意障明月，灯火无情照独眠[2]。
辽西水冻春应少，蓟北鸿来路几千[3]。
愿君关山及早度，念妾桃李片时妍[4]。

【注释】

〔1〕苏合：香名。 然：同“燃”。 空燃旁衬思妇的独守空闺、无情无绪。

〔2〕“屏风”二句：这两句说屏风善解人意，不让月光照见思妇，她因而得以避免见月而思人，然而偏偏灯烛无情，分明照出她孤宿独眠的情形。

〔3〕“辽西”二句：辽西，郡名，秦置。 辽西、蓟北均指今河北东北部一带，代表征夫所在的边关。 春应少，写思妇担心丈夫所处的边地寒冷，鸿来路几千是说彼此相距遥远音信难通。

〔4〕“愿君”二句：这两句写思妇的心愿，希望丈夫早早归来，因自己青春美貌犹如盛开的桃李，只有片刻的妍丽，很快就将凋零。

【解说】

本篇写闺中少妇的幽怨之情，以声律谐调而为后人所称赞。 清人称：“此种七言，专工对仗，已开唐人排律之体。”（《古诗赏析》引卞近村语）

南还寻草市宅

红颜辞巩洛，白首入轘辕〔1〕。
乘春行故里，徐步采芳荪〔2〕。
径毁悲求仲，林残忆巨源〔3〕。
见桐犹识井，看柳尚知门〔4〕。
花落空难遍，莺啼静宜喧〔5〕。
无人访语默，何处叙寒温〔6〕？
百年独如此，伤心岂复论〔7〕。

【注释】

〔1〕“红颜”二句：红颜，喻年少。巩洛，洛阳是京都，巩县距洛阳不远，此代指京畿之地。轘辕，山名，在洛阳附近。两句言昔日离开故里时还很年轻，但重返故里，已是白发老人了。

〔2〕“乘春”二句：乘春，乘着春天。荪，一种香草。

〔3〕“径毁”二句：径，指宅前庭院中的小路。求仲，人名，汉代蒋诩在舍前竹下开三径，只有求仲、羊仲与他共游。林，指竹林。巨源，山涛字巨源，他是魏晋之际“竹林七贤”之一。这两句说目睹故宅被毁坏，不由想起昔日在这里相聚的友人。

〔4〕“见桐”二句：言勉强还能从遗址中辨认出故宅的位置。上句从魏明帝曹叡《猛虎行》“双桐生空井”化出，下句化用陶渊明《五柳先生传》“宅边有五柳树”语意。

〔5〕“花落”二句：这两句说故宅被毁坏，到处都显得空空荡荡，地上的落花也显得很稀疏，又因为已没有人住，很是寂静，鸟的叫声显

得格外喧闹。

〔5〕“无人”二句：言故宅无人，没有人可与晤谈。寒温，指友朋亲人间的互致问候。

〔6〕“百年”二句：百年，指家族在此地已住了很长时间。两句言祖传旧宅毁坏如此，伤感之情，不堪已甚。

【解说】

陈被隋灭亡后，作者曾被俘至长安，后入朝任职，后又被放回南方。本篇写南归途中在建康江氏故宅寻访的感慨。草市宅，当即诗中所说的“故里”。据《金陵故事》：“鼎族多夹青溪，江宅尤占胜地。”可知江氏旧时豪华称。

于长安归还扬州九月九日行薇山亭赋韵

心逐南云逝，形随北雁来〔1〕。
故园篱下菊，今日几花开〔2〕？

【注释】

〔1〕“心逐”二句：南云，向南方飘去的云。北雁，秋天大雁从北方飞向南方，故称北雁。两句说自己的心早已飞向故乡，现在人也随着南飞的大雁回来了。

〔2〕“故园”二句：这两句以对故园菊花的关注，寄托急欲了解故乡近况的情怀。后来唐人两首有名的诗显然受这两句的启发。一首是

王绩的《在京思故园见乡人问》：“旅泊多年岁，老去不知回。忽逢门前客，道发故乡来。敛眉俱握手，破涕共御杯。殷勤访朋旧，屈曲问童孩。衰宗多弟侄，若个赏池台？旧园今在否？新树也应栽。柳行疏密布？茅斋宽窄裁？经移何处竹？别种几株梅？渠当无绝水？石计总生苔？院果谁先熟？林花那后开？羁心只欲问，为报不须猜。行当驱下泽，去剪故园菜。”一口气提出十几个有关故乡的情况希望得到回答，把急欲了解乡情的心理表现得极为传神。另一首是王维的《杂诗》：“君自故乡来，应知故乡事；来日绮窗前，寒梅着花未？”与这两句写法尤其相近。唐人的这两首诗后人以为受乐府诗《门有万里客》诸篇影响，其实从写作手法和构思看，应该说受本诗的影响最为直接。

【解说】

这是作者南归途中所作的诗。薇山亭，不详所在。诗题一作《长安九日诗》，文字亦稍有不同。

韦鼎 （生卒年不详）

韦鼎，字超盛，杜陵（今陕西长安县西南）人。仕梁累迁中书侍郎，入陈官散骑常侍，曾出使北周，入隋官光州刺史。

长安听百舌

万里风烟异，一鸟忽相惊[1]。
那能对远客，还做故乡声[2]！

【注释】

〔1〕相惊：被鸟的叫声所惊动。惊动的原因要在下面两句才交待。

〔2〕“那能”二句：远客，作者自谓。故乡声，指百舌鸟模仿南方鸟的叫声。这两句故做责备鸟的口气，似是无理指责，然无理之，中实为有情，清人张玉縠说：“不说己之不忍听，反说彼那能作此声，对面扑题，最耐咀味。”（《古诗赏析》）

【解说】

《艺文类聚》《文苑英华》题为《陈聘使韦鼎在长安听百舌》，说明本篇是作者出使北周时所写。诗中写思乡之情，而构思颇巧，以鸟的叫声引出思乡情怀。百舌，鸟名，亦名反舌，古人说这种鸟善于模仿各种鸟的叫声，“反覆其口，随百鸟之音”。作者正因此而入笔。

陈叔宝 （553—604）

陈叔宝，字元秀，吴兴长城（今浙江长兴）人。陈武帝长子，太建元年（569）被立为皇太子，十四年（582）即位。即位的第二年起临春、结绮、望仙三阁，日与贵妃宠姬游乐其中，不理朝政。祯明三年（589），隋军南下攻破建康，他与宠妃藏匿于胭脂井中，被俘送往北方，后病卒于洛阳，隋追封他为长城县公。史称陈后主。

陈叔宝是历史上最荒唐的君王之一，他对声色享乐的追求、对诗歌音乐的痴迷，与他置朝政于不顾的态度形成极鲜明的对比。有的人说他“辞采风流，官家未有”（张溥《汉魏六朝百三家集题辞·陈后主集》），而大部分人都说他是风流才子误做国君，断送了祖宗基业，他的性格和命运只是证明“亡国之主多有才艺”而已（《陈书·后主纪》）。他的诗歌也被后人当作荒淫误国的记录。如果我们不是总结治乱兴亡的教训而是从诗歌发展的角度来看他的诗歌创作，应该承认他在乐府诗方面多少有些贡献。他对乐府诗的偏爱使得当时文人乐府诗的创作达到南朝最繁荣的局面，而且他自己还制作了一些新题乐府，例如《春江花月夜》，他也写过一些清新妩媚的言情诗。但同时也应承认，他的诗歌最引人注目的地方是把“宫体诗”中的艳情诗推向高潮。例如从汉乐府《相逢行》演化出来的乐府新题《三妇艳诗》，在梁朝“宫体”诗人笔下已显得相当轻薄，而真正变成色情诗，是他的《三艳妇诗》十一首。魏徵《隋书·经籍志·集部总论》批评“宫体诗”时集中抨击萧氏兄弟、徐庾父子，只说“陈氏因之，未能全变”，实际上在描摹色情方面陈叔宝是后来居上，变本加厉。

三洲歌

春江聊一望，细草遍长洲。
沙汀时起伏，画舸屡淹留〔1〕。

【注释】

〔1〕沙汀：水中的沙洲。画舸：绘有彩饰的船。这两句说河中多沙洲，船因此要缓缓而行。

【解说】

本题是南朝民歌演化来的乐府诗，《乐府诗集》归入《清商曲辞》。民歌本唱商人与其情人离别相思，本篇则根据诗题描写南方水乡景物，风格颇清新。

孙万寿 （生卒年不详）

孙方寿，字仙期，信都武强（今河北武强）人。初仕齐官奉朝请，入隋曾任滕王文学，因事被发配江南，后官至大理司直。他的经历颇坎坷，抒写北齐亡后的故国情思，表现自己仕途沉沦之感，真挚动人。

东归在路率尔成咏

学宦两无成，归心自不平[1]。
故乡尚千里，山秋猿夜鸣。
入愁惨云色，客意惯风声。
羁恨虽多绪，俱是一伤情。

【注释】

〔1〕学宦：学业和仕宦。

【解说】

作者又有《早发扬州还望乡邑》诗，写其初被发配江南的思乡之情。本篇可能是从扬州返回故乡途中所作，扬州位处东南，故言东归。率而成咏，犹言匆匆成篇。

杨素 （？—606）

杨素，字处道，弘农华阴（今陕西华阴）人。仕北周任车骑将军，以平定北齐有功封成安县公。与杨坚（隋文帝）关系密切，入隋拜信州总督、进尚书右仆射、太子太师，封楚国公。《隋书》本传称某诗“词气颖拔，风声秀上，为一时盛作”，现存之诗都是与薛道衡唱和相赠之作。诗风清远凝炼，在隋朝诗坛不多见。

山斋独坐赠薛内史[1]

居山四望阻，风云竟朝夕[2]。
深溪横古树，空岩卧幽石。
日出远岫明，鸟散空林寂。
兰庭动幽气，竹室生虚白[3]。
落花入户飞，细草当阶积。
桂酒徒盈樽，故人不在席[4]。
日暮山之幽，临风望羽客[5]。

【注释】

〔1〕山斋：犹言山居，指山间别墅。 薛内史，即薛道衡，他在隋文帝时曾任内史侍郎。 诗中写山中清幽气象及对薛道衡的怀念。

〔2〕“竹室”一句：这句说山居四面都是高山。

〔3〕“兰庭”二句：兰庭，种满兰草的庭院，形容居处的清雅。 下句语本《庄子 · 人间世》“虚室生白”，言所居之室空明透亮。

〔4〕桂酒：美酒，语本《楚辞 · 九歌 · 东君》“援北斗兮酌桂浆。”

〔5〕“日暮”二句：曲，僻静处。 羽客，仙人，此指薛道衡。

薛道衡 （540—609）

薛道衡，字玄卿，河东汾阴（今山西万荣县）人。少时即有才名，仕北齐官太子侍读，入北周官至邛州刺史。在隋朝曾奉命使陈，以诗才而为南朝所称道。历任散骑常侍、内史侍郎，加开府仪同三司，炀帝时出为播州刺史，后触犯炀帝而被处死。

薛遭衡自北齐以诗名世，到了隋朝诗名更高，加上久掌枢要，太子诸王朝臣争相与其交往，“声名藉甚，无竞一时”（《隋书·薛道衡传》）。他的诗当时在南北都为人所重，而突出的特点是能以清丽宛转的声调描摹闺怨，遣词造句时有新意。其代表作《昔昔盐》与梁陈诗人的言情诗如出一辙。其诗被推崇证明隋朝诗歌的主流仍是追随南朝诗风。隋初曾以皇帝名义诏告天下：“公私文翰，并宜实录”，某位刺史还因文表华艳而被交付所司治罪，下面有人响应说，“更尚文词，唯务吟咏”的士林风气本自江左齐梁，的确应该“请勒有司，普加搜访，有如此者，具状送台”（李谔《上隋高祖革文华书》）。然而，尽管措施如此严厉，仍不能改变北方诗文追随南朝的积习。不仅南来的柳顾言、虞世南诸人继续写繁辞丽句，地道的北方诗人辛德源、卢思道等也模仿南人大作《东飞伯劳歌》《采莲曲》《美女篇》。南朝诗风在唐初仍能流行，以薛道衡为代表的隋朝诗人起到传承作用。

昔昔盐

垂柳覆金堤，蘼芜叶复齐[1]。
水溢芙蓉沼，花飞桃李蹊。
采桑秦氏女，织锦窦家妻[2]。
关山别荡子，风月守空闺[3]。
恒敛千金笑，长垂双玉啼[4]。
盘龙随镜隐，彩凤逐帷低[5]。
飞魂同夜鹊，倦寝忆晨鸡[6]。
暗牖悬珠网，空梁落燕泥[7]。
前年过代北，今岁往辽西。
一去无消息，那能惜马蹄[8]。

【注释】

〔1〕蘼芜：一种香草，又名江蓠。

〔2〕“采桑”二句：秦氏女，指汉乐府《陌上桑》所写的罗敷，以美貌著称。窦家妻，即《晋书·列女传》中所记窦滔妻苏蕙，以善属文有名，曾织回文诗于锦中寄给丈夫。秦氏女、窦家妻此均指思妇，一借以言其美，一借以言有文才。

〔3〕荡子：即游子，指思妇之夫。这句说思妇之夫从戎未归。

〔4〕“恒敛”二句：言思妇常伤心悲泣。双玉，指泪水。玉是玉筯的略称，南朝诗人以玉筯代指美人之泪。

〔5〕“盘龙”二句：盘龙，铜镜上的装饰。彩凤，帷帐上的花纹。

上句化用徐幹《室思》:“自君主之出矣，明镜暗不治。”下句说帷帐下垂不卷，写思妇无情无绪。

〔6〕“飞魂”二句：上句化用曹操《短歌行》“月明星稀，乌鹊南飞，绕树三匝，何枝可依”，言情思悠悠，不能平静。下句说夜里孤寂难眠，希望早些天明。

〔7〕“暗牖”二句：写室中萧条寂静以表现思妇的孤独寂寞，沈德潜说这两句：“从张景阳‘青苔依空墙，蜘蛛向四屋’化出，而其发原，则在‘伊威在室，蛸蛸在户’，但后人愈巧耳。”(《古诗源》)“伊威”二句，见《诗经·豳风·东山》。

〔8〕“一去”二句：结句点出思妇幽怨之情。惜马蹄，化用苏伯玉妻《盘中诗》:“何惜马蹄散不归”，意思是说怎能因爱惜马蹄而不归家。

【解说】

这是一首新题乐府诗，《乐苑》:“昔昔盐，羽调曲，唐亦为舞曲。”昔通“夕”，昔昔犹言夜夜；盐，即《艳》，艳是曲名。本篇描写闺怨，是作者的名篇，其中“空梁落燕泥”一句尤著名。据说作者被处死时，对他的诗才久怀忌恨的隋炀帝还特别问他：“更能作‘空梁落燕泥’语否？”(见《隋唐嘉话》)

人日思归

入春才七日，离家已二年〔1〕。
人归落雁后，思发在花前〔2〕。

【注释】

〔1〕“入春”二句：这两句写得很巧妙，因已入新春，则已进入新

的一年，但又并非已满二年。

〔2〕“不归”二句：这两句说思归的心思在开春以前就有了，但真正归去，要落在北还的大雁之后。唐人刘长卿《新年作》：“老至居人下，春归在客先。”正从这两句化出。

【解说】

作者在隋开皇（581—600）年间曾出使陈朝，据《隋唐嘉话》记载“薛道衡聘陈，为《人日》诗云：‘入春才七日，离家已二年’，南人嗤之曰：‘是底言？谁谓此虏解作诗？’及云：‘人归落雁后，思发在花前。’及喜曰：‘名下固无虚士。’”人日，正月初七，《荆楚岁时记》：“正月七日，为人日。”当时有在这天登临赏春的风俗。

柳辩（542—610）

柳辩，字顾言，祖籍河东（今山西夏县），世居襄阳（今属湖北）。初仕梁为著作佐郎，入隋后曾任杨广的东宫学士，官至秘书监。杨广的诗最初师法庾信，后来又拜他为师，可见他当时声誉之隆。他的诗读来轻快明丽。

阳春风俗歌

春鸟一啭有千声，春花一丛千种名[1]。
旅人无语坐檐楹，思乡怀土志难平[2]。
唯当文共酒，暂与兴相迎[3]。

【注释】

〔1〕“春鸟”二名在：这句说花丛中有很多种花。

〔2〕旅人：游子。 檐楹：房檐。

〔3〕“唯当”二句：言佳篇与美酒可以使人暂时忘掉乡愁。

【解说】

本篇抒写春日思乡情怀。 阳春，古曲名。

虞世基 （？—618）

虞世基，字茂世，会稽余姚（今属浙江）人。初仕陈，官太子中庶子、尚书左丞，入隋为通直郎，后被杨广纳为亲信，“亲礼逾厚，专典机密”，后与杨广同时被杀。他在陈朝已有诗名，又是书法名家，但因宠爱继室而“为其聚敛，鬻官卖狱，贿赂公行，其门如市，金宝盈积”（见《隋书》本传）。他的诗风倒是颇刚劲，写情也很真挚。

入关

陇云低不散，黄河咽复流。
关山多道里，相接几重愁。

【解说】

本篇可能是作者由陈入隋时所作，抒写进入北方后的行旅愁思。

侯夫人

侯夫人，生卒年并籍贯不详。《古今诗话》说她是隋炀帝的宫女，因一直不得见幸，自缢而死。 诗中多写宫怨。

妆成

妆成多自惜，梦好却成悲。
不及杨花意，春来到处飞[1]。

【注释】

〔1〕“不及”二句：这两句悲叹自己被幽禁在深宫，命运还不如能够到处飘荡的杨花。

【解说】

本篇写化妆完了以后的幽怨情思，诗意与后来唐朝宣宗宫女有名的《题红叶》“流水何太急，深宫尽日闲。殷勤谢红叶，好去到人间”相近，而幽怨过之。

杨广 (569—618)

杨广，弘农华阴（今陕西华阴）人。隋文帝次子。初封晋王，开皇二十年（600）得立为太子，仁寿四年（604）文帝暴卒，遂称帝，在位时恣意游乐，荒淫暴虐，终引发各地举兵反隋，他也被部下缢死于江都（今扬州），史称隋炀帝。史家承认他“好学，善属文”，热衷在宫中制作新声乐府，“辞极淫绮”“哀音断绝”，但又说他自己的创作“词无浮荡”“并存雅体，归于典制”（《隋书·文学传序》）。其存世的乐府诗显然是承袭了梁陈余绪，内容上无新意，不过颇有一些刚健的佳句，其余的诗讲究对仗，声韵和谐，其实并不浓艳。张溥《汉魏六朝百三家集题辞·隋炀帝集》云：“陈隋文哀，帝王有作，与众同波。”这个观察很细致，南朝至隋帝王诗中全然不见王霸语，的确是一种风气。

春江花月夜

暮江平不动，春花满正开[1]。
流波将月去，潮水带星来[2]。

【注释】

〔1〕“暮江”一句：这句的“平不动”，意在描绘春江花月夜的宁静气氛，但分明又与下面两句的“流波”“潮水”有矛盾。唐代诗人张若虚在写同题诗的时候，显然是注意到了这一点，开头两句“春江潮水连海平，海上明月共潮生”，不仅意境比本篇阔大得多，而且避免了前后语意的矛盾。

〔2〕将：带。

【解说】

本题为陈后主所创，但原作已不存，作者的两首是本题现存最早的两首，此选其一。后来唐人张若虚的同题诗被誉为“孤篇横绝”（王闿运《论唐诗诸家源流》），极受明代以后论家的推崇。如果把张诗同本篇相比，可看出其写景受本篇启发，同时又很精细地修正了本篇写景上的微瑕。

夏日临江

夏潭荫修竹，高岸坐长枫[1]。
日落沧江静，云散远山空。
鹭飞林外白，莲开水上红。
逍遥有余兴，怅望情不终[2]。

【注释】

〔1〕坐长枫：指坐在枫树下观江景，照应诗题中的“临江”二字。

〔2〕终：尽。

【解说】

沈德潜说作者的诗“能作雅正语，比陈后主胜之。”（《古诗源》）本篇可看出这一点。

诗

寒鸦飞数点，流水绕孤村。
斜阳欲落处，一望黯消魂[1]。

【注释】

〔1〕消魂：黯然伤神。

【解说】

本篇见载于《笔麈》，可能原有诗题。后来宋人秦观名作《满庭芳》词“斜阳外，寒鸦万点，流水绕孤村”，完全袭用本篇前三句；元人马致远有名的《天净沙·秋思》“枯藤老树昏鸦，小桥流水人家，古道西风瘦马。夕阳西下，断肠人在天涯”，亦由本篇化出。

魏晋南北朝民歌

魏晋民歌

传世的魏晋（西晋）民歌数量很少。中原地区本是“桑间濮上”之音的发源地，而此时却未见有歌诗流传，风格粗犷的北方民歌要随东晋以后游牧民族的入主中原才流行，南方民歌这一时期已有《子夜歌》《白纻歌》《神弦歌》等行世，但繁盛起来也要到东晋以后。

陇上歌

陇上壮士有陈安，躯干虽小腹中宽，
爱养将士同心肝[1]。骢父马铁锻鞍[2]，
七尺大刀奋如湍，丈八蛇矛左右盘，
十荡十决无当前[3]。战始三交失蛇矛，
弃我骢窜岩幽，为我外援而悬头[4]。
西流之水东流河，一去不还奈子何[5]！

【注释】

〔1〕“陇上”三句：陇上，指晋秦州陇西（今甘肃省陇西县）。这三句说陈安身材短小而心地宽厚，很爱护部下将士。

〔2〕骢（cōng）：青白毛色相杂的马，古人常用以称呼名马。父马，雄马。

〔3〕“七尺”三句：写陈安与刘曜军厮杀的场面。湍，急流。此形容刀舞得飞快。荡，冲锋。决，溃退。荡、决均指刘曜军。

〔4〕“战始”三句：交，交锋，指与刘将平先激战。窜岩幽，据《刘曜载记》，陈安失去蛇矛后，弃马逃进深山，此指其事。岩幽，深山。“为我”句，据《刘曜载记》，陈安从陇城突围后，本欲取上邽援兵解陇城之围，后得知上邽也已被围，才被迫南走陕中，最后兵败被杀。这句说陈安是为解救陇城人而死的。

〔5〕西流之水：指陇水。

【解说】

本篇歌辞及本事见《晋书·刘曜载记》。歌中所唱的陈安原是晋都尉，后反覆于晋王司马保和前赵刘曜之间，最后坚持反抗刘曜，“曜亲征陈安，围安于陇城……曜使将军平先、丘中伯率劲骑追安……安与壮士十余骑于陕中格战。安左手奋七尺大刀，右手执丈八蛇矛，近交则刀矛俱发，辄害五六，远则双带鞬服，左右驰射而走。平先亦壮健绝人，与安搏战，三交夺其蛇矛而退……斩安于涧曲……安善于抚接，吉凶险夷，与众同之。及其死，陇上歌之曰：（略）。

陇头歌

陇头流水，鸣声呜咽〔1〕。
遥望秦川，心肝断绝〔2〕。

【注释】

〔1〕“陇头”二句：《秦川记》：“陇西郡陇山，其上悬岩吐溜，于中岭泉渟，因名万石泉。泉溢漫散而下，沟浍皆注。”这两句说泉水流淌像是征人的悲凄呜咽。

〔2〕秦川：今陕西关中一带，指征人的故乡。

【解说】

《陇头歌》是汉代军乐《横吹曲》之一。《乐府诗集》收入《梁鼓角横吹曲》，后人多认为系汉魏之际人所作。本题共三首，此选其三。

南朝民歌

南朝民歌是东晋到陈时期南方地区的民歌，大多见载于宋人郭茂倩《乐府诗集·清商曲辞》，主要有《吴声歌曲》和《西曲歌》两大类，另外还有民间祭歌《神弦歌》。除了《神弦歌》，现存的南朝民歌绝大多数都歌咏男女之情，有不少近于世人所说的“艳诗”。现代有些学者认为这是南朝统治者有意采集民歌中言情之作的结果。此说似乎不能成立。据《世说新语·言语》记载，东晋桓玄问羊孚：“何以共重吴声？”羊孚说：“以其妖而浮。”又《晋书·王恭传》记载尚书令谢石醉后在会稽王府中唱“委巷之歌”，王恭即“正色曰：‘居端右之重，集藩王之第而肆淫声，欲令群下何所取则？’”可见“妖而浮”“淫声”，正是南朝民歌本来的特点，也是它得文人士大夫“共重之”的原因。再据《南齐书·良政传序》，永明（483—493）年间“都邑之盛，士女富逸，歌声舞节，去服华妆，桃花绿水之间，秋月春风之下，盖以百数”。南朝民歌当然不会全部都产生在这样的环境中，但至少可从中看出它为何主要歌咏男女之情的文化背景。因集中歌咏男女之情，题材比较狭窄，风格也不够丰富，而且不少失于软媚轻薄，但不必因此否认它来自民间的真实性。同时还应指出，南朝民歌对文人诗歌创作有深广的影响，尤其是在绝句一体演进过程中起到了很大作用，清新活泼的口吻，巧用字面的表现方式，对文人诗的风格、构思和表现手法都有直接启发。

子夜歌

其一

始欲识郎时，两心望如一。
理丝入残机，何悟不成匹[1]！

【注释】

〔1〕“理丝”二句：丝，谐音情思的思。 残机，残破的织机。 何悟，犹言哪知道。 匹，本指长四丈，宽二尺二寸的布（见《汉书·食货志》），此用谐音匹配的匹。 这两句比喻与所结识的男子不能结合。

【解说】

《子夜歌》属《吴声歌曲》，《吴声歌曲》主要产生在建业（今南京）一带。《子夜歌》据说是晋代一位名叫子夜的女子所创（见《晋书·乐志》），《乐府诗集》载有南朝《子夜歌》四十二首。 此选两首。

其二

侬作北辰星，千年无转移[1]。
欢行白日心，朝东暮还西[2]。

【注释】

〔1〕侬：吴语，即我。 北辰星，北极星。 北极星位置不变，用此

比喻自己在爱情上的专一。

〔2〕欢：男女对所爱者的称呼。这句说对方爱心易变，朝东暮西。

子夜四时歌

其一

春风动春心，流目瞩山林〔1〕。
山林多奇采，阳鸟吐清音。

【注释】

〔1〕这首属《春歌》。流目，犹举目。瞩，视、看。

【解说】

本题是《子夜歌》的变曲，分《春歌》《夏歌》《秋歌》《冬歌》，《乐府诗集》载有七十五首。其中少数歌咏景物，多数结合景物言男女相思之情，但比较含蓄，不像《子夜歌》吐露直率。此选三首。

其二

秋风入窗里，罗帐起飘飏。
仰头看明月，寄情千里光〔1〕。

【注释】

〔1〕千里光：月光。这句说托月光把相思之情寄给远方的情人。

【解说】

这首属《秋歌》。飘飏，同“飘扬”。

其四

渊冰厚三尺，素雪覆千里。
我心如松柏，君情复何似[1]？

【注释】

〔1〕“我心”二句：这两句说自己在爱情上坚贞如松柏，对方是否也能如此。

【解说】

这首属《冬歌》。渊，深潭。

大子夜歌

歌谣数百种，子夜最可怜[1]。
慷慨吐清音，明转出天然[2]。

【注释】

〔1〕可怜：可爱。

〔2〕“慷慨”二句：这两句称赞《子夜歌》美妙动听。明转，明亮宛转。

【解说】

本题也是《子夜歌》的变曲。《乐府诗集》录有两首，此选一首。《古今乐录》称《子夜变歌》为“游曲”，今人说“游曲”即演唱《子夜歌》时的插曲。从这首《大子夜歌》看，正是歌唱中间的插曲，内容是赞美《子夜歌》的美妙。

阿子歌

野田草欲尽，寒流水又暴〔1〕。
念我双飞凫，饥渴常不饱〔2〕。

【注释】

〔1〕“野草”二句：这两句借草不多、河水涨言鸭子生计困难，引出下面的感慨。暴，涨。

〔2〕“念我”二句：这两句借“双飞凫”的饥渴隐喻情人的不能经常结合。以饥渴隐喻男女情事可追溯到《诗经》，南朝民歌中亦不止一例，如《七日夜女歌》：“两叹别日长，双情如饥渴。”

【解说】

本题属《吴声歌曲》。其起源据说是“嘉兴人养鸭儿，鸭儿既死，因有此歌”（《乐苑》）。《乐府诗集》录有三首，此选一首。

华山畿

其一

华山畿[1]，君既为侬死，独生为谁施[2]？
欢若见怜时，棺木为侬开！

【注释】

〔1〕畿：山边。

〔2〕施：用。为谁施：犹言对谁有用。

【解说】

本题属《吴声歌曲》。据说宋少帝时（423—424）一位南徐士子路经华山爱上一女子，却无缘结识，遂托其母向女子表白，后士子死，葬车经过女子家门口时，女子唱了这首歌而后“透入”棺中，两人遂得合葬（见《古今乐录》）。《乐府诗集》录有二十五首，此选二首。

其二

啼著曙，泪落枕将浮，身沉被流去！

【解说】

这三句形容伤心哭泣流泪太多，以致身体随着泪水漂流而去。语言夸张，想象也很奇特。啼著曙，犹言哭到天亮。

读曲歌

其一

打杀长鸣鸡，弹去乌臼鸟〔1〕。
愿得连冥不复曙，一年都一晓〔2〕。

【注释】

〔1〕乌臼：鸟名，又叫鸦舅，天明时叫的最早。
〔2〕连冥：犹言连夜。都：只。

【解说】

本题属《吴声歌曲》。其起源一说是民间为彭城王所作（见《宋书·乐志》），一说是元嘉十七年（440）袁太后崩，“百官不敢作声歌，或因酒宴，止窃声读曲细吟而已，以此为名”（见《古今乐录》）。《乐府诗集》录八十九首，此选两首。

其二

暂出白门前，杨柳可藏乌〔1〕。
欢作沉水香，侬作博山炉〔2〕。

【注释】

〔1〕“暂出”二句：这两句说白门外春意浓郁，正好作约会之处。

白门，建康的城门。可藏乌，指柳枝茂密。

〔2〕“欢作”二句：两句比喻男女亲密的关系。沉水香，一种名贵的香料，又名伽南香。博山炉，雕饰有山川图纹的香炉。

青溪小姑曲

开门白水，侧近桥梁[1]；
小姑所居，独处无郎[2]。

【注释】

〔1〕白水：清水。

〔2〕“小姑”二句：这两句称道青溪小姑的贞洁，后来唐代李商隐《无题》诗有“小姑居处独无郎”之句，字面本此，用意则不同。

【解说】

这是《神弦歌》十八曲之一。据《宋书·乐志》，《神弦歌》是孙吴朝廷用的祭歌。青溪，水名，发源于钟山。青溪小姑相传是汉末秣陵尉蒋子文的三妹，蒋死后作祟，孙权乃封之为中都侯，并为立庙，奉为东吴的显神。他的三妹也得以立庙，因庙在青溪畔，遂称青溪小姑。

莫愁乐

莫愁在何处？莫愁石城西[1]。

艇子打两桨，催送莫愁来[2]。

【注释】

〔1〕莫愁：据说是石城（故址在今湖北钟祥县）一位善歌的女子（见《古今乐录》）。自梁武帝萧衍《河中之水歌》言“洛阳女儿名莫愁”后，有人就断言世上有两个莫愁，这是误诗为史的一个例子。

〔2〕“艇子”二句：这两句说用力划船，赶快把莫愁接来。

【解说】

《莫愁乐》属《西曲歌》。《西曲歌》产生在“荆、郢、樊、邓之间”（见《乐府诗集》），即今湖北中西部及河南西南部，分成“舞曲”“倚歌”等。本题《乐府诗集》录二首，此选一首。

拔蒲

朝发桂兰渚，昼息桑榆下[1]。
与君同拔蒲，竟日不成把[2]。

【注释】

〔1〕“朝发”二句：这两句说清早就出来拔蒲，中间却在树下休息。

〔2〕“与君”二句：言拔了一天，所获甚少，原因是只顾着与情人

谈情说爱，把时间都消磨在树荫底下了。

【解说】

本题属《西曲歌》，《乐府诗集》录二首，此选一首。蒲，又名香蒲，一种水草，嫩茎可食，叶可做扇、席等。

西洲曲

忆梅下西洲，折梅寄江北[1]。
单衫杏子红，双鬓鸦雏色[2]。
西洲在何处？两桨桥头渡。
日暮伯劳飞，风吹乌臼树[3]。
树下即门前，门中露翠钿[4]。
开门郎不至，出门采红莲。
采莲南塘秋，莲花过人头。
低头弄莲子，莲子青如水。
置莲怀袖中，莲心彻底红[5]。
忆郎郎不至，仰首望飞鸿[6]。
鸿飞满西洲，望郎上青楼。
楼高望不见，尽日阑干头。
阑干十二曲，垂手明如玉[7]。
卷帘天自高，海水摇空绿[8]。
海水梦悠悠，君愁我亦愁[9]。
南风知我意，吹梦到西洲[10]。

【注释】

〔1〕“忆梅”二句：结句说“南风知我意，吹梦到西洲”，可知西洲是女子难以忘却的地方，当就是女子昔日与情人相会之处。 江北，当指情人所在之处。 他们的爱情与梅应该有很深的关系，所以女子要下西洲折梅寄给江北的情人。

〔2〕“单衫”二句：红，一作“黄”。 鸦雏色，形容女子头发很黑。

〔3〕“日暮”二句：伯劳，鸟名。 乌臼，树名。

〔4〕翠钿：用翠玉作成或镶嵌的首饰。

〔5〕莲：双关语，谐音怜，即怜爱。

〔6〕望飞鸿：古代传说鸿雁可传书，望飞鸿暗指盼望情人的书信。

〔7〕十二曲：形容阑干多曲折。 萧衍《河中之水歌》：“头上金钗十二行。”《木兰诗》：“军书十二卷，卷卷有爷名。”可见十二是当时诗中常用表示多的数词。

〔8〕“卷帘”二句：这两句通过天高水阔表现女子远眺而无收获的情思。 自高、空绿，含有虽高、虽绿然而与己无益之意。

〔9〕“海水”二句：这两句说自己常做梦想念情人，同时相信情人也会因别离而忧伤。

〔10〕“南风”二句：这两句本说自己常梦见西洲，但不说是自己做梦，而说是南风把自己的梦吹到了西洲。

【解说】

本篇首见于《玉台新咏》，题为江淹作；《乐府诗集》则说是“古辞”，列为《杂曲·歌辞》；《古诗源》作梁武帝诗，但又注云“一作晋辞”。 今人多认为它是一首经过文人加工过的南朝民歌。 它的篇幅之长在南朝民歌中首屈一指，语言明净洗炼，大量采用“顶针”修辞手法，读来有一种特殊的韵味。 西洲，不详何处。 有人根据唐温庭筠《西洲曲》“西洲风色好，遥见武昌楼”而推测在武昌附近。 其实温诗只是模拟本篇，犹如其《梦江南》词中的“白蘋洲”是从南齐诗人柳恽《江南曲》诗中脱化出来的一样。 本篇以女子口吻叙述对情人的相思之情。

北朝民歌

北朝民歌大多数是通过南朝乐府官署采集而保留下来的，特别在梁朝《鼓角横吹曲》中保存最多。 这些民歌产生的时间、地域常常不见记载，而仅知主要出自鲜卑等北方民族，也包括汉人所作，是用“华音”即汉语记录下来的。 北朝民歌特色很鲜明，它的粗犷、雄健、直率，不仅与南朝民歌截然不同，也与秦汉以来中原地区民歌有显著区别。 它是当时北方地区的北方民族与汉民族相融合过程中的产物，而较多地反映了北方民族的性格气质。北朝民歌在艺术上不如南朝民歌精致，但其内在的强悍豪放精神恰是后者所缺乏的。 南朝人收集这些民歌有实用目的，即用于军乐，要借北人粗犷的歌唱振奋军心，后来又用于宴乐，久而久之，北朝民歌的一些篇章就变成了南朝的新题乐府诗，《紫骝马》就是一例。

企喻歌

男儿欲作健，结伴不须多。
鹞子经天飞，群雀两向波[1]。

【注释】

〔1〕“鹞子”二句：鹞子，比喻男儿。群雀，比喻敌人。两向波，形容群雀见了鹞子纷纷向水面逃逸飞去。

【解说】

《乐府诗集》称本题是“燕、魏之际鲜卑歌也。”录四首，此选一首。企喻可能是鲜卑语的音译。

琅琊王歌

新买五尺刀，悬著中梁柱。
一日三摩挲，剧于十五女[1]。

【注释】

〔1〕“一日”二句：摩挲，经常抚摸。剧，胜。十五女，指少女。

【解说】

本题《乐府诗集》录有八首，其中一首歌唱后秦广平公，当为氐族所作。此选一首。

紫骝马歌

烧火烧野田，野鸭飞上天。
童男娶寡妇[1]，壮女笑杀人。

【注释】

〔1〕“童男”二句：童男，没有结过婚的男子。壮女，正当盛年的女子。笑杀人，形容笑得厉害。这两句言壮女讥笑童男无见识，竟娶寡妇为妻。

【解说】

本题《乐府诗集》录有六首，其中后三首实用汉乐府古辞。此选前三首中的一首。

捉搦歌[1]

谁家女子能行步，反著裌禅后裙露[2]。

天生男女共一处，愿得两个成翁妪[3]。

【注释】

〔1〕捉搦（nuò），犹言捉拿，一种男女间的嬉戏，本题《乐府诗集》录四首，此选一首。

〔2〕“谁家”二句：这是一个男子对一个正在走路的女子唱的歌。裌，夹衣。 禅，单衣。 反著裌禅，似乎是说女子的衣着与众不同。

〔3〕“天生”二句：这两句说自己与女子是天生的一对，愿意与她结为夫妻，白头偕老。

幽州马客吟歌

快马常苦瘦，剿儿常苦贫[1]。
黄禾起羸马，有钱始作人[2]。

【注释】

〔1〕剿：劳，剿儿犹言辛劳之人。

〔2〕“黄禾”二句：这两句感慨无钱就被人看不起。 上句是比喻。黄禾，扭糙的草料。 羸马，瘦马。

【解说】

本题《乐府诗集》录有五首，此选一首。 幽州，在今河北北部及辽宁一带。

地驱乐歌

驱羊入谷，自羊在前。
老女不嫁，踏地呼天。

【解说】

本题《乐府诗集》录四首，此选一首。“地驱”可能是北方民族的方言俗语。

这是牧羊女子哀伤自己到了年龄而不能出嫁的歌。北朝时战争持续不断，男子大量死亡，以致东魏统治者考虑释放部分战俘来“配人间寡妇”（见《北史》卷六），可见当时北方女子不能及时婚嫁，及丧偶后不能再嫁情况的严重。自羊，一作“白羊”。按，当作自羊，自是鼻子，自羊即领头羊。因领头羊一般是公羊，牧羊女看见其后跟着一大群羊，包括母羊，遂有“老女”不嫁的悲怆呼喊。

折杨柳歌

其一

遥看孟津河，杨柳郁婆娑[1]。
我是虏家儿，不解汉儿歌[2]。

【注释】

〔1〕“遥看”二句：孟津，黄河渡口名，在今河南孟县南。郁，树木丛生的样子。婆娑，形容柳枝摇曳。

〔2〕虏：胡虏的简称，胡虏是当时汉人对北方民族的称呼。

【解说】

本题《乐府诗集》录五首，此选二首。

其二

健儿须快马，快马须健儿。
跸跋黄尘下，然后别雄雌[1]。

【注释】

〔1〕“跸跋”二句：跋，象声词，马蹄击地的声音。雄雌，犹言胜负。

木兰诗

唧唧复唧唧，木兰当户织。
不闻机杼声，唯闻女叹息[1]。
问女何所思？问女何所忆[2]？
女亦无所思，女亦无所忆。

昨夜见军帖，可汗大点兵，
军书十二卷，卷卷有爷名[3]。
阿爷无大儿，木兰无长兄。
愿为市鞍马，从此替爷征[4]。
东市买骏马，西市买鞍鞯，
南市买辔头，北市买长鞭[5]。
朝辞爷娘去，暮宿黄河边[6]。
不闻爷娘唤女声，但闻黄河流水鸣溅溅。
旦辞黄河去，暮至黑山头[7]。
不闻爷娘唤女声，但闻燕山胡骑声啾啾[8]。
万里赴戎机，关山度若飞[9]；
朔气传金柝，寒光照铁衣[10]。
将军百战死，壮士十年归[11]。
归来见天子，天子坐明堂[12]。
策勋十二转，赏赐百千强[13]。
可汗问所欲，“木兰不用尚书郎[14]，
愿借明驼千里足，送儿还故乡[15]。”
爷娘闻女来，出郭相扶将[16]。
阿姊闻妹来，当户理红妆[17]。
小弟闻姊来，磨刀霍霍向猪羊[18]。
开我东阁门，坐我西阁床。
脱我战时袍，著我旧时裳。
当窗理云鬓，对镜帖花黄[19]。
出门看火伴，火伴皆惊惶[20]，
“同行十二年，不知木兰是女郎！”
雄兔脚扑朔，雌兔眼迷离。
双兔傍地走，安能辨我是雄雌[21]？

【注释】

〔1〕“唧唧”四句：这四句与北朝民歌《折杨柳枝歌》的“敕敕何力力，女子当窗织，不闻机杼声，只闻女叹息”仅稍有区别。唧唧，叹息声。首句又作“唧唧何力力”。

〔2〕“问女”二句：这两句与《折杨柳枝歌》另一首的“问女何所思，问女何所忆”完全相同。

〔3〕“昨夜”四句：军帖，征兵的文书、名册。可汗（hán），古代西域和北方民族对君王的称呼。爷，木兰的父亲。

〔4〕“愿为”二句：市，买。征，出征、从军。

〔5〕“东市”四句：言购买各种从军用的装备。鞯，马鞍下的垫子。辔头，马笼头。这四句句法同汉乐府《江南》：“鱼戏莲叶东，鱼戏莲叶西，鱼戏莲叶南，鱼戏莲叶北。”

〔6〕宿：一作“至”。

〔7〕黑山：一作“黑水。”黑山或说即今北京昌平县天寿山。

〔8〕声啾瞅：一作“鸣啾啾”。啾啾，马叫声。

〔9〕“万里”二句：戎机，犹军事机要。度若飞，与前面两句的“朝辞”“暮宿”相呼应，极言行军之快。

〔10〕“朔气”二句：朔气，北方的寒气。金柝，即刁斗，《博物志》：“番兵谓刁斗曰金柝。”刁斗状如锅，三脚，有柄，容量相当于一斗，白天当锅用，夜间用来报更。铁衣，铁甲战袍。

〔11〕“将军”二句：这两句说从军将士有些在战争中死去，而木兰等人幸得生还。

〔12〕明堂：古代天子祭祀、朝诸侯之处，此指宫中。

〔13〕“策勋”二句：策勋，根据功勋记功封爵。军功每加一等，官爵亦随升一级，谓之一转。十二转是极言封爵之高。百千强，言赏赐极多。

〔14〕尚书郎：官名，汉以来尚书分曹，任曹务者，称尚书郎。

〔15〕明驼：善走的骆驼。

〔16〕“爷娘”二句：郭，外城。相扶将，指父母互相搀扶着，出城迎接木兰归来。

〔17〕阿姊：一作“阿妹”。

〔18〕霍霍：快速、急促。

〔19〕“当窗”二句：云鬓，鬓发如云，比喻鬓发柔美。帖，涂抹。花黄，指妇女的面饰。《谷山笔麈》：“元魏时禁民间妇人不得施粉黛，自非宫人，皆黄眉黑妆。故《木兰词》中有‘对镜帖花黄’之句。”

〔20〕火伴：即伙伴，指同木兰从军之人。

〔21〕“雄兔”四句：扑朔，犹言扑腾。迷离，模糊不清。四句以雄兔雌兔跑在一起，辨认不出雌雄，比喻自己和男子一起从军征战而从未被发现。

【解说】

本篇《乐府诗集》收入《梁鼓角横吹曲》。陈朝智将《古今乐录》著录有《木兰》，看来本篇约产生在与齐梁大致同时的北魏。但宋人指出，其歌辞迟至唐代才由文人从民间搜集到（见《乐府诗集·木兰诗题解》、黄庭坚《题木兰乐府诗后》）。诗中的语言既有与北朝名歌一致处，也有“万里赴戎机”那样较为文雅的句子。因此传世的《木兰诗》很可能是经过文人润色甚至加工过的作品。

敕勒歌

敕勒川，阴山下〔1〕。
天似穹庐，笼盖四野〔2〕。
天苍苍，野茫茫〔3〕，
风吹草低见牛羊。

【注释】

〔1〕“敕勒”二句：这两句歌咏敕勒族生活的地区位置。敕勒川，是草原名或河流名，不详所在。阴山，起于河套西北，横亘内蒙，入东北与小兴安岭相接。

〔2〕穹庐：毡帐，游牧民族的居室。

〔3〕苍苍：深蓝色。

【解说】

本篇《乐府诗集》收入《杂歌谣辞》，并引《乐府广题》：“北齐神武攻周玉壁，士卒死者十四五，神武恚愤疾发。周王下令曰：‘高欢鼠子，亲犯玉壁。剑弩一发，元凶自毙。’神武闻之，勉坐以安士众，悉引诸贵，使斛律金唱《敕勒》，神武自和之。其歌本鲜卑语，易为齐言，故其句长短不齐。”斛律金（488—567）本朔州敕勒部首领，后为北齐将军。他在东魏武定四年（546）参加进攻玉壁（今山西稷县南）。敕勒，亦称丁零，居住在今山西北部、内蒙一带的一支北方民族。这是一首敕勒族民歌，斛律金唱时是用鲜卑语，流传下来的则是经过翻译的汉语歌辞。